图书 影视

魔鬼的
代言人

[英] 史蒂夫·卡瓦纳
——
著

郎振坡
——
译

THE DEVIL'S ADVOCATE

天津出版传媒集团
百花文艺出版社

图书在版编目（CIP）数据

魔鬼的代言人 /（英）史蒂夫·卡瓦纳著；郎振坡译. -- 天津：百花文艺出版社, 2025.3. -- ISBN 978-7-5306-9052-9

Ⅰ.I561.45

中国国家版本馆CIP数据核字第2025M77B33号

THE DEVIL'S ADVOCATE
Copyright © Steve Cavanagh 2021
This edition arranged with THE MEARNS PARTNERSHIP c/o Rogers, Coleridge & White Ltd.
Through BIG APPLE AGENCY, INC., LABUAN, MALAYSIA
Simplified Chinese edition copyright:
2025 Jiangsu Kuwei Culture Development Co.,Ltd.
All rights reserved.

著作权合同登记号：图字 02-2024-220 号

魔鬼的代言人
MOGUI DE DAIYANREN

[英]史蒂夫·卡瓦纳 著；郎振坡 译

出 版 人：薛印胜	
选题策划：胡晓童	
责任编辑：宋春悦	
出版发行：百花文艺出版社	
地　　址：天津市和平区西康路35号　　邮编：300051	
电话传真：+86-22-23332651（发行部）	
+86-22-23332656（总编室）	
+86-22-23332478（邮购部）	
网　　址：http://www.baihuawenyi.com	
印　　刷：天津旭丰源印刷有限公司	
开　　本：880毫米×1230毫米　1/32	
字　　数：323千字	
印　　张：12	
版　　次：2025年3月第1版	
印　　次：2025年3月第1次印刷	
定　　价：48.00元	

如有印装质量问题，请与天津旭丰源印刷有限公司联系调换
地　　址：天津市宝坻区新开口工业园天通路16号
电　　话：（022）82573686　邮编：301800
版权所有 侵权必究

THE DEVIL'S ADVOCATE

美丽善良、深受大家欢迎的女大学生斯凯拉·爱德华兹在下班回家途中惨遭杀害。当晚，她的同事安迪·迪布瓦是最后一个被目击与她在一起的人。案发当地森维尔县是美国判死刑最多的县，兰德尔·科恩是史上判死刑犯最多的地方检察官，此次，他又要置安迪·迪布瓦于死地。

发现诸多疑点的艾迪·弗林作为安迪·迪布瓦的辩护律师接手了此案。离开了纽约，失去主场优势的他将面临前所未有的挑战……

CONTENTS
目录

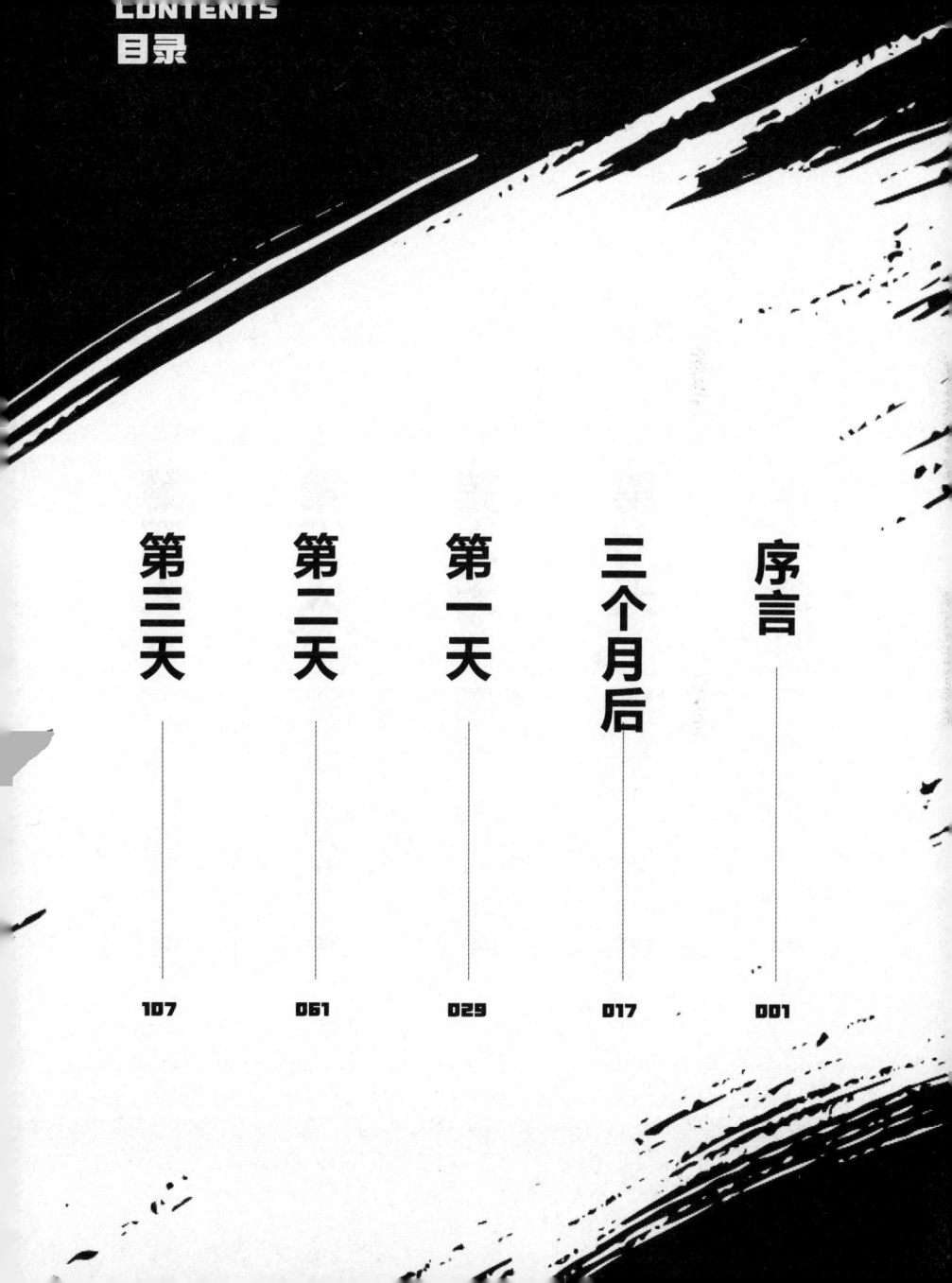

序言 —————— 001

三个月后 —————— 017

第一天 —————— 029

第二天 —————— 061

第三天 —————— 107

作者注	第七天	第六天	第五天	第四天
375	289	247	187	163

序言

亚拉巴马州，埃斯坎比亚县，霍尔曼惩教所

为了即将到来的一幕，兰德尔·科恩等了整整四年。

他站在死刑室里，双臂交叉，眼睛盯着面前的椅子。这是一把有着近一百年历史的椅子，由红木打造，用从州公路局借来的高速公路漆涂成亮黄色——州公路局就在霍尔曼惩教所旁边。他们叫这把椅子"黄妈妈"。

这把椅子上坐过149人，是坐过就再也站不起来的那种"坐"。

墙上的数字时钟显示现在是23点45分。

时间差不多了。他走出砖砌的房间，来到一个煤渣砖砌成的、没有上漆的走廊里。左边的一扇门通向椅子的控制室——"热箱"。他没有进去，而是径直走向大厅尽头的"飞地"。那里有两张面对面摆放的沙发，一张坐着牧师，另一张坐着行刑队。行刑队由四名狱警组成，他们受过训练，能在2分钟内把犯人从死囚室抬到椅子上并绑起来。

科恩向"死亡小队"挥了挥手，领头的狱警点头回应。他没有理牧师。沙发后面是一条狭窄的走廊，走廊的尽头有一间小牢房，里面坐在小床上看电视的是大流士·罗宾逊。他吃完了最后一餐——乡村炸牛排、玉米面包和一杯百事可乐。最后的仪式已经由牧师举行完毕。他的头和左边的小腿刚剃过毛发。一切似乎都按照既定轨道发展，可实际上，还有一个人"站"在大流士和黄妈妈之间。

他的名字叫科迪·沃伦。

此时的沃伦正站在牢房外面，手里举着墙上固定电话的电话筒。科恩很清楚沃伦在做什么——他正在给州长办公室打电话，等待州长克里斯·帕切特审阅沃伦发去的请求暂缓执行死刑的文件。作为一名在亚拉巴马州有着处理死刑案件经验的辩护律师，沃伦是唯一一个能说服州长挽救他当事人性命的人。

科恩一动不动地站着。他是一个瘦高的男人，骨架上肌肉不多，但他并没有刻意保持身材。他吃得很少，这一点可以从他的身材上显现出来。他颧骨高得能切开纽约客牛排。他的身体上没有明显的年龄特征，有人说他的脸像一个奇特的瓷娃娃，黑色的头发向一边分开，金属框眼镜小心地架在鼻子上，看起来像一个很老的人偷走了一个年轻的身体。一双又小又黑的眼睛被眉毛遮住，似乎是为了隐藏他的目光。他的嘴巴只是脸上一条黑色的裂缝。两米左右的身高本来可以成为一个优势——如果这副身体经常参加体育运动——但实际上科恩总是待在家里，在黑暗中阅读、学习和思考，就像一只老蜘蛛，结着一张只有它自己才能看到的网。

大流士·罗宾逊，25岁，四年前被判谋杀罪并被判处死刑。他的上诉很快就被驳回了。死者是一名二手车推销员，在抢劫中被枪击中胸部。一个叫波特的人在抢5000美金现金的时候枪杀了那个推销员。大流士开车把波特送到了停车场，劫案发生后又把波特送走了。他坚持说不知道波特有武器，只是送波特去停车场取一辆新车。波特在发生抢劫案的24小时后被警察击毙。大流士告诉陪审团，他没有携带武器，甚至没有踏足停车场，他一直在车里，直到听到枪声才知道波特打算抢劫别人，波特还威胁他，说如果不把自己从抢劫现场送走，就开枪打死他。

这在森维尔县并不重要。县地方检察官兰德尔·科恩让陪审团相信，大流士参与了这起抢劫案，而且他知道波特有武器。根据相关法律，这足以把大流士送进死牢，并把他当作开枪的人对待。亚拉巴马州所有的死刑都在埃斯坎比亚县的霍尔曼惩教所执行,埃斯坎比亚县离森维尔县不远。

科恩知道,因为波特才是那个真正扣动扳机的人,所以大流士很有可能获得死刑减刑。

沃伦比科恩年长,63岁的他脸上满是沧桑,额头上的皱纹很深,眼角全都是鱼尾纹,但他的眼睛依然明亮——依然充满希望。他的西装外套和领带躺在粉刷过的混凝土地板上。他把额头上的汗水往上擦进白发,然后把电话筒按回耳朵上。科迪·沃伦是个好律师,他有信心拯救大流士的性命,即使不能让他重获自由。

"州长办公室有消息了吗?"科恩问。

沃伦转过身,摇了摇头,然后看了看表。离0点还有10分钟。10分钟后,大流士·罗宾逊就会迈出走向椅子的最后一步。墙上的电话是拨给州长办公室的专线,但大多数律师都只能等待,就像沃伦,听着电话里的静默,等待着仁慈的降临。

"他会给我减刑,我知道,我是无辜的。"一个声音说。科恩转过身来,看到了死囚室里的大流士,他正抓着铁栏杆,几乎是脚尖点地地跳着舞,牙齿放在嘴唇上,充满期待地往下咬。大流士满脸是汗,尽管走廊里很凉爽。等待一个决定生死的电话会让人崩溃,大流士表现出了高度的紧张。

科恩从夹克里拿出手机,拨了个号码,然后把手机放在耳朵边上。

"副州长帕切特,"科恩说,"我现在和科迪·沃伦以及风云人物罗宾逊先生在一起。我相信沃伦先生已经等了一段时间了,试图接通办公室。"

亚拉巴马州州长当时正准备参加一场弹劾听证会,但州长身体抱恙,听证会只得推迟。他目前正在阿肯色州的一家医院休养。由于州长不在这个州,所以暂时由副州长代为行事。

科恩点了一下屏幕,打开扬声器,这样沃伦和大流士就能听到了。

"我还在考虑,想先听听你的意见。"帕切特说。

"当然,让我和沃伦先生讨论一下情况。您稍等一下。"

沃伦砰的一声把电话挂回听筒架。他等了州长办公室将近1个小时,科恩就是想让他知道,自己可以直接联系到州长。这个小小的权力游戏给了科恩片刻的快感。

"听着,科恩。不管你怎么否认,他在抢劫案中的作用都不大。他不该死,你知道的。他还是个年轻人,还可以拥有自己的生活,我相信总有一天会有新证据能证明他的清白。求求你,给他一次机会吧。"沃伦说,他的声音沙哑而尖锐——为了把大流士·罗宾逊从死刑椅子上救下来,他连续五天全力以赴。

科恩依然毫无表情,顶着一张空白的娃娃脸。他什么也没说,从沃伦的眼睛里看着自己,看着对方试图寻找答案,寻求希望,屏住呼吸,并以此为乐。

没有人说话,也没有人大声呼吸。只要科恩想,他可以一动不动地站着,这是有时他看起来毫无生气的另一个表现。一种不祥的寂静笼罩着他们,其中充满了可能性和恐惧。科恩沉浸在这种不祥的寂静中,仿佛在死水里洗澡。

沉默被打破了。大流士深深地吸了一口气,就像恒星核心坍塌时形成的瞬间真空,把所有的东西都吸到破碎的心脏里去。

"劫案发生后,波特拿枪指着我!如果我不送他,他会杀了我。我不知道他要开枪打劫。我发誓我不知道!"大流士喊道,每一个字都流露出恐惧和绝望。

"我相信你。"科恩说。

"你什么?"沃伦问。

"我相信他。而且不管我说什么,代理州长都会照我说的做。我现在就给他回电话。给我一点时间,很快一切就会结束。"科恩说。

泪水开始顺着大流士·罗宾逊的脸颊流下来。

科迪·沃伦的肩膀耷拉下来,好像背上的千斤重担刚被卸下来。他望着天花板,对上天低声说了声谢谢,然后闭上了眼睛。他救了一个年轻人的命。此时此刻,没有什么比这种解脱更甜蜜了。

沃伦大步走向死牢,把前臂伸进铁栏,捧着大流士的脸,"一切都会好起来的。"他说。

科恩用拇指按了下手机屏幕,"州长,你还在吗?"

"在。我时间很紧,兰德尔。你想让我怎么做?根据沃伦先生的陈述,我倾向减刑,但我不会跟我的地方检察官唱反调——除非你足够坚定。你的态度是什么?"

科恩后退了一步,欣赏着眼前的景色。沃伦和大流士隔着牢房的栅栏互相拥抱。现在两人都哭了。

"我已经和沃伦先生谈过了。他很有说服力。他有充分的证据为罗宾逊减刑。我知道这也是你希望看到的。以正义的名义杀人并不容易。"科恩说。

沃伦和大流士在泪水中露出微笑,接着大笑起来。心头笼罩了几个星期的巨大的、深不可测的恐惧消失了,他们终于松了一口气。

"但这就是我们必须在此案中执行判决的原因。"科恩说。

沃伦是第一个对科恩的话产生反应的人。他的头歪向一边,眼睛紧盯着这位地方检察官。

"陪审团判定罗宾逊犯有谋杀罪,并判处他死刑。如果我们让罗宾逊先生活下来,我们就是在羞辱陪审团,也是在羞辱受害者。不,在我看来,大流士·罗宾逊今晚必须死。"

沃伦试图走近科恩,但被两名警卫挡住。他们还抓住他,迫使他后退。

"就像我说的,兰德尔,我不打算违背你的意愿。行刑将按计划执行,驳回上诉。"帕切特说。

在这一天之前,惩教部门的工作人员已经进行了数周的训练,以确保绑带系紧、头上的海绵里有足够的盐水,且电极被牢牢地固定。他们在不到2分钟的时间里完成了早已熟练的工作,之后走出死刑室,留下被绑在黄妈妈身上、蒙上眼睛的大流士。

死刑室相对较小。椅子放在砖墙房间的中央，面对着大观景窗。控制电流的装置在一个单独的房间里。透过控制室门上的玻璃板，科恩能观看整个行刑过程。

大流士的蓝色囚服已经做了一些改动。左裤腿刚过膝盖的部分被剪掉了。一个电极被绑在了小腿上，并涂上了导电凝胶。他的两条腿都被厚厚的皮带固定在椅子上，脚踝附近的皮带上有闪亮的银扣。在他的腹部、胸部、手臂和额头上则绑了更多的皮带。一块含有大约90毫升生理盐水的海绵放在电极上，电极则从他们所谓的"头盔"中散发出来，这个头盔会将大部分电流输送到科恩的身体里。如果海绵里的盐水太多，电极就会短路；太少的话，大流士的头就会着火。

大流士的胸部和腋下在疯狂出汗，他的囚服都快湿透了，即使被绑得很紧，他仍然不住地颤抖着。

压下控制室里的一个杠杆，死刑室的帘子被拉开，露出了玻璃墙和里面的人。有六个证人，没有一个和被波特谋杀的二手车推销员有关。他们是专业的证人和记者。科迪·沃伦不在场，他已被赶出大楼。科恩能看见证人，但他们看不见他，他用来观察的玻璃是单向的。

死刑犯可以说临终遗言了。

"我是无辜的，他们都知道。"

科恩知道这一点，但他不在乎。他成为一个保留死刑的州的检察官，不是为了关心别人是否有罪。吸引他的是体制，正义不过是他用来掩饰自己本性的一件外衣。

现在一切都安静了。然后，他听到机器启动的声音。

科恩还听到了别的声音，一种低沉的嗡嗡声，随着大流士的左肩猛地一抖，撞在椅子上，嗡嗡声突然变得更响了。

黄妈妈开始了她的第一个循环。

现在差不多有2500伏特的电压流过大流士。科恩睁大了眼睛，张开了嘴唇。他能尝出嘴里有金属的味道，空气中充满了静电。

在最初的 2 秒钟里，似乎有一股看不见的力量把大流士的肩膀固定在椅背上。又过了 2 秒钟，他的身体开始疯狂抽搐，就像一把手提钻被放进了他的肚子里。第一次震动应该能把他击晕，让他心跳停止。

这两件事它都没有做到，人类的头骨是不良导体。

又过了 5 秒钟，电流被切断了。当电流重新启动时，电压要低得多了，只有 700 伏。700 伏的电压将持续 30 秒，然后机器会自动关闭。如果大流士在这段时间内没有死，那么整个过程就会重复。

科恩一直站在窗前，目不转睛地盯着椅子上的那个人，甚至当他的皮肤开始冒烟、左胫骨被电骨折、嘴里喷出血沫的时候，科恩都目不转睛。

自始至终，科恩都觉得好像有电流在自己的血管里流动，就像有一种贯穿他全身的自然力量。作为地方检察官，他那双又长又弯的手里掌握着决定他人生死的权力。他很喜欢这种权力，他杀死了这个人，就像一颗子弹射穿了那人的脑袋一样——这种想法令人陶醉。对科恩来说，这和开枪或者捅死某人是两码事，那样太粗野了。科恩用他部门的力量、他的思想和他的技能杀人。这给了他超乎想象的快乐。自始至终，他都希望大流士能挺住——再多挺一会儿。

毕竟那样才能让痛苦持续下去。

第一个循环结束后，黄妈妈上方升起了一团烟雾；科恩看得喘不过气来。

大流士·罗宾逊 9 分钟后才死去。

在那极度痛苦的 9 分钟里，兰德尔·科恩觉得自己真实地活着。

五个月后
斯凯拉·爱德华兹

斯凯拉·爱德华兹躲在霍格酒吧厨房的角落里，用两个拇指在她的手机上输着信息。虽然每次点击屏幕时，她听到的咔嗒声只是模仿旧键盘声的音效，但即使是这些声音，也带着她输入文字时的愤怒。写完短信，点击发送，在酒吧老板来找她之前把手机塞进牛仔裤口袋里。

快到午夜了，厨房几个小时前就不营业了，那个名不太副实的大厨在用一块脏布擦了擦烤架后就离开了。她来这里没有什么好理由，只是想和她的手机独处 5 分钟。回信很快就会发过来。她的男友加里·斯特劳德从不发很长的信息，而是用表情符号或动图来掩饰自己糟糕的拼写能力，但斯凯拉没时间等了。她穿过双层门，进入走廊，经过浴室，又穿过另一扇门进入酒吧。

只剩下三个顾客了，都是巴克斯敦的当地人。酒吧一角的音响里放着温和的摇滚乐，但顾客们都没听。相反，他们在看电视。

"嘿，里安，能把声音调大点吗？"柜台那头的大个子问道。他几乎整晚都坐在那里，吃完饭后，一边工作一边喝着苏打水和姜汁汽水。她以前在这里见过他，他通常会在酒吧安静的时候进来，做一些文书工作，或看一场比赛。人长得不帅，但身材魁梧，小费也总是给的很丰厚。

"当然可以，汤姆。"里安边说边在其他顾客面前放下两杯啤酒。

汤姆。那是他的名字。她知道他是地方检察官办公室的一名检察官。大约五个月前,她在电视上见过他,节目甚至讨论过他的一个案子,讲的是那个在埃斯坎比亚县被处决的人。汤姆协助给那个人定了罪。他很少说这件事,但话又说回来,汤姆也不怎么说话。酒吧老板里安·霍格对他总是特别好。

她抬头看了看电视,这时里安把音响声调小,把吧台上方墙上的平板电视音量调大。新州长帕切特出现在新闻里,他又谈起了那家工厂。

……我将尽一切努力挽救索兰特化学公司的工作岗位……

"他们要关闭工厂?"里安问。

"他们已经威胁关厂好几年了,"汤姆说,"如果州长牵涉其中,这次的情况就严重了。"

斯凯拉开始收拾桌子上的玻璃杯,而眼睛继续盯着电视。她的父亲弗朗西斯在这家工厂工作,工作内容是为厂子开卡车。他已经干了二十年,直到现在,他用挣的钱供斯凯拉上大学。虽然斯凯拉很聪明,但她没能获得奖学金,所以学费是由父亲支付的。如果他失去了那份工作,她就不得不退学了。这只是糟心事中的一件。

口袋里的手机嗡嗡作响,她转身离开里安的视线,把手机从牛仔裤里拿了出来。里安·霍格是个不错的老板,他付的钱比大多数人的工资数还高一点,而且从不克扣她的小费。虽然他从来没有说过任何不恰当的话,而且绝对没有对她动手动脚过,但她发现他有时在看自己。他看她不是老板检查员工是否在浪费时间给男友发短信的那种,只是单纯地看她,但还是让她觉得有点不舒服。

她打开短信,内容是一个心形的表情符号加"请尽快过来"。加里的妹妹托丽这天晚上有个派对,加里央求她请个病假,但她回答说自己得工作。他对此很不高兴,甚至催她早点辞职和他在一起,但斯凯拉不想给加里无谓的希望，她很累，不太想参加聚会。这几天他一直在说派对的事，于是她给托丽发短信，问自己下班后派对是否还会继续。

"你这是在用双拇指'对话'吗？"安迪问。

她听出了他的声音，转过身来对他微笑。安迪拿着一个脏啤酒杯。趁她分心的时候，他把桌子上剩下的部分都收拾干净了。

"什么叫双拇指'对话'？"她问。

"和加里吵架时，你会用两个拇指发短信。有时候我甚至觉得你字打得太快，屏幕都快被你戳破了。"他说。

她温柔地笑了笑。安迪·迪布瓦的存在，让她在霍格酒吧的工作变得更容易忍受。他比她年轻，虽然只年轻一点，今年9月才上大学。他是一个聪明的孩子，而且有一颗温暖的心。实际上，他比斯凯拉聪明，因为他拿了全额奖学金。她并不因此而嫉妒他，因为这是安迪能上大学的唯一途径——安迪家里只有他和他的母亲。在巴克斯敦，有白人中产阶级，就像斯凯拉的家庭一样，他们有稳定的经济来源，能存下钱来；而在城镇的另一边，是贫穷的黑人和移民家庭，他们的日子比大多数人都要艰难。一旦斯凯拉大学毕业，她就会离开这个鬼地方。她知道安迪也会的，而且会带他母亲一起走。

安迪微笑着转过身去，把脏杯子放回了吧台。她看见一本平装小说从他牛仔裤的后口袋里鼓出来。在工作中一有时间，安迪就会看书。他没有手机。斯凯拉想，如果能像安迪一样花那么多时间读书，而不是盯着手机看，她也许就能拿到奖学金了。不过，这提醒了她，下个月就可以换手机了。她已经决定把旧手机给安迪了，里面还有一些话费。

斯凯拉收拾了最后几个玻璃杯，里安小心翼翼地向坐在他前面吧台凳上的两位顾客说，时间到了，该打烊了。

两个人都很庞大。一个很高，一个中等身高，但四肢的肌肉都很发达。

是两个警察,都是便衣,而且是下班时间。

那个高个子是副警长伦纳德,他长着红头发,留着小胡子,有着某种"态度"。尤其是涉及安迪的时候,这种"态度"尤其明显。另一个是副警长希普利,他有一双黑色的小眼睛,似乎可以从奇怪的角度捕捉光线——就像他的眼球后面有一团偶尔可以被瞥见的火。他不像伦纳德那么冲动,但斯凯拉怀疑他更危险。

他们是常客,总是坐在前面的吧台凳上,这样就不用给女服务员小费了。里安不会拿走任何酒吧小费,只要是桌上的钱,都是给斯凯拉和安迪的;只要是被拍在吧台上的绿色钞票,都是给他的。

"嘿,斯凯,你老爸还在工厂工作吗?"伦纳德问。

他叫她斯凯,除了他以外没人这么叫。

她还是像往常一样微笑着回答:"当然。"

"现在对很多人来说都是艰难时期。"希普利说,然后又回到了自己的话题上。斯凯拉把盘子装进洗碗机。汤姆收拾好文件,结了账,大步走出前门。里安开始关灯。他们清理了酒吧,里安告诉斯凯拉和安迪他们可以走了。

12点15分左右,他们一起离开,走进了温柔的夜色中。她向安迪挥手道晚安,安迪独自踏上了漫长的回家之路。她的电话响了,是一条短信。

托丽回复说:"什么聚会?"

斯凯拉用手指拨弄了下头发,咒骂了几句。她截屏了托丽的信息,准备发给加里,再加一句:什么鬼?派对的事你撒谎了?这时,她的电话响了,是托丽。她接了电话。

"哦,天哪,抱歉,请过来吧,我搞错了。"托丽在嘈杂的摇滚背景音乐中说。

"到底是怎么回事?几个星期以来,加里一直在给我施压,要我去参加你家举行的盛大聚会。"

"是的,过来就行。"她迟疑地说。

在认识加里之前，斯凯拉就已经和托丽是朋友了。她很了解对方，在对方有所隐瞒的时候能看出来。

"发生了什么事？告诉我，现在就说，不然我就打电话给加里，然后——"

托丽打断了她。

"我在巴迪酒吧，加里一个人在家。你得去——"

"告诉我到底发生了什么事，否则我——"

"他买了一枚戒指。"托丽说。

斯凯拉大口地吸了一口气，用手捂住嘴，手指紧紧压住嘴唇，仿佛不敢让任何一口气溢出。她就这样愣了一会儿。

"对不起，我把事情搞砸了。求求你现在就过去吧，他在等着给你惊喜。所以，一定要装出一副吃惊的样子，而且别告诉他我告诉你了。"

"我不敢相信他会这么做……"

"他已经计划好几个星期了。从你在我家遇见他，到现在已经整整五年了。他想让这场仪式与众不同。"

现在，托丽的声音里有了温度，斯凯拉感觉到眼中迸发出泪水，喜悦从胃里爆发出来，一直涌到喉咙。她和加里有个周年纪念日——是他们第一次约会的时间，但她甚至不记得他们第一次见面是什么时候，而他居然记得，还费了这么大劲准备，真是太感人了。

"我们要做姐妹了，"斯凯拉说，"就像亲姐妹一样。"

"这意味着你会答应他是吧！"托丽说。

"我当然会答应。"

二人又聊了一会儿后，斯凯拉挂断了电话。她必须去见加里，而且几乎无法抑制自己的兴奋了。

霍格酒吧在联合高速公路上，离巴克斯敦约3千米，旁边是个加油站。

斯凯拉站在高速公路旁，想着该怎么办。

她可以步行进城，毕竟以前也这么做过，但今晚天气很热，而且她已经连续站着工作10个小时了。这条高速公路总是很堵，从这里进入巴克斯敦时，车速会减慢到每小时56千米，她可以很容易就搭到便车。

她以前搭过。镇上只有一家出租车公司，到目前为止，还没有一家智能出租车公司进入亚拉巴马州这么偏远的地方。有时候即使喝醉了，人们也会在这里开车。

斯凯拉站在路边，想等一个清醒且友好的司机。

她给父亲发短信，告诉他不用等了。这时，一辆半挂车开始减速，闪了下灯，停在她身边。乘客座的门打开了，斯凯拉抓住车门上的把手，爬上台阶，这样就能看到黑暗的驾驶室了。

司机戴着一顶帽子，所以很难看清他的脸。他一只手放在方向盘上，另一只手放在大腿上。

"要搭车吗，小姑娘？"他问。

这个人有点不对劲，而且驾驶室里有股味道。因为父亲是一名卡车司机，所以她习惯了汗味、烟味和咖啡味。这个车里弥漫的不是这些，而是别的什么恶心难闻的气味。

父亲不喜欢她搭顺风车，他很担心她，说她太容易相信别人，还说她需要强硬起来，否则人们会欺负她，甚至更糟。当然，斯凯拉对此不予理会，但眼下，她觉得父亲的话可能有些道理。她想象着，自己上了卡车，几分钟后进了城；之后，一只手从座位那边向她伸过来，接着卡车没在镇上停；她再也见不到加里，也永远不会订婚了，她的脸会出现在牛奶盒的寻人启事上。不过，她也不确定，她这个年龄的人是否有机会把脸印在牛奶盒上。也许不会，可能只有登孩子们的寻人启事时才这样。

然后她大脑的分析功能开始发挥作用，和陌生人一起短途旅行时发生意外的概率很低，非常低，大概是百万分之一吧。她不能再担心了，赶紧上车。

司机伸手准备帮她上来。

他的皮肤上沾满了污垢，而且她可以看到他手掌上的汗水和轻微的颤抖，也许是因为一个年轻女人坐进他的驾驶室令他感到兴奋，而且这个年轻女人还很漂亮。

她心里有个声音在喊"不"。

"你猜怎么着，很感谢你，但是对不起，先生，我刚收到男朋友的短信，他要过来接我。"她说着，又退回到路边的柏油路上。

司机骂了几句，但她没听见，而是立马关上了车门。他发动引擎，扬长而去，这时斯凯拉控制住了呼吸。

然后她听到一辆车停了下来，就在那辆半挂车停的地方。她往里看，看到了司机。

还好，不是陌生人，不过也许是她最不想见到的人，但进这辆车不用担心，她认识这个司机。不到20分钟前，她在霍格酒吧收拾脏杯子的时候，听见他在说话。

他提出载她一程。意料之中。

斯凯拉坐进副驾驶座，说她要去城里，然后开始给父亲发短信。

　　　　别等我了。我搭车进城了。

斯凯拉没能把信息打完。

司机一拳打在她脸上，手机滑进了副驾驶座位和汽车控制台之间的空隙里，并留在了那里。

斯凯拉没有时间尖叫，没有时间思考，也没有时间去感受。

她永远也到不了托丽家吻加里了，也永远听不到他的求婚宣言，给他答案和真心了。

三个月后

`00:01`

艾迪

我不找麻烦。

但麻烦总能找到我。

如果遇见麻烦的同时能收获钱,也许就没那么糟糕了。有些人成为律师是希望赚很多钱——钱很好,别误会我的意思。我和其他人一样喜欢口袋里钱包鼓鼓的感觉,但我同时也希望晚上能睡个好觉。口袋里的钱越多,你做律师打赢官司后放回街上的人渣就越多,你就越难安心入眠。一个刑事律师的财富,可以通过他们银行账户里的数字和他们的灵魂所承载的重量来衡量。直到某一天,某个神奇的一天,他们完全不在乎灵魂了。然后,就只剩下钱了,此时,他们就可以尽情享受金钱带来的一切,不会再受到良心的谴责。

我从来没有走过那条路。为有罪的当事人开脱是违反规定的——我的规定。这让我要么是世界上最差的辩护律师,要么就是最好的律师,全看你怎么评判了。虽然我偶尔会审视下我的规定,但如果真的缺钱,我会在拉斯维加斯的桌子上打一个周末,那就足以让我渡过难关了。当律师的工作减少时,以前当骗子的经历就会派上用场。现在,我过得还不错。我的新搭档凯特·布鲁克斯是个能呼风唤雨的人物,大多时候,她都在大型律师事务所和企业的集体骚扰诉讼中给他们泼冷水,而且她做得很好。我们的调查员布洛赫是凯特的合伙人,布洛赫几乎是我见过的最足智多谋的私家侦探。布洛赫和凯特是儿时的朋友,这一点确实让布洛赫没那么少言寡语了——因为她平时不怎么说话，就算说话，大多数时候也都是和凯特说的。这并不意味着她不友好——她只说重要的话，而且听她说话是值得的。

我的刑事业务蒸蒸日上。退休的纽约法官哈利·福特现在是我的顾问，当我在中央街和布鲁克林法院里四处奔波时，他在办公室里与客户预约会面。哈利更愿意待在办公室，这样他就可以和他的狗狗克拉伦斯在一起，这条狗现在几乎是条办公犬①了。

作为一家新公司，我们唯一缺少的就是一个能接电话、打字和整理事务的好秘书。律师的能力能否发挥出来取决于他有没有一个好秘书——而且通常能发挥出来的只有其一半的聪明才智。

凯特之前在网上刊登了一则招聘法律秘书的广告，现在正在处理收到的申请。今天上午有个人要来面试，凯特想让我旁听一下。我们是合伙人，一切都是五五分，包括做决定，无论好坏。面试时间是9点15分。我们的办公室在特里贝克地区②，就在一家文身店的楼上。凯特曾想在华尔街附近一栋闪亮的高楼里租间办公室——办公室里全是玻璃、松木和皮革用具。我无法在那种地方工作。凯特同情我，同意租一间破房子，就在一家叫"臭墨水"的文身店楼上。

凯特和布洛赫在复印机旁整理出一堆文件，哈利和克拉伦斯坐在小型接待区的沙发上。他给克拉伦斯买了一个带GPS定位器的新项圈，在过去的10分钟里，他一直试图激活项圈，但没有成功。我正试图让咖啡机做出一些不会烫去我上颚三层皮的东西，这时楼下的门铃响了。

"艾迪，你能去看一下吗？我打赌那是丹尼斯。"凯特说。

"谁？"

"丹尼斯·布朗，秘书一职的申请人。你没看过她的简历吗？"

"你给了我一份简历？"

"上周给的，可能还在你的桌子上。"

---

① 指被允许在办公室中存在的狗，通常被训练得友好、安静、不会干扰工作。
② 曼哈顿岛上运河街以南、百老汇以西的三角地带。

我不记得自己读到过，这并不是说我没拿到那份文件，行政管理一直是我的弱项。

我按下了打开前门的按钮，站在楼梯顶上等着。

沉重的脚步声使我怀疑丹尼斯是否穿的是靴子。

我靠在栏杆上，现在正在上楼的是我在这个世界上最不想见到的人。

他戴着一顶毡帽，穿着一件灰色的旧雨衣，那一定是已故的配偶送给他的礼物，因为除了他没人会这么穿。雨衣下面是一套定制西装，西装里面是84公斤重的大麻烦。

"除非你是来应聘秘书工作的，否则你恐怕得走了。"我说。

他走到楼梯顶上，笑了笑，向我脱帽致意。那样子让我觉得一条鳄鱼正要咬我的屁股。

"我的秘书技能今非昔比。"他说。

"你会打字和煮咖啡吗？如果会，欢迎加入。这活儿钱少事多。"

"我是来介绍工作的，艾迪，但与打字无关。我可以进来吗？"

他的名字叫亚历山大·伯林，我最后一次见他时，他在国务院工作。我听说从那以后他一直在换工作——中情局、国安局、司法部。他是一个调停者，一个秘密行动者，无论联邦政府的哪个部门碰巧雇用了他，他都会曲解法律，为其牟利。他知道政府所有的秘密。如果他是来给我介绍工作的，那我没兴趣。

"我不需要你介绍的工作。不管是什么工作，我都会拒绝。"

"你还没听我说是什么呢。让我进去，就待10分钟，喝杯热咖啡。你不想要这个工作？好，10分钟后我就会直接离开，无怨无悔。"

"我认为现在说无怨还为时过早，因为你还没尝过我的咖啡呢。而且你不会喜欢我的回答。我再说一遍，我真的不感兴趣，伯林。"

外面一直在下雨。他的旧雨衣湿透了，水滴在楼梯的地毯上。我们还没来得及把地毯打扫干净，他那滴着水的雨衣已经开始在污渍中冲出一块干净的地方了。

"听我说完,艾迪。我求你。"伯林说。

"给我一个听你说的理由。"

伯林摘下帽子,泪眼蒙眬地看着我说:"因为,如果你不这样做,一个 19 岁的孩子就会被谋杀。"

"谋杀?被谁谋杀?"

"严格来说,被我。"

00:02

艾迪

伯林的雨衣挂在我办公室角落的衣帽架上,水滴到了地板上。

他从口袋里掏出一副眼镜,用领带的宽边擦干净。如果说旧雨衣是爱人送的珍贵礼物,那么领带就像是死敌送的礼物。我让他坐下,把桌上打开的文件合上,然后把注意力放在他身上。

"那孩子是谁?为什么你要为他的死负责?"

"说来话长。你知道我在政府做什么吗?"他问。

"确切地说,我不知道。"

"我也不能让你知道,否则就会泄露机密信息,从而构成叛国罪。我只能告诉你,我在政府部门之间穿梭,解决问题。"

"我知道你是个调停者。你解决什么类型的问题?"

"《财富》500 强企业在政府政策方面遇到的问题,执法部门无能为力时遇到的问题,以及我们两年前遇到的问题。"

我第一次见到伯林是在纽约州北部,当时一名联邦探员被枪杀。伯林帮我们收拾了残局。

"你的某只'狗'又发疯了?"我问。

他摇了摇头,说:"这么说吧,我的职责之一就是维持现状。政府不喜欢改变。不管谁入主白宫，维持治安和司法的日常工作都需要秩序和连贯性，这是州和联邦层面的问题。我们的工作范围不受限制。亚拉巴马州森维尔县有个地方检察官，名叫兰德尔·科恩，我很清楚他将再次当选。"

"你操纵地方检察官选举？"

伯林翻了个白眼。

"艾迪，我们在数不清的国家操纵了选举，这是小事。有些企业为我们的政客提供资金，他们总是插手地方选举。一个有钱有势的人在和科恩竞争，我给这个年轻人的支持者打了几个电话，让他们掏出支票簿，这就是全部。在美国，你就是通过花钱赢得选举。而且通常，谁花得最多谁就能赢。"

"好吧，然后呢？"

"然后我有点好奇了。在过去的十七年里，科恩一直担任森维尔县的地方检察官。在任期内，他使该县的大多数犯罪统计数字降至历史最低水平。这就是我们喜欢他的原因——这对商业有利，对该地区的房地产价格有利，对投资者有利，也对维持现状有利。选举结束后我本应该不管了，但这家伙有点不对劲，所以我深入调查了一下，结果很令人不安。"

"怎么了？"

伯林还没来得及回答，就被我办公室外面的喧闹声分散了注意力——一如往常的骚动。我站起来，把门打开一条缝，想看看发生了什么。哈利对着买给克拉伦斯的新智能项圈骂骂咧咧，因为他的手机仍然无法激活 GPS 信号，他激动的情绪也影响到了这条狗，每当哈利说脏话时，狗就会叫；复印机又卡住了，布洛赫用拳头敲打着复印机的侧面；电话铃响了，凯特接了起来，另一只手拿着笔记本电脑，同时用耳部和肩部夹住手机——一场"秩序井然的混乱"。我关上门，坐了下来，示意伯林继续。

"外面听起来很忙。"他说。

他在拖延时间。他有话要说,但觉得说不出口,至少现在说不出来。

"把事情原原本本地告诉我。我会保密,这个房间也很安全。"

伯林瞥了一眼我桌上的照片——我女儿艾米,在夏令营划着独木舟。我已经不放前妻的照片了,她和另一个男人在一起了。

"可爱的孩子,"伯林说,"多大了?"

"15 岁。拜托,你酝酿出足够的口水把话说出来了吗?"

他瞥了我一眼,通红的眼睛里充满了困惑,眼睛下面的眼袋仿佛突然变得更重了。

"森维尔县是美国判死刑最多的县。这个县包括几个大城镇,但没有城市。兰德尔·科恩是史上判处死刑犯最多的地方检察官,目前,全美国每二十个死囚中就有一个是科恩送进去的,他在十七年里,定了 115 次死罪。"

我什么也没说。我听说,在南方,一些充满激情的检察官把婚姻、教会、家庭、攻击性武器和死刑看得比什么都重要。即便如此,这些数字也不可能是准确的。

"在美国,大约有 2% 到 3% 的县判处了绝大多数死刑犯,森维尔县是其中的佼佼者。发现这个现象的时候,我的想法和你现在的想法一模一样——扯淡,这不可能是真的。艾迪,这件事百分百准确。我自己查了记录。"

"一定是搞错了。"

"听着,你知道,在是否将重罪犯定为死刑犯的案件上,检察官有很大的自由裁量权。在起诉谋杀时,科恩从来都是要求判处死刑。犯人在这里从来没有成功上诉过,他也从未输过官司。"

"为什么他每次都要判死刑?为什么之前没有人注意到这一点?"

"哦,有人注意到了。调查科恩的时候,我发现了一些之前调查留下的线索。所有的案子都无果而终,多亏了我,科恩还是地方检察官。你问他为什么要判死刑?这不是很明显吗?"

"对我来说不明显。"我说。

"人们为什么要参军？大多数人说他们想为国效力，很多人是因为家庭而参军，更多的人是因为薪水或训练，还有一小部分人参军的原因很简单，那就是想杀人。"

"你是说这个叫科恩的家伙当地方检察官就是为了杀人？"

"不，那不是我说的，那是他自己说的——一直都是这样。他是死囚之王。这个名头对他来说就像戴着奖章一样。我以前和坏人打过交道。交道打得多了，你就能从他们的眼睛里看出来。科恩是个杀手，而且他是在我眼皮底下干这些事的。"

"这个要被处决的孩子是谁？"

"他叫安迪·迪布瓦，一周后将因谋杀罪受审。他是无辜的，科恩只是想看着这孩子死。我发现科恩的事后，就派人盯着他的案子。这孩子被指控谋杀了高速公路上一家破酒吧的年轻女服务员。安迪连打死狗屁股上的一只苍蝇都做不到，现在我已经没办法让科恩下台了。我曾经有过机会——在森维尔雇了个律师代表安迪，他叫科迪·沃伦，后来他把案件卷宗抄了给我。卷宗现在就在我车里，但我已经一周没有沃伦的消息了，他的秘书报告他三天前失踪，我想他已经死了。"

"哇，这是一个很大的飞跃。一个律师失踪了，而你以为他死了？你认为是科恩杀了他？"

我不知道这是不是我窗户上窗帘的光线造成的假象，但伯林的脸色似乎变暗了，他的声音低了下来，说："科恩管理着森维尔最大的城镇——巴克斯敦，而且他和县里的警长关系很好，他嗜血、狡诈、无情，辩护律师在他的地盘上神秘失踪只是时间问题。就算不是科恩自己干的，也是他促成的。我认为科恩可以悄无声息地安排沃伦消失，而且他连眼皮都不会眨一下。"

"那就给联邦调查局打电话。"我说。

"联邦调查局的人会把小镇搞得一团糟，花六个月的时间把那里翻个底朝天，最后一无所获。杀鸡焉用牛刀。我需要一个足够聪明的人在法庭上对付科恩,让那孩子脱罪。如果沃伦出了什么事,没人会找到他的,科恩太小心了,我现在帮不了沃伦了。我想知道的是,你会去亚拉巴马救这孩子的命吗?"

"我对这个案子一无所知。如果这孩子确实有罪呢?我不赞成死刑,但我不会为了救一个人的命而帮他脱罪,如果他真的有罪,我就不会帮他。"

"你没听见吗?我查过了,我相信他是无辜的,我想你也会这么想的。他们把他关在县监狱里,隔离他。艾迪,这是你的主场。"

办公室外面的嘈杂声更大了。

"我需要考虑一下,但我想知道你为什么这么做。你从事的工作意味着你在加入时就把良心留在了门外。无意冒犯。"

伯林凝视着远方,眼神仿佛穿越了二十年的时光和千里的距离。他说:"当我埋葬他的对手时,我不知道科恩是谁。每个人都有一条底线。当一个虐待狂掌握着决定生死的权力,而我是那个帮他获得了这种权力的人,那么我就有了责任。我曾经发过誓——在很久以前我第一次拿到枪的时候。他现在的任期是我给的,所以我们的命运有了联系。我需要证据,足够有料的证据,然后打个电话,悄悄让他退休。"

"这是为了自我保护。"我说。

"不仅如此。如果有时间,我会收集证据起诉科恩。缓慢得来但是坚实的证据——就像一砖一瓦,但现在时间紧迫,我等不及了。在他把这孩子送进死牢之前,我得做点什么。如果我能救下一条人命……"

伯林的目光转过来,盯着我。

我知道这表情的意思。

有人犯了错误,他人为此躺枪。当你意识到很久以前就错过了出口,却无法让时光倒流,但此时还可以尽你所能阻止更多人受到伤害乃至付出生命。伯林感到良心不安。他的工作是要付出代价的,现在差不多是时候偿还了。每个人最终都会寻求救赎,有首歌就是这么唱的,这首歌我已经唱了很久了。

"我需要和我的合伙人以及公司的其他人谈谈。"我说。

"我会等的。"伯林说。

他不打算回去等我的消息,而是现在就想得到一个答案,也许他觉得我已经"被逼到了墙角",不想冒险失去优势。我站起来,打开办公室的门,然后停了下来。有点不对劲。刚开始我不知道是什么不对劲,但很快就明白了。

办公室外面一点声音也没有:没有熙熙攘攘,没有乒乒乓乓,没有咒骂或吠叫。

我拉开门,期盼外面空无一人。

狗狗克拉伦斯的新项圈拴好了,哈利高兴地盯着手机;复印机嗡嗡作响,愉快地打印纸张,布洛赫站在打印机边,心满意足地微笑着;凯特静静地坐在办公室里,敲打着笔记本电脑的键盘;一位我不认识的女士坐在用来接待的桌子旁。她40多岁,金色短发,微笑着整理桌子上的文件,偶尔看看面前的电脑屏幕。

狗狗克拉伦斯走到她身边,她弯下腰说:"我喜欢你的新项圈。哈利,还需要我帮你弄弄软件吗?"

哈利说:"不用了,谢谢你,夫人。你一个早上创造的奇迹已经够多了。哦,艾迪,这是丹尼斯。她现在在这里工作。"

她转身离开狗狗克拉伦斯,向我走来,还伸出一只手。我们握了握手。

"我是丹尼斯,我很喜欢你的办公室。"

"我现在也开始喜欢了。"我说这话的时候,听到凯特走了过来。

"艾迪,我知道我们说过要讨论秘书职位的候选人,但是丹尼斯确实——"

"让我猜猜。她修好了狗狗克拉伦斯的项圈,弄好了打印机,为你的案子整理了所有的文件。"

"我还修好了咖啡机。"丹尼斯高兴地说。

我花了一点时间,看着周围的人。这是自我们搬到这里以来,大家第一次这么平静和快乐。

"丹尼斯,"我说,"你不仅被雇用了,而且永远都不许离开这个地方。"

凯特说:"从现在起,一切都会很顺利的。"

"好吧,我想现在是时候告诉你们,我打算离开一段时间了。我们在州外有个潜在的案子,一桩可能被判死刑的谋杀案。我可能需要一些帮助。"

"下星期我要处理一件重要的离婚案。"凯特说。

"别担心,哈利和我能处理好的。"

"什么案子?"哈利问。

"一个年轻人即将因为一桩他没有犯过的谋杀罪而被送进死牢。我们会无偿为他工作,但费用会由一位朋友支付。"

"你认识那孩子吗?"凯特问。

"从没见过。"

"所以你要跑到州外,为一个素未谋面的孩子免费辩护一桩可能被判死刑的谋杀案?"布洛赫从厨房里问。

"是的。这份工作不是帮助你认识的人,而是帮助一个你不认识的人。"

"去吧,我想我们已经把这边所有的事情都搞定了。"凯特说。

我看着丹尼斯说:"我想你确实把这边的一切都搞定了。对了,还有一件事,这孩子的律师失踪了,所以这个案子可能很危险。"

"如果不危险,就不会是你的案子了。"哈利说,"现在只有一个问题,艾迪,你没有在纽约以外执业的授权。"

伯林走到办公室的中央,从西装里抽出一个棕色的信封,说:"他今天下午3点就会有了。"

第一天

00:03

科恩

上午 9 点 01 分，兰德尔·科恩一瘸一拐地打开了森维尔县地方检察官办公室的门，默默地穿过几排坐着秘书和助理检察官的办公桌。没人互相问候，他们都有工作要做。再说，他什么也不需要说。人们已经感受到了他的存在。

科恩独立办公室的门有一半是玻璃的，至少有七十年的历史了。历届森维尔县地方检察官的名字都曾被贴在窗户上，随着任期的更替，名字被清除，然后换上新的名字。科恩把手放在门上时，已经有一个助手跟在后面，手里拿着一沓文件。一张宽大的红木办公桌后，有一把布满颗粒的绿色皮革椅，科恩坐在上面，抬头看着助理检察官——一个 30 岁的男人，穿着一件白色短袖衬衫，系着一条蓝色领带。汤姆·温菲尔德是科恩的头号助理检察官，他把文件递给科恩。

"这是迪布瓦一案中陪审团文件的索引？"

汤姆点点头。

"安迪·迪布瓦一案的进展如何？"科恩问，"别废话，汤姆，我想知道具体情况。三天后就要挑选陪审团了。"

汤姆使劲拉了拉领带上的结，然后系紧。他最近体重增加了，因为一有机会他就往喉咙里灌蛋白质。他一开始体形也不小，但现在他的胳膊和肩膀看起来就好像充满了氦气。不在办公室的时候，汤姆就在健身房举重。他的衬衫已经很旧了，旧到见证过以前汤姆苗条的时候。那时候，袖子和胸前的扣子不像现在这么紧绷。

"法医准备好了。报告完整，证人准备就绪。摄影师正在按你说的把死者的照片放大。"

"多大？"

"和真人差不多大小。大到陪审团会认为，他们看到的是真正的尸体。"

"别忘了提醒他增强色彩的对比度。我希望她脸上的血看起来是鲜红的。这些照片必须让陪审团震惊。这是第一步，记住了吗？"

汤姆点点头。

科恩花时间教他的助理检察官如何在死刑案件中定罪。挑选陪审团并说服他们判一个人死刑可不是件容易的事。陪审团会尽量保护生命，因为这是人类的本能反应。首要工作是尽可能地让他们感到震惊，最好是使用能让陪审员终生难忘的图像，越恐怖血腥越好。

接下来，给他们一个可以怨恨的目标——造成这场肮脏血腥混乱的罪魁祸首——被告。这个步骤的一部分，是将受害者提升到接近圣徒的地位。将其描绘成有血有肉的人——一个善良、诚实、敬畏神明的社区成员。让受害者仿佛就坐在陪审团里，和每个陪审员都像配偶、孩子或父母一样熟悉和亲近。

陪审团越喜欢受害者，就越恨被告。

最后一步是最困难的，但是有两种方法。陪审团的基督徒越多，科恩就越依赖于多年来熟记的《圣经》中一些惩罚性的段落——以牙还牙、以眼还眼等等；与《圣经》并列的是个人角度：让陪审团认为，如果不采取行动保护社会，把这个恶魔送进死牢，他们的孩子、配偶、伴侣或父母就将是下一个受害者。

处理死刑案件是一个将被告非人化的过程——把他们变成可怕的、需要被处决的怪物。一旦陪审团确信了这些因素，证明被告有罪就很简单了。只要陪审团害怕被告，他们就会定罪。仇恨是很好的动机，但不足以让陪审团杀人。恐惧要好得多，恐惧是一个强大的武器，一个科恩很久以前就学会使用的武器。

"迪布瓦的律师科迪·沃伦呢？有他的踪迹吗？"科恩问。

"我不知道，他的秘书已经好几天没见到他了。钱德勒法官说，不管他出庭与否，案件都会继续进行。"

"很好。"科恩说。

"还有一件事。"汤姆说。他犹豫了一下，把食指举到唇边，闭上了眼睛。好像有一种看不见的力量在阻止汤姆说话，也许是一种责任感，这是科恩需要从他身上训练出来的另一样东西。

"昨晚我听到一些书记员在法官的办公室里谈话，像是批准了一个客座律师资格认证。"

"某个到处找集体诉讼案件的州外律师？"

"不，"汤姆说，"至少，我不这么认为。据说，这个家伙从纽约来这里为安迪·迪布瓦辩护。"

"你什么时候听说的？"科恩厉声问道。

"昨天深夜。我锁上办公室准备回家的时候，听到他们在说话。"

"纽约来的律师？谁？"

"一个叫艾迪·弗林的家伙。"

一团火焰突然从科恩的眼睛里冒了出来。他舔了舔嘴唇，说："尽你所能查清楚。弗林是个认真的玩家，我读过他的一些案子。我想知道一切。迪布瓦和弗林之间肯定有什么联系，迪布瓦身无分文，请不起律师；美国公民自由联盟也不会资助弗林，他们只会找自己的律师过来。可能和科迪·沃伦的办公室有关，但似乎也不太可能。去和书记员、法官或者随便什么人谈谈，反正要弄清楚，为什么弗林要来为一个微不足道的杀手辩护。"科恩说完，又翻看了几页文件。

"没问题，我会尽我所能查清楚的。这个律师是何方神圣？我从没听说过艾迪·弗林。"

"他就是一颗手榴弹。江湖上有一些关于他的传言，说他在成为律师之前是个骗子，成为律师后一直在曼哈顿欺骗陪审团。"

温菲尔德点点头，退了出去，留下科恩独自思考。

这是一间朴素的办公室，一边放着文件柜，另一边放着科恩与几位市长以及政客的相框。他把椅子转了一圈，凝视着椅子后面墙上挂着的装裱好的犯罪嫌疑人的照片，共计115张。这些人状态都很差，但各不相同，有的眼睛因恐惧而睁得大大的，有的眼睛黯淡无光，因醉酒而昏昏欲睡。望着墙，他坐直了身子，心情也舒畅起来。这是他的成就，是他毕生的事业，这些人都是他送进死囚区的。他目睹了其中79人的死亡。这还不够，远远不够。

他的父亲是一个一心想着家族姓氏的人，他在股票市场上发了财，并在遗嘱中把大部分财产留给了科恩。但科恩对父亲的钱并不感兴趣，对别人的钱也不感兴趣。他身边总是有很多现金，所以钱对他没有什么吸引力。现在在他的银行账户里有3000万美金，但他对这些财产漠不关心。科恩牢记在心的是父亲关于家族遗产的谈话。那才是更重要的。

你死后有多少钱并不重要，孩子。衡量一个人的标准不是他金库里有多少钞票，而是身后留下的敌人尸体的数量，这才是衡量生活的方式。当你站在终点，把所有的竞争对手都打倒时，你才会知道谁是最后的赢家。

科恩从死者和那些他判处了死刑的人脸上汲取力量。大流士·罗宾逊是上一个给他这种个人乐趣的人，安迪·迪布瓦会是墙上的下一张脸。

他拿起电话，打给警局，找洛马克斯警长。过了一会儿，他的电话被转过去了。

"早上好呀。"洛马克斯用一种低沉的乡下拖腔说道。

"我想知道，我们失踪的律师一案有什么进展吗？"

"毫无进展，很抱歉。我们会继续找，继续打电话。我已经派了一些最优秀的警官来处理这件事。"

"听你这么说我很高兴。周末钓鱼的战绩如何？"

"很好。钓到一条大鲇鱼,差点把竿弄断了。"

"继续追查科迪·沃伦,找到后马上通知我。我在祈祷他能平安归来。"

"我们都是,兰德尔。"

"祝你今天愉快,警长。"科恩说着挂了电话。

10分钟后,科恩驾驶着捷豹,在巴克斯敦郊外乡间小路的各个急转弯处行驶。他沿着越来越窄的路转了一次又一次,最后走到了一条看起来没有尽头的土路上。在这条路上又行驶了10分钟,道路两边茂密的树木分开了,但只是短暂地分开,因为这条道路蜿蜒着通向卢萨哈切河。巴克斯敦位于森维尔县的中心。北面,是塔拉迪加森林,那是一片大约2000平方公里的松林。向南,沼泽地从卢萨哈切河溢出。巴克斯敦东边是肥沃的农田,西边是工业区,那里有一家钢铁厂和一家大型化学加工厂,这家化学加工厂一度濒临倒闭。

科恩停车,然后下了车,穿过稀疏的林木线。这些树非常古老,长满了西班牙苔藓。卢萨哈切河在这里变窄了,然后再往南几公里才达到最大流量。棕色的河水湍急地流淌着。科恩在下曼哈顿区一套可以看到东河①的公寓里长大。那时,他是个充满好奇心的少年,经常从卧室的窗户望向黑暗的河水,想知道河底藏着什么秘密。他不明白河水怎么会变得如此泥泞和黑暗,也不知道父亲让多少人从布鲁克林大桥顶上跌入那冰冷的深渊。

潺潺的水声把他的思绪带回现实,上午的阳光下,蟋蟀和蝉仍在鸣唱着。然后另一个声音加入了合唱——一台装有V8发动机的汽车低吟着。接着发动机熄火,一扇车门吱吱地打开又被砰的关上,脚步声在灌木丛中沙沙作响。

---

① 美国纽约州东南部的海峡,位于曼哈顿岛与长岛之间。

00:04

洛马克斯

警长柯尔特·洛马克斯走近河岸时，闻到了一股恶臭。他把警局的巡逻车停在土路上，这会儿正朝集合地点走去。在和科恩通电话时，他被问到钓鱼的事——这是一个暗号，意味着他们得在这里见面；如果问他打保龄球的手臂感觉如何，他们就会在保龄球馆的停车场见面。餐厅停车场、湖边的船屋和老磨坊也被安排做类似的会面地点。钓鱼指的是河，所以他来到了这里。

科恩是个谨慎的人。

植被在高温和潮湿中腐烂，但并不能解释洛马克斯穿过灌木丛时闻到的越来越浓的气味。从苔藓和河水中散发出的甜美腐味是相当令人愉快的，但这个气味不一样。有些时候，他甚至觉得自己嗅到的是科恩身上的气味，仿佛那个人已经从里到外都烂透了。每当这时，他就告诉自己，那只是他的想象——没有人会散发这么难闻的气味，除非已经在河里躺了几天，死了，体内充满了气体。

他来到河岸的一小块空地上，看见了科恩高大的身躯，他正站在一棵松树的树枝下躲避太阳。

"比地狱还热。"科恩说。

他的口音有点难以辨认。他说话就像土生土长的纯森维尔县人，但偶尔一些曼哈顿口音会在某个词中显露出来，这无疑是告诉洛马克斯，科恩不是这里的人。洛马克斯很好奇，科恩是否终其一生都在模仿森维尔的口音——这是他为一群看不见的人扮演的一个永久的角色，有时，面纱会短暂地揭开，露出科恩的真实面目。

检察官脸色苍白，满头大汗，但这并不是因为肥胖，完全不是。相反，科恩看上去瘦削到病态。一层薄薄的汗水似乎永久地覆盖在他白雪般的皮肤上。科恩喜欢躲在阴影下。他从上衣口袋里掏出一块手帕,擦了擦脖子和额头。

"你现在应该习惯这种高温了。"洛马克斯说。

"我讨厌高温。一直都是,永远都是。"

"有什么问题吗?我已经告诉过你科迪·沃伦暂时消失了。没人会找到他的。"

"这与沃伦无关。嗯,也不是完全无关。"

那股气味又来了,像一堵砖墙砸在洛马克斯的头上。

"不,是关于他的接替者的事情。我听说有个纽约的大佬要到这儿来,在迪布瓦的案子上教训我们一顿。"

"我不担心。迪布瓦的事情天衣无缝。不管这个城里人是个多好的律师,他都无法取得无罪释放的结果,因为我们有被告的认罪记录。"

"我也不担心这个。迪布瓦在纽约没有家人也没有关系,他母亲一分钱都没有。我担心的是这个律师是怎么被雇来的,里面有些事我们不知道,而且毫无头绪。"

"你要我和迪布瓦谈谈吗?"

"可以。也许应该让迪布瓦知道,他最不需要的就是一个会让事情变得更糟的高级律师。这倒提醒了我,我还得让迪布瓦的老狱友劳森准备出庭。"

"劳森和其他人的证词应该足以让我们突破陪审团的防线。别担心这个城里人了。"

科恩迅速从阴凉处走出来,站在警长面前。洛马克斯后退了一步,心跳加速。在需要的时候,科恩的动作会很快,就像一只蜘蛛感觉到一只苍蝇落在网上然后突然行动那么快,这就是洛马克斯的感受——就好像他刚刚在一根细蛛丝上引起了震颤,唤醒了随时可能吞噬他的饥饿捕食者。他满脸汗水,嘴里感觉就像在吮吸一块干石头。

科恩说话时声音很低,就像在训练狗。

"你以为我害怕这个来自纽约的先生?我在那里长大,了解那些人。我随时都能在法庭上打败他们。你别想别的,一秒钟也别想。"

"没有冒犯的意思,科恩先生,"洛马克斯说,同时把目光移开,这样就不用看着科恩那双死气沉沉的眼睛了,"我的意思是没必要这么草率。如果处理同一案件的两名律师都失踪了,这个镇就会到处都是联邦调查局的人。"

科恩点点头,说:"我明白你的意思,但联邦调查局什么也找不到。和上次一样。如果我认为弗林需要暂时消失,你会同意的,对吧警长?我们已经讨论过这个了。正义的敌人就是我们的敌人。你也看到迪布瓦对斯凯拉·爱德华兹做了什么,他逃不掉的。如果有人挡了我们的路……"

洛马克斯点了点头,目光游离。受害者的尸体被发现时,他是第一个到达现场的警官,目睹了强加于她身上的种种恐怖行径。抓获安迪·迪布瓦没花多少时间,洛马克斯很快就让他招供了。然后那该死的法医报告出来了,接着迪布瓦的情况就不那么符合了。但为时已晚,他已经被起诉了,而且科恩已经认定迪布瓦就是凶手。他们就进一步调查其他嫌疑人进行了短暂的讨论,但科恩不同意,迪布瓦的供词会自动削弱对其他嫌疑人的指控。

"不能让任何事情阻止我们为迪布瓦争取死刑。在那之前,看看能不能找到关于弗林的线索,事成后给我打电话。哦,还有一件事……"

洛马克斯咽了口唾沫,喉咙又干又痛。

"确保弗林进城时受到热烈欢迎。"说完,科恩转身走回他的车。

洛马克斯喘了口气,胡子上的汗珠喷向空中。他脱下帽子,发现自己已经被汗水湿透了。

离开之前,洛马克斯最后看了一眼河流。河里只有鳄鱼、乌龟以及一些死去的东西。一层低低的薄雾笼罩着沼泽和长满青苔的树木,仿佛在大地上编织的精美蜘蛛网。

科恩走得越远,腐败的味道就越淡。洛马克斯不慌不忙地走回自己的车,打开门,上了车。他转动车钥匙时,收音机响了起来。一个经典的摇滚电台正在进行"特别周"活动,播放滚石乐队的歌曲。当米克·贾格尔[1]礼貌地问是否可以进行自我介绍时,他把右臂搭在副驾驶座靠背上,向后挡风玻璃外看了看,然后倒车回到泥泞的路上。

当把车倒回车道,驶向一个可以转弯的地方时,洛马克斯把脚从油门上移开了。他能闻到离合器烧焦的味道,但这并不是他停下的原因。

有个念头使他停了下来。

他取下钥匙,用粗大的红手指翻动着。他的钥匙扣上垂下一只兔子脚,这是妻子露西在他第一天上班时送他的礼物,她说这可以给他们俩带来好运。果然,洛马克斯每次下班都能安然无恙地回家。但露西就不一样了。

手指间柔软的皮毛挂件让他的呼吸变得轻松,他开始感到凉爽。他把钥匙插回点火,发动了V8引擎,打方向盘开始掉头。有时候,他希望自己能逆转的不仅仅是汽车。他走过的一些路里,有的是单行道,且不能停留。

不能后退。

有些事情是无法挽回的。

几分钟后,他就到了巴克斯敦的郊区,在第一个红绿灯处拐弯回了家。他的房子是殖民地时期的旧房子,近几年翻新过,每一块木板都被更换,并重新上了漆。这是一栋极为舒适宜居的房子,有四间卧室,他只用了其中一间。他把车停在院子的车道上,下了车,看见露西坐在门廊上,门廊上的新纱窗可以保护她免受最严重的昆虫侵害。她坐在阿迪朗达克椅[2]上,膝上放着编织针,脚边是一卷鲜红的毛线。

"外面好热。我路过这里,想着可以回家喝点柠檬水。"他说。

露西60岁出头,她太了解自己的丈夫了。她抬头对他微笑,或者至少在抬起头的时候做出一副微笑的表情。

"胡扯,柯尔特。去吧,从冰箱里拿杯冷饮,也给我来一杯。"

---

[1] 英国摇滚歌手,1943年7月26日出生于英国,滚石乐队创始成员之一。1969年开始担任乐队主唱。
[2] 一种常用于户外休闲的木质椅子,特点是靠背和座位呈倾斜状,使人坐在上面更加舒适。

他把一个胳膊轻轻地放在她的肩上,好像这个胳膊是玻璃做的,问道:"你确定你能行吗?"

她点了点头。

厨房里还是他早上离开时的样子:她的燕麦片原封不动地放在桌上,她的药片旁边仍然放着满满一杯橙汁。其中一些较小的药片放在盘子里,另一些则被压碎放在勺子上。她的假发,今天早上刚被他刷过,此时正放在厨房椅子的靠背上。他倒了两杯柠檬水,回到炎热的室外,递给露西一杯,然后在她旁边坐下。

"你没吃药,亲爱的。"他说。

"我当然没有。"她轻声说。

每天早上和晚上,洛马克斯都小心翼翼地把露西的药片摆出来,一共有十几颗,其中有些她咽不下去,所以较大的药丸,他会用两个勺子或菜刀的平刃压碎,其他的则切成两半。露西吞咽困难的问题越来越严重。

"你应该吃药。露西,医生说——"

"医生说我只有六个月了,柯尔特,现在已经一年了,我受够了。"她说着,用手指抚摸着头皮。她苍白的头上还留着几缕头发,但无法掩盖她皮肤上露出的青筋。

"我们谈过这个问题。"洛马克斯说。

"确实谈过,这是我的决定。我们试过化疗,没成功,我不想再经历一次了。那些药让我变得头脑迟缓、病情加重。我想织点东西,但药物让我发抖,我什么也做不了。我要么是在生病,要么是在睡觉,就连走路也走不稳。疼痛不是很严重;至少疼痛让我知道自己还活着。"

她伸出手,轻轻地碰了碰他的手,就像一阵微风吹在他的皮肤上——她的触碰是如此的柔软和冰冷。

"我想再做一个妻子,至少暂时做一下。"

"会有新的药物,新的治疗方法。我们可以试试别的——"

"不,"露西说,他很久没有听到过这么大的声音了,"我们已经花了太多钱了。几十万美金都打了水漂,这到底有什么意义?我要死了,柯尔特。我的时间到了,你也是时候明白这一点了。接受现实吧。为了我,好吗?"

洛马克斯没有听见他手里的柠檬水杯从手里掉下来摔碎在门廊的木板上。他听到了妻子轻柔的声音,感觉到了她的抚摸。他想哭,但哭不出来。至少不能当着她的面。他发过誓,永远不能那样。那只会让她更难过。他强忍着即将到来的失去。

他早就知道这一天会到来。

他知道是自己做过的坏事导致了这一切。上天在惩罚他的罪孽:他在工作中撒的谎,伤害过的人,还有从科恩那里收下的钱——他用那笔钱买了房子,也因此让露西生病了。然后他用那些钱支付了她的治疗费。对洛马克斯来说,这不是什么因果报应,而是上天在给他传递信息。他因此而恨上天。

洛马克斯真希望自己没有踏上这条不归路。而是每天晚上都平平安安地回家,就像他应该做的那样——老老实实在巴克斯敦的老房子里照顾妻子,不从兰德尔·科恩那里拿一分钱。

起风了,他嗅到了空气中弥漫的死亡气息。这让他想起了科迪·沃伦。一把0.22口径的史密斯-威森手枪完成了任务。他把枪口对准那位律师的头时,看到了沃伦眼中的恐惧,但还是扣动了扳机,把恐惧的表情永远锁在了沃伦的脸上。那是洛马克斯做过的最艰难的事。之后他一直生病,而且从那以后就再没睡过好觉。

当科恩决定起诉安迪·迪布瓦时,一系列事件随之发生。每件事都注定般地接踵而至。法医的报告减轻了迪布瓦的嫌疑,所以科恩篡改了报告。洛马克斯打得迪布瓦招供后,仍然不能放他走。当科迪·沃伦太接近真相时,他也只能被处理掉了。

与其他案件不同,斯凯拉·爱德华兹谋杀案一直困扰着洛马克斯。杀戮的残忍和奇异之处使他感到不安,所以他不认同科恩的说法——科恩坚持认为是迪布瓦实施了谋杀。洛马克斯瞒着科恩继续他的调查。

他知道如果自己把调查结果告诉科恩会发生什么。这些结果会被掩埋，甚至可能连洛马克斯自己也会因为违抗科恩的命令而被掩埋。他也不能冒险把调查结果交给美国检察官办公室——科恩掌握了他足够多的把柄，可以把他关很久。那样的话，谁来照顾露西呢？他被谎言困住了，这导致他不得不杀了那个律师。安迪·迪布瓦很快就会成为另一具压在洛马克斯心头的尸体，这是掩盖事实这个简单举动的另一个后果，这是妥协的后果，跟证据第一次丢失这件事无关——试图掩盖原罪的所作所为会彻底侵蚀你的灵魂。

他知道，对自己所作所为的内疚和羞耻最终会减轻。就像上次一样，还有之前的那次。在减轻之前，他只能忍受。他别无选择，只能沿着这条路继续走下去。即使这意味着，将来会有更多的律师死去。

00:05

艾迪

我讨厌坐飞机。

我讨厌机场：讨厌空调，讨厌过高的定价，讨厌行李箱轮子在瓷砖上发出的嘎嘎声。

从拉瓜迪亚到北卡罗来纳州的夏洛特需要 2 个小时，中途短暂停留，然后再飞 2 个小时到莫比尔。我打算在飞机上读这个案子。舱门关上，机舱开始增压，与此同时，我打开了文件，哈利则开始困得点头。飞机刚离地，他就打起盹来。

走之前，伯林把汽车后备厢里的文件给了我。哈利昨天读了，我则把一些案子交给凯特，让她在我们不在的时候代为处理。

文件大约有 500 页，里面有很多证词。在阅读的过程中，我脑海中浮现出安迪·迪布瓦在森维尔县的画面。

安迪是帕特里西亚和弗朗哥·迪布瓦的儿子，但很快家里就出了一些情况：当安迪开始走路和说话的时候，父亲弗朗哥离开了他的生活。情况是这样的，安迪的父亲曾试图抢劫图森市的一家加油站，结果被打了一身铅弹，并因此获刑十五年，在宾夕法尼亚州立监狱服刑。在监狱里，弗朗哥的运气也没好到哪里去。服刑一年后，他在操场上被人发现时，脑袋几乎搬了家。是他的狱友干的：有四个人把弗朗哥摁在举重台上，至少还有两个人把一个重达136公斤的杠铃压在他身上，最后杠铃落在了他的喉咙上。

宾夕法尼亚州支付了弗朗哥的丧葬费，把他葬在了监狱的空地里。帕特里西亚拒绝拉走他的遗体，她已经和他断绝了关系，不想让这个男人多花她一分钱。帕特里西亚认为弗朗哥为儿子做过的最好的事就是让自己被搞死，她不希望安迪在酒精、毒品以及随之而来的谎言、辛酸和痛苦中长大。

从安迪出生的那一天起，她就知道他会是个好孩子。

读着由安迪的律师科迪·沃伦准备的帕特里西亚的大量证词，我知道这个案子会让我失去一些东西——总有一些案子会让你失去一部分，一些你永远无法挽回的部分。有时只是一小块，有时则是一大块。我读得越多，就越愿意为此付出代价。

帕特里西亚·迪布瓦

我的安迪不太擅长接球或扔球，他的体形也不够健壮，不能在橄榄球运动中擒抱自如，但他喜欢读书。他从小就阅读能接触到的一切东西。他是个好孩子，一位南方绅士，但也是个书呆子——这是我对他的称呼。那孩子几乎读过教堂大街上图书馆里的每一本书，但就是不记得过马路时要看两边，真是不能理解。我的孩子仿佛每天都在神游天外，但他学习很努力，以全班第二名的成绩毕业，并获得了蒙特瓦洛大学的奖学金。我至今仍然不敢相信，我儿子要去上大学了。

他在那个酒吧里拼命工作,只要有机会就去,省吃俭用,接着就发生了这样的事。我儿子没有杀那个女孩。他每周日都在教堂祈祷,而且从来没有伤害过任何人,甚至都没打过架。安迪永远不会伤害任何女人。

我翻看了一下这个案子受害者的情况。

她叫斯凯拉·爱德华兹,20岁,是亚拉巴马大学的学生,学的是化学,每天从家里通勤去学校。她的父母并不富裕,所以我好奇他们是如何支付她的学费的,因为文件里面没有提到她有奖学金。而且对于一个蓝领工人来说,供孩子读完大学是非常困难的。她在酒吧做兼职,父亲弗朗西斯·爱德华兹是个长途卡车司机,母亲埃丝特是一名家庭主妇,我找不到埃丝特的口供。弗朗西斯则这样描述了5月14日的夜晚:

弗朗西斯·爱德华兹

她在霍格酒吧工作,那是个为卡车司机提供服务的酒吧。作为服务员,她负责卖啤酒,同时把赚来的小费存起来上大学。每周工作四个晚上,晚上7点到凌晨1点,如果酒吧人多的话,还会更晚。斯凯拉买不起车,所以工作快结束时会给我打电话,然后我开车去接她回家。通常,她会和那个叫安迪的男孩一起等着。我载过他几次,基本是在下雨的时候。但其实我们并不顺路,你知道吗?不送他的时候,他就得自己走,不过这跟我没关系,所以大多时候我都不去想这个问题。不管怎样,那天晚上,斯凯拉没有打电话。那时候已经过了午夜,她母亲埃丝特睡不着,她起来了,在厨房里忙着什么。她让我打电话给斯凯拉,我想酒吧一定很忙,再等等。天啊,我真后悔没打那个电话啊。也许打了电话就不会出事了。如果她的电话响了,也许那个男孩就不会打她然后把她杀了。埃丝特至今不肯原谅我。我一点半才开车出去,酒吧已经打烊了,周围没有人。我给斯凯拉打电话,但没人接。我开车走遍了整个镇子,以防她搭车去了主街喝酒。

这不像斯凯拉会做出的事情,她总是告诉我们她在哪里。埃丝特打电话给警长,我找了她一整天。然后,那天晚上,我们接到电话,说她被找到了。

我觉得你很难从埃丝特那里得到什么消息,从你们警局的人那里得知这个消息后,她非常激动,医生不得不给她打镇静剂。她一直在哭,哭,哭,已经好几天没走出斯凯拉的房间了。埃丝特从来没出去工作过,斯凯拉是埃丝特的命,是她活着的意义。现在女儿走了,我不知道她会做出什么事来。我们的女儿就这样被带走了,真是天理难容。她是被谋杀的。那个男孩,安迪,我希望他们能为他对我女儿的所作所为,把他千刀万剐。

我翻了一下文件,看到了酒吧老板里安·霍格的声明。

里安·霍格

斯凯拉在我这儿当了三年服务员。她是个好员工,总是准时上班,对顾客也很好——即使是那些吵闹的顾客。她能独自应付各种大事小事,你明白吗?总之,我那天12点左右打烊了。她和安迪打扫完卫生,午夜过后就离开了。我记得他们是一起离开的,这种情况并不罕见。下雨时,斯凯拉的父亲会载他回家。大多数时候,他只是陪着她,直到她的车来接。那天晚上,他们在离开前争论着什么。别问我内容,我不知道,我没听见,但安迪对她说话时提高了嗓门,我记得很清楚,那不像安迪的作风,他是个安静的孩子。在本该拖地的时候,总是埋头看书。不管怎样,斯凯拉看起来很害怕。

然后他们一起离开了，此后我再也没见过她。

斯凯拉失踪了24小时，直到她的尸体被人发现。

发现他的人名叫泰德·巴克斯顿，是当地的一名卡车司机。5月14日，也就是斯凯拉失踪的那天晚上，他把卡车停在霍格酒吧，在那里待了一天。5月15日晚上，他回到卡车旁，看见满地砾石和泥土的天然停车场那边的沼泽地里有什么东西。

乍一看，像是有人弯着腰在高高的草丛里缓慢移动。他抓起手电筒，走过去凑近看了看。就这样，他发现两只乌龟正在"研究"斯凯拉·爱德华兹的尸体。一开始，他不知道那是斯凯拉，只看到有个人的脚底露出地面。他报了警，警察把她挖了出来。

斯凯拉是被竖着埋起来的，就像钻进了一个又深又窄的坟墓。但坟墓不够深，也不够宽，不足以把腿全放进去，所以她的脚从地上伸了出来。但她脚踝周围的泥土都压实了。简而言之，她被倒着埋了起来。

我直接跳到了尸检报告的部分。她的伤势非常严重，她的脸、躯干、腿都被烧伤了，但只是她身体前面的部分，后面没有。法医普里斯小姐猜测是晒伤。普里斯发现，她左手的两根手指断了，前臂上有瘀青，这说明她曾试图反抗，保护自己。她脸上也有挫伤，手腕和脚踝上则有勒痕。法医列出的死因是勒毙。她说，考虑到喉咙和颈骨的损伤，勒毙时使用的力量是巨大的。

我小心翼翼，不让飞机上的其他人看到这些照片——一具部分烧伤和血迹斑斑的尸体的全景照片。

里面有一份犯罪现场的记录，详细记录了第一名警员到达现场的时间，法医、警长和所有警员到达现场的时间，以及封锁现场的时间。就像一本粗略的调查日记。凌晨2点，警长注意到受害者的身份可能是斯凯拉·爱德华兹。他们在离尸体不远的地方发现了一个手提包。

手提包内容

一套钥匙（共三把），钱包（49美金25美分的现金，美国银行的银行卡、富国银行的银行卡、巴克斯敦图书馆的借书卡，上面写的都是斯凯拉·爱德华兹的名字），斯凯拉·爱德华兹在亚拉巴马大学的学生证，斯凯拉·爱德华兹的驾照，唇膏，镜子，粉底，口香糖。

在生命的尽头，拥有这些东西并不算多。我翻了一页，发现了更多的图片。第一张是斯凯拉在毕业舞会上的照片：金色的头发向后梳成一个紧马尾，脸上挂着灿烂的笑容，身上穿着一件看起来不贵但仍然很漂亮的蓝色连衣裙。她看起来很兴奋，充满生机和活力。她的舞伴是加里·斯特劳德，高中橄榄球队四分卫，看起来像是服用了类固醇。他的燕尾服下面绷着大块的肌肉，脸上布满了粉刺，站在斯凯拉身边，微笑着。此外还有几张斯凯拉和家人一起在家里的照片。

我胸口的某个地方像开了一个洞，艰难地吞咽着口水。我心里还是跟之前一样的想法：什么人会对一个无辜的女孩做出这种事？

在尸体被发现后，森维尔县治安部门迅速将嫌疑人逮捕。里安·霍格的声明说，他看到安迪和斯凯拉在深夜争吵，这可能是安迪最初被捕的一个重要原因。她的男朋友加里发表了一份简短的声明，说他准备在那天晚上向她求婚，但她一直没有出现。

我把文件合上，整理一下思绪。里面没有太多对安迪不利的证据，这些充其量只是间接证据，至少到目前为止是这样。

我打开卷宗继续读下去。

妈的。

我又把卷宗收起来，靠在座位上，闭上眼睛，度过飞行的最后1个小时。

他们有足够的证据给安迪定罪。

在斯凯拉的指甲下发现了血迹，一位名叫谢丽尔·班伯里的法医专家证实了血迹与安迪的 DNA 匹配。她的报告简短且令人印象深刻。

谢丽尔·班伯里，法医生物系首席分析师

　　从受害者右手上取下的指甲是由森维尔县警长柯尔特·洛马克斯提供的，他证实指甲下有泥土和类似血迹的物质。我检查了标记为 CL12 的密封证物袋内的指甲，发现血液、皮肤、泥沙以及粉末残留物。

　　粉末残留物检测为抗胆碱能颗粒（4份）、舍曲林颗粒（1份）、硫酸吗啡颗粒（4份）、吩噻嗪颗粒（很可能是普鲁氯嗪①颗粒）（1份）。

　　警长柯尔特·洛马克斯还提供了嫌疑人安迪·迪布瓦的 DNA 样本，标记为 CL28。

　　我对所有样本进行了 DNA 分离。采用 PCR（聚合酶链反应）单基因位点技术分析遗传性状，使用 21 个 PCR 特征标记进行了两个样本的比较，并进行了单独的对照试验。生物统计学分析证实，来自 CL12 的 DNA 标记与来自 CL28 的 DNA 匹配的概率为 99.9999%。

　　粉末残留物并没有引起我太大的关注——受害者正在学习化学，所以我猜她接触过各种各样的东西。DNA 就像个杀手，世界上不存在完美的 DNA 匹配。报告说，根据科学分析，斯凯拉指甲里的血液 DNA 与安迪的相符。安迪的肩膀上也有相应的手指抓痕，抓痕深到足够出血。这看起来斯凯拉抓伤了袭击她的人，也就是安迪。

　　5 月 16 日，也就是斯凯拉尸体被发现的第二天，安迪向洛马克斯警长做了完整而详细的供词。里面大部分我都看不懂，我读到的东西

---

① 主要用作抗精神病药。使用抗精神病药治疗患有痴呆相关精神性障碍的老年患者，会增加死亡的风险。氟哌啶醇片未被批准用于治疗痴呆相关精神病性障碍等。

听起来不像是一个年轻人写的,而更像是执法部门写的——可能是警察写了那该死的东西然后让安迪签了名。

但这并不是唯一的供词。他的狱友做证说,安迪承认自己杀害了斯凯拉,因为她不愿和他上床。我感到恶心,但也奇怪地充满希望。

在这个案件中,有不止一份,而是两份不可靠的供词。其中一个是警察在安迪被捕后几小时内写的,另一个可能是在一周后写的,是由监狱里的告密者提供的。为什么他们需要两份供词?

我需要见到安迪,和他面对面谈谈,了解一下他。我必须确定他是无辜的,这一点我在跟他说话的时候就会知道。

现在有一件事是毫无疑问的——如果我决定为安迪辩护,这将是我一生中最艰难的案子。

00:06

艾迪

我们 8 点左右到达莫比尔机场。我取了行李,用公司信用卡租了一辆车。

租车公司把我和哈利放在一个大停车场的尽头,旁边是一辆风光不再的丰田普锐斯。哈利从高尔夫球车里走出来,凝视着那辆普锐斯,表情就像他的孩子刚从哈佛辍学,开始学习编篮子的手艺。

"我以为我们租的是'车'。"他说。

"这是车啊。"我说。

"不,不是。这不过是几个轮子上装了个电池,再加个玩具汽车引擎,根本没有灵魂。"

"你也没有什么灵魂。把行李放进后备厢,然后去巴克斯敦吧。我来开车。"

"不,我来开。这样可以给我抱怨车的借口,也可以给你抱怨我驾驶技术的借口。皆大欢喜。"

车里的导航系统似乎更依赖占星术和玄学,而不是 GPS,但当我们找到高速公路时,离森维尔县就只剩下一小段距离了。哈利一直踩油门,抱怨汽车坏了。

"它没坏,这是一辆混动车。"

"混什么车?混'蛋'车吗?我告诉你,这破车已经废了。"

巴克斯敦的出口标志上有三个弹孔,边缘也锈迹斑斑的。三个弹孔都打在了巴克斯敦中"敦"字的"口"里。我们来到一条双车道的柏油路上,两边都是树木,很快树木让位给空旷的田野,周围被雾气笼罩。然后雾流动起来,轻轻起伏,仿佛有 1000 个鬼魂在泥土里翻滚。

那不是雾,是我以前从未见过的东西。

"是棉花地,"哈利说,"在月光下看起来很奇怪,是不是?"

"令人毛骨悚然。"我说。

"我的曾祖父以前在亚拉巴马州采摘棉花,这工作使人腰酸背痛。实际上他干的并不是真正的工作,因为没有工资。"

他的声音变得更柔和、更低沉:"这片土地上浸润着太多的血。不知什么原因,这个地方感觉……被污染了。我父亲在亚拉巴马州到处传教,我们在这里待了五年,但我从来没有想念过这个地方。"

我感到脊背打了个寒战。

"这个案子一结束,我们就离开这里,再也不回来了。"我说。

田野向四面八方延伸了几公里,直到我们翻过一座小山,前面出现了一片森林。这条路绕着长满西班牙青苔的大橡树和柳树蜿蜒而行,树木的枝条就像一幅哥特式面纱,在柏油路面上伸展。路边有一些单层的老木屋,但没有一个老木屋有像样的屋顶,而且个个东倒西歪,看起来像早就被废弃了,或者至少是时候被废弃了。有几间屋子里亮着灯,有些甚至没有窗户,只有沥青纸,里面的光透出来,奇怪而美丽。

"你看了所有的案卷?"哈利问。

"是的。你怎么看这事?"

"如果他说自己是无辜的,而且可能确实是无辜的,那我们就有麻烦了。你以前接过棘手的案子,我也是,但从来没有一个像现在这样的案子。我们还没开始,就有两份供词要处理。一份来自狱友,一份来自警长。"哈利说。

"我们需要和他谈谈。如果他说警察提供的供词是他在被胁迫的状态下取得的,我们就得拿到证据。另一份供词来自监狱里的告密者,这个可能相对比较容易处理。"

"我不认为他谋杀了那个可怜的女孩。"哈利直截了当地说。

"你为什么这么肯定?"我问。

"整件事有点不对劲。我以前也见过警察用伪造的证据来定性的案子,但没有一个像眼前的这个案子一样。他们在死者的指甲里找到了安迪的血迹和DNA,而且那孩子的肩膀上有抓痕。为什么不弄一份,而是弄了两份假供词呢?不对呀。"

"不对的地方太多了:我们几天后就要见证死刑审判了,那样我们就拿不到钱了;我们处在一个荒无人烟的地方,而且我们的客户已经两次承认谋杀了。有什么地方是对的吗?"

"一点也没有。受害者是这个案子的关键,我们需要知道她的一切,文档里没有多少东西。"

加油站的位置标志着这个城镇的开端。哈利把我们带到了定位系统显示的主街。除了一家酒吧和一家7-11便利店外,这个地方的商家晚上都关门了,建筑物变得稀疏。在街道的边缘,最后一栋楼外面停着三辆县警的巡逻车。这栋楼是警长办公室——一座长长的两层砖砌建筑,给人一种很不协调的感觉。二楼被漆成了白色,下半部分露出了砖。在主街的中间有一个十字路口,这是巴克街与主街相交的地方,就像步枪上的准星。我上网查了一下,发现镇上仅有的两家旅馆都在巴克街。没有网站可以在线预订住处,之前我打过电话,但他们没有接。看来得临时找地方住了。

哈利很喜欢我们看到的第一家旅馆的外观，这家旅馆名为"鸡油菌"，于是我们把车停在外面。

那不过是一幢殖民地风格的大房子，白漆已经褪色，门廊上放着一把摇椅，窗户上的牌子上写着"尚有空房"。

一打开车门，亚拉巴马州的天气就把我弄得满头大汗。这里的湿度高达89%，而且非常热。我一直生活在纽约，习惯了纽约夏天的炎热和潮湿。但这里不一样。这里空气浑浊，潮湿无比，一点风也没有，就像一座腐朽棺材里的空气，而且地上到处都是虫子。

我跟着哈利穿过前门，来到一个做接待处的红木桌旁，那里有一个红木色的接待员，她蓝色连衣裙上的胸牌写着"克莱拉"。克莱拉本来是白皮肤，但六十多年的日光浴和骆驼牌香烟吸烟史使她的白皮肤变成了和家具一样的红色。而且相比之下，桌子看起来更年轻，也更干净。

"名字？"她用死气沉沉的声音问道。她的金发在刘海处卷了起来，看起来像是在努力避免与皮肤接触。

"哈利·福特，很高兴认识你。这是我的同事，艾迪·弗林。"

克莱拉吸了一口骆驼牌香烟，对着"禁止吸烟"的牌子吹了一团蓝烟，嘶哑地说："对不起，先生们，房间已经订满了。"说着，她把香烟摁进烟灰缸，把头转向一本《大都会》杂志。

"对不起，夫人，外面的标志显示有房。"哈利说。

"标志在这儿不管用。"她说，眼睛一直盯着一篇题为《必备比基尼》的文章。

哈利会意地看了我一眼，意思是他懂了。不管他懂了什么，反正我不懂。

"我想我知道问题出在哪里了。女士，我们知道这是个传统的小镇。艾迪和我是同事，我们不是同性恋。当然，就算是也并没有什么错。尽管如此，我们还是想要两个单独的房间。"

"我们的房间都订满了。"她说。

哈利向前倾身，我挽住他的胳膊。

"咱们去另一家旅馆试试。"我说。

对于住鸡油菌旅馆，我并不怎么执着。走到外面，哈利拍了拍我的肩膀。

"你认为她不让我们住，是因为她认为我们是同性恋？"

我摇了摇头，说："我不知道。"

他说："亚拉巴马州的旅馆因为我是黑人而拒绝给我安排房间，这是一个令人耳目一新的变化。"

"不管怎样，我都不想待在那里。不管是种族歧视还是'恐同'，都很糟糕。我们试试街对面的那家吧。这次我进去，我是爱尔兰天主教徒。"

我们一同穿过马路。自从进城以来，我们一辆车也没见过，甚至街灯看起来都很压抑。这一小段路把衬衫像热熔胶一样粘在了我的背上。我不适应这种气候。哈利等在外面，而我则冒险走进这家名为"新旅馆"的店。我想，这家店曾经应该是新的，现在大概40多岁了吧。一个小小的红色霓虹灯招牌上写着"有房"两个字，小得就像把字印在了一只路过的蚊子的屁股上。我打开前门，门铃响了。就像鸡油菌旅馆一样，前台后面有人。这个接待员是个黑发的年轻人，头发黑得看起来像是被画在头上。他站起来，点了点头，打开登记簿。

"先生，请问您贵姓？"

"艾迪·弗林。"我说，同时伸手去拿放在宾客登记簿里的钢笔。

他那双蓝色的小眼睛突然亮了起来。他透过牙齿吸了口气，在我面前合上登记簿，说："对不起，房间都订满了。"

我静静地站在那里，盯着那个孩子。他不可能超过20岁，咬着嘴唇，开始用钢笔在接待处的桌子上快速地敲着。

"城里在开会吗？"我问。

"现在是夏天，我们是旺季。"他说，头使劲地低向地板。

争论已经没有意义了，我离开旅馆，在人行道上和哈利会合。

"好像这家也订满了。很有趣，不是吗？我想有人知道我们要来。"

"别犯傻了。听着，反正我也不想待在这两个垃圾场里。我们回莫比尔去，找一家真正的旅馆。"哈利说。

"好主意。"我说。

我们穿过空无一人的街道，朝那辆普锐斯走去。哈利打开驾驶室的门，把一条腿伸进去，然后呆住了。

"怎么了？"我问。

我绕到他那一边，顺着他的目光看到了瘪下去的前胎。我又看了看我这边的后轮胎，还好没事。我绕着车走了一圈，看到副驾驶侧的轮胎也瘪了。我在鸡油菌旅馆门廊的灯光下跪下来，用手指摸着轮胎，上面有一条缝，大约2.5厘米宽，高出边缘5厘米。是刀痕。

"是我的名字，"我说，"有人知道我们要来，想确保咱们受到'热烈欢迎'。"

哈利鼓着脸说："我讨厌这个该死的小镇。"

00:07

牧师

牧师透过屋顶的窗户凝视着挂在巴克斯敦天空上的那一轮乳白色的满月。

他听到楼梯上有脚步声。

他转过身，环视了一下房间。这是一个开阔的空间，巴克斯敦保险公司楼上的这一层使用率不高。一排文件柜占据了房间的一边，七张椅子在木地板中间围成一圈。窗户下面有一张桌子，上面放着杯子和咖啡机，牧师已经倒好了咖啡。墙上唯一的装饰是两面旗帜，一面是别在屋檐上的邦联旗[①]，另一面是古色古香的旗帜，镶了框，挂在档

[①] 邦联旗是19世纪美国内战期间代表南方军队的旗帜，也被广泛看作是种族主义的标志。

案室对面的墙上。这面旗已经褪色了,曾经充满活力的红色背景现在看起来仿佛生了锈。在那棕红色中间有一朵白色的花,就像是旧布上的旧标志。花是山茶花,已经从白色变成了黄色,从中心散开的七瓣花瓣显得黯淡无光,而造成这一点的原因,要么是因为年龄,要么是因为尿液。这是一面很可能会被撒尿的旗帜,而且极有可能已经被尿过了。这是目前仅存的三面旗帜之一,牧师在黑市拍卖会上花了5万美金买下。

任何有声誉的古董商都不会公开出售这面旗帜。这面旗历史悠久,那块已磨损的薄布承载着在那旗帜下所犯的罪恶的重量。

门开了,一个穿着花呢夹克的矮胖秃顶男人走了进来。是格鲁伯教授,他的夹克都湿透了。即使在晚上,天气也很热。上楼的过程中,格鲁伯的蓝色衬衫被汗水染黑了。他身后是一个瘦削的高个子男人,红头发,留着灰白的胡子,显得很柔和。他穿着格子衬衫和蓝色牛仔裤,看上去很不协调。

牧师逐渐认识到,观念和思想使各种各样的人走到一起。

"您是孩子的父亲?"牧师问。

格鲁伯点点头。

牧师径直走向那个穿工作服的人,伸出手说:"欢迎。"

那人看了一眼牧师的手,然后接受了这句问候。由于繁重的工作,他的手掌和手指又粗又干。

"很荣幸见到您,先生。我——"那人还没来得及说什么,牧师就打断了他。

"我们不用名字打招呼,你可以叫我 X 牧师,你已经认识 X 教授了,我们认为这样更保险。我们会定期检查这个房间是否有监听设备,所以这里很安全,但为了确保不在电话里或其他地方开会时走漏风声,我们在谈话时从不用真名——联邦调查局在各地都有耳目。"

那人点点头。

"我为你女儿的去世感到非常难过,"牧师说,"她是这个社区的活力之源。当然，这无法与你和你妻子所经历的痛苦相比。请坐吧。"

这个人就是弗朗西斯·爱德华兹。他松开握着的手，用巨大的手掌捂着脸。牧师注意到弗朗西斯的眼睛又红又湿，而且他呼吸粗重，仿佛处在崩溃的边缘，每一秒都在与痛苦作斗争。

他在一圈椅子里找了一个坐了下来，牧师和格鲁伯则坐在他的对面。

"感谢你们今晚能来。教授告诉我，他在卡尔霍恩家见过你，你那晚喝酒喝得很厉害。我理解，酒精可以起到安慰作用，但很快就会变成一根拐杖——一旦沾上了，就很难放手。最好的办法就是谈谈你的感受。"

"我很感激那天晚上遇到了格鲁伯教授——我是说，X教授。我们……"弗朗西斯话没说完，停顿了一下。他低下了头，大喉结在脖子上上下"摆动"。他清了清喉咙，咽了一口唾沫，试图抑制住即将占据上风的情绪。

他坐在那里，搓着手掌，一遍又一遍，好像在搓泥。

"我们谈到了斯凯拉。那是……嗯……是我第一次真正跟别人说这件事。警长说我应该找医生或心理医生谈谈，但我从小不是被这样教育的。你明白吗？"

牧师点点头，脸上绽开了笑容。弗朗西斯说了他女儿的名字，这让他有些恼火，但他不打算向一个失去亲人的父亲提出抗议。

"我太明白了。你能说出来，很好。说出来就会有帮助。但我们能做的远不止说说而已，对吧，教授？"牧师说。

格鲁伯站了起来，点了点头。他走近一个文件柜，拉出一个抽屉，取出一个马尼拉纸的大信封。信封有13厘米厚，没有密封。他把信封递给了弗朗西斯。

"我们相信，自从女儿被杀后，你就无法工作了。你是跑长途的，对吧？"牧师问。

弗朗西斯看了看信封里面，突然把手拍向前额，仿佛被看到的东西击中了。几乎同时，他哭了起来。他再也忍不住了，肩膀一抖一抖的，似乎要把眼泪挤出来。

"信封里有 2 万 5000 美金，我们六个人一起凑的。我知道你很难，我们想尽力帮你，很快还会有更多。"牧师说。

"不，拜托，这已经太多了。"

"别傻了。听着，你认识 X 教授，现在我们也见面了。教堂里还有其他四个人，我们都与官员有联系，拥有影响力和权力。我们关心这个州的人民。在某种程度上，你女儿的遭遇是不可避免的。"

弗朗西斯擦了擦脸上的泪水，用疑惑的目光望向牧师。

"我知道她对你来说有多特别，她对镇上所有人来说都很特别。不久前，她还是我们的返校节女王①。我过去常常看到她坐在格斯餐厅里，和朋友们一起喝奶昔，开怀大笑。相信我刚才说的话，如果不是她，也会是别人。看那儿，看到那面旗帜了吗？那是白色山茶花的原始旗帜。一百五十年前，它挂在路易斯安那州的一座教堂里。站在那面旗帜下的男男女女都知道，如果我们不制止这些人，我们的生活方式将遭受多么可怕的后果。你明白吗？你女儿不是被白人杀害的，白人不会这么做的。我们必须照顾好我们的家人。"

弗朗西斯盯着牧师，脸上露出怀疑的神情，此外还有困惑。

"我不希望再有白人父母遭遇你现在的处境——为被谋杀的孩子哭泣。我们会帮助你和你妻子，但你必须清醒过来，明白你是在为生存而战，就像其他白人一样。"

弗朗西斯什么也没说。

"现在，回家去吧，我们明天再谈。我知道审判快到了，有很多事情要讨论。"

弗朗西斯沉默了片刻，站起来，感谢了他们，然后离开了。

格鲁伯和牧师一直等到楼下传来关门的声音。

"我对他没有把握，"格鲁伯说，"离清算还有不到一周的时间，他

---

① 在美国高中或大学的返校庆典上，由学生投票选出的代表女生，通常是在校园活动中展现领导才能和魅力的女生。

还没准备好。让我——"

"我告诉过你,他就是我们要找的人,他会准备好的。还有六天的时间,足够……"

"不,利害关系太大了。我告诉你,时间不够——"

"你很担心,我理解,但你要相信我。你是不相信他,还是不相信自己?"牧师问。

格鲁伯摇了摇头。

牧师说:"我们已经谈过了,没有别的办法。有人会死,很多人。我以为你已经接受了。"

"我接受,你知道的。"

"六天之内他就会准备好。你有他的邮箱,对吧?给他发一些视频,像布赖特巴特新闻网①、福克斯新闻、'一个美国'新闻网。他很快就会被说服的。"

"既然你都这么说了,那明天我要去拜访他和他妻子。"

"很好。现在告诉我,弗林来镇上了吗?"

"不知道。但我把消息传出去了。"

"非常好。"牧师说。

两个人又谈了1个小时,检查了他们所做的准备。牧师和格鲁伯目标一致,但他们有时对待实现目标的方法和观点不同。格鲁伯理解并接受牺牲是必要的,只要他不是那个要牺牲的人就行。

格鲁伯说:"庭审的每一天,我都会尽量陪在他身边,但我可能偶尔需要其他人来旁听。"

"你有什么计划吗?"牧师问。

"没有,我只是觉得他的悲伤令人疲倦。在被惹生气之前,我只能做一个哭泣时可以依靠的肩膀。"

"其他人都很忙,你现在没什么事,只能让你承担最大的责任。毕

———————
① 美国右翼网络媒体。

竟，他对你印象不错。"

格鲁伯开车离开时，已经快凌晨2点了，牧师想透透气，于是来到街上。巴克斯敦在这个点很安静，如果避开酒吧，那么你可以走完整个城镇且一个人也不会遇到。

他享受这种寂静。湿漉漉的柏油路面上，街灯柔和而温暖。室外的高温并没有影响到他——还是个孩子的时候，父亲就因为他没有吃完饭，把他关进箱子里。那个箱子热得像个烤箱，细细的光线从松木板之间的空隙透进去，亮度足够他读《圣经》，但仅此而已。任何事都有可能导致他被关进箱子：嗓门太大，忘记刷牙，或者祈祷不够认真。童年的经历使他从不抱怨高温，因为没有什么比在那个盒子里被蒸烤更糟糕的了。

牧师在巴克斯敦外的一个农场长大。他生命的最初几年没有什么清晰的记忆，只有一种温暖和被保护的感觉。母亲在他6岁时去世了，留下了他和父亲相依为命。父亲始终没有从妻子的去世中恢复过来，他为妻子的死感到自责——觉得自己不够虔诚，因此给这个家庭带来了诅咒。他取下了房子里所有的画，所有的钟，取而代之的是厚厚的木板，上面刻着手工雕刻的《圣经》段落。他们每天早上都去教堂，星期天甚至会去两次。在箱子和挨打之间，牧师学到了信仰的力量。

他在巴克街的拐角处停了下来。镇子上的两家旅馆清晰可见，还有一辆他不认识的车，停在鸡油菌旅馆外面。他沿着街道往前走，看到那是一辆丰田，里面有两个男人在睡觉。汽车的轮胎被划破了，而且旅馆里没有地方给这些陌生人住。牧师看过网上的照片，所以认出了艾迪·弗林。这人看起来衣冠不整，穿着衣服睡觉。牧师开始咬牙切齿。就是他，这个人唯一的目的就是放了安迪·迪布瓦，而牧师是绝不允许这件事情发生的。

街上一个人也没有。没有摄像头，没有车，只有微风轻轻摩挲着他身后的小松树，沙沙作响。这棵小松树，是街道两旁许多新树中的一棵。

在父亲的农场里工作了十年，牧师头脑中的弦慢慢绷得越来越紧。

随着时间的推移,他学会了辨认头疼发作前的迹象,磨牙就是其中之一。牧师吸了口气,试图放慢呼吸。

但这并没有用。他的心怦怦直跳,同时握紧了拳头。

他俯下身来,把脸凑近副驾驶座的窗户。每一次呼气都给玻璃蒙上了一层雾气——就像一头大牛把鼻子抵在竞技场上的大门上,随时准备被释放。

他把手伸进夹克,掏出 0.22 口径的手枪,对准弗林的头,枪管几乎碰到了窗户。

如果现在扣动扳机,他就得随之杀死驾驶座上的那个人。这对他来说不是问题。那些纽约精英们都一个鸟样,他们不了解真正的美国,也不是爱国者。不像牧师,他可以为他的国家,为他的事业大开杀戒。六天之后,清算就要开始了。

他的手指碰到了扳机。

他想象着开枪后的景象:枪声响彻黑暗寂静的街道,眼前弗林的画面随着子弹穿过玻璃而扭曲,只留下一个弹孔和周围蛛网状的裂缝。接着他会调整目标,向驾驶座上的黑人开两枪,然后消失,进入一条小巷,被黑夜吞没。

一颗汗珠顺着他的面颊流下来。

杀了弗林会引起更多关注——他不需要的关注。

他把枪收了起来,低着身子凑到窗前,咬牙切齿,内心默默地尖叫着。

片刻后,牧师从车子旁边往后退。突然啪的一声。

他踩到了一根从树上掉下来的干树枝。

这声音很熟悉。他转身走回自己的车,想着上一次听到这声音是什么时候。

啪的声音。

这和他掐死斯凯拉·爱德华兹时听到的声音是一样的——她脖子上的小骨头在他的拇指下折断的声音。

第二天

00:08

艾迪

我通常不会在早上六点半醒来。在这个点见过我的人,通常会说我状态不佳。今天早上,我被躺在旁边驾驶座上的哈利的鼾声惊醒。昨天晚上,我们别无选择,只好把座位往后放倒,睡在车里。租来的车里只有一个补胎工具,然而离这儿最近的道路,救援人员说他们要6个小时才能到。现在8个小时过去了,仍然没人出现。

阳光透过挡风玻璃照在我身上。光线似乎穿透了我的眼皮,直接进入了我的大脑。我的背很不舒服,头一突一突地疼,就像宿醉一样。哈利醒了过来,下了车,伸了个懒腰。我喝了一些水,也下了车。

"我收回之前说过的话,这车很舒服。"哈利说,"你看起来糟透了。"

"谢谢。你不难受吗?"

"我在潮湿的散兵坑里睡过一个月,"他拍着普锐斯的引擎盖说,"和那段经历比起来,能睡在车里算是奢侈了。"

我们都记得在主街看到过一家小餐馆。在太阳真正开始散发热量之前,我们穿着衬衫和皱巴巴的裤子,打着宽松的领带步行到那里。小镇在白天显得更脏,街道两旁的大多数建筑物都很低,只有一层或两层。有些遮阳篷破旧不堪,满是窟窿。还有一些商店的橱窗上挂着亮黄色的塑料横幅,打着促销广告,但没有任何迹象显示里面可能出售的是什么。我们在主街右转,找到了格斯餐厅。这家餐厅是典型的美国风格,摊位上铺着红色的人造皮革、硬塑料桌,还有边缘镀铬的柜台,柜台旁的高皮凳固定在地板上。我指了指角落里的一个座位。

老习惯了。我喜欢看谁进来了,谁出去了,所以总是背靠着墙。骗子生活的后遗症——骗子的生存依赖于知道如何前行以及何时退出。这和出庭辩护律师一样——盘问的关键是知道什么时候该闭嘴,坐回椅子上。

我们坐了下来,哈利吃力地打开菜单。叠层纸、未知的湿度和冰冷油脂的结合,让打开菜单时的声音听起来像是有人从裸露的皮肤上撕下胶带。餐厅内并不繁忙,几个穿着格子衬衫、牛仔裤,头戴球帽的家伙吃着炸鸡和华夫饼,把胆固醇指数拉得很高;一个老人在柜台边看报纸;一个穿着西装的大块头在角落里喝着咖啡,他的肌肉很显眼,那套衣服太紧了。

一辆汽车停在外面,这车曾经是红色的,但现在大部分部位都生锈了。引擎盖上有几个洞,但基本上被排气口冒出的滚滚黑烟遮住了。一个穿服务员制服的女人下了车,跑进餐厅。她绕过柜台,系上围裙,抓起一个本子和一支笔。有个大个子在摆弄烤架,他环顾了一下餐厅,然后让她来到我们的桌子旁。从她脸上的表情来看,他刚才凶她了。她一头黑发,有一双忧郁的蓝眼睛,身上散发着一股热机油的味道。尽管如此,她看到我们还是面带微笑。

"嗨,我是桑迪,你们的服务员。想点什么,先生们?"

我们都点了煎饼和咖啡。

我看着那个穿西装的大块头站起来,费力地扣上西装外套的扣子,向柜台走去。他叫了一下烧烤架旁的大个子,大个子在他的白色棉布围裙上擦了擦手,然后俯身靠近柜台。大块头对他耳语了几句,然后他们都转过身来,直视着我们。我友好地挥手打招呼。

烧烤男说:"谢谢,温菲尔德先生。"这时穿西装的大块头离开了。

烧烤男走到桌边。他胳膊粗壮,没有脖子,脑袋秃顶,态度恶劣。白衬衫胸前写着"格斯"。我认为他就是这家店的店主,但话说回来,我们当时在亚拉巴马州,餐厅里的每个人都可以叫格斯,包括其他的女服务员。格斯在他的围裙上擦了擦手。

"你们是安迪·迪布瓦的律师吗?"他问。

哈利看着我。

"如果我们是呢?"我问。

"那就滚出我的餐厅,我们不给帮坏人脱罪的人饭吃。他杀了那个女孩,他会为此受刑的。"他说完这些就走开了,同时开始大喊:"桑迪!我们不伺候这些人。他们要走了。"

桑迪拿着咖啡壶从柜台后面走出来,看起来很困惑:"但他们什么也没做,不是吗?"

"他们是安迪·迪布瓦的律师。"

"所以?"她问。

"所以你被解雇了。别质疑我,而且这是你这周第三次迟到了。拿上你的东西滚出去。"

桑迪脸颊通红,放下咖啡,脱下围裙,趁还没掉眼泪之前,离开了。

哈利和我跟在她后面走出了餐厅。

太阳变得更强了,我感到脖子后面开始出汗。

"他妈的。"桑迪咒骂道,踢了踢她的汽车后面板,留下了一个凹痕,铁锈碎片像五彩纸屑一样飘到了空气中。

"哈利,那辆拖车不可能大老远地开到这里来。"我说。

我朝那辆生锈的车走去,看到车后面有一个大众汽车的标志。车身可能会生锈,但大众的引擎不会坏,直到世界末日都不会。

"嘿,桑迪。对不起。"我说。

桑迪用手遮住眼睛,说:"哦,这不是你的错。格斯这几周一直在找借口开除我,也许这样做是最好的。"

"嗯,我们需要一辆车,而你则需要钱。这辆……车……你想卖多少钱?"

"1000美金。"她说,比我预料的要快。

"卖废品只值250美金,400美金怎么样?"

"给我500美金,然后车就是你的了。"她摇晃着钥匙说。这一刻,我对南方乡下人迟钝的刻板印象消失了。如果现在不做成这笔生意,我有一种感觉,我最终会输得精光。

我数了五张100美金的钞票,放在桑迪的手掌里,然后拿了钥匙。

"这是大众汽车的哪个型号?"我问。

这时桑迪已经在3米开外了,但仍旧转过身微笑着说:"这车不是大众的,虽然上面有一个漂亮的大众车标。我不太清楚是哪一种型号的车,不过祝你好运。"

哈利抢过钥匙,钻进车里,发动汽车。一开始还不错,但随后引擎发出砰的一声巨响,接着是烟雾,可仍在运转。

"我需要离开这个小镇休息一下。我先去弄点吃的,再给混动车弄两个轮胎。你打算做什么?"他问。

我朝街道那头的警局望去。

"我要和我们的客户谈谈。"我说。

00:09

艾迪

伯林告诉我安迪被关在县监狱里。即使在亚拉巴马州,这也不正常。一旦被告被起诉并被送上法庭,且保释被拒绝,他就会像其他人一样被送往州监狱,等待审判。

除了安迪。

县监狱设在警局总部,看起来更像是个笼子:这里没有活动场地,几乎没有阳光,周围都是醉鬼、瘾君子,还有想要处决安迪的警察。

　　这对他来说糟糕至极。我试着想，为什么安迪会被剥夺正当权利，为什么他的前律师科迪·沃伦没有设法让他离开那里。

　　然后我想起了哈利和我受到的"热烈欢迎"，之后就不再胡思乱想了。伯林警告过我要小心。走向警局大楼时，我拿出手机，在搜索栏里输入城镇的名字。最初的十几篇新闻文章读起来让人不太舒服，都是关于一年前在小镇边缘的一个福音堂里一枚未能引爆的炸弹。那是一个以非裔美国人为主的教堂，就像所有好的教堂一样，在这里，每个人不论肤色，都会受到欢迎。某个星期天的早晨，牧师在教堂后面的一堆《圣经》和杂志下发现了那个爆炸装置。

　　上面有人在庇护那座教堂，但这让我感觉很不好。到目前为止，我在街上看到的巴克斯敦居民都是白人，所以我对后面是否会有公正的陪审团不抱什么期望。其余的文章是关于多个人的定罪以及死刑判决的。我把手机收起来，擦了擦额头上的汗。

　　我经过一家小型律师事务所，外面的招牌上写着"科迪·沃伦"，一个中年妇女坐在靠窗的桌子后面。我决定，回来的路上再去拜访。我要先和安迪·迪布瓦谈谈。

　　眼前，是一小段台阶通向警长办公室的公共入口。来到里面，可以暂时免受太阳的炙烤，但并没有凉快多少。两个大风扇吹向咨询台，但没有一个是对着公共区域的。一个身材瘦削、留着浓密红胡子的副警长站在高高的咨询台后面，风扇对准了他的脸。他的胸牌上写着名字——伦纳德，虽然他很瘦削，但手臂和胸部在所有该有肌肉的地方都鼓了起来，浓密的胡子有助于弱化他那张嘴的残忍程度。

　　"有什么能为您效劳的吗，先生？"他彬彬有礼地问道，胡子下的嘴角微微上扬。

　　"我叫艾迪·弗林，是一名律师，来见安迪·迪布瓦。"

　　伦纳德警官似乎不喜欢我的介绍。他二话没说，朝后面的一个房间走去，离开时用怀疑地眼神打量了我，就好像我要去偷柜台上的铃铛。

1分钟后，他回来了，说："安迪·迪布瓦没有任何来访安排。再说，现在还不是探监时间呢。"

我的衬衫已经被汗水粘住了。我没喝咖啡，没吃早饭，也没怎么睡。我在想，如果我把他胡子上方的鼻子打断，他的胡子会变成什么样子。

"是这样的，安迪的律师不见了，我是来接替他的。我得先见到安迪，别逼我去找法官申请法庭命令。让我进去。"

"据我所知，他的律师是科迪·沃伦。你无法申请法庭命令去见一个不是你客户的人。"

一个高大的男人出现在伦纳德身后。他体形巨大，满脸通红，看起来一点也不高兴。他穿着一件深蓝色的衬衫，上面戴着一枚警徽，我猜他是这里的警长，然后仔细看了看他的胸牌，证实了这一点。他是警长柯尔特·洛马克斯，他目睹安迪在供词上签了名，而且很可能就是那个写供词的人。

有那么几秒钟，我仔细观察了周围的一切，包括他们脸上的笑容，他们交叉着的双臂。我转身向左边看了看，一扇摇摆的、高度到我大腿的双层半开门把我和那边的办公室隔开了，还有六名警官在开放式办公室里转来转去。左边的角落里，是警长的独立办公室，后墙的中央有一扇敞开的铁门，露出一条看起来像牢房入口的黑暗走廊。我向摇摆门靠近了一步，以便更清楚地看到拘留室。

"你想去哪儿？"伦纳德问。

我没理他，眯起眼睛。拘留室区域大概有六间牢房，有些牢房的门开着。这是一个相对较小的等候区，在被带到法庭之前，大多数囚犯会在这里待上几个小时。

"再往前走一步，先生，你就被捕了。"伦纳德说。

我后退一步，转过身，一言不发地离开了警局。

警局与科迪·沃伦的办公室之间有152米远，走完这段距离，我的脖子后面和胳膊后面都像被火烤过一样。此时此刻,我需要防晒霜,再洗个澡。但我并没有这样做,而是打开了沃伦律师事务所的大门。看到里面有空调——这大概是今天早上发生在我身上最美好的事情了。

一位中年女士从桌子后面站起来,向我走来。

她说:"很抱歉,我们目前不接受任何新客户。"

"我不是客户,我叫艾迪·弗林,亚历山大·伯林派我来的。"

她原本礼貌上扬的嘴角和热情待客的眼神瞬间变成了担忧。

"找到他了吗?"

"据我所知没有。伯林派我来接手安迪·迪布瓦的辩护工作,我需要跟人谈谈这个案子,而且想试着弄清楚沃伦先生出了什么事。"

毫无征兆地,这位女士紧紧抱住我,力度大得就像我们要从悬崖上掉下去。在那一刻,我很庆幸自己没吃早餐——要不然它们可能会连同我体内所有的空气,从我的身体里被挤出来。

"哦,太谢谢你了。"她说,然后放了手。

我吸了一口气。

"我是贝蒂·马奎尔,科迪的办公室经理,同时也是他的秘书。其实这里只有我和科迪,但他喜欢叫我经理。天啊,我真高兴有人能跟我说话。警长——我想他对科迪失踪一事暗自庆幸。这两人总是针尖对麦芒,近年来情况更糟。你看我光顾着闲聊了,请坐,想要喝点什么吗,茶,或者柠檬水?"

"水或者咖啡就好。"我说。

她带我走向一张椅子,然后消失在后面,碎花连衣裙和卷曲的头发随着她的脚步律动。

我环顾了一下事务所:两张桌子,一边是一排文件柜,墙上挂着装裱好的证书和营业执照,旁边还有科迪和贝蒂与客户站在一起的照片,他们手里拿着我认为是一大笔损害赔偿的支票。科迪是个小个子,比贝蒂还要小得多。由于贝蒂现在似乎还穿着同样的衣服,所以我猜这是一张最近的照片。科迪头发花白,目光敏锐,眼睛炯炯有神,笑容可掬。有人说，小镇律师只需要在高速公路广告牌上展现出两件法宝：一个灿烂的笑容和一个令人难忘的电话号码。

贝蒂用托盘端着一杯水和一杯茶回来了。

"对不起，只有科迪喝咖啡，我们这里一个星期前就没有咖啡了。"

"已经很好了，谢谢你。"

我把一杯水喝完，然后啜了一口冰茶，太甜了。

"你最后一次见到沃伦先生是什么时候？"

"差不多一个星期以前。不辞而别不像科迪的作风，他没有家庭，从未结婚。他只关心工作和艺术，平时收藏油画，这就是他的生活。我想他可能去见什么人，或者把手机丢了，但他已经失踪一个多星期了。我最后收到他的消息是一条短信，问我'F'和'C'这两个字母对我来说有没有什么意义。"

"这是怎么了？"

"我不知道，那时候这两个字母对我来说没有任何意义。现在仍然没有。"

"科迪住在本地吗？"

"当然，我去过他家。我把车开进院子时，他的车已经不见了。房子里没有人。我打了他的手机，没人接。我很担心，就报了警。"

"他们能精确定位他的手机吗？"

贝蒂停顿了一下，皱起眉头说："亲爱的，警局不愿意帮忙。他们夸夸其谈，但屁事也不做。请原谅我说脏话。"

她下嘴唇开始颤抖，深深地吸了一口气，又用有着长长指甲的手轻轻地擦了擦眼睛。她的指甲被涂成明黄色，每个指甲的中心都有不同颜色的小石头，周围还有小石头的图案。

"你认为科迪的失踪和迪布瓦的案子有关系吗？"

"我不敢肯定。科迪没有敌人，唯一不喜欢他的人是警长，当然还有地方检察官。那个大傻瓜——哦，请原谅我又说了脏话——"

"别担心。"我说，又啜了一口冰茶。我能感觉到，茶甜得似乎从我牙齿上剥离了一层牙釉质。

"我会尽我所能去找科迪，但我得尽快了解迪布瓦的案子。科迪有什么想法或者计划可以让我看看吗？"

"我们的案件档案在他的后备厢里，他晚上总是把文件带回家处理。我唯一有的东西就是专家报告了。"

"科迪找了专家？"

"只有一个人，一个独立法医。"

"真是非同寻常。"

"对科迪来说也没什么不寻常的。法恩斯沃思医生以前是邻县的法医，现在退休了。每起谋杀案，科迪都自己弄一版尸体解剖报告。法恩斯沃思是个诚实的人，但对我们县的法医，我就不这么觉得了。"

"为什么？"

"因为县法医有时会遗漏一些东西，一些可能对被告有用的东西。我一直没能联系上法恩斯沃思医生，我知道科迪想和他聊聊，但不知道他失踪前有没有聊过。我邮箱里有一份尸检报告，现在就可以给你打印出来。"

"其实，贝蒂，我还有别的事要做，所以现在不想带重要的文件。谢谢你的茶。可以让我的同事哈利·福特稍后取走吗？"我站起来问道。

"当然可以，亲爱的，"她说，"你这突然是要去哪儿？"

"我要被逮捕了。"我说。

走到外面，身体感觉周围热得就像魔鬼又把几千个灵魂扔进了火里做燃料。在返回警长办公室的路上，我紧靠着建筑物，拥抱着每一寸阴影。在离入口约3米远的地方，我停下来给哈利打了个电话。

"我等下会带一些煎蛋三明治和咖啡回来。现在正在修车胎。"他说。

"别担心我。我要去见安迪，他们不让进，我必须来点硬的。现在需要你为我做两件事。你回镇上后，去科迪·沃伦的办公室拿份报告，我跟他的办公室经理贝蒂谈过了，她能帮到我们。告诉我，字母'F'和'C'对你来说有什么意义吗？"

"没什么意义，我一时想不到。这是怎么了？"

"在科迪·沃伦失踪之前，他给贝蒂发短信，问她'F'和'C'对她是否有什么意义，她说没有任何意义。现在先不用担心，我需要你做的最后一件事很重要——不管发生什么，不要马上保我，给我几个小时。"

"保你？艾迪，我知道你还没喝咖啡，但你到底在说什么——"

我挂断电话，打开警局的门，径直穿过等候区，经过大喊"立马停下"的伦纳德，推开了摇摆门。

门上一定安装了警报器，提醒警察有人进来了。办公室里有三个警官，都在他们桌子后面，我穿过杂乱的桌子走向拘留室时，他们脸上都带着愚蠢的表情。

"我说别动，该死的！"伦纳德喊道。他站在我面前，双手放在我的肩膀上，准备把我推出门外，扔到街上。

我不讨厌伦纳德，我们没有什么个人恩怨。但是现在，他挡在我和客户之间。这是我不允许发生的。

我的右手握紧拳头，向前一甩，啪的一拳。出拳，再出拳。来无影，去无踪。特别是对伦纳德来说，他离我的脸只有10厘米，我的拳头移动了15厘米。这是出拳的秘诀之一，你必须瞄准距离目标5厘米的地方。

被狠狠击中要害部位是这样的：会有延迟反应。被打到那里时，你会感受到冲击，感觉有东西尖锐地接触到那个柔软的区域，然后有那么一瞬间，你会觉得没有那么糟糕，没有疼痛，只是侧着来了一击，仿佛你骗过了死神。然后一股灼热的痛苦涌进你的身体，夺走你的呼吸，紧接着，你崩溃了。就像伦纳德这样。

我从他身上踏过去。

就在这时，我感到有什么锋利的东西击中了我的大腿。一根警棍出现在我面前，把我击倒。我倒在地板上，脸埋在地毯里。

我的脑袋嗡嗡作响。

00:10

艾迪

我看到周围都是靴子，感觉有一双强壮的手从后面铐住了我的手腕。一个膝盖压在我背上，然后我感受到那个警长在搜查时压在我身上的重量。他们拿走了我的手机和钱包，接着把我拉起来；我没有听他们宣读我的权利。一些湿漉漉的东西顺着我的脸颊淌了下来，我猜是警棍打出的血。我身边还有两个人，一个是警长洛马克斯，还有一个是矮胖没有脖子的多毛副警长，看起来好像是用黄油和肌肉做成的。

他们拿走了我的项链、一枚圣克里斯多福勋章和一个十字架。这个十字架曾经属于一个我错过的人，一个特别的人。他们把我裤子上的腰带解开，拿走我的鞋子，让我坐下。洛马克斯拉过一把椅子，坐在我对面。他和"黄油球"都气喘吁吁。伦纳德仍然在地板上打滚，双手捂着裆部。

"这真是太他妈蠢了，弗林。"洛马克斯说。

"我什么也没做。我正打算找我的客户的时候，你的副警长撞了我。我希望他没事，"我说，"因为我要起诉他，还有你，罪名是人身攻击和非法逮捕。"

洛马克斯发出一阵气喘吁吁的笑声，听起来像一群湿漉漉的小猫被装在袋子里发出的声音。

"接下来会是这样。你会冷静下来，然后我们会起诉你，今天下午晚点带你去法庭。如果到时候你再惹麻烦……"他挥舞着警棍。

"你是在威胁我吗，警长？"

"你说得太他妈对了。我不知道你有没有注意到,但你现在离纽约很远。我们这里的做事方式不同,你该想想怎么跟法官说。现在,我带你进牢房。老实点。那就是你想去的地方,不是吗?"

"黄油球"从我身后绕过来,夹着我的胳膊把我扶起来。我决定好好表现。他带我穿过铁门,来到一条狭窄的走廊,一边是砖墙,另一边是牢房的栅栏,一直走到大厅的尽头。每间牢房对面的砖墙上都有一盏灯在发光。我朝前面瞥了一眼。一共有五间牢房,五盏灯。第一间牢房里面有一个人,一个长着一头油腻的银色长发的男人,他睡在床上,没穿鞋,裤脚被撕破了,脚底又脏又红,起了水泡。

我能看出来,后面两间牢房是空的,铁门半开着。最后一间牢房的门关着,那就是安迪·迪布瓦的牢房。

洛马克斯走到我前面。他腰上的武装带上放着一把克拉克手枪,两个备用弹夹和两套钥匙。他取下其中一套钥匙,拉开牢房的门,站到后面。"黄油球"在我身后,一只胳膊搭在我肩上。他身上的腰带比警长的宽得多,每走一步,他的腹部就晃动一次,钥匙也随之摇动并发出咯咯的声音。他指了指开着的牢房门。我站在门槛上,就在那一瞬间,我向后一顶,撞进他的身体。部分原因是出于本能——没有人愿意被关起来。另一部分是故意的,而且有私心。他的反应也在意料之中:他在我背上狠狠推了一下,我知道自己要倒下,脸朝下摔下去,因为我的手还从后面铐着。我扭向右边,扑到床铺上。笨拙地落在薄薄的床垫上。那上面铺着一条床单和一条棕色的毯子。我站起来,抓住毯子,揉成一团,然后扔回床上。

洛马克斯砰的关上了门,上了锁。

"靠近栏杆,转过身来。"洛马克斯说。

门在腰部以下的位置处有一个缺口。我走过去,转身,把手腕伸进去。洛马克斯解开了手铐。我揉了揉手腕——红了,而且掉了一些皮,但还算好了。

"黄油球"走开了,洛马克斯没有朝出口走去,而是走到走廊的尽头，对着里面的人轻声细语。不是耳语，也不是正常说话的音量，但是墙壁把声音放大了，我听到了每一个字。

"安迪，别和这里的任何人说话。我们刚把一个疯子关进走廊那头的牢房。别听他的，明白了吗，孩子？"

"好的，先生。"安迪说。

洛马克斯走过我的牢房，看都没看我一眼，径直穿过走廊出去了。我听到铁门吱吱作响，从外面办公室射进来的光线在水泥地面上越来越宽。他一定是把牢房的铁门开大了一点，想听听我是不是在跟安迪说话。

当时是九点半左右，我在巴克斯敦的第一天。

床垫发臭了。我从床单上撕下几根布条，用来给头皮止血。谢天谢地，伤口在发际线上。我坐在地板上，背靠着墙，等待着。

1个小时过去了。远处走廊那边一间繁忙的办公室传来声音，我想事情已经平静下来，恢复了正常。旁边牢房里的那个人开始发出噪声，我能听到他辗转反侧时床垫上弹簧的抗议声。

我走近牢房栏杆，尽可能靠近他的牢房，小声说："嘿，伙计，想赚100美金吗？"

他的名字叫谢默斯·科汉，第二代爱尔兰裔美国人，来自波士顿。他是个嗜酒如命的酒鬼，需要在街上弹吉他来赚钱喝酒，但他喝的酒越多，就越不喜欢演奏音乐。谢默斯确实想要100美金。

我不确定音乐家对谢默斯来说是不是一个好的职业选择，他的声音听起来就像一个人从矿井底部大声呼救，但谢默斯似乎并没有为此烦恼。谢默斯糟蹋了《阿森纳田野》[①]之后，又开始糟蹋《爱尔兰流浪者号》[②]。

[①] 阿森纳是爱尔兰的一个小镇，位于加尔维县，距离加尔维市25公里，是爱尔兰保存最完好的中世纪城镇之一，拥有城墙、城堡、修道院和13世纪的街道规划。因为一首描写爱尔兰大饥荒时期的歌曲《阿森纳的田野》而闻名。

[②] 是一首传统的爱尔兰民歌，讲述了一艘从爱尔兰出发，载着各种奇怪动物和人员的船只在航行中遭遇各种灾难的故事。

一个声音喊道:"给我他妈的闭嘴。"然后通往牢房的铁门砰的关上了。

"继续唱,谢默斯,这次大声点。"我说。

谢默斯唱完《肮脏老镇》时,我走到铺位上,展开藏着"黄油球"钥匙的毯子。就在他要把我推进牢房的时候,我从他的腰带上拿下了钥匙。我和他的身体碰撞掩盖了拿钥匙的动作。谢天谢地,我成功转过身来,在他们看到发生了什么之前把钥匙藏在了铺位上的毯子里。我找到了一把看起来能把牢门锁打开的钥匙,手艰难地穿过铁栅栏,手腕因用力而感到疼痛。锁咔嗒一声打开了。我慢慢地、轻轻地把门拉开,沿着走廊走,然后把钥匙插进安迪牢房的锁里。

一个年轻人躺在床上,穿着脏兮兮的白T恤、牛仔裤和塑料拖鞋。牢房里什么也没有,没有书,没有电视,没有报纸,也没有多余的衣服。他看起来就像10分钟前才被关进那间牢房。他抬头望着我,眼睛因恐惧而睁得大大的。我把钥匙插进锁里的时候,他急忙从床上坐起,把毯子拉到下巴下面,开始剧烈地颤抖起来。

我走进他的牢房,转过身,手穿过栅栏,把钥匙插进外面的锁里。

我转过面向他时,安迪缩在牢房的另一个角落里。地板是湿的,还有一条从床到角落的湿痕。安迪被恐惧俘虏了,他坐在角落里,左手搭在右肩上,拍着肩膀,有节奏地轻轻地前后摇晃着。

"安迪,我叫艾迪·弗林,纽约来的律师,你的律师科迪·沃伦失踪了。在科迪回来之前,我来接替他。别害怕,我是来帮你的。"

我从安迪身边退了几步,给他一些空间。我站在他的对角,突然滑倒跪在地上。我坐下来,伸伸腿,检查了一下我的头,又流血了。

安迪的腿还在颤抖,同时他保持着摇摆的节奏,以一种我听不见的节拍,拍着右肩。

"我不会伤害你,你也不会因为跟我说话而惹上麻烦。"我说。

"我会的。"安迪说。

"你会怎样?"

"我跟你说话会惹上麻烦。警长,他……他告诉我的。他说过,不要交谈,我可不想惹麻烦。"

我呼了一口气,又长又慢。接着我一直呼气,直到安迪自己也开始模仿呼吸练习。即使毯子裹在他身体上,我也能看出他很瘦。他的右腿伸展在地板上,牛仔裤向上翘起,他的小腿肌肉瘦到我一只手就可以握住。安迪的眼睛很大,非常柔和,充满了恐惧。他的嘴唇很干,被一层薄薄的白色薄膜覆盖着,上嘴唇裂开了。我在新闻上看到过刚从战区被救出来的人质,他们看起来都没有安迪这么狼狈。几分钟后,他平静下来,恢复了呼吸的节奏。他仍在不停地拍肩膀,但不再发抖了。

"我故意让自己被逮捕,只为了能来这里和你说话,否则警长不会让我进来的。"

安迪什么也没说。他仍然很害怕。

"我不认为是你杀了斯凯拉·爱德华兹。警长说是你干的,但我不相信。"

"我没有。那天晚上我确实和她告别了,然后我就走回家了。我从来没有……"他突然控制住自己,用一只手捂住嘴。恐惧又回来了。

"安迪,警长想让你在法庭上被判谋杀罪,然后被处决。警长不是你的朋友。"

"他说他不会的。"安迪把手略微拿开,吐出那句话后又立刻放了回去。

我不想说话,我不能冒险打断我和这孩子的交流。他很聪明,绩点很高,会下国际象棋,读过学校图书馆里的所有书,妥妥一个聪明的大学生。当你因为一起自己没有犯下的谋杀而被关起来的时候,智商并没有什么用。就算安迪和爱因斯坦一样聪明也没用——恐惧总有办法夺走你的智商。

他挣扎着想要开口说话。我低下头,皱着眉头问道:"警长说他不会做什么?"

安迪上钩了。

"他说我只会去蹲一段时间的监狱,说我不会再受伤了,他会照顾我母亲的。"

"他伤害了你?"我问。

他拉下毯子,撩起T恤。我只能看到他身体的左侧,但肋骨和肾脏处有几处清晰的纹路。我数了,至少三个。这些纹路直直的,边缘清晰,彼此平行,看起来像是新弄的瘀伤,也就是几天前的事。

警棍打的。

"他一直用警棍打我,直到把我打晕。打过几次了。我不想让任何人伤害我母亲,所以只能照他们说的做。科迪·沃伦错了,对我来说,最好的办法就是认罪。"

00:11

艾迪

我不想和安迪聊太多,至少不想在第一次见面、在我被捕后溜进他牢房的时候聊这么多。陪审团将于明天选出,安迪已经同意让我担任他的律师,直到科迪·沃伦回来,这就够了。我还不能讨论案件的细节,至少现在不行。安迪太害怕了,我得先把他弄出去。

我离开了他的牢房,把他锁在里面,接着回到我自己的牢房,也锁上了门。我告诉谢默斯安静下来,但没能阻止他。在他演唱了《月升之时》和《有人说魔鬼已死》之后,我自己也开始敲打牢房的栅栏。

洛马克斯进来了。"黄油球"在后面,他伸手去拿钥匙开门,但腰带上没有。洛马克斯叹了口气,取出自己的钥匙,打开了我的牢房。

"我们现在不需要手铐了,对吧?"洛马克斯说。

"我想为我们之间出现的误会道歉。"我说。

"你可以跟法官说这句话。"洛马克斯说。

我跟着他们走出走廊,回到办公室,路过桌子时随手把钥匙放在桌子上,动作迅速且不引人注意——从臀部口袋里掏出钥匙,然后快速地放到桌上。

洛马克斯没有从前门出去,而是把我领到侧门,进到一间小办公室。我录了指纹,拍了照片,然后他们直接把我从侧门带到等候的车里。

"我们得把你铐起来。"洛马克斯说。

我被戴上了手铐,坐在一辆巡逻车的后座上。过了整整10分钟的时间,我来到了城外一座高大、宏伟的旧法院。森维尔县的法院大楼被漆成了白色,看起来有点像一座古老的教堂,钟楼上有一个尖顶。像许多旧法院一样,这里没有专门运送囚犯的侧门。我被带进了前门,穿过一条侧走廊,进入了一间牢房。这是一个类似法庭的地方,刑事案件会被优先处理;家庭和民事案件则需要根据法庭的日程安排来进行。

我在牢房里没待多久。

一名警官从侧门带我进了法庭,法庭简直就是《杀死一只知更鸟》里的场景。这里说的是格里高利·派克主演的电影,而不是同名书籍。两个大吊扇在我头顶上旋转,一个阳台环绕着这个巨大的房间,呈"U"形,曲线底部的中央有一扇彩色玻璃窗,尽管透进来的光线不多。灯光来自悬挂在扇形部分中间的一盏漂亮的枝形吊灯,旁听席由胡桃木教堂长凳组成,每边大约有六张,用一块木隔板与法庭的诉讼区域隔开,隔板中间有一扇旋转门。隔板是手工雕刻的,但这些隔板本身代表的是《旧约》中的场景,而不是宪法摘录、法律格言或是司法徽章。

两张长桌与旁听席平行——一张是被告方的,一张是检方的。法官的座位对着桌子,陪审席在右边,证人席在左边。一面美国国旗软弱无力地挂在法官空椅子后面的一根杆子上。在国旗上方的墙上还有一件木雕，一块巨大的松木板，上面刻着正义的天平，下面刻着十诫。

我已经不在堪萨斯州了。

法庭建筑不允许出现宗教象征，因为宪法里明令禁止。然而，我有一种感觉，就算有被告或辩护律师抱怨这一点，他们也不会得到太多的回应。这不是法院，这是个人的领地。

之前我在餐厅看到的那个穿着紧身西装的大块头走进法庭，跟在一个提着皮质公文包、脸色苍白的高个子男人后面。我坐在被告方桌旁，仍戴着手铐。

"我叫兰德尔·科恩，是森维尔县的地方检察官，这是我的副手汤姆·温菲尔德。我想和你握手，但我担心你戴着'首饰'不方便。"高个子说。

科恩说话的时候看都没看我一眼，只是从公文包里拿出文件放在检方桌上。就在这时，我闻到了一股气味。是臭味，但我说不出是从哪里来的。

"反正我也不会跟你握手。"我说。

他的表情变了。我过了一会儿才意识到，他是在微笑。如果连他的笑容都如此恐怖，我可不想看到他生气时的样子。

"除非你同意我的条件，否则我们将反对保释，"他说，"第一，你要交500美金的保释金；第二，除非你下次出庭，否则不要进入巴克斯敦的市区范围。这样可以吗？"

"不行，"我说，"我是安迪·迪布瓦的代理人，我会一直待在这里等待他的审判。"

"你什么时候跟安迪·迪布瓦说话的？"

"今天下午。他是无辜的，我要确保他被无罪释放。"

那微笑又出现了——恐怖得就像尸体脸上的伤口。

"弗林先生，你甚至不能让自己无罪释放。"

我正在想一个简明扼要的回答，低头一看，发现我的衬衫解开了，沾满了自己的血。我没有系领带，每一寸衣服都被汗水浸湿了，胡子没有刮,脑袋里像教堂的钟声一样响。也许我当时的状态不适合威胁别人。科恩比我高了整整 15 厘米——他看起来就像万圣节篮球队的控球后卫。

"法庭肃静,全体起立。下面请尊敬的弗雷德里克·钱德勒法官主持。"法警说。

钱德勒法官身穿黑色长袍和灰色西装,昂首阔步地走进法庭,坐了下来。他看起来有 70 多岁,灰白的头发稀稀疏疏,一张深红色的嘴,瘦削的鼻子,一双眼睛看起来仿佛不想留在脑壳里。

法警报出被告的名字——也就是我的名字时,法官打断了他。他盯着我,好像我刚用他的长袍擦了屁股。

"我面前有文件,可以证明你作为本州特邀律师的身份。弗林,在我的一生中,从来没有见过一个律师,作为州律师协会的特邀人员,表现得像你这样。"

他说话时脸色变暗,好像每个字都在让他的血压升高。

"你是纽约律师协会的耻辱,是亚拉巴马律师协会的耻辱,是你自己的耻辱,也是这个伟大职业的耻辱。你站在这里,罪名是袭击副警长,以及非法侵占警长的财产。你觉得你自己到底在做什么?嗯?你有什么要说的吗,弗林?"

说我的名字时,一团泡沫般的唾沫从他的唇边飞出,越过长凳落在镶花地板上。

法官进来后,我一直站着,科恩也一样。他很享受这里的每一分钟。

"法官大人,有三件事我必须说清楚。第一,你应该叫我弗林先生。第二,我没有侵犯任何人,我有权得到无罪判决,但你好像已经认定我有罪了,而我甚至都没被要求认罪。顺便说一句,我没有什么罪要认。第三,除非被立即释放,否则我将起诉警局、你、这里的弗兰肯斯坦怪物,以及我能想到的这个镇上的任何人。"

钱德勒法官的红脸颊开始颤抖,看起来就像一碗陈年果冻。

"我从来没有受到被告方这么大的侮辱——"他说。

"你应该多出去走走。"我说。

"法官大人,"科恩说,"这是被告的严重侮辱。我请求法庭考虑判弗林先生藐视法庭罪,不仅因为他对法庭的侮辱,而且因为他对我所担任的地方检察官一职的无礼。"

"准许。弗林先生,我想你要申请保释了。希望你有一些有钱的朋友,否则你这个头脑发热的人要在州立监狱里冷静很长一段时间了。"

我看着地板,低声咒骂。我被这个小镇、这个地方检察官,还有这个法官拿捏了。我玩砸了。如果在安迪·迪布瓦的审判结束前我要一直被关在这里,那他可就惨了。

我应该打电话给哈利的,自己为自己辩护的人是傻瓜。

就在这时,我听到身后的门打开了。一个我再熟悉不过的声音从院子后面传来,脚步声越来越响。是高跟鞋的声音,后面是靴子的声音。

我不需要转身就知道援兵来了。

"法官大人,凯特·布鲁克斯代表被告。"那个声音说,带着我不想承认但已经开始怀念的新泽西北部的口音。

"你是亚拉巴马州律师协会的会员吗?"法官问。

"我的文件是今天早上申请的。我明白,但在申请被批准之前,我可以作为特邀律师出现。"

凯特走过来对检察官耳语了几句,他让她看了案卷和副警长的口供。凯特完全记住了,在几秒钟内就吸收了所有的细节。她阅读速度极快,脑子也运转得很快。凯特有一种与生俱来的能力,几乎可以立即消化并使用新信息。布洛赫就在她身边,穿着皮靴、紧身牛仔裤和蓝色运动外套。

凯特和布洛赫都没跟我说话。

"法官大人,警官受到的攻击是轻微且有争议的,真正被袭击的应该是我的当事人才对,你可以看到他额头上的伤口。我们将立即以人身攻击罪起诉森维尔县警局,要求100万美金的赔偿。非法侵入是轻罪,而且在这种情况下,你们毫无胜诉的可能:警区是公共财产,除非有标志清楚地划定限制进入的区域,否则非法侵入的指控不能成立。关于藐视法庭罪的指控——如果法官认为'可能存在的藐视法庭罪'冒犯了他,那么在进行诉讼之前,他应该让另一名法官审查事实,没有人能在自己的案件中做法官。本法庭对自己的案件作出不利于被告的判决是不合法的。现在,我们要求正式撤销非法侵入和藐视法庭的指控。关于袭击指控,如果科恩希望继续诉讼,需要另一名检察官在不同的司法管辖区审理此案,因为我们将在我们的诉讼中将森维尔县地方检察官办公室列为恶意和错误起诉的被告方。"

钱德勒法官看着科恩。一时间,两个人面面相觑,掂量着自己的选择。实际上凯特没有给他们留下任何选择。分局办公室的旋转门上没有标明是私人办公室。如果有这次袭击的监控录像,上面就会显示那个小胡子很有攻击性,猛撞我,然后我被警棍打到地上。

该死,凯特太棒了。

最后,科恩点点头说:"在这种情况下,我们将撤销非法侵入和袭击的指控。不过,藐视法庭罪还是得由本法庭来处理。"

钱德勒用灰色的舌头抵住了牙齿,然后慢慢地说话,每个字都充满了恶毒。

"如果弗林向法庭和地方检察官道歉,我将撤销藐视法庭的指控。就现在。"

凯特什么也没说。我也什么都没说,只朝钱德勒法官瞟了一眼。

他也盯着我看,咬紧牙关。

"艾迪……"凯特低声说。

"你在这儿干什么?我还以为你在处理离婚大案呢。"

"我们昨晚很晚才处理完。哈利今天早上打过电话,他说我得快点来救你,所以我来了。省省吧,把气咽肚子里。道歉吧,没有任何意义。我们必须更聪明地工作,而不是使之更困难。"

"我不喜欢这个镇子,不喜欢这个法官,而且讨厌这个地方检察官和他的大屁股助理。"

"这些我都知道,但你得受着,都是为了安迪·迪布瓦。"

我点了点头。她是对的,但这并没有让事情变得更容易。

"法官大人,我为我之前的话道歉。"我说。

"案件驳回。"法官说着,站起身走了,他的右手握得紧紧的,颤抖着。

科恩拿起文件,临走时说:"我希望你不要有什么愚蠢的想法,试图为安迪·迪布瓦辩护。"

"就像我说的,安迪是无辜的。"

"安迪要被电刑处死,"科恩说,"无论如何。"

00:12

艾迪

下午5点,我满身大汗,浑身酸痛,还流着血。凯特用塑料袋装着我的东西,护送我走出法院的前门,进入最后几个小时的阳光中。

"谢谢你。"我说。

"你和哈利有一种能力,就是总把自己卷入麻烦的旋涡。我知道这个案子会有困难,但我没想到事情会发生得这么快。即使对你来说,这也一定是一项新纪录。"她说。

"我试图利用每一个机会让自己变得更好。"

"你应该尽量低调。哈利一直在跟我们说安迪·迪布瓦的案子,那孩子需要尽可能多的帮助,让即将主持安迪谋杀案审判的法官大发雷霆可不是什么好办法。"

"我知道,但我需要见安迪。而且,惹怒法官是我的拿手好戏,不然我怎么玩得开心呢？"

布洛赫坐在一辆深蓝色雪佛兰 SUV 的方向盘后面，哈利坐在她旁边的副驾驶座上。我帮凯特打开后门，她上了车，我跟着进去。车里的空调没打开。

"你能把空调打开吗？太热会影响我的发挥。"

布洛赫什么也没说。哈利开始鼓捣仪表板上的一个旋钮，打开了空调。布洛赫瞪了他一眼，关掉了空调，然后拉动一个小杠杆，把我的后窗打开了 5 厘米。

"空调对你不好。"布洛赫说。她转动方向盘，把我们带进了巴克斯敦稀疏的车流中。

"你们什么时候来的？"我问。

"大约在你到庭前 1 个小时。时间很紧，布洛赫在镇上给我们找了个地方。哈利告诉我你们在住宿方面遇到了一些问题。"

"你可以这么说。我们一会儿住在哪里？"

"附近的某个地方。"凯特说。

"谁在照顾克拉伦斯？"我问。

"丹尼斯答应照顾它。"

"我给你买了这个。"哈利说着，递给我一个用防油纸包着的三明治。

"这是我今天早上的煎蛋三明治吗？"

"我不认为它应该被浪费掉，这个三明治花了我 2 美金。"哈利说。

我打开包装，看了看，又包起来，然后把窗户摇到底，透透气，顺便带走鸡蛋变质的味道。

"你收到科迪·沃伦办公室的贝蒂给的报告了吗？"我问。

"当然。"哈利说，"另外，我已经和凯特还有布洛赫谈过了——我们不知道'F'和'C'是什么，它们不是任何证人或涉案人员的首字母——反正我不知道。也许法恩斯沃思知道，他的报告读起来很有趣。县法医在斯凯拉·爱德华兹的尸检中遗漏了一些东西——她额头上的痕迹。显然，沃伦的法医拍了照片，但贝蒂没有这些照片，照片和文件都在沃伦的车里。报告上说斯凯拉额头上的伤口有凹痕,是一种独特的瘀伤。"

"所以凶手可能用了某种棍棒?"我问。

"他认为那是戒指上的图案,我认为他是对的。"

"这图案与众不同?"我问。

"报告说它是星形的。从安迪被捕时的财产记录来看,他没有戴戒指。"

"情况正在好转,这些都是后面辩护可以用到的好材料,"我笑着说,"现在只需要照片。"

车内一片寂静。哈利和凯特都没朝我这边看。

布洛赫叹了口气。

"你想告诉他吗?"凯特问。

"告诉什么?"

"你知道的,贝蒂没有照片。照片在沃伦的车里,但那辆车不见了,我们也找不到法医。他不回电话,也不回邮件。我感觉现在陷入僵局了。"哈利说。

"你让贝蒂给他打电话了吗?"

"你认为这是我们碰到的第一起谋杀案吗?"哈利问,"贝蒂也开始不知所措了。我觉得有人找到了我们的专家。在没有看到照片或法恩斯沃思出庭之前,我们无法使用这份报告,这意味着我们没有任何辩护理由。"

"还有什么好消息吗?"我问。

布洛赫把车停在鸡油菌旅馆外面。

"完美。"我说。

旅馆接待员嘴角同样的地方还叼着一支烟。布洛赫关上前门时,沾满尼古丁的"禁止吸烟"的牌子在一阵风中摇摆。我们上楼走向布洛赫预定的两个房间时,她眯起眼睛看着我们。不管是谁放出了我的消息,显然没有做足功课。凯特·布鲁克斯不在巴克斯敦的黑名单上,现在再撒谎说房间全满已经太晚了。我们走进其中一个房间，里面有一张桌子、一把椅子、一盏灯和两张单人床。这个房间和相邻的房间中间隔着一扇门，门很薄，仿佛你吐口口水就可以破坏掉它。门开着，哈利把所有的案卷放在隔壁房间的双人床上。这个房间里只有床、梳妆台和浴室，没有桌子。

两个房间都没有咖啡机。

"如果不赶紧喝杯咖啡，我就要杀人了。"我说。

布洛赫二话没说，转身离开了。

"加奶油，还有糖。"我说。出去的时候，布洛赫笑着竖起中指。

"你现在想做什么？"哈利问。

"我想再读一遍整个文件，起草一份保释申请。我们得把安迪救出来。也许今晚我们可以去看他母亲。"

"我和你一起读。"凯特说。

"做完这一切之后，我们需要制定一个计划，我们得救这孩子。现在，我看不出有什么办法能达成这个目标。"

"我们会找到办法的。"凯特说。

哈利点了点头，然后开始忙了。

我本想乐观一点，但此时却觉得自己将会在一场谋杀案审判中汗流浃背，只能眼睁睁地看着安迪·迪布瓦被判死刑。不知何故，我就是有这种感觉。我们下榻的房间乃至整座该死的城市都让人觉得充满敌意。我的眼睛后面有一种压迫感，而且不是被警棍打过的缘故。

安迪·迪布瓦命悬一线，但我现在不知道该怎么救他。

00:13

科恩

科恩把车停在第四街的速洗店外,关掉了捷豹发动机,摇下车窗。蝉在夜晚的炎热中发出固定节奏的声音,蝉鸣的节奏慢慢地与他心跳的节奏融合在一起。速洗店的灯还亮着,已经快半夜了,到了关门时间。

这条街上的其他店铺几小时前就关门了,四个街区外的一家酒吧是唯一有夜生活迹象的地方。路两边各停了六辆车,但都黑黢黢的,里面没有人。街灯发出暗淡的黄光。科恩关上窗户,下了车。就在这时,速洗店的灯熄灭了。他穿过街道,脚上布克兄弟牌懒人鞋的鞋跟每走一步都叮当作响。

速洗店的门开了。帕特里西亚·迪布瓦从围裙里掏出一串钥匙,锁上了门。

"晚上好,迪布瓦太太。"科恩说。

她仍然背对着他,肩膀颤抖着,然后慢慢转过身来。她的眼睛起初是恐惧的,然后变得冷漠。她紧闭着嘴,嘴唇在压力下变薄,接着点了点头。这是对他的存在以及随之而来的威胁的确认。有些人,通常是女人,能以某种方式直接看透科恩,看到他内心腐烂黑暗的灵魂。然而他知道,她永远不可能知道自己内心仇恨和黑暗的真实深度。没人能做到。

"我很高兴赶上了。"他说。

"你是有什么事情吗?我没有犯法,先生,就像我的安迪。你是来告诉我,你要放他走吗?"

"恐怕不行。也许我能为你和你的家人做点什么?我送你回家好吗?"

此时室外仍然有 32 度,也许在速洗店里会更热。

"我想我还是步行吧。"帕特里西亚说。

"你确定吗？我想我们可以谈谈。"

"你可以在这里说，然后就可以走了。"

科恩向后退了一步，确保脸没有被路灯照到。这并不是他有意为之，而是感觉很自然。有些事只能在暗处说。

"安迪谋杀了那个年轻女人，迪布瓦太太，法律要求对那种罪行进行惩罚，一种能起到威慑作用的惩罚——一命还一命。对此，我很抱歉。我知道自从安迪入狱后，你的日子很艰难，我想你已经欠了一段时间的房租了。"

"他没有伤害任何人。我的安迪……你怎么知道房租的事？"

"这个镇子很小，消息传得很快。你的邻居似乎不像以前那么愿意帮助你了，你还欠了医药费。"他说，同时匆匆扫了一眼她的脚踝。

帕特里西亚·迪布瓦55岁了，每天上班12小时，长时间的站立使她仿佛又老了20岁。她的右脚踝几乎和小腿一样粗，鞋子的侧面鼓鼓的，她的左膝被绑得很紧。穷人努力工作以求生存，而这种努力带来了痛苦和残疾。

"我不是不同情你的处境。毕竟，安迪杀了那个女孩不是你的错。"他说。

帕特里西亚的呼吸加快了，她的嘴唇开始颤抖。街灯照亮了她那双悲伤大眼睛中的泪珠，而她的骄傲则刺痛了双眼。

"我不需要你的施舍。你想杀我儿子，我知道，我能看出来。我能从你身上闻到，你很不对劲。"

说话的时候，她的声音颤抖着，只比耳语的声音大一点。然而，这已经是她身上所能调动的全部力量了，随之而来的是一种平和的力量。

街灯并没有摇曳不定，但科恩立刻离她有1米远，然后情况就变了——他突然向前冲去，就像电影胶片里的一个糟糕剪辑，画面没有显示他在移动，或者可能是灯光的把戏，没有捕捉到他的脚步，但不管怎样,他现在突然高耸在帕特里西亚·迪布瓦面前,脸离她只有几厘米。他能闻到她身上化学物质的味道——肥皂粉和清洗液的味道。

"别这么着急,迪布瓦太太,想想我说的话。我救不了你儿子,但可以保证给他个痛快,我还可以保证给你足够的钱安葬他,还清债务。这个小镇的人对那些寻求宽恕的人有着基督徒般的仁慈。而我只有一个要求。说实话,告诉我们安迪那晚是怎么回家,然后告诉你他杀了斯凯拉·爱德华兹的。你要确保他对陪审团说的是同样的故事。如果不能的话,我可以让你们俩都吃苦头。你觉得这很糟糕吗?你面临的情况可能会更糟。而对他来说,程度更甚。如果你配合的话,我会确保安迪在无知无觉的情况下接受死刑。如果他不合作,我们就不会提供这个待遇了,而是让安迪坐上电椅。想想吧,迪布瓦太太。"

他说的每一个字听起来都很潮湿——每个音节的边缘都有什么东西,就像蜂蜜里掺了砒霜。

科恩往后退了一步,在转向车之前,说:"安迪一定会死的,唯一的问题是怎么死。是毫无痛苦的死去,还是在死前受尽折磨?他可以在睡梦中死去,也可以血流成河。选择权在你手里。"

00:14

艾迪

我看着科恩一瘸一拐地穿过街道走向他的车,留下那个女人在人行道上摇摇欲坠。他钻进了捷豹,车灯亮了起来。

我身后的一只手压着我趴了下去,布洛赫也趴了下去。科恩开车疾驰而过之后,她才让我起来。

布洛赫打开驾驶座的门,走到街上。我打开副驾驶座的门,准备下车。布洛赫摇摇头,示意我在车里等着。

这么做可能才是明智的。从帕特里西亚·迪布瓦刚刚和科恩谈话之后的表情来看，她今晚不需要任何和陌生人的"惊喜见面"了。对她来说，如果是我们两个人接近她，人数可能就太多了。帕特里西亚靠在路灯上，低着头，后背起伏着，大口呼吸着空气。科恩并没有触碰她，但看起来她好像被吊起来过一样。布洛赫径直走向她，不想进一步惊吓她。

走近时，布洛赫放慢了脚步，举起了张开的双手。如果把布洛赫的话比作金钱，那她的话都是百元大钞——她不常说话，但一旦说了话，就极具价值。

在得到布洛赫的指示前，我会一直待在车里。

我看到迪布瓦太太正在说话，语速缓慢，一边擦着被泪水浸湿的脸颊，一边挣扎着把那些话说出来。不管科恩此前跟她说了什么，我相信她的内心都深受打击。

布洛赫站着不动，仔细倾听迪布瓦太太说话。然后，出乎我的意料，迪布瓦太太走上前，抱住了布洛赫。在此之前，我甚至没见过布洛赫和他人握手。有几秒钟，布洛赫僵住了，之后她双臂张开，好像这是以前从未发生过的事情。这对她来说太陌生了。然后，她慢慢地拥抱了迪布瓦太太，而迪布瓦太太则靠在她的肩膀上哭泣。

我甚至能感觉到布洛赫的不舒服，但她一定强行压下了那种感觉。这个女人需要有人依靠，不仅仅是因为她的膝盖和脚踝肿了。

又过了几分钟，布洛赫搂着迪布瓦太太走近车。我下了车，打开副驾驶的车门。

"迪布瓦太太，我叫艾迪·弗林。"

她放开了布洛赫，拥抱了我。该死，她劲儿真大。

"弗林先生，梅丽莎告诉我你会帮忙救安迪，对此我无以为报。科迪失踪的时候，我在祈祷，我一直在努力祈祷，祈祷有人来帮助我们，现在我有你和梅丽莎了。"

很少听到有人直呼布洛赫的名字，因为她从来不用，大家都叫她布洛赫，也许她为迪布瓦太太这样的女人破例了。迪布瓦太太把我从拥抱中"释放"出来，但手一直放在我的肩膀上，看着我的脸。

"神派你来的，弗林先生。我知道。"

我没有告诉她，是一个想长点良心的腐败政府骗子派我来的，因为感觉时机不对。

"如果我要帮助安迪，就需要你的配合，迪布瓦太太。"

"为了让儿子回家，我愿意做任何事。梅丽莎说你在牢房里见过他，他怎么样了？那帮人不让我跟他说话。"

我不想告诉她，我也不能告诉她。

"他还撑得住，迪布瓦太太，但我们得把他弄出来。"

"那个人，科恩先生，他很冷漠。一种腐朽而衰败的东西萦绕在他身边。他很邪恶，想杀了我的安迪。他说如果我确保安迪认罪，他会看着安迪在睡梦中安详地死去。如果我不，我的孩子……我的孩子会遭受可怕的痛苦。"

迪布瓦太太又闭上眼睛，弯腰流下了眼泪。布洛赫和我把她弄上了车，开了10公里送她回了家。在路上，我发现科恩对死刑的痴迷比我最初想象的要疯狂得多。我也做了一个承诺，对自己的承诺——我不止要为安迪争取到无罪释放。

不管怎样，兰德尔·科恩要完蛋了。

而且是彻底完蛋。

00:15

艾迪

帕特里西亚·迪布瓦的单层木房子位于巴克斯敦郊区，紧邻一段双车道的高速公路。下了高速，沿着一条土路穿过长满青苔的老树林，就可以到达那座圆顶的房子。房子的起居空间很小，厨房更小，还有一个兼作第二间卧室的壁橱，当然另一间卧室也没大多少。房子后面有一个外屋，里面有厕所和淋浴设施。

考虑到她的工作，帕特里西亚（她坚持要我们这么称呼她）给这个地方带来了一种温暖且宾至如归的感觉。沙发上有三个坐垫，最右边的那个塌下去了，好像有一个隐形人坐在上面，中间的垫子上也有一个很大的凹痕。看得出来，这里是帕特里西亚和安迪经常坐的地方。沙发对面的牛奶箱上放着一台四四方方的老式电视机。一条毯子盖住了牛奶箱，但没有盖到底部。墙上挂满了安迪的照片：安迪第一天上学的照片、骑自行车的照片、坐在母亲膝盖上的照片，还有感恩节、生日聚会等特殊日子的许多照片。这所房子里值钱的东西很少，却处处充满了爱。

"请坐，就当是在自己家。"帕特里西亚说。

布洛赫和我坐在了沙发上。接着角落里亮起了一盏灯。我们勉强能辨认出一把旧扶手椅的形状，帕特里西亚把围裙扔在了那上面。

"你们想喝点咖啡吗？"

一想到咖啡，我就觉得头晕眼花。

"我想来点，谢谢。"

布洛赫点了点头。

帕特里西亚拉开厨房和客厅之间的帘子，打开碗柜。

"对不起，我们没有咖啡了。茶可以吗？"

我已经有将近 24 小时没喝咖啡了，而且一点要喝到的迹象也没有。茶也可以，至少出于礼貌。

她端了两杯冰茶出来。我加了点糖，布洛赫则婉拒了。

房间里除了电视机和餐具柜，还有一箱箱的旧书。都是平装书，有些封面被撕掉了。布洛赫把手伸进她沙发那边的一个箱子里，拿出了一些书——都是爱情小说。我这边的箱子里装满了旧侦探杂志和廉价平装书。

"你们俩都喜欢读书,安迪一定是跟着你养成了读书的习惯。"我说。

"安迪11岁时,电视机坏了。等我攒够买一台新电视的钱的时候,安迪说他宁愿把钱花在买书上,后来他也确实是这么做的。我们晚上会坐在这里读书,反正电视上也没什么好看的。"她说。

"安迪是什么时候开始在霍格酒吧工作的?"我问。

"大概三四年前吧。一开始我很不高兴,但我和店主谈了谈,店主是个好人,名叫里安,他告诉我会照顾我的安迪,而且他确实这么做了。安迪在酒吧里从不惹是生非,他扫地、擦玻璃,保持房间整洁。他是个工人,就像他母亲。他做得很好,而且从不让这份兼职影响他的学业。"她说,为安迪感到的骄傲从脸上不可阻挡地流露出来。

"他和斯凯拉亲近吗?"

从帕特里西亚的眼睛里短暂射出的光芒,在她闪烁的眼皮后面溅落,她的眉毛聚在一起,嘴唇紧紧地合上,向后一卷,消失在嘴里。再次说话时,她的声音变得非常柔和。

"那个可怜的姑娘。不,他不怎么提她,只是偶尔提一提。他主要谈论的是里安,还有顾客。作为一个卡车驿站酒吧,那里有很多常客。镇上可不缺酒鬼,这是肯定的。"

"安迪和斯凯拉他们是朋友吗?"

"我觉得他们对彼此很友好,但不是朋友,他在工作之外从未见过她,反正我不知道。但她对他很好,一开始就照顾他。安迪可以在几个小时内读完一本小说,然后写一篇论文,但他在其他方面并不聪明,不太会和人打交道。斯凯拉帮了忙,因为她真的很受欢迎。"

"关于斯凯拉,他跟你说了什么?"

"她是个聪明的女孩,心地善良。我记得他说他们谈论了大学和书籍,差不多就是这样。安迪有一次倒是提过,她跟他说她最近在感情方面出现了麻烦。"

"男朋友?"

"我想是的。她总是和某个男孩打电话,或者趁里安不注意的时候给他发短信,工作人员不应该在上班时使用手机。这条规则并没有困扰到安迪,因为他没有手机。"

"你知道那个男孩的名字吗?是加里·斯特劳德吗?那个人是她的约会对象。"

"是的,就是他。对不起,我不能说更多的了,我不认识斯凯拉,我现在后悔了。我去——"

她停了下来,从袖子里抽出一张餐巾,擦了擦眼睛。

"我去了斯凯拉的葬礼。那个人,科恩先生,一直站在斯凯拉父母身边。他一边看着我,一边对他们耳语。埃丝特·爱德华兹在葬礼仪式结束后走过来,每个人都看着我。你知道她做了什么吗?她朝我脸上吐口水,直直地吐在我脸上。主啊,我太难过了。我儿子没有杀那个女孩,我当时就知道,现在也知道。我不怪埃丝特,她很痛苦。我能想起科恩先生说过的话,而且还记得那天埃丝特脸上的表情。我知道,等他们把安迪带走的时候,我也会感受到那种痛苦。"

"我们会尽最大努力确保那种情况不会发生。"我说。

布洛赫打开夹克的扣子,拿出科迪·沃伦挑选的法恩斯沃思医生的报告,放在腿上。这是一个不那么微妙的暗示,暗示我必须得到具体的信息,我们没有太多时间慢慢深入。

"安迪戴过有星形图案的戒指吗?"我问。

"不,安迪从来不戴戒指。我确实给他买过一个,为了庆祝他的16岁生日,在第八街的当铺买的,上面有两颗黑色的石头。他戴了一天,说戒指弄得他手指发痒。"

"他会不会有什么纽扣、徽章,或者别的什么东西上面有星星?"

"不,安迪的衣服都很朴素。是什么样的星星?"

布洛赫翻了几页报告,递给我看。虽然我们没有照片,但报告中对伤口有很好的描述。

"一颗五角星。"我说。

帕特里西亚祈祷了几句，然后说："这不是跟魔鬼崇拜有关吗？安迪绝不会跟那种事情扯上关系。"

布洛赫满意地点点头，让我继续说点别的。

"安迪被捕后，你第一次去看他是什么时候？"我问。

"是在县监狱里的时候。他告诉我，他必须告诉警长是他伤害了斯凯拉，否则他们不会放他出来。他们让他在一张纸上签名，然后才让他见我，带他回家。"

我听说过警察恐吓受惊吓的年轻嫌疑人的事情。这不是第一次发生，也不会是最后一次。他们没有审讯安迪的录像带或音频，显然，他们会说录音机坏了。我们只有警长而不是安迪的证词可以用——安迪自愿在认罪书上签了字。

"为了回家，安迪什么都会告诉他们的，弗林先生。他信任警察，他不太聪明，至少在这方面不太聪明。我可怜的孩子。请告诉我，你一定会帮他。"

"我会尽力的，帕特里西亚。听着，庭审中没有绝对的万无一失，我会尽我所能让安迪无罪释放，我向你保证。再问最后一件事，你最后一次见到科迪·沃伦是什么时候？"

"他大概一周前来过速洗店，说找到了一些能证明安迪清白的东西。他没告诉我是什么，只是说还要再查几件事。我也很担心他，好几天都没人见到他了。你觉得……"

"你想问，我是不是觉得科迪出了什么事？是的，我觉得他出事了。"

她说："我觉得你是对的。如果这背后有法律部门的支持，我也不会感到惊讶。那个洛马克斯警长，他过去是个好人，镇上的人都尊敬他，他对穷人很好。你懂的，很公平。然后这个地方检察官科恩来了，接着警长的妻子病了。洛马克斯夫人在主街的慈善商店工作，她很善良，平常很文静，你可以看出她想帮助别人。她生病后，警长就像换了一个人。安迪被捕后，他狠狠地揍了安迪一顿，那天我见到安迪时，他被打得遍体鳞伤。我可怜的儿子。"

"他会为此付出代价的。"布洛赫说。

"别去招惹警长。"帕特里西亚说。

布洛赫向前倾着身子说:"听了你今晚告诉我们的这些事,我要去找他和科恩。"

"你要小心,他们是危险的人。"

"这吓不倒我。"布洛赫说。

"为什么?"

"因为我是个危险的女人。"

00:16

牧师

埃丝特·爱德华兹摇摇晃晃地走到厨房的桌子前,手里的咖啡从杯子边上洒了下来。咖啡溅落在厨房肮脏的瓷砖地板上,但她控制不了,每走一步就会洒出更多,看起来好像杯子有千钧重。终于把杯子放在桌子上后,她向牧师道歉:自己是吃了医生给她的药才颤抖成这样的。牧师点了点头,把他的大手放在她的手上,感到了流经她全身的颤抖。

实际上,她的颤抖不是疼痛或药物引起的。他抬头对她微笑,看到了她眼睛后面的空洞。这个女人身上的某些东西被吸走了:生命、希望和爱。她存在的意义被从身体里撕裂了。她的女儿躺在一个冰冷廉价的棺材里,被埋在巴克斯敦旧墓地地下约 2 米的地方。而她生命的一部分,则躺在女儿的身边,被一同埋葬了。

"我在葬礼上见过你,"她的声音沙哑,"对不起,我不记得我们有没有说过话。"

"我们说过，"牧师说，"别担心。我无法想象你的痛苦，你和你丈夫弗朗西斯正在经历的这一切都太可怕了。"

弗朗西斯把咖啡端到嘴边，犹豫了一下，又把杯子放了回去。

"我告诉弗朗西斯，愿意尽我所能帮助他。我们给你们俩的钱，只是个开始。我是某个团体的一员，我们能够确保你和你丈夫在未来的岁月里都衣食无忧。"

她把手从他手里缩回来，空洞的眼睛里闪着恐惧的光芒。

"弗朗西斯跟我说了这个团体，我不确定这个团体到底是什么。"

"这是一个……教授叫它什么？一个集体？"弗朗西斯问。

"差不多吧。我们是一群关心此事的公民，联合起来，采取了某些措施来保护本县的基督徒。"这位牧师说。

"白人？"埃丝特问。

牧师脸上挤出一丝微笑，说："是的，白人。斯凯拉并不是这些人唯一失去的人——"

"这些人？"埃丝特问，"我们都是普通人，先生，再普通不过了。我们的女儿被谋杀了，我对凶手和那些保护他的人只有仇恨，但没有偏见。一个人……"

"我们都知道是谁杀了你女儿，我们都知道他长什么样。这不是一个孤立的事件，爱德华兹夫人。埃丝特，请允许我——"

"还是叫我爱德华兹夫人吧。"她说着，直起身子，不再发抖了。

"埃丝特，这个人给了我们——"弗朗西斯说，但没来得及把话说完。

"我知道他给了我们什么，"她转向弗朗西斯说，"为此我很感激。你知道我真的很感激，但他说的不是真的，也不是对的。"

牧师感觉他夹克右边口袋里的手机在震动，这是他的另一个工作手机，这个电话必须马上接。

"恐怕我得走了，有工作要做。我自己走吧，弗朗西斯。也许你可以给埃丝特，我是说爱德华兹夫人，看看教授发给你的一些视频，那些视频或许会很有启发性。谢谢你的咖啡。"

牧师穿过走廊，看见那里的桌上积满了厚厚的灰尘，上面是印着红色旗帜的信件。他知道自己能击溃弗朗西斯的心理防线，钱帮了大忙，埃丝特则比想象的更难对付。

关上前门时，他听到厨房里两人开始争吵。眼前的房子是这个街区五十座克里奥尔风格的平房之一，有七十年历史了，当时造价很低。牧师走下门廊的台阶时，还能听到他们吵架的声音。

——我不想让那个人再出现在这个房子里。他是个种族主义者，而且——

——他给了我们成千上万的钱，以后还会有更多。我们需要那笔钱，而且你知道吗，他可能是对的——

他查看了手机里的未接来电，拨了最近的号码。电话立刻接通了，电话那头的声音听起来冰冷又陌生。他的口音略有变化——仿佛从亚拉巴马州的乡村搬到了曼哈顿的上东区。

"你没接电话，出什么问题了吗？"兰德尔·科恩问。

"没什么好担心的。有什么紧急情况吗？"牧师问。

"安迪·迪布瓦的新律师今天拜访了科迪·沃伦的办公室，他在里面待了半个小时。"

牧师走到他的黑色 SUV 跟前，打开车门，钻进去，又关上了门。

"你担心吗？"

"他的搭档哈利·福特随后进去，拿着一个薄薄的文件活页夹出来了。"

"法恩斯沃思的尸检报告？"

"我也这么觉得。"

牧师的牙齿紧咬在一起，发出吱吱的声音。科恩曾就此案以及斯凯拉·爱德华兹身上的伤痕所带来的困难向牧师寻求建议，牧师觉得很好笑。科恩不知道，也不可能知道，是牧师本人谋杀了斯凯拉·爱德华兹。他想保持这种状态，因此，他就如何最好地处理由尸检报告给检察官带来的问题提出了建议。

牧师的建议是弄走辩护律师和他的秘书，并威胁法恩斯沃思医生，他不能冒着被律师发现真凶的风险。安迪·迪布瓦被迅速而明确地定罪，符合他们双方的利益。科恩会让另一具尸体在那把椅子上被电击，牧师会让一个黑人男子被判刑，罪名是杀害了一个白人女孩，就像他计划的那样。

"至少他们不会有照片。这是一件好事，但是兰德尔，你要记住，我告诉过你贝蒂·马奎尔应该和科迪·沃伦一起消失的。他们年龄相仿，而且都是单身。他们带着客户的钱在夜里私奔了，这个故事会更有说服力。再告诉我一次，为什么我的设想没有发生……"牧师质问道。

"我不是一个爱开枪的人，你知道的，我费了很大劲才说服洛马克斯处理沃伦。他不会杀女人，生性如此。"科恩说。

"我记得你告诉过我，也向我保证会处理这件事。贝蒂看过那些照片，她可以向迪布瓦的律师描述。在这个案子上，我们不能再冒险了。贝蒂必须——"

"不，我不想那样。这可能会分散媒体对审判的注意力。"

"不会的。交给我吧。"

"你打算怎么办？"

"我要和贝蒂谈谈，确保弗林不再得到任何帮助，这很重要。迪布瓦必须为他的所作所为而死。这件事黑白分明，我们这些捍卫正义的人和那些要大闹法庭、释放凶手的人势不两立。这是你告诉我的，兰德尔。"

科恩叹了口气，说："最好小心点，审判迫在眉睫了。"

"我不会做任何破坏审判的事。我知道这对你、对我们大家有多重要。"

挂断电话的时候,牧师想了一下,如果科恩知道迪布瓦是无辜的,他会怎么做?答案显而易见。科恩不关心正义,只在乎权力。牧师很了解科恩,知道他的欲望——审判后,谁被绑在黄妈妈身上并不重要。牧师几年前就注意到了地方检察官,他的记录不言自明,但直到见面,牧师才确信,他找到了一个真正志同道合的人。

科恩是个怪物,是个可怕的天使——就像他自己一样。他有时会想,如果他没有找到对方,对方会找到他吗?他了解自己的同类——那些不受良心之累的人,那些坚守高尚道德的人,都是他的同类。神杀死了数百万人,神的追随者必须准备好以其名义杀人。为了事业,为了国家的纯洁。有时独自躺在黑暗中,牧师会想,如果父亲没有给他这些天赋,他会变成什么样子。怪物不是天生的,而是被创造出来的。牧师意识到,这是上天通过他父亲敏捷粗暴的双手在发挥作用。他在为他的神受苦,而他愿意响应神的号召。

牧师知道科恩的父亲把天赋传给了儿子。老科恩之所以成为华尔街的传奇人物,不是因为拥有巨大的财富,而是因为愿意为他的敌人做些什么。对于一个如此富有的人来说,钱没有意义,权力则意味着一切。而这种对权力的渴望也随着使用权力的意志和力量传给了他的儿子。

他回忆起几年前,他们在科恩位于巴克斯敦的家中的一次会面,当时他们在后门廊上喝着柠檬水,看着窗外一群疯狂的椋鸟在昏暗的光线中快速飞行,仿佛黑色的罗夏墨迹图案[①]在紫罗兰色的天空中盘旋。

"你为什么把他们都杀了?"牧师问。

"这是法律要求的。"科恩毫不犹豫地说。

牧师大笑,但笑声里没有喜悦。

[①] 由瑞士精神病学家罗夏于1921年创立。他用带有墨迹的图片作为刺激呈现给被试者,让他们做出解释,然后根据被试者的反应来推知其性格特点。

"你我都知道那不是真的。你可以欺骗洛马克斯和其他人,但你骗不了我。你根本不关心正义。"

"并非如此。世上没有无辜的人,重要的是秩序。"

"秩序不能解释一切。我知道你处决过无辜的人,所以别装腔作势了,告诉我你为什么这么做。"

科恩放下柠檬水,盯着鸟儿。

"你知道,没人明白椋鸟为什么一起那样飞。也许是为了保护自己不受捕食者的伤害,也许在吃苍蝇大餐——这些都是聚集在一起的好理由,但没有人知道群鸟是如何心灵感应般地作为一个集体同时转向的。"

"你是说你不知道自己为什么这么做吗?"

"我只知道,看着那些鸟的时候,能感到它们很快乐。至于为什么感到快乐,这重要吗?"

"我想不重要。所以你才这么做吗?因为感觉很好?"

科恩高大的身躯耸立在傍晚的阴影里。

"不仅仅是感觉很好,这个说法太简单了。看着一个人死,知道是我置他于死地,是我策划了他的死,那种感觉难以言表,远非好所能形容。那让我觉得自己充满了生机和力量。"

"我知道那种感觉。"牧师说。

"你的小团体可能会给你带来很多麻烦,联邦调查局正在监视右翼极端分子。一旦他们解决了外国恐怖分子的威胁,这将是他们的首要任务。"

"没人知道我参与其中,知道的都是我信任的人。我知道你和我们的愿景不同,但我们的目标是一致的。"

"制造恐惧。"科恩说。

"一个白人占多数的县对黑人社区的恐惧是一种可以使用的武器,处于恐惧中的人几乎会做任何事,他们会听从那些能拯救他们的人的话。如果陪审团害怕被告,就更容易判被告死刑。"牧师说。

科恩点点头,说:"我需要你这样的人。洛马克斯不会永远随叫随到,有些工作他要么不愿意,要么不适合。我知道你有勇气做任何需要做的事。"

牧师举起酒杯,说:"为我们的共同利益干杯。"

于是一个联盟形成了,正是这个联盟导致了今晚的这通电话,还有随之而来的警告。安迪·迪布瓦在审判中被判有罪符合他们双方的利益,任何事情都不能干扰这一进程。

对牧师来说,清算只剩下几天了。

牧师调转车头,加速离开了弗朗西斯·爱德华兹的家。他很快来到了主街。科迪·沃伦办公室的灯还亮着,他坐在车里,等着贝蒂·马奎尔离开。

他没有等太久。

他看着她锁上前门,钻进停在门前的有十年历史的沃尔沃里。发动机启动了,车灯亮了起来,车开了出去。牧师远远地跟在那辆车后面。贝蒂一个人住在城外。他一直追随到她上了那条孤独的双车道公路。那条公路被长着西班牙苔藓的柳树环绕着,车开过的时候,头顶的柳树就像一个个柔软的华盖。牧师装上警笛,打开 SUV 仪表盘上的红蓝灯。

贝蒂把车停在路边。牧师在她后面停了下来,他从容不迫地走下车。让她等待,让焦虑滋长。贝蒂不信任执法部门,理由很充分。

他从手套箱里拿出一个手电筒,走到贝蒂车的驾驶座边,站在窗后不远的地方。这是一种习惯。在停车执法时,警察一般在后门等着,从不让自己站到司机的窗户前——这样目标就没那么明显,而且如果司机拔枪,他们就有了一个杀人的角度。

牧师敲了敲贝蒂的车窗。他咬紧牙关,下巴紧绷着,期待着,看着她摇下车窗。他倾身向前,用手电筒照向她的脸。

"有什么问题吗?我没超速——"

沉重的手电筒击中了她的头部,贝蒂的话随之哽在了喉咙里。

00:17

艾迪

凯特和布洛赫住进了鸡油菌旅馆的大房间,哈利和我睡在隔壁房间的双人床上,头对着脚,但哈利睡得比我香。他可以在任何地方呼呼大睡。

我躺了1个小时,然后起床又看了一遍文件。只要接手案子,我就必须对证据和陈述了如指掌。这些信息必须印在我的脑海里,否则我就无法塑造并使用它们,或者在做证过程中,当出现与案件证据不相符的东西时,无法立刻意识到其中的问题。目前,这些信息还没有深深烙进我的脑子里,但接近了。

我又看了看安迪的供词。

我叫安迪·迪布瓦,我自愿供认,没有受到任何刺激或强迫。5月14日晚上,我在联合公路卡车站的霍格酒吧里工作,到午夜12点工作结束,我跟着同事斯凯拉·爱德华兹走进停车场。我了解斯凯拉,我们在一起工作了一段时间。她很漂亮,我喜欢她。我想亲斯凯拉,但她把我推开了。我抓住她,用力压住。她挣扎着,我让她保持安静。我不是故意要伤害她的,后来她不再挣扎了,我则更用力地压住她。事情结束之后,我感觉很糟糕。停车场那边有一片沼泽地,我把她带过去埋了,这样就没人能找到她了。

就是这样。和安迪待了整整15分钟后,我就知道这些话不是他说的。没人会那样说话,尤其是年轻人。这份声明已经打印出来,安迪签了名。签名写得很仔细,很用力。

如果说是警局和地方检察官逼迫这孩子做了假供词,那就太轻描淡写了。他被打过，被威胁过，他母亲也被威胁过。不仅如此，杀害斯凯拉·爱德华兹的真凶还在外面逍遥。

我在网上花了1个小时，搜索有五角星的戒指的图片，结果不是特别多。县法医的尸检报告里根本没有提到这些标记，这反而使这些标记变得很重要。法医本应该是公正的，但对于像科恩这样的检察官，我认为报告中会增加一些对他有帮助的东西，或者可能会删除一些对他没有帮助的东西。

我关了灯，试图进入梦乡。

画面在我脑海中闪过：安迪，他母亲，一名年轻女子被殴打并勒死，然后头朝下被塞进一个又深又窄的地洞里。

我站起来，找到了装着我的东西的塑料袋。塑料袋是在法院的时候还给我的，里面只有两件重要的东西，是两条项链：一条是有着自己故事的圣克里斯多福勋章；另一条是带十字架的金链子，属于一个叫哈珀的调查员。我的手指和拇指摆弄着脖子上磨损的黄金十字架，往事涌上心头：她是在处理我的一个案子时死去的，现在一想到她，我还是很难受，那个伤口永远不会愈合。她死的时候，还不知道我爱她。我应该告诉她的，我应该保护她的。我看着哈利，他张着嘴，鼾声充满了整个房间。我想到了他，还有隔壁的凯特和布洛赫。

他们知道这事有风险，这个事实让我感觉很不好。整个镇上的人都讨厌我们，我把他们置于危险之中，但觉得目前还能应付。如果事情变得更加复杂，我会让凯特、布洛赫和哈利一起离开。

如果他们因为我发生了什么事，我会永远无法原谅自己。

我把牙齿咬得咯吱作响。

不管发生什么，我都不会抛弃安迪。

第三天

`00:18`

艾迪

那天早上 8 点，凯特把我摇醒。她已经洗过澡，穿好了西装，脚上穿着运动鞋，手里拿着高跟鞋。

"今天的重点是：我们申请为安迪变更审判地点，申请撤销他的供词，并让他获得保释。他在这个镇上不会得到公正的审判，而且在牢里待得越久，警长就越容易对他施加压力。"

"同意。先吃早饭怎么样？"

"哈利告诉了我昨天在餐馆里发生的事，也许我们可以在那里吃早餐，同时做点'工作'？"她说。

凯特给我看了她手机上的一个录音应用，露出了一个邪恶的微笑。

"凯特，你是个好律师，但你跟我待在一起的时间太多，都学坏了。"我说。

我向四周看了看，给自己"定了个位"。我住在一个破旅馆里，待在一个破镇子中，接着一个破案子，还准备惹一群想要杀我的人。

我洗了澡，换了干净的衬衫和西装，感觉好多了。浴室里的洗发水有薰衣草的味道，但总比干血的味道好。我们早早地出了门，开车去了哈利和我前一天早上被老板格斯拒之门外的那家餐馆。

我们下了凯特租的车。布洛赫带路，我跟在后面。和昨天一样的面孔似乎都在，坐在同样的地方，甚至吃着同样的食物。

我们跟着布洛赫来到窗前的一个位置，我猜她是想被人看见。

凯特和哈利坐在玻璃旁边，布洛赫坐在凯特旁边的外侧，随时准备挺身而出，我则溜到哈利身边。

格斯，就是前一天穿着油腻围裙拒绝招待我们的那个家伙，走过来了，满脸通红，汗流满面。

"我记得我昨天告诉过你，我们这儿不接待你这种人，这是一家基督教餐厅。斯凯拉·爱德华兹以前常在我的柜台喝奶昔，如果为你服务，我就会永受地狱之苦。现在，在我叫警长之前，你们都赶紧滚出去。"

布洛赫慢慢地站了起来。那家伙个子很高，但布洛赫和他互相直视着对方。他双臂交叉，放在厚实的胸膛上。

"南方热情好客的传统都没了吗？"布洛赫问。

"如果不离开，我会让你看看我们南方的其他传统。"格斯说。

布洛赫笑了，扭了扭她的脖子。

这家伙突然就看起来不那么自信了。

"给你 5 秒钟，不然我就叫警长了。"

"去叫吧。"布洛赫说。

格斯后退了几步，有点不知所措。他似乎以前没被女人吓过，现在不确定该怎么处理。他伸手到柜台后面，拿起一个无线电话①，拨通了号码。

布洛赫又坐了下来。

凯特拿出手机，启动了录音应用，然后把手机藏在桌子底下。

哈利和我靠在椅背上，望着窗外，等着警察局的巡逻车驶来。没过多久，最多过了 4 分钟，他们就来了，相当优秀的出警时间。从车里出来的两个警官先透过窗户看了看我们，然后打开警车，拿出警棍。其中之一就是我前一天攻击了他下体的那个小胡子——伦纳德副警长。他旁边的人则要高大得多，胡子刮得干干净净。他有一双凶狠的

---

① 一种电话设备，它有由电池供电的电话接收器/手柄，使用射频信号和天线与有线基站进行通信，而不是通过连接到座机的电线，同时座机也充当接收器的充电器。

黑眼睛，但太小了，不匹配他的头。他手臂上的青筋像蠕虫一样在棕褐色的皮肤上"爬行"。

他们一进来就直奔格斯。两个大个子，穿着格子衬衫，戴着棒球帽，穿着牛仔裤，有着强烈的公民责任感，放下他们吃了一半的食物，站了起来，双手松松地放在身体两侧。我想他们可能会给执法部门一些帮助，把我们赶到大街上。

警察和店主一起过来了。

伦纳德旁边的那个大块头警察有警衔，他的名牌上写着"希普利，首席副警长"。

希普利站在伦纳德身后，跟他隔着一段距离，观察他的副手是如何处理的。两人都穿着黑色短袖制服衬衫，希普利的领口是敞开的，我看到他的喉咙处有一个很厚的十字架。他把警棍放得很低，但从那只手的白色指关节上我可以看出，他紧紧地握着警棍——准备一有借口就把人揍个稀巴烂。

"格斯要你们离开，没人想要你们留在这个镇上。如果是我，我会知趣地离开，弗林。"伦纳德说。他拿起警棍，把警棍的一端拍进手掌。

"挥动那根棍子时要小心，你可能会打到自己的蛋蛋。"我说。

"来吧，咱们文明点。"希普利说。

"为什么我们不受欢迎？"哈利问。

"你们在帮助那个杀人犯安迪·迪布瓦。斯凯拉是镇上的一束光，我们不想见到你这样的人渣，没人欢迎你们。"格斯边说，边往伦纳德的肩膀上偷看了一眼。

"但安迪·迪布瓦在被证明有罪之前是无辜的，而且我们打算证明他确实无罪。"我说。

"他不是无辜的，"伦纳德说，"这个镇上的每个人都知道他有罪。你们也许应该待在别的地方，去别的地方吃饭，你们在这里不受欢迎。"伦纳德说。

我瞥了凯特一眼。她微笑着说："谢谢你，警官。"

凯特从桌子下面拿出她的手机，停止了录音，点开播放了一下以确保声音没问题。

"这就是我们申请变更审判地点所需要的全部东西。你自己说的，警官。镇上所有人都认为我们的当事人有罪，所以我们得去别的地方。"凯特说。

伦纳德的嘴张大了，但很快就试图弥补自己的错误——他靠近桌子，想要抓住手机。但凯特立即机警地收了起来。除了空气，他的手里什么也没抓住。

布洛赫站了起来，两位副警长后退，准备好了警棍。哈利和我跟着凯特准备走出餐厅，我停在前门，为布洛赫开着门。

"如果我是你，我会尽快离开这里。"伦纳德说，同时用"指挥棒"指着布洛赫的笑脸。突然，他迅速向前迈了一步，把警棍举到肩上，眼睛睁得大大的，嘴唇挤成一团，凶神恶煞。

然后他直接朝布洛赫的头挥去。

布洛赫没有动，眼睛死死盯着他。

警棍僵在半空中，离布洛赫的头只有5厘米。她还在微笑，仿佛一尊雕像。没有退缩，连本能地轻微躲避都没有。如果是我，警棍举起来的时候我就会躲开。布洛赫知道，他不会打她。她在和他打心理战，并借此告诉警察，他们吓不倒她。

什么也吓不倒布洛赫。

伦纳德的怒容消失了，变成了惊讶。他把警棍放到身边，环顾四周，看看是否有人和他一样震惊。

希普利仿佛一尊冰雕，一动不动，对于伦纳德想吓唬布洛赫的举动还没反应过来。这一景象，她也收入眼中。她不理伦纳德，死死盯着希普利。他们就那样站了一会儿，纹丝不动。

布洛赫心满意足后，转身离开他们，大步向我走来。我仍然扶着门。

"你真是个硬汉。"我说。

布洛赫眨了下眼。

回到车里，关上车门。在我们开车离开时我看见希普利盯着我们。

"伦纳德是个胆小鬼，是个懦夫，却很危险，"布洛赫说，"希普利则不同，那家伙身上有钢铁般的气质，还有别的什么。"

"什么？"我问。

"我还不知道，但那不仅仅是因为他的体形。那个警察体内有邪恶的东西，他不止想打我，他想杀了我。"

"你的确给人留下了很深刻的印象。"我说。

"不是我。你看到希普利的眼睛了吗？它们不仅冰冷，而且死气沉沉。他内心有一部分坏透了，我们需要小心。"

我们开到路上，去找城外联合公路上的一个休息站，等我喝完咖啡后，我们可以在那里看看犯罪现场。

00:19

艾迪

高速公路旁的餐馆里，配上糖浆和培根的煎饼填饱了我的肚子。我吃得太快了，几乎没尝出味道。此外，咖啡又苦又烫，我喝不下去。自从改了每晚喝酒的习惯后，我就得找点别的东西来替代。只要我能快速喝完，咖啡和酒的效果是一样的。我开始怀疑自己是不是受到了某种诅咒，注定这辈子再也不能喝咖啡了。我把手里又苦又烫的咖啡放在一边。

早餐时喝的两杯可乐缓解了咖啡因戒断后的头痛。

凯特坐在桌旁，桌上放着一台笔记本电脑，盘子已经收拾好了。

"我刚完成保释申请书。改变审讯地点和宣布供词无效的申请已经完成，正在等待下一步。你们三个去看看犯罪现场吧，我处理完后到外面找你们。"

她把耳机插在手机上，正在抄录伦纳德警官的口供。今天早上的小计划进行得很顺利。

我们付了钱，走到外面，布洛赫立即向霍格酒吧走去。这里的卡车停靠站实际上是一个有加油站、邮局和餐厅的单层购物中心，离大道不远的地方是一座低矮的建筑，屋顶上有一个猪形的霓虹灯，门上有一块褪色的油漆招牌，上面写着"霍格酒吧"。我推了门，但没开，现在这个点，即使对卡车司机来说也太早了。

所有的建筑都面向高速公路，相隔大概有100米远。巨大的钻机和半挂车停在建筑物前面和后面以及砾石停车场里，停车场有足球场那么大。我猜卡车驿站和酒吧很受欢迎，或者至少曾经是这样。破烂的铁丝网环绕着这个区域，远处是树木和荒地，大部分围栏已经倒塌或生锈。斯凯拉·爱德华兹的尸体是在那个区域被发现的，离围栏大约有6米。她头朝下被埋在地里，双脚露在外面。

布洛赫绕到吧台前面，她想追踪斯凯拉那晚可能走过的路：在酒吧和公路中间有一根高高的灯杆，酒吧后面的停车场则没有灯。酒吧入口处没有监控摄像头，灯杆上也没有。接着，我们绕到后面。

酒吧后面有一个牌子，上面写着"员工停车场"。

"斯凯拉通常叫她父亲接她回家。"布洛赫说。

"她没有给她父亲打电话。"哈利说。

"我们需要她的——"

我刚想说手机，但停住了，回忆起了在斯凯拉身上发现或"陪葬"物品的描述。我立刻想起了清单——一个钱包、一些现金、两张银行卡、一张借书证、口香糖、化妆品……

没有手机。

"警长没找到她的手机。她的尸体被发现时，手机不在她的随身物品里，而是不见了。"我说。

"也许她把手机落在家里了。"哈利说。

我摇了摇头:"她是一个年轻的女孩,她那个年龄的人手机都是随身携带的。另外,根据她男朋友的妹妹托丽的口供,那天晚上她们用手机聊过天。托丽告诉她,加里打算求婚。"

"这么说警察有她的手机?"

"我不这么认为。如果有,他们会在现场记录下来。就算要嫁祸于人,也不会当时就把她的手机扔了,只会记录下来,也许之后会试图隐藏,或者消除记录。所以警察没有把她的手机记录在她的物品里,是因为它不在那里,凶手拿走了手机。"

酒吧后面有一扇窗户,上面挂着"米勒"的霓虹灯招牌,这个招牌并不能给这个地方带来多少光亮。四辆卡车停在后面,案发当晚可能还停了更多。布洛赫大步走向发现斯凯拉尸体的地方,停下,回头看了看吧台。

"从大楼后面到她被发现的地方有多远?"我问。

"87米。"布洛赫说。不是90米,也不是100米,而是87米。

那天早上停在那里的卡车看起来是空的,但驾驶室里可能有人,正在享受他们的强制休息时间。

到了晚上,这个区域几乎一片漆黑。当然,漆黑的程度取决于月亮。

布洛赫发出一声尖叫。

不到10秒钟,一个人打开车门,向外看了看,问是否一切都好。布洛赫点了点头。他回到车里,正好另一个人出来,问出了同样的问题。

"酒吧里可能会传出音乐声,但我觉得传到这里的声音会变得很小。"我说。

布洛赫点了点头。

"她脸上的伤痕表明,袭击者一度只用一只手抓住了她。她手臂上有瘀青,两根手指骨折。这是她最后一次出现的地方,而且她就被葬在这里。"哈利说。

布洛赫点了点头。

"我们知道这一点，但还有很多我们不知道的。我想可能有人听到了她的哭声，除非她被带到了别的地方，然后她的尸体再被带回这里。"布洛赫说。

"其他的伤呢？"我问，"我们知道她是被勒死的，但她的手和手腕上有勒痕，她的身体前部有晒伤，然后被头朝下埋在一个狭窄的坟墓里。她是 5 月 14 日晚上消失的，一直到 15 日晚上，泰德·巴克斯顿才发现了她。在这 24 小时里发生了什么事？她是在停车场被抓，然后带到灌木丛里被谋杀的吗？还是她被关在别的地方，也许是外面，然后被杀，运回这里埋起来的？我现在还没搞明白。"

"你忘了她额头上的记号了？"哈利说，"戒指上的星形标记。"

"那是故意的。"布洛赫说。

"什么叫故意的？"我问。

"她手臂上的瘀伤，断了的手指，我敢说，都是在挣扎中留下的。除了头部，他没有在她身上其他地方留下戒指的痕迹，所以我认为这些痕迹是故意留下的。"她说。

我们向前走，越过旧篱笆，穿过高高的草丛，来到一个为了找回她的尸体把草都挖走了的空地。这块区域长约 3.7 米，宽约 3 米。土壤又黑又黏，像黏土一样，但要湿润得多。就算是头顶滚烫的太阳，也不能穿透这股湿气。我们都满身是汗。

"这种埋葬方式很不寻常。你可以很快地在这片土地上挖出一个浅坑，但是这里为什么挖得这么深？要想挖这么深就需要用到锄头或鹤嘴锄，而且会花更长的时间。"我说。

"她的脚。"布洛赫说。

"什么？"

"他想让她的脚露出来。"

"为什么？"

"我不知道。"她说。

哈利往后退了一步,我听到了轻微的水花飞溅声和一个退休法官大声咒骂的声音,是水坑里的泥溅到了哈利的裤子上。但很快他不再关注自己的裤子,也不再咒骂了,而是凝视着水坑。

水坑里的水打着漩儿,反射着太阳光,就像一颗星星被困在浑浊的水中。

"她的脚底没有晒伤。"哈利说。

"也许她是在 15 日日落之后被埋的,也许就在泰德·巴克斯顿发现她的几个小时之前?"

"不仅如此,她的脚上应该有别的东西在闪闪发光。"他说。

他脸上有一种奇怪的表情。我认识哈利·福特很久了,我们一起经历了很多,但从没见过他这样。他的眼睛睁得大大的,低头看了看,又抬头看了看天空,然后用眼睛搜索着草地和我们的脸。他的嘴唇颤抖着,举起手指遮住自己。

"哈利,你没事吧?你看起来……很害怕。"我说。

"她额头上的记号——那些星星,实际上是王冠。晒伤、倒埋——天哪,这一切都符合。"他说。

"符合什么?"我问。

起初,他没有回答,而是闭上眼睛,嘴唇抖动着,就像在记忆深处寻找着什么东西,试图弄清楚。再次说话时,他的声音很低,而且每个字都在颤抖。

"天上现出伟大的异象,妇人身披太阳,脚踏月亮,头戴十二星的冠冕……天上又现出异象来:有一条大红龙,七头十角;七个头上戴着七个冠冕。"

布洛赫和我交换了一下眼色。

"我父亲在全州各地布道,而我则在父亲旅行车的后座上待了十年,读他的《圣经》打发时间,"哈利说,"我们在找那条恶龙,就是对她做这一切的人——《启示录》第十二章中的巨兽。"

"就像恶魔那样?"我问。

哈利挺直腰板，咬紧牙关说："不，那是魔鬼本人。"

00:20

艾迪

布洛赫盯着加油站，走过去；我们跟着。

我们在外面待了 15 分钟，而这已经是我们能承受的极限了。我的衬衫后面湿透了，哈利也一样。布洛赫的额头上有一层汗珠，但仍然穿着那件海军蓝西装外套和里面的白 T 恤，不让阳光晒到自己。布洛赫站在加油站旁的阴凉处，看着位于顶棚天花板上的四个摄像头。

有空调的 OK 便利店①简直就是天堂，哈利和我走了进去。他们的咖啡机能用，但我太热了，喝不了咖啡，就从冰箱里拿了四瓶苏打水和四瓶矿泉水，拿到柜台结账。

柜台后面的孩子穿着一件金属乐队②的T恤，面带很久以前就学会、但完全不记得如何复现了的微笑。

"你们还需要点什么吗？"他问。

"当然，你们的摄像机能拍到酒吧后面的停车场吗？"我问。

"嗯……"

"我们在调查。你应该知道吧，就是发生在停车场的那起谋杀案？"

我没有说我们代表被告，也没有说我们代表检方。

"哦，是的，当然。太可怕了。"他说。

"我们能看一下你那天晚上的录像吗？"我问。

---

① 一个国际连锁的便利店品牌，主要经营食品、饮料、烟草等日常消费品。
② 1981 年在美国洛杉矶组建，是 20 世纪 80 年代以来世界上最杰出和最有影响力的重金属乐队。

"嗯……"他说的时候,似乎既困惑又痛苦。

"不会花很长时间的。"我说。

"你是在警局还是什么别的地方工作?"

"别的地方。"我说。

"当然。"他说。

他打开吧台的台面让我进去。我敲了敲窗户,提醒布洛赫。哈利跟着我,但什么也没说。检方的证据中,没有提到监控录像。执法部门总是有可能忽视一些重要的事情,要么是由于无能,要么是缺乏组织。

我问那孩子叫什么,他说自己叫达米安·格林。这孩子21岁,智商没比年龄高多少,但乐于助人,这才是最重要的。

后面的办公室里有一个小保险箱,保险箱上面的桌子上放着一堆邮购商品广告目录,墙上挂着商店的平面图。房间的另一边是另一张桌子,上面有一台电脑,有两块屏幕,每块屏幕都分成四个不同的视图,来自不同的摄像头,大部分摄像头都能拍到加油泵。有一个摄像头可以拍到加油站的入口车道,另一个则可以拍到出口车道。我花了一点时间研究每个摄像机显示的视野。

"西北角,第二个屏幕,右下角。"布洛赫在我身后说。

那孩子转过身说:"你有证件吗?"

"有。"布洛赫说。

她没有伸手去拿,也没有问要不要给他看看。

"好吧。"达米安点头,没有再问。

我回头看了看第二个屏幕,在左下侧的角落,是离酒吧最近的加油泵,画面远处显示着大楼的侧面,可以看到前门,以及至少有停车场那么长的露天片厂①。

"你有5月14日晚上的录像吗?"我问,"就是斯凯拉·爱德华兹

---

① 指制片厂所拥有的露天区域,让电影制作者可以在封闭区域拍摄露天户外场景。

被杀那晚。"

"我记得是有的。"

他在电脑前坐下,打开一个搜索框,弹出一个日期和数字的小字列表。

"找到了。你想看看吗?"

"当然。"我说。

他点击了其中一个日期列表,弹出一个对话框。

找不到文件

达米安又试了几次,结果还是一样。然后他点击了上面的文件,5月15日,也找不到,但是13日和16日的文件都在。

"有人把文件删了吗?"我问。

"也许吧,我不知道。也可能是误删的。"达米安说。

"那真是他妈的太巧了。"哈利说。

"这不是巧合,"达米安说,"警局把录像下载到U盘上的时候可能就已经发生了。"

00:21

科恩

汤姆·温菲尔德一脸坚定、手里满是文件地进来时,几乎要把科恩办公室的门撞飞了,"是弗林的申请。他们想要保释,撤销迪布瓦的供词,改变审讯地点,以及证据开示。您看这个证据开示的申请,他们说我们隐瞒了监控录像,现在他们想要看看。法官把听证会定在今天下午3点。"

科恩站起身来，接过递过来的文件，快速读了起来。

时间快到中午了。

他下巴上的肌肉不停地跳动，眼睛左右移动。

"洛马克斯的副手给我们制造了一个麻烦，"他说，"你有没有看到过加油站的什么监控录像？"

汤姆摇了摇头："没，没有。"

"我也没。加油站的那个叫达米安·格林的孩子不像在撒谎，不是吗？"

"我看不出跟他有什么利害关系。也许弗林买通了他？"

"我对此表示怀疑。达米安不知道是哪个警官拿走了录像并删除了原始录像，只知道他们穿着制服。如果弗林付钱请人做证，他会让那孩子说得更具体些。"

"要我打电话给洛马克斯吗？"汤姆问。

"不，我自己来对付警长。我们没有录像，所以对法官来说就到此为止了。担心迪布瓦保释也没有意义，因为他们家没钱交保释金。法官将口供作废的可能性为零，我们不需要担心这些。最棘手的问题是申请变更审讯地点，伦纳德副警长在录音中几乎承认了迪布瓦在巴克斯敦得不到公平审判。"

汤姆的脚动来动去。科恩注意到他在玩弄右手中指上的一枚金戒指。他烦躁不安，不停地转动着戒指。

"你在调到这里之前是巴克斯敦的警察——所以是哪位警官带走了监控录像，他们为什么要这么做？"

"我不知道。"汤姆说。

科恩哼了一声，把文件扔到桌子上，背对着汤姆。科恩俯下身，双手放在大腿上，低着头。他捏了捏膝盖上方的肌肉，嘴唇痛得发抖。

他突然站直了身子，从桌上拿起手机，拨了州长的号码。对方的手机关机了。他看了看表。

"我要是开车到蒙哥马利去见州长，3点就赶不回来了。告诉外面的姑娘们，继续给州长办公室打电话，直到有人接那该死的电话。"

"但是州长不在蒙哥马利，他在城外的化工厂，正试图与银行重新谈判。帕切特在那里试图帮助他们延长信贷。"汤姆说。

科恩从角落里的衣架上抽出西装外套，把胳膊伸进袖子，把外套套在头上，走出了办公室；汤姆跟在后面。

"给工厂打电话，告诉他们我需要和州长谈5分钟。然后打电话给电视新闻频道、广播电台和报纸，告诉他们，1点在工厂外面有一个新闻发布会。"

"联系哪些新闻频道、电台和报纸？"

"所有可能来的，"科恩说，"全州的乃至全国的，如果你能办到的话。"

"我该怎么跟他们说，记者招待会是关于什么的呢？"

"先什么也别说。就告诉他们，重大新闻，极其有料，他们最好到场，不然我会找他们麻烦。"

10分钟后，科恩开着他的捷豹上了大路。他已经把自己的抛弃式手机连上了汽车的蓝牙，等待着警长拿起他的抛弃式手机。他们每人都有一个，以防万一。

"哪里着火了？"洛马克斯问。

"好像是你的部门，伦纳德和希普利今早跟弗林和他的团队发生了冲突。他们录下了证据：伦纳德说全镇的人都知道迪布瓦有罪。他们已经申请变更审判地点。"

洛马克斯叹了口气，说："伦纳德比驴还蠢，情况可能会更糟。希普利有黑暗的一面，虽然被拴得很紧，但如果被激怒，也会咬人。"

"这还不是全部。联合公路加油站的一名职员发誓说，巴克斯敦的一名警官拷走了案发当晚和第二天前院的监控录像，然后删除了原始文件。这是我第一次听说。"

"我也是。我问问周围的人，看看有没有人记得什么。你担心这会给我们带来另一个嫌疑人吗？"

"我不在乎录像能否完全洗清迪布瓦的嫌疑。我不想知道里面有什么,我只想知道它在哪里,这样我就可以确保它不会浮出水面,破坏我的案子。"

"就像刚才说的,我会四处打听的。"

"一定要让我知道事情的进展。还有几件事,他申请了保释,但迪布瓦没有足够的资金。今晚听证会结束,他回牢房的时候,确保他不要和那些律师说话。派个人跟他一块儿关在牢房里,找个靠谱的人。我不希望他受伤太严重,以至于耽误了审判,这只是个'信息'。"

"您想怎么传递这个信息?"洛马克斯问。

"慢慢传递。也许就打断他的手指,一个指关节接着一个指关节,他的脚也是。"

"我来处理。就这些吗?"

"哦,不,这只是个开始。"科恩说,"弗林也需要收到这个信息。"

"你有什么打算?"洛马克斯问。

科恩在有空调的等候区"避暑"。黑色的瓷砖地板一定很难清洁,还有黑色的皮革沙发。他站在那里,望着接待台那边的楼梯。几分钟后,他看到手工制作的意大利皮鞋从楼梯上走下来。这双鞋上面是一套剪裁得体的蓝色细条纹西装,外搭一件白衬衫,配一条深红色的领带,红得就像鲜血。那个穿衬衫、打领带、西装革履的男人就是州长克里斯·帕切特。他的头发留得比正常的要长一些,在一头浓密的黑头发侧边分开的地方点缀着灰白的头发,尤其是在两鬓,白发更多。你要是在其位,也会这样。

"兰德尔,我听说的新闻发布会是怎么回事?公司和银行还没有达成协议,但我很感激你对我能力的信任。"他说。

两人握了握手,走到接待员听不见的地方。

"这与化工厂无关,我需要你帮个忙。"科恩说。

"你知道我的,永远支持你。我非常重视正义——在任何选举中,正义都能加 5 分。我该对媒体说什么?"

就在帕切特说话的时候，科恩注意到，第一辆新闻车来了。是一辆移动新闻车，侧面印有该频道的标志，车顶装有卫星天线。

"你是个聪明人，州长。你比党内某些人所认为的要聪明得多，这件事结束后你会毫发无损。如果有什么影响的话，我会说你的支持率会随着你支持者的增多而飙升。但我得说清楚，今天我不想让你说一些聪明的话。今天我想让你说一些非常愚蠢的话。"

00:22

艾迪

法律大多时候是一场缓慢的游戏，但有时候你必须迅速行动。

哈利录下了加油站职员达米安·格林的证词。他很诚实，这种品质现在已经很少见了。

凯特弄好了文书，她提出保释的紧急申请，将审判地点改到巴克斯敦以外的地方，还有撤销安迪被迫认罪的申请以及证据开示的申请——我们想要加油站的录像。

哈利和我把凯特准备的文件看了一遍，但没有什么要补充的，也没有什么要改动的。她做得比我好。在撰写诉讼摘要时，凯特的语气清晰平稳，用无可争议的事实作为她的观点的基础，这些事实几乎无懈可击——至少在法庭上是这样。

申请通过电子邮件发给了法庭和检察官。我们开车回旅馆的时候，凯特接到了一个电话，说法官将在今天下午3点听取所有申请。

我们有时间，但很少。

我洗了个澡，换了衣服；凯特不需要收拾。我们开着SUV去了法院。

到达法院时，我注意到外面有一群人。几个男人身着军装，穿着厚厚的黑色背心，头戴球帽，肩上挂着 AR-15 步枪，腰带上绑着手枪。有几个人拿着美国国旗，还有两三个人举着标语牌——一共十几个人，站在法院的台阶下面。

"别在法院外面停，"我对布洛赫说，"把车停在后面，我们看看还有没有别的入口。"

布洛赫加速，绕过了人群，开了很长一段路，来到法院后面的停车场。我们下了车，站在阳光下，沥青路面的热浪滚滚而上，好像燃烧的煤炭一般。除了一扇很久没有打开过的防火门外，这栋建筑没有后门。

"他们是怎么知道听证会的？你觉得是科恩给他们通风报信的吗？"哈利问。

"也许他告诉了斯凯拉的父亲，然后他策划了这一切。"

"他们可以在公共场合携带突击步枪吗？"凯特问。

"欢迎来到南方，"哈利说，"你可以携带一把装满子弹的机枪，但你不能携带一罐开着的啤酒。"

我们绕到前面。我领头，布洛赫在后面，哈利和凯特在中间，排成一排。没过多久，那群人就发现了我们。

他们马上就认出了我，我看见前面有两个人指着我们。

我环顾四周。

外面没有法警。

那群人的领队离开了队伍，正好挡在我们前面，而且让我们没办法绕过他进入法院大楼。他留着灰白的山羊胡，美鹰傲飞的 T 恤外罩着一件作战背心，秃顶的头上戴着一顶红色球帽，上面写着一个政治口号，现在已经磨损了。他手里抱着一把 AR-15 步枪，食指伸到扳机上方。什么也没说，只是站在那里，用明亮的小眼睛盯着我。

一个年轻人从人群中走出来，站在他身边。他 20 岁出头，金发碧眼，是个长得不错的孩子，身材壮得像个四分卫。他穿着蓝色牛仔裤和耐克衬衫，与其他人不同的是，他没有携带武器。

"告诉他你是谁,加里。"一个声音从后面传来。

听到自己的名字,年轻人转过身来。我猜这是加里·斯特劳德,斯凯拉·爱德华兹的男朋友。

"别让这些浑蛋过去。"加里对我前面那个留着山羊胡、拿着步枪的家伙说。

我侧过身,想从他身边溜过去,但他向右挪了挪,加里也跟着动了一下,同时挡住了我的路。我继续往前走,正对着那人的脸,他用枪把我推了回去。

布洛赫绕到我身边,她右臂弯曲,手指张开。她腰间绑着一门"加农炮"——那是一把500马格南手枪,足以在那家伙身上打出足够大的洞,让我通过。

他身后的人走近了,开始把注意力集中在哈利身上。

"我跟你做个交易。"我对那个留山羊胡的男人说。

我把他的钱包从口袋里拿出来,打开,取出他的驾照。他撞到我时,我把钱包夹了过来——习惯的力量。夹包的同时避免接触被发现最简单的方法,是接触身体的其他部分。这是一种转移注意力的战术——身体上和心理上的。

"住在卡拉巴萨斯路224号的布莱恩·丹维尔,上面说你50岁了,可你看起来还不到70岁。"我说。

过了一段时间,他才意识到现状。这些家伙看起来不太敏锐,而且很遗憾地说,这可能是真的。慢慢地,他认出了我手里的钱包。

"狗娘养的,那是我的钱包。"说着,他用手指扣住步枪的扳机。

"很高兴见到你,布莱恩。"我说,同时数着钱包里层的钞票。

"你有43美金和一张宠物反斗城会员卡,真是一个大组织。为什么不去买只仓鼠玩呢?你可以叫它大卫·杜克[①],给它穿上一条白色的

[①] 1999年10月13日出生于美国罗得岛州普罗维登斯,美国篮球运动员,司职后卫,效力于NBA圣安东尼奥马刺队。

小裙子,然后塞进你的屁股里。"

他的脸皱了起来,龇牙咧嘴。

"把我的东西还给我。"他说,然后做了我最不希望他做的事。他后退了一步,伸出左臂,把步枪从身上拿起,对准我。

他还没对准,布洛赫就过来了。她把手放在武器上,传来一声金属的咔嗒声,接着退后一步,一只手拿着子弹,另一只手拿着步枪的弹匣。这一切都发生在 1 秒钟内,动作平稳。她可以成为一个很好的扒手。布洛赫把东西扔到脚边,然后把她的夹克从臀部摆开,露出"麦琪"。

麦琪是布洛赫给她心爱的史密斯-威森牌 500 马格南手枪的昵称,这是世界上为数不多的 0.50 口径的手枪之一。枪膛里装了五发子弹,重近 6 斤。史密斯-威森公司在出售这款枪时,不得不增加一个可选的枪口制退器①,因为其后坐力可能会折断任何笨到尝试单手握枪的人的手腕。

布莱恩一定很熟悉枪,因为他一看到麦琪就又往后退了几步。他身上的防弹衣没啥用了——布洛赫身上的那个东西能以每秒约 600 米的速度射出 350 格令②的子弹,可以像穿过湿餐巾一样穿过煤渣砖墙。

"你们现在可以走了,"布洛赫说,"或者你可以拿起家伙,永远留在这里,成为人行道上的一个污点。快点选择,布莱恩。"

"你的客户杀了我女朋友,不管怎样,他都会付出代价。"加里说。

"你是加里·斯特劳德吗?"我问。

他咬紧牙关,肌肉在头两侧跳动,蓝眼睛紧紧盯着我,然后点了点头。

"我对你深表遗憾,但你被误导了。安迪·迪布瓦没有杀你的女朋

---

① 是一种减小枪口后坐能量的枪口装置。制退器后喷的火药燃气能产生较大的冲击波、声响和火焰,对射手容易造成伤害,故在手持式枪械上较少使用,多用于大口径机枪。
② 是衡量枪弹重量的单位,在北美洲特别常用。在枪弹中,1 格令约 0.06 克,350 格令约为 22.7 克。

友,我们会证明的。"

他们身后的人群越来越吵。

布莱恩的眼睛因恐惧而睁得大大的,他知道自己会是第一个挨子弹的人。

布洛赫眨了一下眼。

"好了,孩子们,够了,把家伙拿开。"布莱恩说着,双手举起,往后退。

我把他的驾照放回他的钱包,扔到街对面。

哈利和凯特跟在我后面走进法院。布洛赫从布莱恩的步枪和弹匣里取出子弹,扔进垃圾桶,然后转身背对着这群乌合之众,走了进去。

在离布洛赫约15米的地方,布莱恩的勇气意外地回来了。他笑了,朝我飞吻了一下。

也许保释安迪·迪布瓦会让他面临比待在巴克斯敦监狱更大的危险,但这是我必须冒的险。一群全副武装的愤怒白痴我还能对付,但如果安迪被警长和想把他送进死牢的地方检察官所控制,我就无能为力了。

我转身走进法院。布洛赫在安检台检查了她的枪,而我则取下腰带,清空了口袋,让金属探测器检查。

哈利站在安全检查站的另一边,他遗憾地对我摇了摇头说:"跟我去亚拉巴马州吧,艾迪。这儿可能很危险。"

我过了安检,收拾好东西,悄悄走向哈利。

"听着,"我说,"如果我们惹恼了这些人,那我们一定做对了什么。"

"我们以前也去过危险的地方,但从来没有像现在这样。我担心凯特。"他说。

凯特正在从数据表中收集文件和申请,脸色有点苍白。布洛赫走过去,拿了一半文件,又把手放在凯特的肩膀上,跟她说了句话。不管说的是什么,这句话都打破了紧张的气氛。

"布洛赫支持我们的,"我说,"我们不能只想着为安迪辩护的事了。这还不够。"

"我们别的还能做什么?"

"不是我们——是布洛赫,她要扳倒科恩和警长。这是我们赢得这场官司的最好机会。"

"布洛赫去对付检察官,那谁来保护我们呢?"

"我们会互相照顾。现在离听证会还有 1 个小时,警局很快就会把安迪带上法庭,你得准备好和这个孩子谈谈。"

"我?"哈利问。

"你和凯特。让他信任你,把聘请律师的合同签了。凯特能应付听证会。"

"你上哪儿去?"

"我去给他弄些保释金。"

00:23

凯特

"我要助艾迪一臂之力,帮他弄到保释金。"布洛赫说。

凯特点了点头,感到有点紧张。她并不是因为即将到来的听证会而紧张——她习惯了布洛赫在身边。虽然现在已经过了外面那群乌合之众这一关,但她并没有感觉好多少。

"早点回来。"凯特说。

布洛赫点点头,离开了。

凯特和哈利沿着旧法院的走廊走去,有一扇门通向拘留室。在哈利开门之前,凯特就闻到了里面的味道:一股腐烂和臭水的混合气味。通往牢房的楼梯是用石头砌成的,由于长期在使用,每一级台阶的中心都凹陷了下去。上面那盏灯投下的阴影比任何东西都多,这让她更难判断楼梯的凹陷处，不止一次差点跌倒。

楼梯底下有一张桌子、一组律师用来放手机的储物柜和一本日志。唯一的警卫正在看手机，嘴里吃着三明治，那味道几乎和牢房一样难闻。

"凯特·布鲁克斯和哈利·福特来看安迪·迪布瓦。"凯特说。

警卫看了看凯特，又看了看哈利，吞下了嘴里滚来滚去的那一口三明治，把剩下的放回桌子上。他站起来，拉起腰带，说："他们还没到。"

"我们等着。"凯特说。

"你想干吗就干吗。"警卫说着又继续吃起他的三明治。

凯特环顾了一下这个小小的方形房间。这里面通风不良，只有一条狭窄的走廊通向右边，大概是通往牢房的。墙壁被涂上了一种苍白的特殊工业漆——那种没有灵魂的米色。墙上有一些关于探视和处理囚犯的安全须知，顶灯上的塑料灯罩上布满了灰尘、尼古丁污渍和死虫子，使得灯泡反而更加昏暗。凯特眯着眼睛看着警卫办公桌后面的墙，上面有一块带网格的白板。白板左边列出了一列牢房号码，每个号码旁边都写着囚犯的姓名和特殊说明。

#1 理查德·博伊德——咬人狂。转移时需使用护嘴器。

8间牢房似乎都有人住，每个囚犯的名字、手机号和笔记都在上面。

4号牢房的说明只写了谋杀犯，上面没有关于这名囚犯的详细资料。

"你刚才说安迪·迪布瓦不在这儿，但他在4号牢房。"

"4号牢房？"警卫转过身对着木板说，"你根据什么认为是他？"

"他的名字没有被列出；你们的牢房已经满了；他正被警局带过来，但警长不想让我们和他说话。你想让我继续说下去吗？"凯特问。

"让我查一下。"警卫说。

他从腰带上掏出一串钥匙，消失在狭窄的走廊拐角处。凯特可以听见他在跟别人耳语。她从拐角处偷看了一眼，看到警卫在和副警长说话。是希普利，那个黑头发、眼神呆滞的大块头警察。

"我猜安迪刚到吧？"凯特问。

两人都转过身来。

"当然，"警卫说，"跟我来。"

哈利摇了摇头，跟在凯特身后。转过拐角时，凯特看到希普利宽阔的背影从大厅尽头的一扇门消失了。警卫打开了左边的一扇有栅栏的门，这个门通向一条更宽的走廊。走廊两边各四个牢房，每个牢门的材料都是实心钢。

凯特和哈利跟着警卫来到 4 号牢房。他打开门，领他们进去。这是一个 2.4 米 ×2.4 米的房间，墙上贴着瓷砖，一条 U 形的木凳绕着墙壁。一个看起来很久没有吃过一顿饱饭的年轻人躺在长凳上，双手抱在头上，背对着门。

"你们想出去的时候就喊一声或者猛敲门。"警卫说，然后砰的一声关上了门。

凯特很高兴哈利也在。锁移动的声音以及咔嗒一声锁上的声音让凯特感到不安，她缓慢而沉稳地呼出了一口气。

"安迪？"她问。

里面瘦削的孩子转过身来。

凯特从网上、报纸上和电视上看到过安迪的照片，立刻认出了他。他有一张英俊、甜美的圆脸，大眼睛，小下巴。

"我叫凯特·布鲁克斯，这是哈利·福特。我们和艾迪·弗林共事，就是昨天在牢房里见过你的律师，我们是来帮忙的。"

安迪闭上眼睛，转过身去。

"安迪，"哈利说，"凯特想说的是，我们来这里是想看看能不能把你从监狱里救出去，就在今天，大约 2 个小时后。"

安迪迅速转身，脸上露出惊讶的表情，嘴巴呈 O 型，但这个表情很快就消失了。他好像记起了什么——也许是记起了不要相信律师的承诺？

"你母亲马上就到，我们认为你最好和她在一起，在家接受审判。你觉得呢？你想回家吗？"凯特问。

安迪坐了起来，说："他叫我不要跟你们说话。他说如果我不和律师说话，对我和我母亲来说会好一些。"

"谁告诉你的？"凯特问。

她的声音轻柔而低沉，仿佛在邀请安迪聆听。

"警长洛马克斯。他会照顾我的。审判结束后，等我去了宾夕法尼亚州，他会照顾我母亲的。"

"那他告诉过你去了之后会发生什么事吗？"哈利问。

"他会给我母亲一些钱。抗争没有意义，我只能接受。这就是事情的发展方向。"

"安迪，警长和检察官想要处决你。要么给你注射致命一针，要么把你绑在电椅上处以极刑。"哈利说。

安迪摇了摇头："警长说，如果我合作就不会发生那种事。他让我在某个文件上面签了个字，我没有机会读那个文件，但他说文件可以保护我，还可以确保我母亲没事。"

凯特打开档案，拿出地方检察官提交的法庭文件，文件证实他在寻求死刑。

她温柔地坐在他身边，把文件递给他看。

"这不可能是真的。"他说。

"这是真的。瞧，法院在命令上盖了章。"

他看了看章，把两只拳头放在额头上："我不明白，这不对，我没有杀任何人。"

哈利在文件中找到了聘请律师的合同，交给了凯特。

"我们需要你在这些文件上签字，以正式表示我们是你的代理律师。我们会尽全力挽救你的生命,并向法庭证明你没有杀害斯凯拉·爱德华兹。"

"那我母亲呢?我不希望她有什么不测。科迪失踪了,是警长做的,我知道。他也会想办法对付你的。他说今晚要给我的牢房放一个新人,一个能教我不要和律师说话的人。"

哈利和凯特交换了一下眼色,然后哈利跪在安迪身边,说:"我们不会让你和你母亲出任何事。她想让我们帮你,而且我们确实打算帮你。你是个聪明的孩子,但在欺骗和恐吓下做了一些不利于你的案子的事情,这些事情到此为止。我们是来保护你,为你而战的,警长对我们也无能为力。我们是一个团队,而且很强。如果你想活下去,为了你母亲活下去,拿起笔在这张纸上签名。我们今天就能把你弄出去。"

安迪想了一会儿,时间有点久,然后拿起笔,签了名。之后他把身子重重地压在纸上,笔尖都刮到木凳上了。

"太好了,现在事情解决了。我有些问题要问。"凯特说。

"什么问题?"安迪问。

"很重要的问题,让我们从这个问题开始吧。有个证人,里安·霍格,说你那晚下班后和斯凯拉发生了争执,这是真的吗?"

"斯凯拉和我之间从来没有争执,我们是朋友。"

"那天晚上下班后,你看到斯凯拉和其他人在一起吗?"

"没有,她当时正想着在聚会上和她的男朋友见面,但我不知道她是否去了,我走回家了。"

"好,很好。下面这个问题有点难:警察说你背上有抓痕,并在斯凯拉的指甲里发现了你的皮肤和DNA,你能解释一下这大概是怎么发生的吗?"

00:24

凯特

到目前为止，凯特在她短暂的职业生涯中已经出现在好几位法官面前。她从钱德勒法官脸上的表情可以看出，这将是一个不轻松的下午。

艾迪的建议之一：了解法官。有些法官是公平的，有些则偏向于男性、警察或企业，为了避免让这类人审理你的案件，你得铲平一座大山。在法学院，老师不会教你：即使是最好处理的案子也会在糟糕的法官面前败诉。你必须自己去学习。艾迪几乎没有在他的文件上做任何笔记，而凯特在所有文件上都做了大量笔记。她有一本关于多位法官的笔记本，这个笔记本就像一个档案，上面记录着她所遇到或听说过的每一位法官，其中就有关于钱德勒的故事。部分故事来自网上那些被钱德勒送进监狱，或者更糟，被送进死牢的被告的不满家属。他们说他和检察官走得太近了，说他讨厌辩护律师及其客户。

她相信这一切。

检察官科恩甚至都没跟她说过话，他躲在桌子后面，像只大蜘蛛。哈利坐在安迪旁边的辩护席上，轻声耳语，让他冷静下来，并向他解释法庭上正在发生的一切。

"昨天，安迪·迪布瓦代理人的评分是负数。现在看来，他有一个纽约最好的律师团队。告诉我，布鲁克斯小姐，你的当事人中彩票了吗？"钱德勒法官问。

"没有，法官大人。科迪·沃伦的失踪对我的当事人和我来说仍然是一个问题，我相信对您来说也是。"凯特说。

钱德勒法官沉默了一会儿，然后眉毛像天线一样向上一扬，检测着这个相当有才华的律师。

"我读了你的申请，布鲁克斯小姐。保释？真的吗？在一个死刑犯的案子里？"

"是的，法官大人。我的委托人没有护照，但他有家人，和这个社区关系密切。在这次指控之前，他从来没有被逮捕过，而且他是一个脆弱的年轻人——"

"谁说他很脆弱？"钱德勒插嘴说。

"考虑到他的年龄和对司法系统的缺乏经验，在我看来，安迪·迪布瓦非常脆弱。"

"会有心理学家出庭做证吗？"

"如果需要的话，会有的，法官大人。"凯特说，表现出极大的自信。

"亲爱的，在那之前，把你的意见留给自己吧，"法官说，"我不管你怎么想，或者你相信什么。不要提供意见证据，你是律师，别再在我的法庭上说这种话了。"

她能感觉到哈利在盯着她。哈利温文尔雅，有一双和善的眼睛，但只要时机合适，他就能鼓起如狮子般的勇气。她都不用看，就知道哈利在用他那双棕色的大眼睛告诉她，要保持冷静。

凯特穿着高跟鞋，扭动着脚趾，动作幅度剧烈。又是一个艾迪的把戏。没有人能看到你这样做，但可以消除紧张和焦虑。凯特发现，这对平息愤怒也很有效。她的下巴收缩了一下，脚趾发狂般扭动着，然后又回到了手头的工作上。让这位法官付出代价的最好办法，就是继续为她的当事人做好工作。

"正如我所说的，法官大人，我的当事人——"

"获准保释，"钱德勒说着，向后靠在椅子上，一脸沾沾自喜，"现金担保金额为50万美金。在他踏出这扇门之前，要向法院提交全部金额。对于如此严重的指控，这是我所能想到的最低数额。"

这个数额可能是100万，也可能是1000万，但是安迪连5美金都没有。凯特朝哈利点了点头，哈利则拿出手机开始打字。

"你的请求被驳回。他会说警长恐吓他了，或者对他撒了谎，或者其他任何他能想到的借口来撤销他的供词,我都不感兴趣。布鲁克斯小姐,在陪审团面前说这些话吧。"

两个申请,其中一项被批准了,但没有希望凑足保释金。凯特咽了口气,挺直了腰板,她有更充分的理由申请变更审判地点和证据开示。尤其是证据开示,她不可能输掉。

"我已经读了你关于变更审判地点的申请。科恩先生,你对这件事有什么看法?"钱德勒法官问。

"我认为这个申请是多余的,法官阁下。我可以把这段视频作为证据吗?"他说着,向他的助理检察官做了个手势,"温菲尔德先生录下了帕切特州长今天的声明,也许我们可以在法庭上播放一下?"

温菲尔德拿出一台笔记本电脑,打开,点击,操作着,直到屏幕上显示出一个静止的画面,准备播放。另一个助手则拿出一张高桌子,放在法庭的律师席,这样法官和凯特就能看到电脑屏幕。温菲尔德按下播放键后,坐了回去。

这段暂停的视频,看起来像是在某个工厂外的新闻发布会的中途。

"我今天在这里,只是想向巴克斯敦的人民和森维尔县所有善良的人民保证,在斯凯拉·爱德华兹得到正义之前,你们的地方检察官不会休息。她是这个镇上很受欢迎的年轻女性,是致告别辞的代表,也是舞会女王。她还在上大学一年级,却被从我们身边夺走了,安迪·迪布瓦会为他的罪行付出代价。我知道有很多热心的公民,对这起令人发指的恶毒谋杀感到震惊和愤怒,这完全无可非议。我只能说,无论如何,正义终将得到伸张……"

凯特不太相信她所听到的,州长刚刚在电视直播上说安迪·迪布瓦有罪。她知道每家报纸、地方新闻和广播电台都会在至少一两天内播放这段话,整个陪审团都会在思想上被下"毒"。她瞥了科恩一眼,看到他脸上露出奇怪的微笑。

她猜测科恩可能参与了州长发表的那份声明。这一举动聪明且残忍,而且在这个法庭上,他可以逃脱由此可能带来的惩罚。

"布鲁克斯小姐，我不赞同州长的声明，但我确信，只要我指示陪审团忽略任何媒体声明就足够了。看来你认为巴克斯敦的陪审团受到影响的观点，现在适用于整个州。我们不会把这个案子搬到纽约去的，小姑娘，变更审判地点的申请被驳回了。"法官说。

"法官大人，我对这个新闻发布会的时机感到奇怪。对于地方检察官来说，这似乎是最方便的。我会要求法庭对州长和地方检察官进行谴责，同时至少应该将审判地点从受害者的家乡转移出去。"

"申请驳回。现在，你提出的证据开示的申请是另一回事了。"

凯特感到胃里一阵刺痛。

这项申请有充分的证据支持，所以即使钱德勒法官被地方检察官收买，他也无法置之不理。无论监控录像中有什么，都可能证明安迪的清白，如果法官被说服，确信地方检察官隐瞒了这一证据，那么法官将别无选择，只能驳回对安迪的整个指控。这是一个重大时刻，凯特感受到了这种压力，并表示欢迎，她为这样的时刻进行过训练。

"这项申请可以迅速处理。"钱德勒法官说着，把视线转向科恩。

"科恩先生，您的办公室或警长办公室是否持有本案5月14日和15日晚的监控摄像头录像？"

科恩站起来，看着凯特说："没有，法官大人。"

"那么，布鲁克斯小姐，这就是你的答案。你的申请——"

"等等，法官大人，"凯特大声说道，声音中带着威严，"我有一份加油站店员达米安·格林先生签署的宣誓书，他表示警长办公室获得了那晚的监控录像，并将其从现场拷贝到了一个U盘上。他进一步声称，复制完成后，他们就删除了服务器上的录像。我们相信地方检察官拥有有利于被告的证据，却将其隐瞒。我们要求提供那份证据，或者，作为另一种选择，本法庭驳回对我们客户的指控，并制裁起诉方。达米安·格林先生是一个独立的证人，他的宣誓书在任何法庭都具有重要的意义。"

科恩环顾了一下房间。在观众席的后排，他瞥见了安迪的母亲帕特里西亚·迪布瓦。凯特只跟她简短交谈过，告诉她自己会尽力而为，但不要对安迪回家抱有太大希望。科恩大声呼叫副警长，引得帕特里西亚在座位上一跳。

法庭后方的门打开了，洛马克斯警长走了进来。凯特想象他可能在外面听着庭审的进程，同时等待着科恩的呼唤，就像一只随时准备遵从命令攻击的罗威纳犬。洛马克斯身后跟着一名副警长和一名囚犯——一个穿着破烂 T 恤的年轻男子。他的右眼呈现出明亮的紫色，几乎肿得闭不上了，手被铐在前面。副警长拉着他的手铐把他拖过来，然后示意他在观众席上坐下。

"法官大人，这是您接下来的案件，简要说明一下可能会有帮助。这位是达米安·格林先生，就是布鲁克斯小姐提到的那个就视频证据提供了宣誓书的人。格林先生被指控持有和提供非法药物——甲基苯丙胺①，法官大人。据我所知，他将对这些罪行认罪。"

凯特见过对手采取一些卑鄙的手段，但从来没有像这样的。他们肯定是一看到格林的名字出现在宣誓书上，就立刻逮捕了他。科恩已经破坏了她的申请。从她的位置很难判断，但格林除了 T 恤破烂之外，皮肤看起来不错，吃得很好，外表干净，而且他在加油站工作了三年。作为一个 OK 便利店的店员，他并没有赚大钱，而且大多数贩毒者和吸毒者都不太能保住工作。从她和他的少量交往中来看，他似乎是一个老实巴交的打工仔，每天朝九晚九，承担着自己的责任，挣着自己该挣的钱，同时他也很胆小。警长一定是狠狠地打了他一顿，才使他眼睛这么肿。如果一定要猜测的话，她会说这些毒品可能是从警长的车厢进入格林手中的。

"布鲁克斯小姐，这个人现在应该不是一个可信的证人了，对吧？"法官说道。

---

① 即冰毒，因其原料外观为纯白结晶体，晶莹剔透，故被吸毒、贩毒者称为"冰"。由于它毒性剧烈，人们便称之为"冰毒"。

"法官大人，我能否暂停一下，和格林先生谈一谈？"

"不行！我不想和她说话。她编造谎言，而且她后面的那个男人告诉我必须签字。"格林在长凳上大声喊道，眼睛看着哈利。

"我会忽略最后那句话，但看起来他不想和你说话，布鲁克斯小姐。"钱德勒法官说道。

凯特所有的紧张都消失了，压力也消失了。唯一让她站着的原因，是她背后紧握着的拳头。她的拳头就像一个皮球，指甲深深地刺入了皮肤。科恩瞥了她一眼，那张虫子一样细的嘴上挂着得意的笑容。

"事情真是瞬息万变。"凯特说道。

"你的证据开示申请被驳回。明天早上开始陪审团的选拔，按照本庭的惯例，我们预计最多需要一天时间，对此我很期待。哦，如果你的客户交了50万美金的保释金，请告诉我一声，保释办公室还有15分钟就关门了。记住，是全额保释金，只接受现金。庭审休庭。"

"在牢房里和安迪一起等着，告诉他们你需要磋商，给我们争取一些时间。我给艾迪打电话。"哈利说着，手机已经拿在手里。

凯特拉着安迪的手臂，确保法警不会把他们分开。她已经决定，不会把安迪单独留在这些人身边。达米安·格林走了过来，因为自己的案子被提起，他那只没受伤的眼睛充满了恐惧。达米安因为帮了他们而受到伤害和陷害。这是个腐败透顶的小镇，凯特已经准备好要为了救安迪而将这个小镇彻底毁掉。

"发生了什么？"安迪问道。

"没事，"凯特说道，"我不会离开你的，我们回到牢房去谈谈，仅此而已。一切都会好起来的，我不会让他们抓走你的。"

洛马克斯从腰带上取出警棍，走向安迪。

"让我们把你送回拘留室吧。"警长说道。

00:25

艾迪

布洛赫把车停在国家银行的巴克斯敦分行外,打开空调,闭上眼睛。

"你累了吗?"我问。

她举起一只手,摊开手指,手掌前后摇摆了一下,意思是不好也不坏。

"我真的累了,"我说,"哈利打鼾。"

布洛赫不理我,把头靠在椅背上。当过警察的人有一种不可思议的能力,只要他们需要,就能睡个好觉。

我的电话响了,是哈利的短信。

50万美金,现金。如果我们现在不把他弄出来,警长可能会杀了他。他们今晚要把另一个囚犯送进他的牢房。

妈的。我拨了一个号码,很快就接通了。

"艾迪,最近怎么样?"伯林问。

"不太好,还是没有科迪·沃伦的踪迹。拜托你两件简单的事情。我需要你去搜索一下死者的手机,警察发现尸体时,手机不在。"

"沃伦已经问过我了。根据定位,她的手机要么关机了,要么在现场被毁了。从案发当晚起,她的手机信号就没在手机信号塔上出现过。第二件事是什么?"

"警长把安迪关在县监狱里,而且在折磨那孩子。如果我们不把安迪救出来,他就会承认他没有犯过的罪。他很害怕,他在监狱里面我赢不了这个案子。我得把他弄出来,跟他谈谈,让他说实话。如果我们不把他弄出来,他随时都可能被打死。"

"要多少？"

"你总是开门见山。50万，现金。"

"保释吗？天啊，你就不能争取少点吗？安迪一辈子都挣不到50万美金。"

"如果他在牢房里被谋杀，我就救不了他的命了。如果他出庭受审，我相信他会出庭的，那你就能把所有的钱拿回来。时间紧迫，我的车停在巴克斯敦国家银行外面。我需要你把钱转过来，现在就转。"

"我需要一点时间。"

"就现在。这孩子可能活不过今晚了，把安迪打死或吊死在他的牢房里，这些人不是做不出来。"

"好吧，该死的，但你要确保他不要逃保。他是你的责任，如果他跑了，你就欠我50万。"

"同意。"

"好了。进银行，查福布斯名下的账户，我授权给你。我们有特工的账户，美国财政部会在24小时内注意到，到那时我已经转移了一些钱来弥补了。现在先把他弄出去。"

他挂断了电话。

布洛赫睁开了眼睛。

"准备行动！"我说。

巴克斯敦国家银行位于一栋由大理石和玻璃盖成的建筑里，有两个出纳员和大量的安保人员。布洛赫从车里拿出一个空皮包；她把里面的东西塞进了后备厢——一把猎枪、一件防弹背心和一堆弹药。

皮包里有火药味。

出纳员检查了一下电脑，拿了一份我的身份证复印件，并与经理核对了一下。然后她回来说："弗林先生，你被授权了，可以提取50万，我们下周可以给你。"

"下周？不行，我现在就需要。"

"对不起,保险库里没有。我们今天可以给你 12.5 万美金现金,我们也只有这么多了。"

"附近有没有其他有额外资金的分行?"

"离我们最近的银行在莫比尔,目前过去要 90 分钟。"

我口袋里的电话响了——是哈利打来的。

"艾迪,我们需要那笔钱,立刻、马上,保释办公室 15 分钟后关门。我尽量拖住办事员,但你得尽快赶到,我不知道能不能说服她多待一会儿。"

"一定要现金吗?他指定现金了吗?"我问。

"是的。法院不接受银行支票或债券,只收现金。你有吗?"

"我最多能拿到 12.5 万美金。"

哈利叹了口气,"洛马克斯已经在挥舞警棍了。凯特正和安迪一起待在牢房里,直到我们交保释金才能离开,但如果我们不把他弄出来,他就会因为跟我们说话而被狠狠揍一顿。明天早上他可能就没有呼吸了。"

我他妈还能怎么办?还差 37.5 万美金。

"哈利,法院办公室里有点钞机吗?"

"你是在亚拉巴马州的巴克斯敦,"哈利说,"'点钞机'是一个 61 岁的离婚女人,名叫阿加莎,她是收银员,对我有好感。"

"布洛赫,你看过哈林环球旅行者篮球队[①]吗?"我问。

布洛赫的右眉扬向天花板。

"没事的,"我说,"你会找到窍门的。"

我把电话放在耳边,"哈利,你看过哈林环球旅行者篮球队吗?"

"看过两次。我们要放弃审判去打篮球吗?"

"不,我已经有一个球员了,只需要你吹个口哨。"

[①] 一支以表演花式篮球著称的美国职业篮球队,总部位于纽约市哈林区。

00:26

艾迪

哈利·福特是这个星球上最有魅力的男人之一,我觉得原因在于他那像蜂蜜在桶里滚来滚去的低沉声音。作为一个老年人,他长得很帅,也很有趣,毫不粗鲁。他对某些特定年龄的女人来说有着不可抗拒的吸引力。虽然事实是,他现在有三位前妻。对于这个事实,福特解释说,他的魅力不会永远持续下去。布洛赫和我到达保释办公室时,保释办事员阿加莎正顺利"成为"第四位福特太太。

阿加莎最近离了婚,有着一头梳得整整齐齐的白发,穿着一件扣得紧紧的毛衣,外面是一件熨得整整齐齐的白衬衫,下身是一条灰色的休闲裤。她坐在楼上小保释办公室的办公桌旁,被哈利讲的一个笑话逗得哈哈大笑。哈利坐在桌子上,阿加莎凝视着他那双好像糖果做成的棕色眼睛。

"阿加莎,这是我的同事,弗林先生和布洛赫小姐。"我们进来时,哈利和阿加莎一起站了起来。

布洛赫不喜欢头衔,她就是布洛赫,不是什么布洛赫小姐或者布洛赫女士。而是——布洛赫。哈利也知道这一点,但他更关心的是把阿加莎困在自己的魔咒里。哈利用嘴型对布洛赫表示抱歉,布洛赫迅速阴沉地瞥了哈利一眼,然后对阿加莎露出了灿烂的微笑。

阿加莎指着铐在布洛赫手腕上的包问:"那是保释金吗?"

"当然是,"我说,"50万美金,现金。"

"那就到办公室来,亲爱的,我要数一数。放在这儿吧,如果你不介意的话。"阿加莎说。

"没问题,"我说,"但是布洛赫会在这里看着这笔钱,直到我们把钱交出去。以防万一,你懂的。"

"当然。"她说。

哈利俯下身，在她耳边低语了几句；阿加莎发出一阵调皮的笑声。

布洛赫把包放在桌子上，打开，拿出一沓用橡皮筋捆在一起的钞票，放在包的右边，阿加莎面前。我站在阿加莎的右边，哈利绕到我们后面。

解开橡皮筋，阿加莎开始低声数那沓钞票的一角，嘴唇翕动着。那沓钞票是由 500 张百元大钞组成的，阿加莎的手指动作很快，不到 2 分钟就翻完了。

"5 万。"她说。把橡皮筋重又绑在那沓钞票上，放到她的右边，也就是我的面前。布洛赫递给她另一沓。

哈利开始吹口哨。

"我知道这首曲子，"阿加莎一边数着，一边说，"《亲爱的乔治亚·布朗》，有支篮球队以前不就是配着这个曲子打篮球的吗？"

"哈林环球旅行者篮球队？"哈利问。

"就是这个，我喜欢这首歌。"她说。

阿加莎像一个经验丰富的现金管理员一样数着钱，又准又快。有一次，她的手指同时搓开了两张钞票，她舔了舔拇指，然后直接回到了那堆钞票的开头。

数完所有钞票的时候，柜台上已经有十沓钞票了，每一沓都只有约 5 厘米高。

"50 万，正好。"阿加莎说。

"能给我一张收据吗？"我问。

"当然可以。"她说。

布洛赫解开包上的手铐，把钱扔进去，重新拉上拉链。

阿加莎打了个电话，要求把迪布瓦带到保释办公室。她准备了一张 50 万美金的收据，签了字，盖了桑维尔县法院办公室的章，然后交给了我。

"谢谢你。"我说着，把收据放进了钱包。

阿加莎数的钱是对的。她数出了 50 万美金，共计十沓 5 万一沓的钞票，每一沓钞票里都有 500 张 100 美金的钞票。

但我知道桌上只有 11 万美金。

阿加莎的问题是，她数的钱有重复的。

每张美钞，不论何种面值，都是 1 克重，所以 100 美金的钞票和 1 美金的一样重。美国发行的所有纸币都是相同的尺寸——长约 16 厘米，宽约 7 厘米。所以在每一沓 1 美金钞票的顶部和底部放一些 50 美金的钞票，这沓钞票是无法区分的。

当阿加莎数完第一沓 5 万美金后，布洛赫递给她第二沓，里面同样有 5 万美金，准确无误。阿加莎靠在桌子上，用鼻子和橡胶顶针拨弄的时候，布洛赫从包里拿出一沓 1 美金和 10 美金的钞票，上面有 50 美金的，把手伸到她背后，背着阿加莎递给了我。我用右手接住，放在背后，和货真价实的那一沓钞票调换了一下。真正的那 5 万美金在我背后，也就是在阿加莎背后，直接给了布洛赫。她用左手放进包里，这样就可以在阿加莎准备再数一捆的时候拿出来给她，同时保证阿加莎不知道自己已经数过这捆了。如果哈利不吹口哨了，那就意味着阿加莎暂停数钱时，可能会注意到我在调包。只要他还在吹口哨，我们就没问题。布洛赫和我在阿加莎背后传递那些钞票，就像环球旅行者队的哈莉·布莱恩特和威利·加德纳一样，同时，哈利用口哨给我们配乐。阿加莎把十沓钞票放进保险箱，关上门，锁上。

"都弄好了。祝你好运，哈利。我们还会再见吗？"阿加莎问。

"当然，等这一切都解决了，我们一块儿去吃个晚饭。"哈利说。

我们把阿加莎留在办公室，拿着保释令下楼去了。

"艾迪，如果我最后又结婚了，你就要欠我 50 万了。"哈利说。

"别担心，"我说，"小菜一碟。"

00:27

艾迪

　　看到安迪·迪布瓦跟跟跄跄地从牢房里爬上楼梯，我的心里顿时涌起一股怒火。他既瘦削又虚弱，布洛赫几乎不得不把他抱起来。他的脚踝、肘部和手上都有伤口，都是在混凝土地板上摩擦造成的。

　　帕特里西亚近距离看到他时，难以承受的痛苦让她无以言表。把儿子抱在怀里的喜悦，以及意识到儿子已经变成了一个憔悴不堪的年轻人，使她宽慰又痛苦地哭了起来。

　　"你怎么变得这么瘦？他们在里面给过你东西吃吗？"她问。

　　"所有的食物我都不喜欢，我的土豆泥里有锐利的东西，割破了我的舌头，而且吃下去之后会让我的屁股流血。"他说。

　　她眯起眼睛，不知道这是什么意思。我很清楚那是什么意思，但我永远不会告诉她。森维尔县的警官一直在安迪的食物里放碎玻璃，难怪他不吃东西。

　　她紧紧地抱着他，带着他朝前门走去。哈利在车里，等着送他们回家。我没看到凯特。

　　我走近时，他摇下车窗。

　　"凯特在哪里？"

　　"她去旅馆给我拿些东西。"

　　办理安迪的保释手续花了一些时间。表格填好了，他的财产也归还了。打开越野车的车门时，我看到凯特正在拐弯，手里拿着一个棕色的纸包。从法院步行10分钟就能到达鸡油菌旅馆。她把包裹递给哈利，哈利谢过她，把东西放进车上的手套箱里。凯特上了SUV，布洛赫和我走回街上，开上我租来的普锐斯，打算在帕特里西亚的家里和他们会合。

　　帕特里西亚不得不把安迪抱到后座上。他只走了400多米，就浑身是汗，但不是因为太阳，安迪习惯了阳光。这完全是由于在"油箱"里没有"燃料"的情况下，移动身体所造成的体力消耗。

布洛赫开着普锐斯，跟着哈利沿着后街行驶，然后上了高速公路，接着是巴克斯敦周围鬼城林立的土路。

我们到达帕特里西亚的家时，太阳正开始落在环绕着她房子的参天大树后面，这里没有警察或白人民族主义暴徒的"欢迎派对"。现在，安迪可以吃点东西，休息一下。

安迪和帕特里西亚以及布洛赫一起进去了。我下了车，走近哈利和凯特。凯特在越野车外面透气，哈利坐在驾驶座上，窗户开着。

"棕色纸包里装的是什么？"我问。

"你不会想知道的。"凯特说。

"好吧，现在我需要知道。你为什么拿着？"

"因为哈利没有在旅馆登记。他需要一个在旅馆登记的名字，然后快递员才会同意给他包裹。"

"哈利，怎么回事？"我问。

他俯身到手套箱前，拿出棕色纸包，打开，里面是一个红木盒子，手工制作，大约有折叠后的《纽约时报》那么大。他打开盖子，露出一把柯尔特1911手枪和一本用泡沫镶嵌物固定的杂志。

"今天早上我给丹尼斯打了电话，让她把这个急件快递给我。"哈利说。

"我们检查了发现斯凯拉尸体的地点后，你给她打了电话，是不是？"

哈利没有回答，他又露出了那种表情，和今早的一样。

"那真的让你很恼火，是吗？"

"这是我的勤务武器，"哈利说，"虽然比你老，但更可靠，我带在身上感觉好多了。我和这把手枪一起经历过许多大风大浪。"

他闭上眼睛，把枪从盒子里拿出来，拉开滑套，装了一发子弹。听到滑套把子弹滑进枪膛的声音时，他肩膀垂了下来，呼了一口气，慢慢睁开了眼睛。

"你用那东西多久了？"我问。

"已经很久了。然而，时间还不够长。"

"哈利，也许你应该回纽约去。现在退出还来得及。"我说。

"你觉得我太老了吗？"

"不，我知道你年纪很大了，但这不是问题。这不是批评，绝对不是，但有些情况下，有些事的影响无法磨灭，这一点你比我更清楚。我能看出这件事对你的影响有多大，而且——"

"你弄错了。我没有因为这个案子心烦，而是害怕。你，你们所有人，都应该如此。杀死斯凯拉·爱德华兹的人是在传递一个信息。"

"什么信息？"凯特问。

说话的时候，哈利的眼神虚无缥缈，汗珠从脸上流下来，流到嘴唇上。"在《启示录》第12章中，一个女人在与魔鬼的相遇中幸存了下来，魔鬼被赶出了天堂，战争爆发了。在《启示录》第15章中，神通过释放七位天使和七场灾难到地球上来结束战争。斯凯拉·爱德华兹的死并不是事情的结束，而只是个开始。"

有那么一会儿，凯特和我都没说话。她的手指紧张地敲击着SUV的引擎盖，之后把手伸进车里，放在哈利的肩膀上。

"这只是个疯子，哈利。我们要找出杀害斯凯拉的凶手，将其绳之以法。"

"当然。"他说，"所以，我要把枪带在身边，祈祷用不到它。我就待在车里，我会沿着土路往前开一点，确保能看到主干道。你进去吧。"哈利说。

"我打算让布洛赫看着这个地方。"我说。

"布洛赫需要开始调查科恩，寻找有关科迪·沃伦的线索。"哈利说。

"有道理，"我说，"我——"

"你待在这儿，"凯特说，"我和布洛赫一起待在旅馆，我来处理陪审团选择的事。你得跟我们的客户谈谈,有很多问题我们仍然没有答案。"

"你和他在牢房里的时候,有没有问过他背上的抓痕,以及在受害者的指甲里发现了他血的事?"

"问过。"凯特说,头低着。

"他说了什么?有合理的解释吗?"

"他没有任何解释,只是摇了摇头,说他不知道。"

"这案子的情况越来越'好'了。"哈利说。

凯特和布洛赫开着普锐斯离开,哈利开着 SUV 沿着通往帕特里西亚家的单车道土路行驶。我在客厅里闲逛,看着帕特里西亚和安迪欣赏着老照片,彼此依偎在一起。

我有很多问题要问,但现在还不能问。安迪看起来很疲惫,很虚弱,看着他和母亲在一起就很好。他被关在牢房里好几个月了,挨打,受虐,我想在我们开始谈论刚刚从中醒来的噩梦之前,最好让他回回神。

安迪吃了半个花生果酱三明治,喝了一杯牛奶,然后径直回了自己的房间,很快就在自己的床上睡熟了。我吃了那个三明治的另一半,帕特里西亚见此忙着要给我做些鸡肉,被我婉拒了。她脚步轻快,虽然脚踝仍然肿得很厉害,但并没有因疼痛放慢脚步,也没有让即将到来的审判毁了她的夜晚。今晚,她的儿子回家了,没有什么能阻止她的微笑。

不过,我还有工作要做。我现在需要搞清楚一件事,因为没有答案的话,我们只能是像走过场一般为他辩护。我不能问安迪,但问问帕特里西亚则无妨。

"安迪告诉凯特,他不知道自己背上的那些抓痕是怎么来的。他还说不知道为什么会在斯凯拉的指甲里找到他的 DNA。我不想让你失望,能把他送回家是个奇迹,但我想确保他待在家里。你有什么主意吗？有什么能帮上忙的吗？"

"我会跟他谈谈的，但你要知道，我的安迪不会说谎。如果他不知道，那他就是不知道。他总是说实话。"

我谢过她。她告诉我她要睡觉了，而且我不用再待在这儿了，他们会很安全的。

"今晚我想留下来，只是为了安心，如果你不介意的话。因为不想让你为难，我可以和哈利睡在车里。"我说。

"沙发会更舒服，我去给你拿些毯子来。哦，弗林先生……"

"叫我艾迪就行。"

"艾迪，"她说，试了试这个名字的重量，"谢谢你把我儿子带回家。"

"我的荣幸。"我说。

把安迪从监狱里弄出来不容易，让他远离死刑完全是另一场硬仗。对于这场硬仗，我越来越确信，自己注定要输。

她整理好沙发，回了自己的房间。

我很累，但又热得睡不着，于是泡了茶，走到外面的小门廊上，欣赏夜色。茂密的树木充满了生机，柔和温暖的风吹来了淡淡的腐烂气味。我脱下领带，解开衬衫，环视着树林。已经快凌晨1点了，我知道应该马上出去顶替哈利了，但不知怎的，把帕特里西亚和安迪单独留在家里让我感觉不太好。

处在这样的地方，纽约市的吸引力就变得越发强烈。我是在布鲁克林长大的，在拥挤的车流中，在街头的孩子们中，在形形色色的犯罪中，在各种各样的音乐中，在漫长下午从理发店和街角酒吧里传出的笑声中。即使和三个硬汉同处一条黑暗的巷子，我也一点都不害怕，不像现在。我不喜欢远离城市的灯光，在黑暗中，和蛇、蜘蛛等各种昆虫以及天知道还有什么东西在一起，它们在周围窸窸窣窣——发出太多该死的噪音。

我瘫坐在摆放在门廊上的帕特里西亚的摇椅上，喝着茶。

再次睁开眼睛时，茶里的冰块已经融化了。我一定是睡着了。

周围都是茂密的树木，天太黑了，只能看到几米以外的地方。SUV 停在土路的尽头，即使开着灯，我都不知道能否看到。

我放下杯子，站起来伸了个懒腰。

就在这时，我听到了一些声音。绝对不会听错的声音。

车门砰的一声关上了。

我拿出手机，打给哈利。也许他只是想去树林里撒尿，所以从越野车里出来了；也许不是。电话一直在呼叫中。

哈利没有接电话。

不管斯凯拉·爱德华兹被杀背后有什么阴暗的原因，我今天都很确定，这一切都不可能是什么《圣经》理论的一部分。哈利比我年龄大得多，而且老实说，也比我聪明得多，但他是在教会的陪伴下长大的，有关教会的那部分记忆从未离开过他。

我告诉自己他很好，刚才那声车门关闭声也许只是我的想象。他很可能睡着了，那人发生什么事都能睡过去。

他很好。我很确定。

很确定。

我又试着给他打了个电话，还是没人接。

我跨过门廊的栏杆，向土路飞奔而去。

00:28

牧师

"你是在这附近长大的吗？"牧师问。

弗朗西斯·爱德华兹从福特皮卡的副驾驶窗口向外凝视着路边模糊的树木，在月光下，这些树木就像幽灵一样。

"我是在金河镇长大的。"弗朗西斯淡淡地说。

"我知道那个镇子,离这儿不远。如果我没记错的话,那儿有一支不错的高中橄榄球队。"牧师说,"你加入了吗?"

"我?当然。我个子高,跑得又快。在金河镇,你能做的只有玩橄榄球和追女孩子。"说到最后一句,他的下巴垂了下来。

"给我讲讲斯凯拉吧,"牧师说,"把事情说出来是件好事,而且只有你和我,我不会向任何人吐露一个字。"

"我知道你不会。考虑到你的工作和一切,我完全相信你。"

牧师点了点头,眼睛一直盯着前面的路。前面没有路灯,只有穿过古老潮湿森林的柏油路。他最远只能看到车灯照到的地方,所以他故意降低车速。这不是他的车,这使他小心翼翼,但他留意着车里的东西。如果发生事故,牧师可承担不起搜查这辆车的代价。

虽然牧师是一个有耐心的人,但他已经不再让弗朗西斯回避他的问题了,不管这些问题有多难回答,也不管这些问题会如何引起他的悲伤。

"痛苦是真实存在的,弗朗西斯,我将之想象成一种气体。如果你让它填满你的脏腑,而不让它出来,最终你会爆炸,这样很不好。"

弗朗西斯微笑着点头,说:"我明白了。斯凯拉……她是我的全世界。从她出生那天起,我这辈子所做的一切,都是为了她和埃丝特。我知道自己永远不可能成为一名优秀的橄榄球职业选手,我早就意识到了。但我也不太擅长读书,我想去化工厂工作,或者像我父亲一样开拖拉机。但是如果你在农场长大,你最不想做的事就是当农民。"

牧师点点头。他长大的农场盛产棉花和痛苦,背上的伤疤可以证明。

"不,先生,我天生就不适合务农。我喜欢开车,所以找了份拖车的工作。这种生活也还不错。开阔的道路加上广播、CD,还有所有你想吃的垃圾食品。我喜欢开卡车,但回顾过去的几个月,我现在后悔了。"

"你后悔当卡车司机？"

"比什么都后悔，"弗朗西斯说，"这让我疏远了家人，有时一连两周都见不到她们。我愿意付出一切来改变这一点，回到过去，重新获得之前的时间。前一分钟，斯凯拉还在咬我的手指，磨牙，下一分钟，她就以全班第一的成绩毕业了，还是舞会皇后。你能相信吗？"

"你一定很自豪吧？"牧师问。

弗朗西斯正准备说话，突然用手捂住嘴，吞下一些东西，仿佛是一个又大又硬的东西，然后迅速眨了眨眼睛。他不想在牧师面前流泪。像弗朗西斯这样的人当然会哭，但他们最不愿意做的，就是在另一个男人面前哭泣。这是错误的，丢人的。

"我非常为斯凯拉感到骄傲，但说实话，我……我不了解她。到了一定年龄，孩子就不再跟你说话了。而且我在家里待的时间不够长，没注意到。她是个好孩子，聪明又善良，对安迪那个男孩很好。上天保佑，我真希望他现在就死了，真希望他从来没有见过我女儿。"

牧师把目光从路上移开，目不转睛地注视着他，直到看到弗朗西斯的第一滴眼泪落下，才把目光从他的脸上移开，重又移回路上。随着小路越来越窄，周围的树木越来越高，颜色越来越深，这条笔直、黑暗的路，只会把他们带进亚拉巴马州的森林和沼泽深处。

"对不起。"弗朗西斯说着，用手腕擦了擦鼻子，深深地吸了一口气。

"你什么也不用担心。只有真正的男人才会哭，永远不要忘记这一点。你知道为什么吗？"

"不，我不知道。"

"因为只有真正的男人才能爱得如此深沉。因为爱让我们哭泣，弗朗西斯，爱，永远不要为此感到羞耻。"

"我从来没有那样想过。"

牧师点了点头，说："我打算这个话题到此为止。如果你不介意的话，去灌木丛吧。会有点颠簸，但别担心。颠簸只会确保我们一直清醒。"

"我知道。你说你想开车兜风聊聊天,但是我们要去什么特别的地方吗?"

"一两分钟后你就知道了。"

再之后,他们谁也没有说话。这辆皮卡采用了高架底盘和越野轮胎,所以沿着草原开车时并不像牧师预期的那样颠簸。他在网上买的这辆车,而且相关材料是用假身份证做的,这使得车牌和车辆几乎无法追踪。

驶近一排茂密的树林时,牧师把灯灭了。有那么一会儿,他们慢慢地随车起伏着,什么也看不见。不久,牧师的眼睛适应了月光。他放慢车速,把车停了下来,关掉了引擎。

"驾驶手套不错。"弗朗西斯对牧师的手点了点头。

"不是驾驶手套。现在我们下车,轻轻地关上车门,然后跟我走。"

两人都小心翼翼地下车、关门,尽量不发出声音。牧师向前方几米远处的树林走去,示意弗朗西斯跟他走。

"我们在哪儿——"弗朗西斯开口问道。但牧师把手指放在嘴唇上,示意他保持沉默。他们慢慢地穿过树林。地面又软又湿,长满了夏季苔藓。每走一步,都会给牧师带来一股腐烂的芳香,他深深地吸了一口气。这种味道是他童年的一部分。差不多每个月一次,他会在夜里离开农场,到附近的森林里去。他的计划是建一个树屋,住在那里。他总是在第二天晚上被抓住,因为他的父亲是一个熟练的追踪者。不管牧师多么努力地试图掩盖他的踪迹,不管他试图躲在森林的什么地方,他总是能听到父亲踩着地上树叶和树枝的声音。然后他会听到父亲引用《圣经》。这是最糟糕的部分。和蜈蚣、蜘蛛以及各种虫子一起躺在空心的木头里,听他父亲谈论诅咒,或者《旧约》中那些愿意牺牲自己的儿子来满足上天旨意的父亲。同时等待着,等待着那不可避免的时刻,他会感觉到父亲的大手抓住了他的脚踝,把他从藏身之处——他的安全空间——拉出去。潮湿的黑洞总是比家里安全。

牧师停了下来，转身向弗朗西斯伸出一只手，让他上前看一看。他们面前的地面塌陷了，只剩岩石、枯树和下面的小路。这里有一处陡峭的落差，大概有 9 米高。

"看到远处的那所房子了吗？"牧师问。

弗朗西斯点点头。

"那是安迪·迪布瓦的房子。他现在在里面，睡得很熟。你知道他今天保释了吧？"

"我听说了。"弗朗西斯说。

"你听说之后有什么感觉？杀害你女儿的那个男孩现在在家，躺在床上，一肚子鸡肉和玉米面包。你告诉我，这对吗？"

"不，当然不对。他应该被注射毒药，最好是坐在电椅上。我希望他们能让我和他在一个锁着的房间里待上 10 分钟。"

牧师点头表示同意，问道："那你会怎么处置他呢？告诉我。"

"我会让他生不如死。"弗朗西斯说。

"好了，现在再看看这所房子吧。看看这条路，顺着它往右走，看到那辆越野车了吗？"

"我看见了，但看不清楚。车没有开灯。"

"那辆雪佛兰里坐着安迪·迪布瓦的代理律师之一。想想看，他们想让他无罪释放，我不能让这种事发生。"

"你能怎么办？"弗朗西斯问。

"过来看看。"他说。

牧师移到他的左边，那里的落差没有那么大，他悄悄地朝越野车走去。弗朗西斯跟在他后面，但距离很远。牧师从车后的树丛中走出来，等着弗朗西斯跟上来。他示意弗朗西斯在那里等着，就在路边上，离汽车大约 9 米远。接下来的几分钟至关重要，这是一个转折点。一旦他迈出了下一步，就没有退路了。他知道弗朗西斯会有什么反应，他希望自己是对的。如果猜错了，弗兰西斯的反应不及预期，那可能就得杀了他。这将很令人失望。

牧师把注意力转回到越野车上。里面只有一个人，一个男人，坐在驾驶座上。唯一看得见的是他的后脑勺——上面有一绺灰白的头发。他的下巴抵在胸前，好像睡着了。

这简直易如反掌。

他从后口袋里掏出一把刀，打开。象牙柄在手里总觉得有点太滑了，尤其是戴手套的时候，这不该是一把用来砍人的刀。在其设计理念背后，有一个非常不同的、独特的目的。刀尖是无比锋利坚硬的硬化钢，刀刃上的轻微弯曲并没有改变其强度，这是一把用来刺人的刀。许多年前，这把刀还处于弹簧刀的早期原型时，就已经被用于刺人的目的。刀把手的底部有一朵花的浮雕图案。

白色的山茶花。这把刀曾经属于这个组织的一个创始成员，牧师一看到它，就知道他一定要得到它。据说，这把武器被用来杀害了路易斯安那州立法机构的一个反对奴隶制的人，刀刃刺穿了他的眼睛。为了这把刀，他花了几千美金，通过一个谨慎的商人才拿到手，这个商人还售卖纳粹和三K党的纪念品。像所有这类文物一样，这把刀的来源很难核实。牧师一拿在手里就知道，这是真品。不知怎的，他感觉到了刀刃舔舐过的鲜血。

牧师跪在越野车的驾驶室门口，听着，确保周围没有其他人。然后，他伸手抓住门把手，随时准备把门打开。

弗朗西斯看着。他握紧拳头，嘴唇缩到牙齿上，眼睛眯起。

牧师微笑。弗朗西斯内心的愤怒是纯粹的，只有失去孩子的父母才能聚集起如此的愤怒。

他现在得快点了。他动作流畅，迅速拉开了SUV的驾驶室门，猛地站起，扭动躯体。年轻时多年的耕田经历使他变得强壮，而健身房的锻炼增加了他的力量。他在一个爆发般的动作中使用了所有的力量，摆动手臂，发动肩膀和核心。肌肉迅速爆发出力量，就像一个职业拳击手从躲避中站起来，迎面一记右勾拳。动作突然停止，在门被猛地推开和关上之间不到半秒钟的时间。

刀子刺在了老人的脖子上。刀刃消失了——穿过肉和骨头，一直没到刀柄。

牧师看到了弗朗西斯的眼神，没有时间可以浪费了。

他招呼他过去。

他们站了几秒钟，看着那个死在驾驶座上的老人，刀把从他的脑袋侧面伸出来。

"今晚我们结为兄弟，弗朗西斯，没有回头路了。我会为你战斗到死，希望你也一样。告诉我你会发誓。"

汗水覆盖了他的脸，呼吸困难，肾上腺素像热机油一样涌入他的身体系统。他向牧师伸出一只手说："我发誓。"

"好。很好。现在帮我从车上拿点东西。"牧师说着关上了驾驶室的门。

00:29

艾迪

在43摄氏度的高温和89%的湿度下全速奔跑，就像在热汤里游泳一样。空气的感觉不一样了，太热太湿了。我拖着腿上了土路。帕特里西亚的家坐落在一个斜坡的凹处。

这条单向的泥泞的道路全是上坡，而且非常陡峭。对于汽车来说还不算太坏，但对于穿着皮鞋的人来说，就很滑了。

我能看到前面那辆SUV的轮廓，在灰黑色的土路的映衬下，显得更黑更硬。我在驾驶座的位置上寻找哈利的后脑勺，起初我看不清视野中是什么。

然后我看到他的头向一边垂着，也许他在睡觉。

也许不是。

一个念头突然擅自冒了出来,两个词在我脑海中反复出现。

不要又是这样。
不要又是这样。

就在我的身体在泥泞的亚拉巴马州的小路上拼命挣扎的时候,我的思绪却飘飞到了医院的走廊里。那时的我还在上高中,我父亲快死了,那天我握着他的手长达 11 个小时。我母亲对我说了不知道多少次去休息一下,但我就是不愿意。我不想离开他,我不希望他在没有我在身边——握着他手——的时候逝去。那天,他大部分时间都在睡觉,罕见的癌症要了他的命。那天他只醒了 20 分钟,虚弱得说不出话来,在房间里的便携式电视上看了会儿《最佳拍档》。他一直很喜欢这部电影,尤其是电影里的那辆车。那是一辆 1976 年的福特老爷车,亮红色,带有白色矢量条纹,配备温莎 V8 发动机和五槽镁制轮毂的黑色轮胎。

电影结束,演职员表开始显示时,母亲让我从走廊的自动售货机里给她拿一杯苏打水。我放开他的手,从她的钱包里拿了零钱,离开了房间。当那罐葡萄汽水被扔进饮料机抽屉时,我感到有一只手搭在了我的肩膀上。是母亲。我正要问她在做什么——她不应该把父亲一个人留在里面。但我什么也没说。从她的表情我就知道,他走了。在那最后的几分钟里,他死得很痛苦。她预见了死亡的到来——所以把我打发走了,她不想让我看到。我现在明白了其中的用心良苦。但那时候我觉得我让父亲失望了,他死的时候我并不在场,这件事一直萦绕在我心头。那天晚上在走廊里,她把父亲的圣克里斯多福勋章给了我。

冲向那辆越野车时,我能感觉到那枚勋章在我的胸膛上跳动。那天晚上,还在医院的走廊上,我就知道父亲已经死了。现在,同样的感觉向我的胸膛正中袭来。悲剧要重演了。哈利死了——而我没有陪在他身边。

我气喘吁吁地走近时,月光划破后窗,照在后门上的雪佛兰车标上,然后乌云遮月,月光消失了。随着坡度的攀升,路也变得越来越湿滑,每走一步,我的裤子上都会添上很多泥。我不在乎,但我不想摔倒,所以直接斜插进草地,沿着林木线移动。在草地上行走更困难,但我至少可以在不失去平衡的情况下前进。

从这个角度,我可以透过另一缕短暂的月光看到一点汽车内部的情况。看到那缥缈的月光洒向某种银白色的东西时,我差点摔倒。快速靠近的同时,我仍旧看不出那是什么。

我走到SUV跟前,把手放在驾驶座的门上,将车门打开,然后我就僵住了。

一个刀柄从一团血淋淋的白发中伸出来。我向后一倒,双手捂着嘴。我屏住呼吸,无法尖叫。唯一能做的就是摇摇晃晃地向后退,因为我感觉有一个硬球在我的胸膛里生长,感觉就像被人勒住心脏,快要勒死了。恐慌、震惊和可怕的疼痛一齐袭来,我跪倒在地。

我能闻到医院里漂白剂的味道,能感觉到母亲细长的手搭在我的肩上,能尝出嘴里的金属味。一切又发生了,仿佛真实存在一般。

然后我听到了一些本不该存在于我黑暗记忆中的声音。

我听到机器嘎嘎响的声音,而且越来越响。起初,我以为是我发出的声音,只是音调变了,但是声音越来越大,是一个高速旋转的大引擎的声音。我向右边的高速公路瞥了一眼,看到一辆车灯光穿过树林,径直朝我驶来。车开得太快了。

如果杀死哈利是为了把我也引诱到黑森林里杀掉,那我一定会上钩,只不过最后死的肯定不是我。我握紧拳头,胸口的压力减轻了。我站起来,咆哮着,冲到路上,泪水刺痛了眼睛。汽车还在朝我开来,它加速的同时,车前灯的光束照在我的脸上。

"来吧,你个狗——"我甚至没能喊完,肺里的空气不够。

汽车慢了下来,停了。我听到有人开门。

我离车只有12米远。

我没打算就此罢休,即使他们有枪。因为他们杀了我的朋友,我最好的朋友。哈利是一位良师益友，一位父亲般慈爱的人，一个兄弟……他是我的一切。

我被灯光照得看不清，眯着眼睛辨认那人的身份，却什么也看不清。一个人影站在灯光前，对我来说那只是一个剪影。

能看到的只有躯干、腿和手臂，手里拿着枪。

离我大概9米远。我看到对方举起了右臂，拿枪的那只手将枪口对准我身体的中心。

在失去一个重要器官之前，我不可能靠得足够近，并对其造成任何伤害。

剪影的手臂伸直了。

我的左脚打滑，双手向两侧飞去，我试图重新保持平衡，站稳脚跟。但是没用，我头朝下摔到了土地上。

我连滚带爬，试图站稳，同时听到脚步声越来越近，在泥泞中嘎吱作响。地面太滑了，而且看到哈利死在车里的震惊，以及在热浪中的狂奔，一切的一切……我站不住了。我做了最后的努力，让一只脚站稳了，然后又滑倒了，摔得很重。

脚步声停了下来。

我听到击锤被拉开的声音。

然后持枪的人开口了。

"艾迪，你到底在干什么？"那人问。

00:30

艾迪

"艾迪……"哈利说。

我没听见他接下来说什么。我站起来，紧紧搂着他，头靠在他的肩上。

"我以为坐在驾驶座上的是你。"我说。

"那辆车是灰色的,我后面的这辆 SUV 是蓝色的。天气太热了,我受不了坐在没有空调的车里。电池快没电了,所以我开着车快速跑了一圈。我想我应该在高速公路上开来开去,看看有没有车从这边开过来。很抱歉。我只离开了 15 分钟。"

我松开手,退后一步,扶住他的肩膀。

"我不在乎,我只是很高兴你还活着。"

"当然,我还好——你说什么?"

"路那头的车里有个死人。"

哈利越过我看向那辆越野车,然后手移到衬衫上,咒骂起来。

我成功把衬衫上的大部分泥弄到了他的衬衫还有西装裤上。

我们慢慢走近那辆车。

"注意脚下,有脚印。"哈利说。他从裤子口袋里掏出钥匙,打开了钥匙圈上的一个小手电筒。

"站到旁边的草地上。"他说。

我照吩咐做了。哈利向右走,我向左走,我们沿着小路艰难地走着,直到回到那辆越野车旁。我的手在颤抖,对周围的一切毫无感觉。慢慢地,肾上腺素开始分泌,但我还是没有回过神来。

哈利用手电照着里面,而我则弯下腰,抓住膝盖,努力控制自己的呼吸。

"你说这辆车里有死人,我以为你说的是只有一具。"哈利说。

"什么?"

"这辆 SUV 里有两具尸体。天啊,是贝蒂·马奎尔。她身边的男人……"

"是科迪·沃伦。"我说。

第四天

00:31

洛马克斯

"是你吗？"楼上传来一个微弱的声音。

午夜刚过，洛马克斯在走廊上踢掉了他那双沾满泥巴的靴子，大声喊道："你觉得还会是谁？"

"只是确认一下是你，而不是某个在这一带游荡的疯狂杀人犯。"露西轻轻地说，语气里露出显而易见的调笑意味。

这个笑话在洛马克斯的脑海里重重地回响着。他摇了摇头，试图从脑海中清除这幅最新的画面。假以时日，警察可以很擅长于此。大多数警察在职业生涯的某个阶段，都会看到或经历一些创伤性的事情，这是工作的一部分。对一些人来说，这种情况在职业生涯中只会发生一次。对其他人来说，则是一周一次。诀窍是把这些东西区分开——把这些不好的东西放在门口，就像放一双沾满泥巴的靴子。

科恩希望发出警告。洛马克斯把科迪·沃伦的尸体放在律师的越野车里，然后开到安迪·迪布瓦的家附近，按照指示把车留在了那里。科恩已经安排好了其余的事，这是对弗林和他同事的明确警告。

看起来洛马克斯以前不是没做过这种事。他过去杀过人，在沙漠风暴行动[①]中，但那没怎么困扰过他。那么做是为了国家——他这么告诉自己，但实际上他知道，那是为了薪水。他第一次在美国领土上开枪击毙某人的情况则大不相同，但报酬更高。露西一点也不知道他

[①] 指 1990 年以美国为首的多国部队针对伊拉克侵占科威特而发动的军事进攻。

干了些什么，妈的，她什么都不知道。

他几小时前就该回家了，他给露西打了电话。她说今天感觉好多了，可以思考了；靠垫几乎织完了，而且今天没怎么呕吐，疼痛也尚可忍受；她会一直等着他。

自从停止服药后，露西恢复了许多原来的性格。她时常微笑，看肥皂剧，读杂志。

"炉子上有热可可。"她在楼上说。

洛马克斯穿上拖鞋，走进厨房。在那里，一锅小火慢煮的可可在厨房里喷着蒸汽。他用厨房毛巾把锅从火上拿下来，倒了两杯，小心翼翼地把杯子和一些饼干放在托盘上，送到楼上。露西已经躺在床上，读着一本珍妮特·伊万诺维奇的平装本小说——她喜欢斯蒂芬妮·普拉姆这个系列的书。

以写爱情小说起家的珍妮特·伊万诺维奇，从20世纪90年代中期开始创作"斯蒂芬妮·普拉姆"系列，主角斯蒂芬妮原本是新泽西州的一名女性内衣采购员，却不幸丢了工作，无奈之下只好做起了赏金猎人。整个系列作品属于掺杂爱情元素的侦探小说，受到很多女性读者的喜爱，令珍妮特·伊万诺维奇一跃成为畅销书作家。

他把她的可可放在床头柜上，并递给她一块饼干。

"不用了，谢谢。在这个时候吃东西，我会生病的。告诉我，今天过得怎么样？做了什么好事吗？"

他刚加入警队的时候，她经常问他这个问题——今天做了什么好事吗？

刚开始时，他还能毫不费力地找到可以说的事情，可随着时间的推移，事情变得越来越难找。最后，她不再问了，一定是感觉到这个问题让他羞愧了。今天他唯一记得的，就是把科迪·沃伦的尸体从冷冻室搬到车里有多困难，打加油站职员的事则几乎被他完全忘记了。

"这些天呢，嗯？"她问。

他没有回答，而是脱下衣服，刷牙，洗脸洗手。看着浴室地板上的衬衫，他发现了血迹：背部的血迹，要么是沃伦身上的，要么是加油站工作人员的，且后者更有可能。他把制服和那天穿的其他衣服一起拿到楼下，放进洗衣机，启动程序。露西的病给他带来了一个好处，那就是他现在知道怎么洗衣服，怎么用滚筒烘干机，怎么洗碗，以及其他所有曾经由她负责的家务。这是一项艰苦的工作，但露西告诉他，他应该很高兴现在学会了，因为她还能在这里教给他。等她走了以后，他再去学这一切就没有机会了。

他回到楼上，穿上睡衣，上了床。可可已经凉了，他无法让自己喝下去，而且一想到饼干就觉得恶心。

"别担心。"她说。

"我很好，只是因为度过了漫长的一天而已。"他说。

"你今天见到科恩了吗？"她问。

"是的。"他说，故意叹了口气。

"我不喜欢那个人，我不喜欢你在他身边。我告诉过你，他来吃晚饭的时候，家里少了些东西。要我说，他只有一个又大又空的躯体。"

洛马克斯什么也没说。

"没有心，没有灵魂。小心他，柯尔特。我要说的就是这些。"

"我知道。"洛马克斯说。

"我诅咒他来到这个小镇的那一天。"她说。

"你知道，我们抓了很多坏人。自从他当上地方检察官后，这里安全多了。"

"他不在乎把谁关了起来。有时候我觉得，他只是想看别人受苦。我觉得他很享受，你知道吗？"

他翻了个身，伸出一只胳膊搂住还坐在床上的露西。

"你跟我说过一百遍了。我会盯着他的，确保他不会做错事。"

他感到她的手捏了他的胳膊。这让他感到安心，因为他的世界里几乎没有别的东西。这至少说明露西还有力气。

"你是个好人，柯尔特·洛马克斯。"说着，她轻轻地吻了吻他的额头。他睡着的时候还抱着她。

　　醒来时，洛马克斯嘴里有股不好的味道。他仍然抱着露西，睁开眼睛，抬起头来。她仍然在床上坐着，她肯定读了一晚上书，但现在她的头向前倾着，眼睛也闭上了。她的手臂落在床罩上，但书仍然摊开在她面前。

　　"嘿，你应该躺下，不然脖子会抽筋的。"他说。

　　露西没有回答。他再次抬头看着她的脸，这一次他很警觉，胸中有一颗恐慌的小种子。

　　"嘿，我说让你躺下。"

　　她没有回答。他抚摸着她的脸颊，拨开她脸上的头发，然后从床上跳了起来。

　　露西摸起来浑身冰凉。她在夜里死在了他的怀里，看上去很平静。那杯可可还在床头柜上，一点没动。洛马克斯抓住他的脸和头发，一个声音从胸口传出，这个声音和世界各地的人们发出的声音一样。不管发出这种声音的人说什么语言，听起来都是一样的。

　　那是一声哀号，一声撕心裂肺的尖叫，仿佛被突如其来的悲痛扼住了喉咙。

　　洛马克斯走到外面的门廊。旭日正在东升，他坐在摇椅上，一边摇着，一边哭，一边控制自己。但炽热的红日从黑暗的大地上升起时，他还是哭了起来。

　　她走了。现在，疼痛已经无法触及她了，癌症也无法触及她了。之前他还担心她为发现自己现在真实的样子而痛苦，现在再也不用担心了。

　　尽管很悲伤，他还是苦笑着松了口气——露西死时相信他是个好人。她永远不会知道，科恩让他成了什么样的人。为此，他心存感激，幸好她在发现这一点之前就死了。

　　她的临终遗言在他的脑海里不断痛苦地循环着。

　　　　你是个好人，柯尔特·洛马克斯。

00:32

艾迪

哈利和我都不是训练有素的调查员,而且我们不想在没有专业人员陪同的情况下做进一步调查。

布洛赫很快就到了迪布瓦家这边。她从车里拿了一个手电筒,含在嘴里,用塑料袋裹住鞋子,戴上一副乳胶手套。一股难闻的气味从沃伦的 SUV 里飘出来,但布洛赫似乎并不介意。她慢慢走近车,用手机从四面八方拍了照片,尤其是脚印,然后打开车门,仔细看了看尸体和车内。手套箱里有张行驶证,证明这辆车是科迪·沃伦的,但后备厢里没有文件。

也没有法恩斯沃思尸检的照片。

科迪·沃伦看起来很湿,好像面颊上有一层薄薄的黏液。他穿着一套紧贴身体的西装——看起来也很湿,但身上没有血迹。一把刀从他脖子侧面伸出来,看起来好像有人透过摇下的窗户刺伤了他。布洛赫花了很长时间检查刀子,尤其是刀柄。贝蒂的衣服和身体都是干的,只有脸和脖子是湿的,上面沾满了血。她瘫倒在副驾驶座位上,就在沃伦旁边。

布洛赫问:"你们谁碰过什么东西吗?"

"什么也没碰。"我说。

她点了点头,说:"我需要给你的鞋子拍照。"

哈利和我转过身去,抬了抬脚跟,这样布洛赫就能清楚地拍下鞋底纹路。

"你觉得这像什么?"我问。

"真奇怪!"布洛赫说。

"什么意思?"我问。

"这是个'半吊子工程',而且还有一个错误。"布洛赫说。

哈利和我不解地交换了一下眼色。很多时候布洛赫以为我们和她在一个频道上，事实是，她的想法经常走在我们前面。

她叹了口气，说："贝蒂被打了，头部和胸部被 0.22 口径的手枪击中。根据高度判断，车门上有胸部枪伤留下的血迹，但我没看到头部枪伤留下的血迹。科迪·沃伦不是死于刀伤，他耳朵后面有个弹孔，还是小口径。在刹车踏板下的脚部空间有把枪。"

布洛赫停顿了一下，等着我们的反应。我似乎明白了一点，但还没完全明白。

"脚部空间的那把枪是 0.22 口径的吗？"我问。

布洛赫点了点头。

"所以你认为这看起来像是科迪·沃伦打了贝蒂，然后朝她开了两枪，最后自杀了？"

"除了那把刀，情况看起来就是这样。"

我点点头，说："我想问清楚，你确定事情不是那样发生的吗？"

"不可能，"布洛赫说，"科迪比贝蒂死的时间长多了，不知道具体有多久，因为他被冻住了。"

"冻住？"哈利问。

布洛赫点点头，说："他还没有完全解冻，眼皮还被冻得紧闭着。"

"连环杀手、黑帮职业杀手理查德·库克林斯基[①]也做过同样的事情。把一具尸体放在冰箱里，有时放几个月，然后再解冻，这样就没办法知道那个人是什么时候被杀的。"我说。

"这是个错误吗？"哈利问。

"不是，但是杀手确实犯了很多错误。"布洛赫说着，示意我们靠

[①] 是一位臭名昭著的美国职业杀手，以其残忍和冷血而闻名。据估计，理查德·库克林斯基在职业生涯中可能使用多种手段杀害了数十甚至上百人，包括枪杀、窒息、下毒等。他与多个犯罪组织有联系，包括黑手党。1986 年，库克林斯基因涉嫌谋杀被逮捕，并在 1988 年的审判中被定罪，判处两个连续的终身监禁。他的故事被多部书籍和纪录片记录下来，其中包括杰罗姆·奥尔森撰写的《冰人：理查德·库克林斯基的故事》，后来被改编成了电影《冰人》。

近点。

她指着地面，驾驶座那边有几个不同的脚印，看着就像是有几个不同的人从那里走过。一个是布洛赫，一个是我，此外至少还有两个人。

"有人把 SUV 开到了这里，停车，然后把科迪的尸体搬到了驾驶座上。在乘客座位的一侧，有两个不同的脚印，在同一条线上，好像他们在精确地跟随彼此的脚步。"布洛赫说。

穿过小路去看乘客座位那边情况的时候，哈利和我避开了那些脚印。

布洛赫接着说："乘客座位那边的脚步挨得很近，好像——"

"好像两个人扛着很重的东西。"我说。

布洛赫点点头，指着车的驾驶室，用手电筒照着贝蒂的裙子。裙子的下摆隆起，收束在她的腰间。

"两个人把她的尸体抬到这里，放在车上。"布洛赫说，"没有哪个女人会把裙子收成那样坐在车里。虽然不完美，但足以让森维尔县警长宣布这是一起谋杀后的自杀。我了解小地方的警长，他们会这样写的。"

"那把刀呢？"

"刀与把这里弄成自杀的样子不相符。他们可以让科迪的尸体解冻一段时间，然后再找法医。这么热的天，解冻不会花太长时间的。如果警长和法医都是科恩的手下或者在其控制下，那这些都不重要了。如果他们愿意，甚至可以提交一份报告说这些人是淹死的。"

"这把刀是留给我们的一个信息，"哈利说，"有人杀了科迪·沃伦和贝蒂·马奎尔，把尸体扔在离安迪·迪布瓦家 1 公里的地方。刀子证实了这一点。"

看得出来，就连布洛赫也没有完全听明白。

"为什么说这把刀是一个信息呢？"我问。

"因为刀柄上的花——一朵白色的山茶花。三 K 党并不是南方唯一的谋杀犯和种族主义者。路易斯安那州有白色山茶花骑士团，尽管他们在其他州也有分会。三K党成员大多是贫穷的白人，尽管成员数量并不多。白色山茶花骑士团则要危险得多，他们是一群富人，是有权有势的人。

"许多前联邦官员成立了这个组织，报纸编辑、医生、律师，甚至有些法官后来也加入了这个组织。他们是南方上流社会的精英，通过游说，利用财富和影响力，试图倡导白人种族的至高无上。他们谋杀、骚扰，甚至有时候不惜摧毁整个黑人社区。"

"我从来没听说过他们。"我说。

"据说这个组织在19世纪70年代消失了。但是这个组织的活动常常以地下的形式展开，所以你无法确定到底完全消失了没有。看那把刀的刀柄，那是珍珠母、旧银和旧钢。我看过类似的刀的照片，插在反对白色山茶花骑士团的白人尸体上。我需要补充一下，多数受害者是共和党人，所以林肯的共和党在很长一段时间里一直在呼吁南方要宽容。"

"世事无常。"我说。

哈利点点头，说："这是一个警告。如果我们继续这个案子，我们会很危险，所有人都会很危险。"

布洛赫走上前去，盯着那辆越野车。她咬紧牙关，下巴的肌肉都随之动了起来。我知道她在把这些画面烙进记忆里：两个无辜的人死了。

我们别无选择，只能诉诸法律。警局派来了两个我不认识的副警长，他们录了我的口供，叫来了法医。我让他们自行处理，自己则回到了帕特里西亚家。踏上门廊时，我听到房子里有声音。我打开门，看见帕特里西亚和安迪坐在沙发上。

他们坐在一起。帕特里西亚搂着安迪，手掌抓住他的右肩，低声安慰着他。他则用左手轻轻地拍着她的手背，身体前后摇晃着。

我第一次在牢房里见到安迪时，他也在做同样的事情：拍着自己的肩膀，前后摇晃，试图安慰自己。他们母子俩似乎经常这样做，用自己的方式互相安慰。

"安迪做了个噩梦，这事经常发生。没关系，他会好的。你跟警长是怎么回事？"她问。

她显然看到了警车上的警灯。

我不想告诉她，至少不是现在，现在还不行。任何事情在晚上说出来都会变得更糟，有些事只能在光天化日之下说。

"我明天再告诉你，没什么大事。安迪还好吗？"

"他只是需要一些时间，我看看明天能不能弄点药来，都吃完了。"

"什么药？"我问，不知道安迪在吃药。

"抗焦虑的药。这些药不在医疗补助范围内，我收入有限，也不是想买就能买的。如果我的脚踝能好上几个星期，就可以存点钱买了。但过去几个月，脚踝的情况很糟糕。"

只有在世界上最伟大的国家，一个有工作的母亲才需要权衡为自己还是为儿子买药的问题。如果给安迪买的药能让安迪放松一些，她宁可自己先不去买药，忍受痛苦。我知道她会的。

"焦虑是最近才有的吗？"

"不，"安迪说，"十几岁的时候就有了。睡不着，吃不下，还会恐慌发作。压力有时会让情况变得更糟。"

"你在监狱里弄到药了吗？"

"没有，他们一点也不肯给我。"

档案中没有内容显示安迪在服用任何药物或被诊断出患有焦虑症。

"你介意我问一下，是什么原因导致你这么焦虑吗？当然，也不需要有什么特别的东西，有时人们就只是病了。但如果有什么，也许是某种创伤，我很想知道，我不希望在法庭上出现任何未知的情况。"

帕特里西亚和安迪在沙发上一起摇晃，我看得出来这让他平静了下来。他的胸部起伏不那么剧烈了，双腿也不再颤抖了。

"没有什么意外，"帕特里西亚说，"人们不理解年轻黑人在美国是什么感觉。我57岁了，艾迪。我曾经以为，孩子们的日子会好过些。但现在，我不认为黑人的处境变得更好了，事实上我觉得甚至更糟了。所以这个国家的年轻黑人在吃抗焦虑药，有什么奇怪的吗？"

"我想你也许是对的。很多人觉得他们现在可以坦率地表达自己的想法了，不管这个想法多么令人反感。这个污点一直在美国身上，只是最近我们能看得更清楚了。假以时日，情况会好转的。"我说。

"你相信吗？"她问。

"我认为新一代的人不会再忍受这些垃圾了，安迪也是其中的一员，像他这样的年轻人会拯救我们所有人。"

我说话的时候，帕特里西亚凝视着她的儿子，我能看到她眼中噙满了希望的泪水。

"你说你做噩梦了，安迪。内容是什么？说出来或许可以让你好受点。"

他看着我，那种神情——有生以来，我从没见到有人这么害怕过。

"在最近的一段时间里，我每晚都做同样的梦，"他说，"我梦见自己被绑在一张大椅子上，椅子着火了，我却无法逃脱。科恩也在场，他嘲笑着我——眼睁睁看着我被烧死。"

00:33

泰勒·艾弗里

泰勒·艾弗里关掉了水龙头里的热水，仔细听着周围的响动。

确实有声音。

有人在轻轻地敲着他的前门。

他抓起一条抹布，擦干双手。在离开厨房之前，他把手伸到冰箱上，拿出了一把手枪，并用从钥匙扣上取下的钥匙打开了锁定机制。做完这一切后，他把枪低举在身边，朝前门走去。泰勒是一个中等身高的人，有着浅棕色的头发。他是一个奶农，工作时间漫长而艰苦，所以身体很瘦弱。

艾弗里家的农场离最近的邻居至少有2公里远，最近的这个邻居也是一个奶农。现在已经过了午夜，他的妻子和十几岁的儿子正在楼上睡觉。不论门口的人是谁，这人肯定不是来串门的。家里的门上没有偷窥孔，也没有任何安保系统，他右手拿着的就是他的"安保系统"。打开前门，一个高个子男人站在门廊上。这人穿着西装，凝视着外面的土地，并不关心谁来开门。门廊的灯光照得他苍白的皮肤泛着黄色。

"是艾弗里先生吗？"那人问。

泰勒在黑暗中眯起眼睛。这名男子没有携带武器，他的双手合拢在身前，仿佛身在教堂。过了一会儿，泰勒认出了站在前门的这个人。

"科恩先生？是你吗？"

"如假包换。你介意出来几分钟吗，我们谈谈？"

泰勒不需要那把枪了，尽管看到地方检察官站在家门口时，他感到了害怕。他锁上枪，放在大厅的桌子上，走了出去。他指了指门廊前的一把椅子，看着科恩把长长的身躯"折"了进去。这动作并不尴尬，但看起来就好像椅子对科恩来说有些陌生，好像他的身高、体形和大多数东西都不匹配。一坐下，他就向旁边的椅子伸出一只手。

泰勒也坐了下来。坐的时候，他闻到空气中有一种奇怪的气味——腐烂的气味。椅子旁边的桌子上放着一本平装的《杀死一只知更鸟》——艾弗里最喜欢的小说。他喜欢读这本书，每年夏天都读。还记得那天，帮父亲干完地里的农活后，他坐在这个门廊上，身边有一杯冰凉的柠檬水，一盏油灯照亮了主人公斯库特的世界。至少在那个时候，书中的世界和他自己的没有太大的不同。

"很抱歉在这个时候不请自来，我一直在忙着准备庭审。你可能听说过，我要起诉那个叫迪布瓦的男孩，就是杀了斯凯拉·爱德华兹的那个人。"

泰勒点了点头,"当然,全城的人都在说,还有报纸也在报道。可怜的女孩。"

然后,泰勒闭上了嘴——他知道科恩为什么在这里。他叹了口气,告诉自己说话要小心。

"艾弗里先生,我知道你已经收到作为陪审员列席的传票。考虑到你住的地方离镇上有些远,而且没有读过任何关于这起谋杀案的文章,也没有看过任何新闻报道,你很可能会被选为该案的陪审团成员。"

泰勒读了很多文章,看了很多新闻报道。不到2秒钟前,他刚说了几乎一样的内容。但他只是点了点头,控制住了自己的舌头。

"这个农场属于你们家族已经很久了,据说是五代。"科恩说。

"是的,我们很幸运。经营农场不是一件容易的事,其实一直都很不容易,而且只会越来越难。"泰勒说,心里想着,农场是一个比谋杀审判更安全的话题。

"如你所知,我负责这个国家法律方面的相关事务,但我也知道在行政上发生的一切。据说有个赌场想在城外买块地,建一个商场、电影院,诸如此类。你听说了吗?"

泰勒点点头。有两家独立的律师事务所提出要购买他的土地,这两家律师事务所代表的都是希望开发此类项目的大公司。但他都拒绝了——尽管开出的条件很好,可以让他和他的家人再衣食无忧地过两三代——事实上,他甚至根本没有考虑过。

这是艾弗里的土地,有几块种的黑麦,这些黑麦一部分用来喂牛,剩下的和牛奶一起卖了,基本上是自给自足的。他父亲一生都在这片土地上劳作,就像父亲的父亲之前一样。现在,泰勒也决心要做同样的事情。

"你看,如果有一个商业开发项目符合本县的最大利益,他们就可以利用某些法律来购买土地。他们可以申请法庭命令,这样你和你的家人就得搬家了。这些命令通常意味着,你的资产无法获得应得的市场价格,也许是原价的20%,也许更少。"

泰勒突然觉得很冷,尽管当时是一个温暖的夜晚。

"你知道,我并非没有影响力。"科恩说。

"我想是的。"泰勒说。

"这一点,不用想也知道。相信我的话,我可以让那些命令无影无踪,可以让赌场无影无踪。或者我也可以加快流程,在冬天之前把你赶出农场。也许你在审议迪布瓦案的判决时,可以记住这一点。你在这一带是受人尊敬的——公平——我总是这么说。其他陪审员无疑也会跟随你的脚步。你觉得呢?"

"有可能。"艾弗里说。

"我想他们会的。你说服其他陪审员判安迪有罪,这样你的孙子到了你这个年纪,就可以在那边的牛棚里挤牛奶了。如果你质疑我的判决,好吧,情况就会很糟糕。你对这片土地的保有权是我可送可不送的礼物。现在,我给你这份礼物。但如果没有任何回报,礼物就可以被收回。"

科恩倾身向前,泰勒又闻到了那股气味,让他想起了有一次在房子下面发现的一只死乌龟。

"如果陪审团释放了那个叫迪布瓦的男孩,那将是对司法的嘲弄。"科恩说。

在泰勒看来,科恩对他的期望昭然若揭。除了新闻上的消息外,他对这个案子一无所知。新闻说,有法医证据证明安迪·迪布瓦和谋杀案有关。不过,他知道科恩不应该在这里,而且他不喜欢受到威胁。有些乡下人头脑极其敏锐,比任何街头骗子都要敏锐,这也许是天生的智慧。

泰勒点点头,什么也没说。

"我相信我们已经达成共识了,艾弗里先生。"科恩伸出苍白的长手说。

泰勒握了握他的手,被其皮肤的寒冷惊讶到了,就像在冰水中泡过一样。

"晚安。"科恩说。

泰勒看着他离开，钻进车里，悄悄开走了。他不认识安迪·迪布瓦、斯凯拉·爱德华兹以及她的家人。陪审团的传票到达时，他默默地祈祷自己不要被传唤为陪审员，因为那意味着需要在法庭上时，他得雇别人帮忙照看农场。如果被选中，他将根据法律和对《圣经》的誓言履行他的职责。泰勒对这些事情很认真，他每周日和家人一起去教堂，从不间断。在被科恩威胁之前，他就不喜欢此人。这个人有点奇怪，眼睛里有一种奇怪的光，泰勒只短暂地看过一眼，但足以让他后背发凉。

有一样东西和他的土地一样重要，那就是他的名字。

艾弗里家是这片土地的一部分。几十年来，他们的血汗浇灌着这些庄稼，他们的牛群世世代代在他们的田地里吃草。艾弗里家偿还了所有的债务，并尽其所能帮助穷人。现在，一个执法者要求泰勒在被传唤时背叛他的誓言——还有他的名字。

他在门廊上浑身哆嗦，不是因为温度，而是因为没有科恩的存在，身体得到了放松。他迫不及待地想摆脱身上的臭味。保护艾弗里家的土地是他毕生的事业，但是不知道，为了保住土地，他得准备些什么。

他在椅子上坐下来，拿起那本《杀死一只知更鸟》，把它放在膝上，心不在焉地翻着书，不知眼前的选择是什么。很快，他明白，他可能不得不在名誉和农场之间作出选择。这样来看，好像也没有太多的选择。他14岁的儿子躺在楼上泰勒的旧房间里睡着觉，这片土地是他儿子与生俱来的权利，他告诉自己，必须不惜一切代价保护这片土地。

00:34

艾迪

在出狱的第二天就得被带回法庭，对安迪来说很痛苦。我想让他有更多的时间休息，这样我们就能谈谈，但法院已经提出了要求。至少这次，安迪穿了一套像样的衣服。新衣服——嗯，几乎是新的。帕特里西亚用她的积蓄，从一家二手商店给安迪买了一套西装。在被逮捕之前，他穿这套衣服的话应该还挺合适的。但现在看来，这套衣服能装得下两个安迪。西装里面的衬衫也好不到哪里去，穿上之后，安迪的脖子就像一根从领子里伸出来的细杆。

"瞧，你气色真好。"帕特里西亚说。

安迪紧张地坐在母亲面前的被告席上。他转过身，对她竖起大拇指。他知道，母亲把最后一毛钱都花在这身打扮上了，他可不想让她不高兴。这是帕特里西亚帮助儿子的方式——确保安迪打扮得漂漂亮亮的，让他看起来像个正派的年轻人——而且他本来就是。

帕特里西亚坐在法庭的前排。法庭里没有太多的人：一些穿着白色 T 恤和米色斜纹棉布裤的记者，还有感兴趣的市民，布莱恩·丹维尔也在里面，但这次没有带 AR-15。受害者的父亲当然也在，凯特小心翼翼地把他指给我看。他穿着一件领尖钉有纽扣的蓝色衬衫和一条黑色的裤子，脸上流露出一种没有人愿意承受的巨大痛苦。他捕捉到了我的目光，凝视着我。

我点了点头，但没有笑。

他眼睛后面沸腾的痛苦变成了别的东西，瞄准了我的方向。现在，这个男人只要有一点机会就会扑过来掐住我的喉咙。但我们不能责怪他。执法部门告诉他，安迪·迪布瓦杀了他的女儿，而且不管法庭上发生了什么，他的这个想法可能永远都不会改变。

"律师们，现在有一百多位候选陪审员准备就绪，我希望你俩动作快点。在我的法庭上,由我来决定资格。在我作出决定之前,我不需要你和陪审员相处超过 5 分钟。明白了吗,弗林先生?"法官说。

我点了点头。

这是我第一次处理死刑案件,但已经知道了其中的陷阱。在这个镇上,谁是陪审团成员并不重要。在被证明有罪之前,没有人愿意接受安迪可能是无辜的这一想法。此外还有另一个问题——死刑案件的陪审团遴选,与刑事司法系统中任何其他陪审团的遴选过程都不同。

在重大谋杀案中,陪审团必须具备"死刑审判资格",即如果被告被判有罪,他们必须愿意判处死刑。在这些案件中,陪审员被问到的问题往往是,如果被告有罪,他们是否愿意判处其死刑,还是即使被告有罪,也永远不会同意判处死刑。这个情况就立刻使案件倾向于对检方有利。大多数妇女、少数民族、天主教徒和思想开明的人都反对死刑,所以即使他们发现有人有罪,也绝不会作出这种判决,但这也意味着他们不能在重大谋杀案中担任陪审员。其结果是,大多数具有"死刑审判资格"的陪审团几乎不具备种族多样性,他们大多数是白人、新教徒、信奉《旧约》的男性,这些人甚至愿意在被告还没说话之前,就将其从法庭带到自家后院,一枪爆了他的头。

事实是,有死刑审判资格的陪审团更有可能定罪。

考虑到他们一开始被问到最多的问题是,他们是否会判处死刑,这向即使本身很公正的陪审员发出了一个信息,即最终他们将不得不考虑判处死刑。所以陪审团不会考虑检方是否证明了自己的观点,而只会考虑是否能杀死被告。其结果是,从陪审团选择到判决,有罪的阴云一直困扰着被告。

安迪在各方面都面临着最坏的情况,我们对此似乎也无能为力。

"记住,"凯特指着她写下的一串名字说,"我们无论如何都要把这些陪审员踢出去。"

凯特已经看过了陪审团事先完成的问卷答案,根据他们的回答,她选出了 25 名我们必须避开的陪审员。

法官召集了 15 名候选陪审员，并向他们介绍了整个过程。正如钱德勒法官所说，为了直接切入正题，他问他们中是否有人强烈反对死刑，而且永远不会判处死刑。森维尔县的 4 位通情达理的市民举手，并被立即排除在外了。

他开始更仔细地用这个问题调查剩下的 11 个人，接着又有 5 个人被抛弃了。

在钱德勒打发走了又一个陪审员之后，哈利说："我们还不如根本不来这儿。"

我很惊讶他居然排除了那么多陪审员。从历史上看，死刑得到了整个国家的支持。自 20 世纪 30 年代末以来，美国每年都对死刑进行民意调查。在 2019 年的民意调查中，表示反对死刑的美国人第一次占了大多数。在大约九十年的时间里，大多数美国人都认为对他们的同胞执行死刑是个好主意。

下午 4 点，已经有 10 名陪审员被选中了，还需要 2 个[①]。我们已经使用了所有的十次无理由"强制退出"，这使得我们不再可以在没有任何理由的情况下踢掉陪审员。当然，我们还可以使用"有因回避"，但这在钱德勒面前就很难了。凯特站了起来，询问一个叫泰勒·艾弗里的奶农。

"你看过关于这个案子的文章吗？"凯特问。

"没错，女士。"

"你看过关于这个案子的新闻报道吗？"

"是的，女士。"

"看过那些新闻报道，读过那些文章，你怎么区分报道内容和本案的事实？"

"我不相信文章报道的一切，更不怎么相信电视上看到的东西，女士。"

[①] 陪审团一般是 12 个人，可以参见著名电影《十二怒汉》。

不错的回答。我开始喜欢艾弗里先生了,看得出凯特也一样。

"你认为什么是真相,艾弗里先生?"凯特问。

"嗯,对于新闻来说,如果是从华盛顿传出来的,那很可能不是真的,或者只是某人眼中的真相。我父亲总是告诉我,一个故事有两面性。"

"艾弗里先生,不在农场干活的时候,你怎么打发业余时间?"

钱德勒法官翻了个白眼,他不打算继续容忍太多这样的问题。

"我会看书。"艾弗里说。

"什么书?"

"小说,主要是经典作品。"

凯特专注地询问着艾弗里,他没有理由说谎。她向我俯下身来,说道:"我认为他不坏。你觉得呢?"

"如果他在读书这件事上是诚实的,那么我建议选他,读书的人有同理心。不管怎样,他不适用'有因回避'。就他吧。"

凯特说:"法官大人,我们接受艾弗里先生作为第十一位陪审员。"

钱德勒法官示意艾弗里坐下。

11 名陪审员坐在陪审席上,其中有 7 个白人、2 名非裔美国男子和 2 名白人妇女。这就是陪审团目前的选择结果。

还有一个空位需要填补。

一位年轻的非洲裔美国妇女走上前来,在席位上坐下。她叫伊梅尔达·福尔斯,在凯特希望的陪审员名单上排名很高。科恩还有一次无理由强制退出的机会,并且利用了这个机会。

凯特就在等他这样。

"法官大人,巴特森挑战①。"凯特说。

根据最高法院的法律,不能出于任何歧视的原因使用无理由强制退出,即你不能因为一个陪审员的肤色、宗教信仰或性别就将其排除。

---

① Batson challenge,是一种法律程序,用于质疑陪审团成员的挑选是否存在歧视。

"很好,科恩先生,你必须陈述理由。"法官说着重重地叹了口气。

科恩站起身来,扣好夹克的扣子,清了清嗓子。这给了他思考的时间。

"法官大人,我认为辩方律师质疑我的判断是否有偏见并不恰当。然而,我将说明原因。检方认为,根据福尔斯小姐对调查问卷的回答,她无法作出公正的裁决。"

"具体是哪个回答?"凯特问。

"小姐,"法官说,"你不能再问地方检察官问题了,他已经回答了,这不违背巴特森规则。我看不出有什么偏见,此人排除。"

事发突然。

我低声对凯特说:"别担心,钱德勒自己也可能坐到起诉桌上呢。"

她点了点头,我可以看到血涌上了她的脸颊。凯特想把钱德勒的屁股揍成四瓣,而我并不怪她。事实上,如果她出手后能不受任何惩罚,揍的时候,我会帮她拿着外套。

"下一位陪审员。"钱德勒说。

另一名年轻女子上了证人席,她比伊梅尔达年轻,而且是白人。我瞥了一眼凯特的陪审团名单,虽然我已经知道她的名字了——桑迪,以前在格斯餐厅工作,她那辆不是大众的老破车就停在鸡油菌旅馆外面。

轮到科恩提问了。

"你认识本案的当事人或证人吗?"他问。

桑迪·博耶特穿了一件白衬衫,一条黑裤子,黑发上扎了一条红丝带。她想了一会儿,表示理解了这个问题。她瞥了我一眼,很快,最多半秒,然后说:"不认识。"

科恩按照程序进行了询问,但她刀枪不入。她说自己对死刑没有道德上的反对意见,如果被告被判有罪,她会考虑死刑。

我低声对凯特说:"就她了。不问问题,不反对。"

"我不确定,"凯特说,"她比死者大不了多少,还住在同一个城镇。

我觉得他们不可能从没见过对方,她可能认识斯凯拉,或者知道她,会对受害者产生强烈的共鸣。这会让我们的工作更加困难。"

"相信我。"我说。

凯特勉强地点了点头。我们接受了桑迪作为最后一个陪审员。

2名候补陪审员被以极快的速度选出来,然后法官说:"我们已经花了足够多的时间来组建这个陪审团。后天开始审判,科恩先生、布鲁克斯小姐和弗林先生,做好准备。"

我们离开了法庭,但我心里有一个问题:

桑迪为什么对检察官撒谎说她不认识我?

00:35

艾迪

已经是晚上8点多了,我们一整天都在忙案子。布洛赫一整天都在打电话,哈利和我则边阅读资料边思考。凯特在房间里堆满了笔记和文件,我都不知道该怎么处理了。

案件似乎在扩大,但我们没有什么进展。

"联系上那个病理学家法恩斯沃思了吗?"我问。

布洛赫摇了摇头。

"好的,把他交给我吧。你去盯着科恩,直到找到我们能用得上的东西。"

布洛赫点了点头。

"我们需要讨论对付检方证人的策略。"凯特说。

"我知道,但我现在没法好好思考。"

哈利从扶手椅上站起来,拿了一张纸,用大头钉钉在墙上。接着拿起一支记号笔，开始列检方证人的名单。

"都有谁？检方有斯凯拉的父亲弗朗西斯·爱德华兹，他会在案件开始或结束时做证，到时候会让陪审团'热血沸腾'；然后是地方检察官的手下，法医普里斯小姐向陪审团讲述血淋淋的细节；下一位是地方检察官的法医专家谢丽尔·班伯里，她证实了斯凯拉的指甲里有安迪的血，而我们仍然没有针对这一点的进攻计划；霍格酒吧的老板会告诉我们，他那晚看到安迪和斯凯拉吵架——科恩甚至不需要狱中的线人劳森或洛马克斯警长，只看有我们客户签名的供词，就能给他定罪。"

"最重要的是，我们有一个糟糕的陪审团。"凯特说，"即使我们有用来反驳法医和酒吧老板的论点，也很难将安迪的认罪书作废。反正我不觉得我们能赢，艾迪。非常抱歉，我认为安迪是无辜的，但看不出有什么办法证明。"

我点了点头，"斯凯拉头上的那个图案很重要。州法医在报告中没有提及这一点，也就是说这个图案不利于地方检察官，但我不明白为什么。为什么把那个标记从报告中删掉？而且这看起来并不像是疏忽遗漏的，也不是因为安迪被捕时没有戴着这样的戒指才删掉的；我肯定科恩也能找到一个这样的戒指，然后栽赃给安迪。不，还有别的事，一些我们没有看到的事。"

"我们无法看到谋杀发生当晚加油站的监控录像，这他妈是肯定的。"哈利说。

"科恩对掩盖自己的踪迹非常小心，"我说，"他违反了规则，隐藏了有利于辩方的证据，我认为他与科迪和贝蒂的谋杀案有关。看看那家伙——活像一具行尸走肉，而且他痴迷于死刑。不，如果我们要拿下这个家伙，救下安迪，就得比科恩更聪明，更肮脏。"

我拿出手机，选择了一个联系人，按下拨号键。

对方很快就接起来了，没有打招呼，没有寒暄，因为他没有时间。"我听说了科迪和他的办公室经理的事。你没事吧？"伯林问。

"还好，我们不容易被吓倒。听着，这个叫科恩的家伙把安迪案件的检方安排得井井有条。他把监控录像藏起来或者销毁了，那录像可能会让我们发现真正的凶手，并为安迪脱罪。我们的法医不愿意跟我们说话，我觉得科恩也盯上他了。科迪和贝蒂的死传递了一个信息。"

"你认为他参与了这件事？"伯林问。

"无法证明，但我想是的。"

"我能做些什么呢？"

"我还需要一些钱。"

"我查了一下账户，还有37.5万美金可用。这些还不够吗？"伯林问。

"不够。我需要这些钱做别的事，再给我10万左右就可以了。"我说。

"那额外的10万是干什么用的？"

"我想你不会想知道的。"

"艾迪，我想我最好能确切地知道这笔钱的用途。"

"好吧，我想贿赂一个陪审员……"

第五天

00:36

艾迪

　　离开庭还有一天。这天我起得很早,天还没亮就自己开着普锐斯出发了。森维尔县是该州最小的县,但靠近人口第二多的县和该县政府的所在地——莫比尔市。莫比尔的发音和"Mohbeel"这个词一样,我猜是某个法语或克里奥尔语①的衍生词。与小小的巴克斯敦相比,这里要轻松得多,我猜街上可能只有一半的人带着武器。这是你在亚拉巴马州能找到的最悠闲的地方。

　　早上 9 点刚过,我把车停在一条高低起伏的街道上,下了车,来到郊区一处用白色尖桩篱笆围起来的大房子前。这是一个规定了你的草坪可以长到多高的地方,超过一定高度之后,别人会帮你割草,然后递给你一张账单。我打开大门,走到门廊,按响了门铃。和这条街上的其他住户一样,这所房子也很整洁,看上去就像刚粉刷过一样。

　　开门的是一个穿睡袍的男人,大约 60 岁,秃顶上围着一圈白发。那件睡袍看起来很贵——是红色丝绸的,很薄,所以夏天也可以穿。我看到他的右臀部口袋里有左轮手枪形状的凸起。即使在白天,那人也对来访者保持警惕。

---

① 是一类混合语言,是不同的语言群体在接触过程中形成的,通常包含一种或多种欧洲语言的基础语法结构,同时融合了非洲语言、美洲原住民语言以及其他语言。克里奥尔语通常是在殖民地时期由奴隶贸易和移民活动产生的,特别是在加勒比地区、非洲部分地区、东南亚和太平洋岛屿应用较多。如海地克里奥尔语,是一种基于法语的克里奥尔语,是海地的主要语言之一。

"法恩斯沃思医生吗？"我问。

"你是谁？"他问道，手伸进了口袋。

"我叫艾迪·弗林，是一名律师，代表安迪·迪布瓦。"我说着，走上前去，把脚插进门里。

他想关上门，转身离开，但门撞到了我的鞋，动不了。

"你这是非法入侵。"他说。

"我正在和一个没有履行合同义务的专业证人谈话。"

"我退休了。"他说。

"科迪·沃伦也退休了，而且是永远。还有他的办公室经理贝蒂。"

"贝蒂死了？"

"他们是昨晚被发现的，两具尸体都被扔在迪布瓦家附近的一辆车里。医生，我知道你很害怕，但我需要和你谈谈。"

他停顿了一下，我可以看到他的脑子里在计算，他的眼睛左右张望着。我觉得他应该已经知道科迪死了，但是贝蒂的死让他吃了一惊。这些谋杀案并没有出现在报纸上或电视上，警局对此事保持沉默，这很可疑。

他打开门，走到外面，检查了街道的两边。没有行人，除了一辆普锐斯，没有汽车。这个社区的每个人都有一条车道，只有访客或调查的人才会把车停在街上。

"那是你的车吗？"他指着那辆普锐斯问道。

"车是租来的，不过没错，是我的。我们能进去谈谈吗？"

他迅速把我领进屋里，关上门，带我进到左边的一个房间。这是一间镶着橡木板的书房，一面墙上排列着书架。房间里的窗帘拉着，唯一的光线来自桌上的一盏银行家台灯。他没有坐下，也没有请我坐到沙发上。

"你想干什么？我已经告诉过你了，我退休了。"

他说话上气不接下气，但那是因为惊慌和恐惧，而不是因为做了什么费力的事。

"科迪·沃伦雇你对斯凯拉·爱德华兹进行了尸检,你在她太阳穴上发现了戒指留下的痕迹,但法医报告上却没有提及这些痕迹。我认为这很重要,要么是法医漏掉了——我认为这不太可能——要么就是有人被告知,要在报告中省略这个痕迹。你认为这是为什么?"

"这不是很明显吗?科恩找到的谋杀嫌疑人没有那枚戒指,戒指可以作为合理怀疑的证据。我跟你说,弗林先生,森维尔县很少有未破的谋杀案。许多人怀疑,他们手头上为数不多的未破案件,很可能是地方检察官本人或他身边的人干的。"

"你认为地方检察官是凶手?"

他摇了摇头,"如果你自己还没有得出这个结论,那我也帮不了你。他活着就是为了看他一手策划的处决,要么坐在电椅上,要么注射药物,要么……通过其他方式。"

"所以你更应该帮我救安迪·迪布瓦了。"

我一提起这个名字,法恩斯沃思的脸色就变了。他转过身去,无法直视我的眼睛;他的目光低垂下来,脸也低垂下来。安迪·迪布瓦的名字刺痛了他。

"我帮不了你,我告诉过你我退休了。"他低声又说了一遍。

"从科迪手中接过这份工作时,你就已经退休了。所以,是什么改变了你?"

"这一切。我做了尸检,写了报告,还和科迪讨论过。在某个阶段,他不得不因为强制性透露的规则与检察官分享。在我的报告被送到地方检察官办公室的第二天,我接到一个电话,说如果我想继续呼吸,就不要出庭做证。"

"你把这件事告诉警长了吗?"

"电话就是从警长办公室打来的。"

"洛马克斯?"

"是啊,洛马克斯在遇到科恩之前是个好人。我不知道该怎么跟你解释清楚,也许我不需要解释,但科恩总能'打动'别人。带着他的肮脏靠近这些人，并将他们感染。他成为地方检察官后不久，县里的谋杀案件激增，洛马克斯则买了一辆新车，不久之后，又买了新房子，他的妻子则开始在镇上所有昂贵的商店购物。你需要我跟你说得更清楚点吗？科恩收买了洛马克斯。一旦做出一点妥协，你就完了，接下来你的人生就是单行道了。受贿后你就会对篡改证据睁一只眼闭一只眼，然后变成主动篡改证据，接着变成销毁证据，最后变成毁掉像科迪和贝蒂这样的人。迟早你会意识到，那条单行道已经把你带到了一个你从未想过的地方。"

我对这个故事太熟悉了，以前在警察身上见过。这种情况不是一夜之间发生的，而是一个缓慢的积聚过程。他们一点一点地腐化，直到被完全吞噬。就像"温水煮青蛙"。

"为什么洛马克斯要为科恩卖力？这可是向前迈了一大步。他被勒索了吗？"

"我不知道。科恩总有办法让人为他做他想做的事。如果他不能控制某个人，那这个人就活不了多久了，这就是为什么我帮不了你。我可不想哪天早上在去邮筒取件的路上被人用猎枪打死。"

我不想继续给法恩斯沃思施加压力，他看起来像个吓坏了的老人。但是想到安迪要坐在电椅上，这才是更大的罪恶。

"是这样，你检查尸体的时候拍了照片，贝蒂告诉我照片和卷宗一起在科迪车的后备厢里——但是这些东西不见了。我需要那些照片，而且需要你就死者头上的痕迹做证。如果你这么做，我会保护你的。"

"你要搬来和我一起住吗，孩子？无意冒犯。但你自己要活下去，前路都漫长而艰难。"

"这会成为我一生中最值得骄傲的事，"我说，"听着，肯定有办法，能让我在使用照片的同时不把你牵扯进来。其他的报道和照片都没有显示受害者身上有这个标记。"

"关于你的客户，我很抱歉。真的，真的很抱歉。但我不愿意为他而死。"

"我在纽约有朋友,可以在飞机上安排一个全面保护小组,而且1小时内就可以赶到这里。请——"

"我绝对不会冒这个险。"

"所以就让科迪和贝蒂白死了,让杀害斯凯拉的凶手逍遥法外,让科恩在电椅上电死一个无辜的孩子?你是这个意思吗?"

他向后退了一步,深吸了一口气,下唇颤抖着。

"你以前是个医生,医生的首要职责难道不是挽救生命吗?"

他垂下了头。我看得出来,问题正在折磨着他。不过不是我反问他的那个问题,而是非常重大的问题——一个我们都会时不时问自己的问题,一个马丁·尼莫拉①在1946年的忏悔演讲中隐含的问题。他的话被赋予了诗意,如今可以在几家犹太大屠杀纪念馆中看见。马丁说,他们(纳粹)来抓社会主义者时,他没有说话,因为他不是社会主义者;后来他们来抓共产党人、犹太人,然后是工会会员,他不是共产党人,不是犹太人,也不是工会会员,所以也没有说话。但是他的最后一句话直击人心:

然后他们来抓我了——但是已经没有人能为我说话了。

你会在什么时候表明立场?什么时候才愿意说话?

这才是法恩斯沃思心中的问题。从走廊架子上的大衣和房间的装饰方式可以看出,法恩斯沃思有一个妻子——一个他可能非常在乎的妻子。他在权衡她可能受到伤害的风险,以及拒绝我可能带来的隐秘的耻辱。

"我不能。"他说。

很久以前我就问过自己这个问题,而且我回答了:无论如何,我

---

① 弗里德里希·古斯塔夫·埃米尔·马丁·尼莫拉是德国著名神学家,信义宗牧师。他以反纳粹的忏悔文《起初他们》而闻名。

都会为那些需要我的人站在法庭上。这让我失去了一切：我的婚姻以及我和女儿的羁绊。还有最近，我失去了非常心爱的女人。做正确的事会有相应的后果——和什么都不做一样。做正确的事，也可以和在镜子里直视自己一样困难。"

我点了点头。我理解法恩斯沃思的恐惧，他的恐惧是正常的。

"好吧，但现在你有两个选择。我知道你有照片，而我需要这些照片。你可以给我，或者我也可以自己拿走。这里没有第三种选择，医生。"

"我可以把那些该死的照片给你，但我决不进法庭。也就是说，你不能在审判中使用，明白吗？"

"把照片给我就行。"我说。

他走到书桌前，打开锁，翻了一些文件，然后取出一个信封交给了我。信封是开着的，我把手伸进去取出相册。

"我想，不管照片里是什么，都导致了科迪和贝蒂的死亡，"法恩斯沃思说，"我得接受这个事实。"

我找到了她头上伤口的特写。

"星形的撞击痕迹环绕着头骨的前部，就像她被打上了烙印。"他说。

照片越来越接近伤口，显示出变焦的过程。最后一张照片——可能是在相机镜头几乎接触皮肤的情况下拍摄的——导致了沃伦的死亡，我很确定。我不知道这照片意味着什么，但我知道它是个麻烦。

"她皮肤上的这些符号在星星图案的上面吗？"我问。

"一开始我没有看到这些符号，我的眼睛大不如从前了。科迪在我拍的照片里看到了什么，就将其放大了。然后他来找我商量这件事。走出我的前门后，人们就再也没有见过他。"

"这些是什么符号？是烧伤导致的吗？"

"不，这些是瘀伤。是她的皮肤包裹着一个物体的形状，这个物体接触皮肤时速度很快，力量很大。撞击的位置呈现白色，周围有变色，使其形状更清晰。这些符号都是在戒指上的,每个撞击位置都有重复的痕迹,所以非常模糊,但此处伤痕是痕迹最清晰的地方。这就是科迪认为很重要的那张照片。"

我看到了一个月牙形和两条由一条垂直线相连的水平线。这些符号很小,可能只有 6 毫米。我知道她皮肤上的符号是戒指上符号的镜像。

这个符号是两个字母,就在星星图案的上方。

FC

00:37

布洛赫

布洛赫站在第十五街和主街的交会处,扫视着街对面的停车场。这个铁丝网后面的停车场里大概能停五十辆车。停车场的一边是一家邮局,看起来已经开了有一段时间了,还有一家百吉饼店,看起来才开了 5 分钟。布洛赫的这一边是一个仓库,还有一家糖果店,正对着停车场。

时间是上午 10:01,严格来说,她要见的人迟到了 1 分钟。她发现自己在咬牙切齿,于是赶紧把一块多汁的水果塞进嘴里,顺带叹了口气。

如果布洛赫说自己会在某个特定的时间出现在某个地方,那她一定会在确切的时间或更早一点,出现在应该出现的确切地点。她不能容忍迟到,也不能容忍任何不守时的人。做事应该有规矩。她仍然在与那些不按照她计划行事的人作着斗争。

一辆林肯领航员开进了街对面的停车场。轮胎嘎吱嘎吱地碾过入口的砾石层，驶上光滑的混凝土路面。林肯车倒进了一个车位，一位穿着米色上衣、法兰绒裤子和麻鞋的女士下了车。她把一头棕色头发扎了起来，戴着一条纯金项链，项链的末端有一块看起来像玉的东西。布洛赫穿过街道，在那位女士要离开停车场时遇到了她。

"简？"布洛赫问。

"是的，你一定就是布洛赫。"女士说。她身上有一股上等人的味道——又甜又有钱。布洛赫想象着简晚上吃着纯素食，听着古典爵士乐，读着本周的《纽约客》。简非常有钱，这足以确保她不需要一份真正的工作，而且满足于把时间花在一些慈善事业上。其中一项慈善事业是为死刑犯举办的慈善活动，简是该慈善机构的副主席。

布洛赫点头致意。

"嗯，这就是案件发生的地方，"简说，"就像我说的，没什么可看的。汽车经销店在塞孔特斯先生被杀后就关门了，空置了很长一段时间。随着越来越多的商业机会来到城镇的这一边，这里需要更多的停车位，所以就开了这个停车场。对这个地区来说，停车费很便宜，每小时4美金。"

布洛赫对停车花多少钱不感兴趣。

"你把卷宗带来了吗？"布洛赫问。

简抱起双臂，把身体重心移到一侧臀部，倾斜着头。

"你能告诉我你在其中的利害关系吗？我在档案里没有看到任何地方有你的名字。"

"我在一家律师事务所工作。"布洛赫说。

简没有动，也没问别的。她想让布洛赫知道，这个回答还不够，或者说差远了。

"我们代表安迪·迪布瓦。"布洛赫说。

"哦，我听说过那个案子。明天开始审判，对吧？那你为什么问我大流士·罗宾逊的事？"

"我对大流士·罗宾逊不感兴趣，但对地方检察官很感兴趣。"

"听着,别浪费时间了,兰德尔·科恩受到了很好的保护。我们在大流士的案子里找不到可以利用的东西,他掩盖了自己的踪迹。大流士的辩护律师很烂,但上诉的律师却很好,科迪·沃伦找不到任何证据来指控科恩。对不起。"简说。

她放下双臂,向后退了一步,打算离开了。

"科迪·沃伦死了。"布洛赫说。

"死了?"

"还有他的办公室经理,死后被丢在安迪·迪布瓦家外科迪的车里。"

"哦,天哪,那……太糟糕了,这两个可怜的人。天啊,你觉得地方检察官跟这事有关?"

布洛赫扬起了一条眉毛。

简一时愣住了,但布洛赫可没有那么多时间可以浪费。

"请让我看看文件。"

"有什么意义?如果真有什么,科迪肯定看过的。"

布洛赫叹了口气。她不喜欢说话,聊天不是她擅长的事,但她需要看那份文件。

"如果那份文件里没有对我有用的东西,你也没有什么损失。我只需要半小时就能读完。如果我发现了什么,你可以申请在大流士·罗宾逊死后将其赦免。"

简停了下来,上下打量布洛赫,说:"你凭什么认为,你能发现这个州最好的律师之一漏掉的东西?"

布洛赫用靴子踩着砾石,说:"这就是我的工作。"

简安静了下来,然后说:"哦,我的老天爷,你打算怎么在半小时内看完这份文件呢?我的后备厢里有两个几乎装满了文件的箱子。"

布洛赫的眉毛又皱了起来。

"我现在就拿过来。"简说。

布洛赫花了几天时间,把科恩起诉的最近 20 起死刑案件看了一遍。也许其中2起案件会被其他地方检察官视为谋杀，但科恩在法律允许的最大范围内起诉了所有人，每次都寻求判处被告死刑。在这20人中，10名被告显然是有罪的，但并不是说他们罪名大到应该判死刑，布洛赫想，虽然确实很难得到公众的同情。在其他10个案件中，有9个是智力或心理有问题的年轻男性。他们有可行的辩护，但都没有能引起布洛赫注意的地方。

直到她遇到了大流士·罗宾逊的案子。他是根据州法律被判有罪的，该州法律规定，如果你参与了犯罪，就要对整个犯罪负责，即使你在其中只起了很小的作用。大流士被判抢劫杀人罪。他是一个叫波特的重罪犯逃跑时的司机，该罪犯从二手车停车场抢了些钱，并在此过程中枪杀了停车场的推销员。大流士坚持说他不知道波特有枪，他只是让波特搭便车去取刚买的车。等波特跑回车上时——手里拿着枪和一袋现金——他威胁说如果大流士不赶紧开车助他逃跑，就开枪打死他。

波特后来被警察击毙，而大流士则因为两个人看到了他的车牌而被追踪。

这引起了布洛赫的注意。

如果你要持枪抢劫，开自己的车是个坏主意。事实上，只有非常愚蠢的人才会这么做，而大流士·罗宾逊看起来不像那种愚蠢的人。

简打开林肯汽车的后备厢，布洛赫抓起一个箱子，带到后排乘客座位上，钻进车里，开始翻看文件。她在10分钟内看完了一箱。简把第二个箱子递给她。

19分钟后，布洛赫从第二个箱子里拿出一张纸，说："结束了，跟我来。"

她们下了车。简跟着布洛赫走出停车场，穿过马路来到糖果店。

"我们和店主多萝西·梅杰斯谈过，她证实了自己告诉警察的话——她什么也没听见，什么也没看见。她耳朵很不好使，听力很差。"简说。

糖果店的门打开时，门框的顶部响起了铃铛的声音。

几乎同时,一个女人从后面的房间来到柜台后面。她穿着一件白衬衫,外面系着一条蓝围裙。她脸颊上沾满了糖粉,手上和围裙上也有。移动的时候,一团团散发着香味的白色灰尘在她周围扬起。她的头发是白色的,很难分辨出里面有多少糖粉。

"早上好。"那位女士说。

"早上好,"布洛赫说,"我是从地方检察官办公室来的,想和多萝西·梅杰斯谈谈大流士·罗宾逊的案子。"

布洛赫把一份陈述递给她。这是多萝西在档案中唯一的陈述,而且是由负责大流士上诉的律师准备的。

"你对律师说,你那天什么都没听到。"

她接过文件,瞥了一眼。只有几行字,里面描述了多萝西是谁,她的地址,以及因为听力不好她没有听到枪声而且什么也没看见等情况。

"是的,我记得在上面签了字。我没有听到枪声,所以没有理由出去看发生了什么。"她说,但忍不住瞥了一眼布洛赫身后的门铃。

布洛赫和简进来的时候,多萝西听到了门铃声。

"很好。"布洛赫说,"所以你没有告诉他们:你实际上听到了枪声,然后走到外面,看到了发生的事情。"

多萝西微笑着,但没有前面那么甜蜜了:"再跟我说一下,你是从哪里来的?"

"地方检察官办公室。没关系,夫人,你可以畅所欲言。"

多萝西沉默了一会儿。她边思考边用布擦着柜台。

"谁告诉你我听到了枪声?"她问。

"这合情合理,女士。你前门上方的小铃铛发出的声音大约 40 分贝;每秒燃烧 3.8 升燃料的喷气发动机声音是 140 分贝。波特用一把 9 毫米口径的贝雷塔手枪发射了一枚帕拉贝伦空尖弹[①]。他是在外面开的

[①] 一种特殊设计的子弹,其尖端中空,能在击中目标时膨胀,造成更大的破坏。

枪,离你约 32 米远,由此产生的音爆将在 160 分贝时突破音障。你刚才听到那个小铃铛的声音了,所以你当时听到了枪声。"

"就像我告诉警长的那样,在听到声音、看到那个拿着包的人之后,我就出去了。他站在街上,用枪指着那辆车的司机,大喊如果不开车门,就杀了他。我就是这么跟洛马克斯警长说的,但他说我应该把这些烂在肚子里,而且什么都没让我签。这样说能行吗?"

"很好,夫人。你和地方检察官也有过类似的谈话吗?"

"没有,我只和警长谈过。我做错什么事了吗?"

"别担心,谢谢你的合作。如果我们还需要什么,会及时联系你的。"

布洛赫走出商店,头上的铃铛叮当作响,简张着嘴跟在后面。

"哦,我的老天爷。"简说。简好像经常这么说。

布洛赫从夹克里拿出手机,停止了录音,把录好的音频存为文件,以邮件的形式发给了凯特。

"以前从没有人注意到这一点。你是怎么做到的?"简问。

"我告诉过你,我就是干这个的。"布洛赫说。

00:38

凯特

布洛赫开的是那辆 SUV,艾迪开的是普锐斯,留给凯特和哈利的只有那辆非大众的老破车。哈利把车开到卡车驿站,停在吧台后面。当时是中午,正是营业时间。凯特在给布洛赫打电话。

"我听了糖果店女店员的录音。干得漂亮,但这并不能让我们搞垮科恩。"凯特说。

"但我们可以用这一点'曲线救国'。多萝西·梅杰斯暗示洛马克斯作伪证和妨碍司法公正,我们可以用这一点来搞搞他。"

"所以我们让洛马克斯和伯林达成协议,以换取他指证科恩。"

"没错。"

"好的,我来跟艾迪说。"凯特说完就挂了电话。

"你觉得洛马克斯会出卖地方检察官吗?"哈利问。

"他别无选择。我觉得他不会为科恩进监狱。听说洛马克斯有个生病的妻子,他不会想和她分开的。我能感觉到,这会是我们搞垮科恩的关键。"

哈利点了点头,透过挡风玻璃看了一眼霍格酒吧。

他们下了车,顶着烈日,迅速向酒吧前门走去。酒吧里一片漆黑。酒吧的黑暗与炽热的太阳形成了鲜明对比,凯特的眼睛一时没反应过来。她不得不停下来,眨了几下眼睛,才适应了昏暗的光线。酒吧的窗户上覆盖着厚厚的塑料布,所以面对大门的长吧台后面的霓虹灯招牌、电子游戏和数字自动点唱机发出的光,是她仅能用来"导航"的两种东西。

门和吧台之间散放着六套小圆桌和小凳子,左边还有一组小隔间。每张桌子上都有一盏灯,但灯还没有亮。两根柱子从酒吧的角落升起,一直到天花板。每根柱子上都镶满了马蹄铁。

"我们是安迪·迪布瓦的律师。"凯特说。

正在吧台忙活的人叹了口气,然后继续擦拭台面,不过动作更用力了一些。

"我已经把看到的情况告诉了警长。"他说。

"这么说你就是里安了。"凯特说,"安迪看起来是个好孩子。"

"我也这么认为,但人心难测啊。"里安说。

凯特与哈利交换了一个眼神。里安对安迪有着某种挥之不去的同情心,她能感觉到,哈利也看出来了。

"地方检察官说安迪杀害了斯凯拉·爱德华兹,但我们并不相信这一点。你怎么看?"凯特问道。

里安放下抹布,走近他们,双手分开撑在吧台上。

"发现斯凯拉遇害那天晚上,我哭了。她很特别,聪明漂亮,心地善良,乐于助人,这个镇上很多人都为她感到骄傲。安迪在这里工作时,她一直在照顾他,让他符合规矩。大多数时候,她都会确保他的工作做得合乎标准。我不知道那天晚上他们为什么会争吵,但我亲眼所见。他们当时就站在前门处。"

"你能描述一下安迪对斯凯拉的行为吗?"凯特问。

"他对她大喊大叫。斯凯拉不是那种逆来顺受的人,她也在回击他。"

"安迪看上去很生气吗?"哈利问。

里安看着门那边,好像在回忆脑海中的细节,并在那个空间中重新上演。

"他的声音确实提高了,我想应该是生气了吧。"

"你觉得他们在争论什么呢?"哈利问。

"我不知道具体是什么事,但他真的很生气。"

他们暂停了一下。凯特再次看向哈利,哈利点点头。是时候抛出那个关键问题了。

"里安,你觉得安迪杀了斯凯拉吗?"

他摇了摇头,说:"我只是想好好经营我的酒吧。我已经跟警长说了,会实话实说。这就是我所看到的一切,仅此而已。我不希望兰德尔·科恩在背后搞我。"

哈利叹了一口气。

凯特理解里安的恐惧,没有人愿意与科恩成为敌人。但这并不能解释里安为什么要撒谎,至少不能完全解释清楚。安迪说过,那天晚上并没有和斯凯拉争吵。实际上,他们从未吵过架。凯特相信安迪的话。她低头瞥了一眼里安摊开在吧台上的手。

"谢谢你。我能借用一下洗手间吗?"凯特问道。

"当然可以,在拐角那边。"里安回答。

凯特从高脚凳上下来,绕过吧台来到标有"洗手间"标志的一扇门前，推门进去，心跳加速。她取出手机，给哈利发了一条短信。

门后是一条短而狭窄的走廊，前方是一个消防出口。右侧墙壁原本是白色，但现在被涂鸦覆盖了。左侧有两扇门，分别写着"公猪"和"母猪"。她在刚进来的门口驻足聆听，等着听到……就在这时，她听到了——哈利手机收到短信的提示音。凯特走进了标有"母猪"的那扇门，并疑惑为什么会有女性踏足这个鬼地方。她在脖子上泼了点冷水，洗了洗手，擦干后回到了吧台。

哈利立刻与凯特对视一眼。

凯特坐回到凳子上，此时哈利吞下了面前最后一口酒，然后慢慢地将杯子放回桌子上。

"嘿，里安，你介意我带走这杯咖啡吗？"

"没问题。"里安说着，从咖啡机上方的架子上取下一个外带塑料杯。他拿起哈利的咖啡，小心翼翼地将其倒入外带塑料杯中。

里安倒咖啡时，凯特悄悄调整手机角度，快速拍了几张照片。里安将杯子交给哈利，并道歉说没有杯盖了。哈利结清账单后，他们起身离开了酒吧。

"非常感谢你的帮助。"凯特尽可能真诚地说。

这是自见到她以来，里安第一次用怀疑的眼神看着凯特。

离开酒吧时，凯特没有对哈利说一句话，在停车场里同样沉默不语。直到坐进车内，两人才开始交谈。

凯特想，也许她知道里安为什么要撒谎了。

"拍到照片了吗？"哈利问道。

她翻了翻手机，找到了一张刚拍的照片，用拇指和食指将屏幕展开，放大。那是一张里安·霍格把哈利的咖啡倒进杯子里的照片，他的右手上戴着一枚大金戒指。

戒指的中间有一颗五角星。

00:39

洛马克斯

最后一批吊唁者把他们的空盘子放在水槽里,再次向洛马克斯表达了哀悼之意后离开了。葬礼将在两天后举行,这意味着他还要再忍受这种痛苦煎熬48个小时。他不想再看到家里出现一块蛋糕,也不想再煮咖啡,或是与任何人见面、交谈,至少在很长一段时间内都不想。

前来悼念的人都是露西的朋友——邻居、市民、店主、护士,都是些熟面孔。露西病了很久,但她的离世却如此突然,以至于所有人都毫无准备。她曾顽强地与疾病抗争,从未让病魔夺走尊严和力量。也许正是因为这个,对某些人来说,她的去世十分意外。

洛马克斯没有去收拾那些散落在各处的脏盘子和杯子,而是走上楼去,心里想着露西一定会因为自己没打扫而责怪他。此刻他实在无法面对这些琐事,只想躺下休息。来到卧室,他踢掉靴子,躺在了露西常睡的那一侧床上。吸气时,他闻到了她遗留的香水味,那香味依然残留在床单上。他先是哭泣了一阵,随后沉沉入睡。醒来时,他看向床头柜上的钟表,发现已经是傍晚5点多了。他很饿,但不想起身去吃东西。

翻过身来,洛马克斯仔细端详着一个立在灯柱旁的警察小雕像。这个雕像属于露西,是洛马克斯刚当选警长时朋友送给她的礼物。这个瓷质的小雕像已有二十五年的历史了,每天晚上,露西都会凝视它,而雕像仿佛也在以某种方式回望。

洛马克斯已经偏离了原先的光明大道,科恩将他引入了黑暗的世界。他拉开露西床头柜的抽屉,希望能找到她的那瓶香水。这是露西的私人空间,平时,洛马克斯从不轻易靠近她的抽屉或是衣橱。露西喜欢自己的东西保持原样,并且"明令禁止"洛马克斯"入内"。毕竟,洛马克斯有自己的衣柜。但这次,他打开了床头柜的抽屉,看到了那瓶香水。

紧挨着那瓶法国香水的是一个白色信封，标准信件大小。他坐起身来，抽出信，看到上面的字是她那熟悉的笔迹书写的：

写给柯尔特，写给未来。

洛马克斯将信封翻转过来，小心翼翼地展开，他不想弄烂了。露西的文字在另一侧，而且还写了他的名字，这是无比珍贵的东西，值得珍藏。

打开信封后，里面是一封手写的信：

亲爱的柯尔特：

我的爱人，我知道只有在我离开之后你才会看到这封信。请不要过于悲伤。我一生都爱着你，现在依旧如此。要记得好好吃饭，我知道你的脾气。

我喜欢并感激你在我生病期间对我无微不至的照顾。你帮我揉脚、洗澡、洗头发，甚至在我咽不下药的时候，还把药片磨碎混入酸奶中让我服下。你的体贴入微令我感动。

我也深爱着你为我们建造的房子。近几年来，这座房子给我带来了特别的快乐，别以为我不知道房子的造价。自从兰德尔·科恩走进我们的生活后不久，你便背负起了沉重的负担，我看在眼里。从那时起，几乎每一天我都后悔让你遇见那个男人。他内心腐朽不堪，而且正试图让你变得和他一样。

你和兰德尔·科恩不一样，你是个好人。我知道，从我嫁给你的那天起我就知道。或许有些事情让你暂时迷失了自我，但那份善良仍在你心中，柯尔特·洛马克斯。每当你为我穿上拖鞋时，每当你帮我去洗手间时，每当你深夜为我煮一杯热可可时，我都能看到那份深藏于你内心的善良。

他让你做了些坏事，一些你以前不会做的事。人生如此短暂，如此甜蜜。我以前不能跟你说这个，你知道我不能。我试过了，但你不听。不管你做了什么，都深深地伤害了你自己的内心，我不想让你再受伤。

每天做点好事，就像你以前那样。你有那个幸运兔脚挂饰，只要你把它放在钥匙上，就不会有什么不好的事情发生，它会保佑你平平安安。但不要拖延，亲爱的，把这个男人永远从你的生活中抹去吧。

为了我。

请行动。

一定要做到啊，我会等你的。

爱你的妻子
露西

洛马克斯盯着那封信，无法言语，也无法动弹。

当一滴泪珠落在信纸上，模糊了墨迹时，他猛地一颤。他小心翼翼地将信放在床头柜上。为妻子而哭。

也为自己而哭。

过了一会儿，他起身打开衣柜。在存放个人武器的保险箱旁边有一个鞋盒，他拿下那个鞋盒并打开，里面有一个存有加油站监控录像的U盘。这段录像包含了斯凯拉·爱德华兹失踪和遇害前后的48小时。这是那段录像的唯一副本，他已经从加油站服务器中删除了原始录像。

在法医报告揭示出一些矛盾之处后，他继续对斯凯拉谋杀案进行了调查。迪布瓦被起诉几天后，他找到了加油站的监控录像。至今他仍难以相信自己所看到的画面：斯凯拉进入一辆车里。就在第二天傍晚天黑后，同一辆车又返回了加油站。通过放大画面，他看到司机从车辆后备厢取出一个重物，然后走向停车场外的草地。

他知道司机——那个真正的凶手。更重要的是，在她失踪的那天晚上，可以清楚地看到安迪·迪布瓦离开了那个地方，而且后面没有回来过。

是时候坦白了，并在兰德尔·科恩把另一个无辜的人送上电椅之前阻止他。

00:40

艾迪

在距离巴克斯敦约 24 千米的一个小饭馆里，我遇到了凯特和哈利。那是一家典型的路边餐馆，铺着蓝白格子桌布，端上来的食物都装在有隔板的盘子里，分成三个区域：一块放肉，一块放炸玉米球或是洋葱圈，还有一块则放绿色蔬菜。哈利和我点了烤猪肉，而凯特则选择了炭烤鸡胸沙拉。

"那么，是什么让你这么兴奋呢？"我问道。

自从坐下，凯特右脚上的高跟鞋一直在桌子下的硬木地板上轻敲个不停。

"我发现了造成斯凯拉·爱德华兹身上伤口的戒指。"她说道。

我向前倾身，聚精会神。

"我们一直在寻找带有五角星的大戒指，"她说，"里安·霍格就有个一模一样的戒指。"说着，她用手机调出一张照片。

从照片中我能看见哈利的手臂，因此推测凯特是今天拍摄的这张照片。接下来她给我看的是一张戒指的特写照片。这是一枚惹人注目的金戒指，中央镶嵌着一颗星星状的白色宝石。

"你能再放大一点吗？"我问。

凯特调整了图片，但由于画质问题，还是无法看清戒指上的细微特征。

"我和法恩斯沃思谈过了，有个好消息也有个坏消息。"我说，"好消息是他对斯凯拉身上由戒指造成的痕迹描述得很具体，实际上，在星星上方有两个字母，分别是'F'和'C'，但我不确定霍格戒指上是否也有类似的字母标记。"

"我们随时可以回去再仔细查看一下。"凯特说。

"现在这么做，恐怕不太明智。你们还没问我那个坏消息呢。"

哈利闭上了眼睛，显然他早已料到这个问题，凯特也垂下了头——他们都意识到了这个难题所在。

"法恩斯沃思不愿出庭做证。"凯特说。

"没错。他极度恐惧，并且这种恐惧是有充分理由的。指派他工作的律师和办公室经理都死了，他对这个'警告'非常认真。就算我们找到了真凶和那枚匹配的戒指，如果没有法恩斯沃思作为证人，就无法将斯凯拉皮肤上的印记作为证据呈于陪审团面前。这意味着，这一关键线索甚至不会成为案件的一部分。"

"而且我们不能再找一个法医来做证，因为斯凯拉的尸体已经火化了。"哈利说。

"那我们能不能用传票迫使法恩斯沃思出庭做证呢？"凯特问。

"这是可能的，但这无异于职业自杀。即使他应了传票来到法庭，也不会在证人席上配合我们。如果我们得把我们自己的专家证人当成敌人，这在死刑案件中是一种灾难性的做法。安迪命悬一线，我们不能犯任何错误。"我说。

食物原封不动地摆在桌上，我们陷入了沉默。哈利拿起叉子开始吃东西，终于打破了沉默。

"在战场上，我们只要有机会就吃，因为你永远不知道什么时候能再吃到一顿热饭。你们俩都吃点东西吧，我们会想到办法的。"哈利说。

"怎么想办法？我们陷入了僵局，找不到有效的辩护策略。艾迪，我们应该撤掉这个案子，申请延期，花点时间重新组织思路。"

"不，把案子推迟一两个月是不行的。首先，你觉得钱德勒法官会让我们延期吗？绝对不可能。而且这并不重要，因为一个月后我们又会陷入同样的困境，而这个案子也不会有任何好转。"

"我们要输了。"凯特说。

"看起来是这样，"我说，"所有的证据都指向安迪·迪布瓦，陪审团可能也不会听我们的。我以前也遇到过棘手的案子，但从来没有像这次这样。科恩选出了一个对他有利的陪审团，而且吓跑了我们的证人……他还得到了受害人指甲里有安迪血迹的法医证据和两份供词，还有一名证人，这个证人可以证明安迪是失踪前最后一个和她在一起的人——我们输掉这场官司的方式数不胜数。"

凯特摇了摇头，说："我们没办法赢，但我进入法律行业也不是为了贿赂陪审员。"

在太阳下晒了几天，她鼻子上和脸颊上的雀斑明显增多了。一缕缕头发贴在她的额头上，因汗水而黏附在那里。她身穿一件黑色T恤，将灰色套装的外套搭在椅背上。炎热的天气加上这个案件给她带来的负担比我预想中的要大得多。

"听着，你没什么好担心的，我永远不会要求你违反规则或触犯法律。我们是搭档，记得吗？"

"这正是我所担心的。如果你被抓了，他们会说，我作为你的搭档肯定知道，那我也完蛋了。"

"不，你不会的。"我说。

"怎么不会？"

"你看，科恩在这场官司中使用的手段有多肮脏，对他来说，这是私人恩怨，是一场战争。连律师都为此丧命了，老天。专业证人不敢做证，因为他们害怕被杀害。所以，仅仅按照规则行事不足以救出安迪。我认为我可以救他，但是我必须跟随科恩的步伐潜入污泥之中。除此之外，别无他法。"

"我们必须找到一种在不违法的情况下获胜的办法。"

哈利突然笑了起来。

"我说了什么好笑的事吗?"凯特问道。

"我们面对的是一个自认为凌驾于法律之上的检察官。我也曾像你一样思考,但后来才意识到——实际上不是意识到,是艾迪教会了我——正义与法律有时候可能是截然不同的两码事。"哈利说。

"我只是不喜欢这样。"

"你觉得布洛赫从来没越过规则的界限吗?"我问。

她拿起叉子,开始拨弄盘中的食物。

"布洛赫有自己的行事方式。我不是说她也凌驾于法律之上,她只是……你知道的,布洛赫,她……"

"很不同。"哈利和我同时说。

"是的。"凯特点头道。

"如果她正常的话,就不可能融入我们之中,管那到底是什么呢。"我说。

随着凯特的微笑,气氛轻松起来。哈利用肘部轻轻地碰了碰她,她以更大的力度顶了回去,正好顶在哈利的肋骨上,他随即发出了标志性的大笑。这笑声极具感染力,周围听到的人都乐了起来。哈利从没有过女儿。我们以前曾和一位名叫哈珀的调查员共事过,虽然她和哈利之间并没有真正意义上的父女关系,但如果不是我们在前一年失去了她的话,他们的关系本可能会发展成那样。她的死对我俩的打击,犹如被一辆自卸卡车撞到那样沉重。

我仍然会梦到她,几乎每天晚上都梦到。她去世时,我就明白,这个伤口永远不会愈合,而是会伴随我的余生。情况无非两种可能:要么我学会如何带着这份痛苦活下去,要么最终被它摧毁。我有自己的女儿,我不能让她失望。尽管有时候,我不愿意面对没有哈珀的世界。

我从小事中寻找慰藉。比如现在,看着凯特和哈利一起笑闹。凯特尊敬哈利,而哈利也欣赏凯特的坚强与智慧。很快,他就会抱怨她吃得不够多，她则会抱怨他没按时吃药。他们之间几乎建立了一种类似父女般的关系。凯特的父亲还健在，但一个人可以有很多"父母"，而且每个人都需要导师。我非常确定，自己没什么能教给她的。

就在那时，我很庆幸能和他们坐在一起。这是一个短暂的欢乐时刻，尽管时光匆匆。我们代理了一个若败诉代理人会被处决的案子，但这个案子所带来的巨大压力被这短暂的欢乐时刻打破了。

赌注已经拉到了最高点，不能更多了。

我们尽情享用着美食。在"消灭盘中餐"的这段时间里，那种重负暂时得以减轻。

"你收到布洛赫的消息了吗？"我问道。

凯特向我详细说明了一下情况：布洛赫找到了有关洛马克斯的一些东西，这些证据很有可能让他身陷囹圄。

"所以她是打算正面交锋吗？看看他是否会服软？"我问。

"她说打算跟他先私下谈谈。"

"是不是应该有人陪她去？谁知道他会有什么反应？事情可能会变得很暴力。"哈利说。

"布洛赫告诉我，她会让洛马克斯明白，别的地方还有多份多萝西·梅杰斯的录音副本。洛马克斯足够聪明，知道伤害布洛赫解决不了问题。再说了，我们谈论的可是布洛赫，真正该害怕的应该是洛马克斯。如果布洛赫能让洛马克斯同意跟伯林交谈，并出庭指证科恩，就能拖住安迪的案子了，或许还有机会让一个新地方检察官审理案件——他们肯定不愿意接手科恩正在进行的任何案件。"凯特说。

我点点头，说："先看看洛马克斯怎么说吧。你问问布洛赫是否希望我陪同前往，只是做个伴。"

"你现在为什么不直接给她打电话呢？"

"我现在不方便打。如果她希望我一起去，告诉她一会儿我会到旅馆附近等她。你们两个现在先回去，考虑如何对法医鉴定结果发起攻击。你们把安迪和他的母亲转移到旅馆了吗？"

"经过一番巧妙的安排,我们才瞒过了前台接待员,但总之是成功了。"哈利说。

我不想让安迪和帕特里西亚身处荒郊野外,把他们安置在旅馆更容易保护他们,而且他们也同意在审判期间搬过去。

"太好了,确保他们想点什么就点什么,我来付钱。"我说道。

哈利用餐巾擦了擦嘴唇,然后揉皱放在空盘子上,说:"你要留下来喝杯咖啡吗?"

"当然要。我还得见个人。"

"见谁?"凯特问道。

"你不知道更好。"

不久之后他们离开了。哈利显得有些不情愿,但凯特同意,最好还是不知道我在忙些什么比较好。对于我的所作所为,保持"合理否认①"总是最好的。

服务员过来收拾桌子。

"您还需要些别的吗?"她问我。

"谢谢,我想要一杯咖啡,不对,请给我两杯,女士。"

她微笑着端来了两杯热气腾腾的黑咖啡。我在两杯中都加了糖和奶精,并迅速喝完了第一杯。正当我开始品尝第二杯时,一位年轻女子走进了餐厅。桑迪·博耶特身穿一件皮质摩托夹克,内搭红色 T 恤,下着蓝色牛仔裤。几天前,她失去了在格斯餐厅的工作,卖掉了她那辆破旧不堪的汽车,而现在,她是迪布瓦案的 12 号陪审员。

我看了一眼手表。

分秒不差。

这家餐厅没有接待台,也没有指示顾客等待服务员引领入座的标志。在这里,人们找到第一个空位就会赶紧坐下,同时心存感激。

---

① 一种政治策略,指在某些情况下,一个人或组织可以否认参与某个行动或事件,因为没有直接证据证明他们的参与。

她环视着餐厅。里面越来越热闹,大概有六十多个人。家庭聚会、情侣约会,甚至还有几个穿着正装的商务人士。烧烤在南方跨越了社会阶层,而优质烧烤,像这里一样,可以说是南方人距离共产主义最近的一种体验了。

我举起一只手,一直举着,直到她看见我。

她紧张地环顾四周的其他食客,然后径直朝我的餐桌走来,坐下。

"你怎么找到我的?"

"我有一个相当出色的调查员。"

"我不应该和你说话。"她说。

"很高兴见到你,桑迪。"我说。

"你知道我的意思。"她说。

"没事的。我想巴克斯敦的人不会为了吃烧烤特意跑到这么远的地方来,毕竟每个街角都有熏肉房。"

她点头表示赞同:"但是,我们还是应该尽量简短交流。这个地方虽然偏僻,但也并非绝对隐秘。"

"这次谈话不会太久。我觉得我们应该谈一谈。"我说。

"关于什么呢?"她问。

"关于一些让我感到困扰的事情。首先,检察官询问你是否认识本案中的任何一方时,你回答'不',我想知道这是为什么。"

"原因很简单,我确实一个人都不认识。我不认识你,虽然我卖给你一辆车,但只用了5分钟,就是这样——我们又不常出去玩。无意冒犯。"她说。

"没事。但你确实见过我,不管我们的会面有多短暂。你为什么对法官撒谎?"

"这算撒谎吗?似乎并不重要。不像现在,我是陪审员,你是律师。这意味着我们不应该见面或交谈。"

有一个问题悬在我们之间,就像天花板上的光在桌子中央照出一个光环。我让这个问题在风中摇摆了一会儿,然后向后靠在座位上,决定是否要问这个问题。

她很聪明,知道我要问的这个问题,她甚至期待着这个问题。我能看出这个问题走向了她——她可以像我一样问这个问题。就在这时,她似乎要问了,我可以从她红唇上的微笑中看出来。

我觉得我主动问会更有礼貌。

"桑迪,你想赚钱吗?"

她噘起嘴唇,眼睛转向我,定住,就像老虎机上的转盘。

"我处在一个独特的位置,可以改变这次审判的结果。"她说。

"在亚拉巴马州,普通定罪和死刑可以在10名陪审员的多数裁定下实施。一个无罪投票是不够的。"

"一个只是开始。"她说。

"当然。要多少钱?"

她想了一会儿。她不想定价太高,也不想把自己卖得太低。这是犯罪,而且是重罪。如果她被发现并定罪,将面临严重的牢狱之灾。这种冒险需要丰厚的报酬。

"2万美金。"她说。

"哦,我想我们可以做得更好。告诉我,你喜欢迪士尼人物吗?"

00:41

布洛赫

布洛赫将车停在警察局对面的街道上,一排巡逻警车在路灯下闪闪发光,静静地停在那里。

在采取行动之前,她仔细权衡了一下利弊。

她接下来的行动可能会带来多种不同的结果。拿着阻碍司法公正、伪证等罪名的证据去质问警长,事情可能会朝着多个方向发展——其中大部分都不是好结果。一种可能性是一个深陷泥沼的人为了得到一线生机，可能会不惜踩着一堆尸体往上爬；另一种可能性则是他选择明智地举起双手，同意作为证人出庭指证科恩。后一种可能性是她的期望，希望在他内心深处还残留着一丝尚未熄灭的正义之火，能够借此点燃火焰，烧毁科恩的"大厦"。独自一人进行这件事对她来说最好，布洛赫曾经是一名警察，她懂得如何与警察沟通。

她下了车，穿过街道，看到两名巡警离开大楼走向其中一辆巡逻警车。她并不认识他们，应该是夜班人员。他们身上似乎有些不一样的地方，但一开始她并未立刻察觉到。

接着，她发现了，这两名巡警右臂上都戴着黑色的袖章。

走向警局的时候，她问他们："晚上好，你们为什么要戴黑色袖章呢？"

其中一名巡警回答："这是一种尊重的象征。警长的妻子长期患病，癌症，她昨晚去世了。"

"哦，天哪，我不知道这件事。我正好在这附近，本来想顺道来看看他。警长在里面吗？我们很久以前共事过。"布洛赫说。

两位巡逻警察都静止不动，目光集中在布洛赫身上。他们观察着她站立的样子：背部挺直，拇指插在腰带上，头颅高昂，对他们两人表现出一种从容自在的态度。

"你们两个之前在哪里共事过？"一名巡逻警察问道。

"我当时在第二分局机动部队。有一次，一名'逃保'的嫌疑人经过我负责的区域时实施了一起持械抢劫案，随后逃到了这里。洛马克斯希望在他耗尽资金并开始在这里抢劫平民之前找到他。最终，我们抓到了他。准确地说，是洛马克斯抓到了他。"

他们仔细聆听了布洛赫所说的一切。在莫比尔市有超过400名警察，不可能每个人都互相认识，不过布洛赫看起来的确像个警察。她并没有告诉他们，自己其实是一名前警官，正准备揭露洛马克斯的罪行。

"听上去是柯尔特。不管怎样,他现在不在这儿,可能在家里。"

"我想向他表示哀悼。"布洛赫说。

"我们可以帮你转达,我相信……"

"我想亲自前往。如果不这么做,那就太失礼了。"布洛赫说。

两名巡逻警察互相对视了一下,耸了耸肩,其中一人开始给布洛赫指路。布洛赫向他们表示感谢。他们接受了她的说法,即便他们对布洛赫有些怀疑,但也认为,即使判断错误,警长也能轻易对付一个女人。

布洛赫觉得他们的想法真是愚蠢至极。

回到车内,布洛赫将地址输入卫星导航系统,但只得到大致位于小镇北部的一个区域。她驾驶汽车出发,并告诉自己一定能找到这个地方。这个房子坐落在魔鬼溪以南几百米处——魔鬼溪是一条狭窄而湍急的河流,最终汇入了卢萨哈奇河。

随着她越来越接近导航系统上的红色标记位置,原本双车道的道路逐渐变为单车道。接着在左边,她看到树林间有一处空隙,一条泥土小路旁立着一个邮筒。她停了一下车,倒了回去。邮筒上有个用白色油漆写的名字。

洛马克斯

她继续向后倒了 3 米,然后将车拐进了小路。

她的车灯已经开到最亮,但仍然无法穿透密林。小路忽左忽右地蜿蜒,绕过一棵棵大橡树。这意味着她的视野只能延伸到下一个拐角处——通常不会超过 15 米。然后,毫无预兆地,这条土路突然变得笔直,眼前出现了一座看似殖民时期的老房子。然而这房子太过崭新,只能是一座仿古建造的新房子。房子呈白色,带有环绕式的门廊。布洛赫将车停在了警长巡逻车的旁边。

从车里出来时,她耳边听到的是蟋蟀和蝉鸣奏出的午夜恋歌。

地面被严重破坏，显然最近有很多车辆经过。环顾四周，她看到草地上到处都是轮胎痕迹，甚至有些痕迹通向了房屋后面。房子里亮着灯——至少一楼是亮着的——可能是厨房和客厅。布洛赫重重地踏上台阶，靴子撞击着门廊木板，确保自己的到来不会让人措手不及。对这个小镇里一栋孤零零的房子来说，这样做并不明智，尤其是在夜晚、屋主有武器在身，且屋主只需要一个小小的借口就会对着你开一枪的情况下。

她朝前门迈出一步。门的上半部分装有磨砂玻璃，门后挂着窗帘，装饰着窗幔打成的优雅蝴蝶结。

她踩在地板上，发出一声刺耳的嘎吱声，就像一声尖叫。再走一步，来到了门前。她举起手臂，握紧拳头，往后弯曲。

敲门。

第二次敲门声与另一个声音同时响起。

——那是一把 0.45 口径手枪发射单颗子弹的声音。

00:42

洛马克斯

不知过了多久，洛马克斯在床铺上醒来。外面已是黑夜，楼下传来了声响。除了脚步声，还有其他动静。洛马克斯从衣柜顶层的保险箱中取出他的西格绍尔 0.45 口径柯尔特自动手枪，检查了弹药，上膛后缓步走进走廊。

楼下的灯亮着。他缓慢地下楼，让手中的枪口来回扫动，直到看到家里有个男人正在收拾碗碟。

在厨房里，兰德尔·科恩用毛巾擦干双手，按下洗碗机启动按钮，接着关上了洗碗机门。哀悼者们留下的脏盘子已经被清理干净了。

"你可以放下枪了,"科恩边说边低头忙碌,没有抬头看楼梯上的洛马克斯,"我觉得你需要帮手来清理一下,虽然我现在能帮你做这些。"

洛马克斯没有回应,只是从容地下楼,但并没有放下手中的枪,而是将其持于身体一侧,盯着科恩在厨房里忙碌——往咖啡机里加水、倒入咖啡粉,然后设置好开始煮咖啡。

"露西是不会赞同的。"洛马克斯说。

科恩扣上了西装外套的纽扣,靠在柜台边,双臂交叉。一时之间双方都没有再说话。咖啡机发出咕噜声,新磨咖啡的香气与始终萦绕在科恩身边的淡淡腐肉味交织在一起。

"她不会希望你在她的厨房里的。"洛马克斯说。

"这不是她的厨房了,现在是你的了。对于你的失去,我感到抱歉。真的。"

"你想怎么样?"洛马克斯问道。

"当然是来表达我的哀悼之情。"

"你已经表达过了。"

科恩瞥了一眼已经开始将黑色液体注入保温壶的咖啡机,随后又看向洛马克斯。

"我想我们可以一起喝杯咖啡,聊一聊。"

"没什么可聊的。"

"哦,不,其实有很多事我们需要讨论,明天就要开庭了。我知道你有你的优先事项,但在葬礼结束后,我需要你在法庭上出现,你的证词至关重要。那是你的职责,我知道你会坚守的。你是个好人,我一直这么说。"

洛马克斯清楚,科恩并不会对他构成实质性的身体威胁,而他对科恩本人的恐惧,早已被悲痛以及伴随着露西信件而来的愤怒洪流所淹没。这愤怒中既包含他对自己的愤怒,也包含对眼前站在自家厨房里用污秽气息污染空气的男人的愤怒。洛马克斯将手枪放在了大理石台面上，旁边是几个小时前他已经装好信件、写好地址的黄麻信封，准备第二天早晨寄出。科恩的目光短暂地扫过那个信封，但看清内容后眼睛瞬间闪过一丝异样，然后转过脸去。洛马克斯穿过厨房来到客厅，重重地坐在沙发上，双手抱头。

洛马克斯深深地吸气又呼气，竭力压制住内心强烈的情感波动。

"我曾经是个好人，但已经变坏很久了。"洛马克斯说。

科恩一瘸一拐地跟进来，将一杯热咖啡放在洛马克斯面前的桌子上。角落里的扶手椅旁有一个小茶几，科恩在那儿坐下，放下咖啡，身体前倾。他的双腿张大分开，手指互抵，呈尖塔状，双手悬垂于两腿之间。这样的姿势本应看着像是在沉思冥想，但因为体形的缘故，在他这儿却显得很不自然，倒像某种昆虫。

"我知道这对你的打击很大，但我已经尽全力帮助你们两个人了。我很欣慰，你有足够的资金为露西做了所有能做的事。"他说。

"资金"这个词真是一种奇怪的说法。科恩给了他钱，一部分来自突击搜查，还有一些是他自己的私人财富。没错，他确实很富有。在洛马克斯认识他的所有时间里，从未见过科恩一个月内穿同一套西装。

"我只是想让你知道，在需要的时候，柯尔特，我会在你身边支持你。"科恩说。

他以前从未叫过警长的名，至少洛马克斯不记得有过。现在他竟然如此放低姿态，那一定是真的很担心。

"我不需要什么帮助。我失去了妻子，对此却无能为力。我只是希望自己当初能多听她的话，在她还活着的时候，多陪她聊聊天。露西的确不喜欢你。"洛马克斯说。

"她看到了我们一起做的那些正义事业，也许正因为如此，她才为你感到担忧。你知道，惩治那么多杀人犯时，总会有人试图扳倒你。他们就是这样，尝试攻击你。你必须时刻准备好粉碎敌人——在他们对你动手之前。与我合作，你是在保护露西，而我也在保护你们两人。也许她没有理解这一点，至少没有完全理解。"

"并不是那样的,"洛马克斯说,"她不想我做任何可能损害自身正直的事。我所做的不仅仅是损害,简直是把正直扔进了垃圾桶。这就是我做过的事,而且是你让我这样做的。"

"你是自由人。你是想告诉我,我给你的那些钱,你不是作为伙伴、出于友情接受的吗?"

"我不应该拿一分钱。"

"那露西也就不会有这座房子了。她很喜欢这座房子,不是吗?"

"她确实喜欢,但她更爱我。"洛马克斯说。

"你到底想告诉我什么?"

"我是说,我受够了这一切。"

科恩在椅子上向后靠去,用一根手指按住嘴唇,仿佛在抑制自己的反应,努力让反应缓和下来,直至能够将其调和得像蜜糖般温和。

"我无法承受失去你这位优秀警官的痛苦。怎样才能让你留下?当然,首先要支付葬礼费用。如果你觉得这个房子充满太多痛苦回忆,可以选择搬家。我现在就能给你几十万美金,就今晚。如果你需要,我还可以给你更多。"

"不是多少钱的问题,我只想摆脱这一切。我要让所有的事情公之于众:我们做过的事、我们伤害过的人、我们杀害的那些人,以及那个被我一枪爆头的律师——"

"这一切都是正义的事业,是上天的旨意,柯尔特。科迪·沃伦和那个恶毒的女人只有一个目的,就是让杀人犯逍遥法外。我们绝不放过有罪之人,而是要让他们受到应有的惩罚,这是我们肩负的使命。"

"也许是你的使命。看看安迪·迪布瓦,为了快速结案,我在我们需要的时候逼迫他认罪,结果我们放走了真正的凶手。你心里也有所怀疑,我知道这一点。我们看到验尸官的照片的那一刻,真相就已经昭然若揭。"

"你难道不明白我们必须坚持给迪布瓦定罪吗?验尸官的照片给迪布瓦带来了无罪的合理怀疑;而如果迪布瓦是无辜的,他的供词也会给真正的凶手带来无罪的合理怀疑。要想给斯凯拉家人带来些许安慰，我们唯一能做的就是给凶手定罪。你觉得他是无辜的？像他这样的人全都一样，就算不是因为斯凯拉的案子，早晚有一天我也会因别的罪名起诉他。从某种程度上说，我们判处迪布瓦死刑，也许是在挽救更多的生命。"

这是科恩看待问题的方式，这种扭曲的逻辑曾经蒙蔽了洛马克斯，但现在不会了。他意识到，过去的他默许了自己被这一套荒谬的做法所裹挟，但这个想法并不能平息他对自己良心的谴责。洛马克斯明白，科恩只是想用电椅夺走另一条性命，无论是谁，无论那人是否有罪。科恩活着就是为了杀戮，洛马克斯花了一些时间才看清这一点，但现在一切都真相大白了，他知道自己该做什么。

"我不能再这样下去了，迪布瓦没有杀害那个女孩。"洛马克斯说。

科恩静止不动，一字一句地听着。他的下巴张开，嘴唇微启，想要说话，却又犹豫了一下，仿佛有个念头正在形成。紧接着，他突然开口道："是你，对吧？是你从加油站取走了监控录像。"

"我需要一道保险。那段录像改变了所有的事，我打算将其公开。这场审判必须停止，而你则必须释放安迪·迪布瓦，真正的凶手就在视频里。"

"我不想失去这场审判的胜利，也不想失去你，柯尔特，我们是朋友。露西生病时，我一直陪在你身边。"

洛马克斯抹去了眼角的东西，说："她刚被诊断出癌症时，我只觉得那是我们运气差，你知道吗？——就在我们刚刚得到这个房子、有了些积蓄、不需要再为任何事情担忧的时候，就是这么巧，她病了，而我觉得是我害的。我所做的事情，那些烂事，总有一天会让报应找上门来。你知道吗？"

"不，我不知道。"科恩说。

洛马克斯用红肿的眼睛凝视着科恩，说："你会知道的。你判决那么多人死刑，总有一天这些事情会反过来咬你一口。"

"你这里说得不对。我父亲有钱,而他把钱留给了我。人们以为财富赋予力量,但我父亲明白得更透彻——真正的权力来自能够裁决他人的生死。"

"满口胡言。你虽然总是谈论着杀人,但实际上你从不喜欢亲自动手。你没有胆量自己去做——这就是为什么你喜欢把那些家伙送上电椅,看着他们挣扎煎熬。你心里有病,而且是个懦夫。"

说完这些,他低下头,对自己微微点了点头。他已经下定了决心,这一切必须结束,科恩必须被阻止。为了他自己。

也为了露西。

他听到科恩叹了口气,接着起身离开了椅子。听到他在木地板上走动的脚步声,越来越近,在洛马克斯面前停下。他看到那双擦得锃亮的黑漆皮鞋,反射着他颓丧的脸庞。

"我很抱歉把你卷进这一切。"科恩说。

"我也很抱歉,只是我不能再参与这些了。"洛马克斯答道。

当洛马克斯盯着地板和科恩皮鞋上的光泽时,他觉得自己好像听到了什么声音。是门廊上那块嘎吱作响的木板。

"同时,我对露西和你的损失感到遗憾。不过你说的有些事情是对的。"科恩说。

"是吗?"洛马克斯抬起头来问道。

他突然瞪大了眼睛,因为他看到自己先前放在柜台上的西格绍尔手枪此刻已经在科恩手中,枪口正对着自己的脑袋。

而在科恩的另一只手中,正是装有 U 盘的那个信封。显然,洛马克斯转身时,科恩把它们从柜台上拿了起来。

"首先,我确实不喜欢亲自动手,但有时我别无选择。其次,你确实不能再参与这一切了。"科恩说。

00:43

布洛赫

就在她听到枪声的那一刻,几个动作几乎同时发生。

首先,她向一侧跨步,下蹲的同时用右脚旋转身体,这样一来,她转身、下蹲,背贴到了门边房子的墙壁上。

以此作为掩护。

其次,她的右手已经握住了麦琪手枪,枪口朝天,随时准备射击。

这一系列动作并没有经过有意识的思考过程,几乎是独立完成,是本能与训练的结合。她向左侧移动,从跪姿起身并迅速透过窗户偷瞄了一眼,看到一个现代化厨房,设计风格同样模仿了古老的乡村厨房样式,只是采用了黑色大理石台面和奶油色橱柜。视线范围内没有人。她尝试查看了旁边的窗户,看到了一间客厅。洛马克斯正躺在沙发上,头靠在竖直的靠垫上,因此无法看到他的脸。

她也不需要看了。沙发上那一片鲜红的印记说明了一切:洛马克斯头部中弹了。

布洛赫蹲下身来,保持低位再次向正门移动。接近门口时,她听到一阵低沉的引擎发动声,是从屋后传来的。她沿着墙壁挪动,听到随着引擎转速升高,音调也发生了变化;但随着车辆越驶越远,引擎声变得越来越微弱。

布洛赫绕到房子后面窥探,发现了另一条小路,一条很少使用的小路。在这条路上,她看到了180米外正在迅速远去的尾灯。瞬间,她举起了手中的枪。为了更好地控制枪械,布洛赫不得不采用强有力的握持方式,让武器上的大部分压力作用在右手食指和左手拇指的指腹,利用前臂挤压这两个着力点。她的双脚分开至肩宽,膝盖微微弯曲,并向前倾身少许,双臂弯曲。她第一次使用麦琪手枪射击时,采用的是标准手枪握持姿势,右手锁住枪身,左手弯曲,结果差点弄伤手腕和肩膀。无论怎样，这把马格南手枪开火时都会产生巨大的后坐力。布洛赫唯一能做的，就是利用前臂和肩部肌肉作为减震器来控制这种后坐力。

她呼出一口气，用视力更好的右眼对准了中心瞄准点。

对布洛赫来说，以这样的距离击中汽车并不是问题，即便使用的武器并非专为远距离精准射击而设计。唯一的问题是，她会击中车的哪个部位。在这个距离上，布洛赫相当肯定，自己仍可以打穿发动机舱，从而阻止车辆前进。子弹将会穿透后备厢、后排座椅、前排座椅、仪表盘，然后直达目标。但是，一阵风或者扣扳机时手指过于紧张都可能导致结果迥异：子弹还可能穿过后备厢、后排座椅、前排座椅、驾驶员，然后才是仪表盘和发动机。她并不知道谁在驾驶车辆。在未经交涉的情况下就给对方造成篮球大小的贯穿伤，似乎不太公平。

她将麦琪手枪放回身边，眯起眼睛仔细辨认。那组尾灯的形状非常独特，她最近才见过同样的尾灯。

在兰德尔·科恩的捷豹车上。

那辆车消失在树林中时，布洛赫低声咒骂了一声，随后返回了房子。

在进行下一步行动之前，她把手伸进口袋，从里面掏出一副乳胶手套戴上，并擦拭了刚才敲门时碰触过的地方。接着，她试着推了一下前门。门没锁。如果房子里还有其他人的话，这人绝不怎么友好。腰间的马格南手枪滑出了枪套。她手持枪支，尽量压低身形，首先检查了客厅、厨房，然后逐一排查了房子里的所有房间。

一切安全。

她小心翼翼地尽量不触碰任何物品，缓慢且悄无声息地行动着。房间整洁有序，没有任何异常，唯有主卧例外。枕头上有封信，她读完后又将其放回床上。这是一封来自洛马克斯已故妻子露西的信，这样一封信无疑会对悲痛欲绝的配偶带来沉重打击，如同一根钢梁撞击胸口。虽然布洛赫不认识露西和洛马克斯，而且在她看来洛马克斯也不是什么好人，但这封信仍然让她深受触动。

回到楼下时，她在客厅门口驻足停留，从容不迫，能够听见车辆接近的声音。冒这个险是值得的。

洛马克斯死去时正坐在沙发上，一把枪放在他右侧的手边，枪柄距离他的手指仅几厘米。仿佛他只是松开了手，让枪掉落在旁边的靠垫上。布洛赫俯身靠近那把枪，在枪口处深深地嗅了嗅。这把枪刚发射不久。

站在躺在沙发上的洛马克斯旁边，她向下看向沙发背后的位置。不仅背后的墙上，连沙发上都血肉模糊。实际上，大部分喷溅物集中在洛马克斯颈部底部。在他的额头上有一个明显的射入伤口。

对任何来到现场的人来说，这看起来都像是一起自杀事件。洛马克斯刚刚失去了妻子，并且找到了一封来自妻子的信，一封不怎么令人愉快的信。一名普通警察可能会将这些线索拼凑起来，轻易断定此案为自杀。很多警察最终会选择用自己的配枪结束生命，这只是其中一个类似的故事，至少表面上看起来确实如此。

即使布洛赫不知道在枪声响起时有其他人在屋内，且有人迅速驾车离开，她依然能够发现这个现场是伪造的。

子弹从前额进入并从颈部底部穿出。颅内弹道学并非如火箭科学那般高深莫测：通常情况下，除非遇到极其坚硬的物体，否则子弹会有一定的飞行轨迹，而不会改变方向。

布洛赫抓住洛马克斯的肩膀，慢慢地将他的身体往前拉。在沙发上的血肉中，还发现了一个与颈部后方射出伤口平行的孔洞。

如果洛马克斯是自杀，那么他应该是向后靠在座位上，抬头望向天花板，将枪口对准自己的额头，然后扣动扳机。

不。

不是这样的。实际情况是，当有人从上方对着他扣动扳机时，洛马克斯正抬头看着那把枪。如果开枪的人是科恩，那么可以看出他对当地犯罪实验室的工作极为熟悉。将手枪扔在洛马克斯身边的沙发上之前，他肯定会将其清理干净。

布洛赫将尸体重新靠回沙发上，退后几步，走向门口。

在握住门把手即将离开时，她停下了脚步。

楼上的那封信，她觉得可能会有用。于是她转身走上楼去，用手机拍下了那封信的照片。

返回楼下后，她小心翼翼地关上了前门，接着将注意力转向了附属建筑。其中一个建筑很大，像个工作间；另一个则较小。她决定先从较大的那座开始搜查。

搜查并未花费太多时间。尽管门被挂锁锁住，但有一扇小窗户。借助手电筒，她在角落里发现了一个乍一看像棺材的东西，而且还是敞开的。当然，那并不是棺材，而是一个冷冻柜，而且冷冻柜盖子上的那层冰面上有一块红色污渍。

这里就是科迪·沃伦的尸体被藏匿的地方，很可能他的 SUV 也曾藏在这里。

当布洛赫坐进车内，启动引擎并快速驶离时，她原本对洛马克斯残留的一丝同情彻底烟消云散了。

00:44

科恩

科恩轻轻地将唱针放在唱片上，熟悉的吱吱声和刮擦声从扬声器中传出，接着响起的是科恩最喜欢的音乐作品——由约尔格·德穆斯在贝多芬的格拉夫钢琴上演奏的《C 小调第 111 号奏鸣曲》。这首曲子是 1970 年在波恩现场录制的，以纪念贝多芬诞辰二百周年。

第一次听到这首曲子时，他还是一个 11 岁的小男孩，那时他非常讨厌这首曲子。

当时的钢琴音色听起来尖细而奇怪。直到大约一年后,当科恩了解到这架钢琴是由康拉德·格拉夫专门为贝多芬制作的时候,他才开始更加细心地聆听这首曲子。在贝多芬生命的这一阶段,他几乎完全失聪,格拉夫则竭尽全力提高钢琴的音量,包括在高音区增加一根额外的琴弦。乐曲的部分段落需要以难以置信的力量和速度敲击琴键,科恩喜欢想象这样的情景:贝多芬用力敲击这些琴键,且极度渴望能听到自己在唱片中听到的声音。同时这位作曲家意识到,他被残酷地剥夺了体验自己音乐天赋的机会。

正在那时,科恩爱上了这首曲子。在这首给他人带来无尽欢乐的音乐中,科恩只听到了贝多芬的痛苦与悲伤,并陶醉其中。

正是那时,他认识到自己与众不同,而这并非完全是因为父亲的影响。某种程度上说,他很幸运,在很小的时候就了解了自己。没有什么比承受痛苦更能给他带来快乐的了。

他没有电视,偶尔会在车里听听收音机,但并不频繁。他有时觉得,自己生错了时代。他读着书,聆听着贝多芬、马勒[①]和瓦格纳[②]的作品,这些对他来说几乎足够了。

科恩走上楼,进了他的卧室。昏暗的房间里只有一盏灯亮着,微弱的光线勉强穿透黑暗。他脱下西装外套,小心翼翼地挂在衣柜里。接着解下领带,然后将衬衫连同袜子一起放入洗衣篮中。他脱下鞋子,用刷子和布擦拭了 5 分钟,然后将鞋子摆放到他那巨大衣柜里的特定位置。

他坐在床上,深呼吸了几次,随后仰面躺到床单上,两腿悬垂在床沿,努力让自己为接下来要做的事情做好心理准备。

他解开裤子纽扣,将裤子缓缓拉至大腿上部,然后停了下来。他

[①] 古斯塔夫·马勒(Gustav Mahler,1860 年 7 月 7 日—1911 年 5 月 18 日),奥地利作曲家及指挥家,出生于波希米亚卡里什特,毕业于维也纳音乐学院。

[②] 理查德·瓦格纳(Richard Wagner,1813 年 5 月 22 日—1883 年 2 月 13 日),德国浪漫主义作曲家、指挥家,出生于德国莱比锡。

坐起身，极其小心地将裤子褪至脚踝，把脚抽了出来。

立刻，一股气味扑鼻而来。

尽管右大腿紧紧地包裹着一层透明塑料膜，但这股气味仍然透过薄膜传了出来。他有时觉得，别人也能闻到这股气味。不过，这并不是说，科恩在乎别人对他的看法。

他找到了塑料膜的一端，然后将其撕扯开来。随着他猛地一撕，一阵剧痛袭来。

不，这样直接撕下来实在太疼了。他在床头柜上找到了剪刀，用剪刀剪开塑料膜，露出了里面的绷带。此刻，那股气味更加浓烈。接着，他剪掉了浸满鲜血的绷带。

环绕在他大腿上的皮质吊袜带必须再次用漂白水浸泡清洗，它几乎已经被毁了。保险箱里还有一条新的，但他不想使用，至少现在不想，至少要等到他能够摆脱感染。他伸出手，在皮带下方摸索，解开搭扣，慢慢地将吊袜带从大腿背面一点一点地揭下来。这个过程必须一寸一寸地慢慢进行。

因为那些头钉。

由于系得太紧，皮带在皮肤上留下了深深的勒痕。皮带上侧的五颗头钉已在大腿前侧刺出伤口，而且随着血块凝结在了其中，他不得不一一将它们拔出来。

他大腿上的五个钉孔红肿且明显发炎了。腿部散发出的气味几乎让他作呕，而且看上去也好不到哪里去。他从床头柜里取出碘酒，涂抹在伤口上，每用棉签蘸取碘酒擦拭一下，他就忍不住倒吸一口凉气。

结束这一切后，他洗了个澡，在腿上涂了更多的消毒剂，然后服下了每日剂量的抗生素。他不禁怀疑这些药物是否还有效：自己已经连续服用这么长时间了，有可能身体对此产生了抗药性。也许他需要加大剂量，或者再次更换药物。

科恩一个人生活，自搬出父亲位于上西区的豪华顶层公寓那天起，便一直是如此。痛苦是他唯一需要的伴侣。这个伴侣确实陪伴得很好，而且驱使着他，每隔几分钟就给他带来一阵阵刺痛感，提醒着他仍然活在这个世界上。

他回想起今晚发生的事情。去拜访洛马克斯时，他并未预料到自己会不得不杀了他。他曾对这个人感到好奇，自己轻而易举就使他堕落了——钱。这是如此简单的东西，是科恩拥有很多而其他人没有的东西。事情起初并不严重，当然，科恩也不断地在洛马克斯耳边灌输"毒药"，提醒他们共同的目标：为这个世界上被邪恶伤害和杀害的人们伸张正义，实行报复。洛马克斯最初对此深信不疑，以为自己正在执行一项使命，旨在使制度对他们更有利。而这个体制本身却是对强奸犯和杀人犯更有利，它为这些坏人提供法庭指定律师而且假定其无罪。

实际上他们全都有罪。

科恩深知这一点，而且说服洛马克斯也没费多大力气。

洛马克斯那位该死的妻子从未喜欢过科恩，这倒是事实。然而，科恩还是成功地逐步瓦解了洛马克斯的道德防线。为了确保让被告定罪，科恩逐步让洛马克斯采取越来越严重的行动，从私自挪用涉毒资金，到隐藏对被告辩护至关重要的证据，而且很快演变为无视能证明被告无罪的证人，甚至压制他们的声音。没过多久，洛马克斯便沦为了科恩的附庸。科恩自身的腐败如同病毒般侵蚀了洛马克斯的灵魂，以至无论多少碘酒与青霉素都再也无法洗净他的肮脏。

他那天晚上考虑过杀掉洛马克斯，但发现自己在向他头部开枪时并未感到丝毫的兴奋，这让他感到有些奇怪。科恩想到了他父亲——尼古拉斯·科恩。科恩股权与投资公司自20世纪60年代开始交易，到了20世纪80年代，他父亲已经积累了令人咋舌的巨大财富。他精明强干，懂得如何玩转股市，但他成功的秘诀在于他那冷酷无情的本性——他愿意去做连最凶猛的华尔街之狼都不敢做的事。

不伤害别人是不可能成为亿万富翁的，至少在金融界不行，而尼古拉斯·科恩树敌众多。科恩记得在他16岁那年的圣诞节，坐在父亲的书房里，与父亲一起品尝了人生中的第一杯苏格兰威士忌。那天，父亲的心情异常好。而平时，父亲是特别厌恶圣诞节的，甚至不允许家里有任何装饰。自从科恩10岁时母亲去世起，家里的节日气氛就从未欢乐过，所以那天晚上显得很特别。科恩记得烈酒下喉时的灼热感，以及父亲雪茄的气味。父亲让科恩这个年轻人坐下，告诉他自己为何如此兴高采烈。其实，那天的好心情与节日并没有太大关系。

原来，父亲最大的竞争对手在一个月前破产了，那人曾得罪过他，他对此一直耿耿于怀。他曾有机会收购一家公司，他的竞争对手在这家公司投资了大部分财富。那是一家很好的零售公司，在繁荣的20世纪80年代早期发展势头强劲。他逐一收购了该公司的供应商，随后切断了它的零售链条。接着该公司股价暴跌，他借机买下了那家公司，并承诺要将其救活。然而，第二天他就关闭了那家公司。这一系列操作耗费了他将近1亿美金，但这些损失对他来说九牛一毛。

竞争对手被彻底摧毁了，其余的投资项目也突然间不再那么风光，因为其他投资者看到，他已成了科恩家族针对的目标。

"那个人现在在哪里呢？"科恩问道，"正在策划复仇吗？"

"不太可能。"他父亲回答道，"上周他失去了自己的房子，就在同一天，他的妻子带着孩子离开了他。我今早听说，他从他以前的大楼楼顶跳了下来，就是我上个月买下的那栋楼。他已经变成人行道上的一块污渍了，儿子。"

科恩不知道该说些什么，但在那时，他感觉到了某种东西——胃中微微一颤。那是种兴奋的感觉。

"你要知道，孩子，任何一个愚蠢的浑蛋都能扣动扳机杀人。但如果你想真正毁灭你的敌人，就得用脑筋，用智谋。没有什么比彻底摧毁一个人更让人痛快的了。看着他逐渐崩溃，看着他的财富、尊严和人性一点点被剥离。这就是权力，孩子，这是真正的权力，也是我希望你为我工作的原因。有朝一日，你可以接掌大权，替我管理公司。你知道自己天生就有这样的能力，你内心深处潜藏着一个杀手。"

科恩对那次对话记忆犹新。他碰杯庆祝，看着父亲在圣诞夜笑着讲述竞争对手自杀的事情，但这并不是让科恩回忆起那段时光时感到温馨的原因，也不是因为这是与父亲难得的亲近时刻——他们之间从未有过情感纽带，以后也不会有。不，那是因为别的事情。

科恩在那个年纪就意识到，自己余生想做什么。他对金钱并不感兴趣，金融行业也让他觉得乏味。他不愿意回应股东、投资者的意见，更别提应对客户了。

不，他渴望的是权力。简单，直接。

就是那晚他父亲眼中的那种生死予夺的权力。

掌握他人生死的权力。

虽然他花了一些时间来接受这种渴望，但这种感觉对他来说却是自然而然的。当他进入法学院学习时，便停止了内心的挣扎。那时，他知道自己会成为一名检察官，然后是地方检察官。但他需要行动起来，因为在纽约并没有死刑案件的工作——因为纽约废除了死刑。他必须搬家。

他将找到一个小县，一步步爬上地方检察官的位置，从而获得那样的权力——这正是科恩生活的意义所在。他所追求的，是一种体内化学反应所催生的情感高潮甚至近乎性高潮的感觉：目睹一名罪犯在电椅上颤抖，并且知道是他亲手将那人送上电椅的，是他将那人留在那里的，同时拥有再次做到这一点的力量和手段。一次又一次，不断重复……

接着，科恩打开笔记本电脑，插入了U盘，观看了其中的录像片段。再次关上电脑时，他感受到了一种兴奋的战栗。迪布瓦是无辜的，给他定罪并观看其被执行死刑的这个想法变得更加"甜蜜"。如果U盘上的录像内容泄露出去，自己将会被毁掉，而迪布瓦将重获自由，他决不允许这种情况发生。他可以下楼，从工具箱里取出一把锤子，把U盘砸个粉碎。

但他明白，更明智的做法是保留这份证据。现在他知道是谁杀害了斯凯拉·爱德华兹，这就给了他一张底牌。牧师某种程度上算是他的盟友，只要策略运用得当，现在他可以让这位牧师变成自己手中的武器。

科恩关掉了卧室的台灯，躺到床上。他还没有吃晚饭，此刻也没有进食的欲望，只想睡觉。迪布瓦的审判将在明天早上开始。

正当他开始昏昏欲睡时，手机铃声响起。他接通了电话。

"汤姆，这么晚了，怎么了？"科恩问。电话那头是他的副手温菲尔德，也许他是打电话来报告洛马克斯自杀的消息的。

"我按照您的要求一直在盯着弗林。然后，嗯，发生了一件事。"

"什么事？"

"我跟着他走进了一家小饭馆，尽量保持低调。然后不可思议的事情发生了。一位陪审团成员进来了，她在弗林旁边坐了下来，然后交谈了起来。"

"迪布瓦案的陪审员？"科恩听到这里，立刻坐了起来。

"没错，桑迪·博耶特。会面结束后，我还跟踪她去了她的公寓，确认了身份。"

"你觉得他是在试图贿赂她吗？你有没有看到任何交换行为？比如装钱的袋子或包裹？"

"没有，他们只是聊了聊。"

"汤姆，这件事很重要，你需要非常仔细地回想一下。他们在里面是怎么相遇的？两人是差不多同一时间到达的吗？"

"不是，弗林当时已经在那儿了，正与那位老法官和他的共同辩护律师布鲁克斯共进晚餐。后来法官和布鲁克斯离开了，弗林留了下来。紧接着，那位陪审员进来，径直走向了他的餐桌。"

"是他示意她过来的吗？"

"至少我没看到。"

"她径直走过去坐在他对面？"

"对，但他们立刻就开始交谈了。看起来好像他预料到她会来一样。"

"他们谈了些什么?"

"我没能靠得很近,所以没听到。但他们大概聊了 20 分钟,然后弗林就离开了。"

"这些还不够,"科恩说,"目前我们手头上只有弗林在公共餐厅与一名陪审员交谈的情况,当然这是他不应该做的事情,但还不足以构成干预陪审团的证据。我们需要更多的证据,大量的证据。"

"你会把这个情况告诉法官吗?或许可以将这名陪审员剔除出审判,弗林也会受到律师协会的谴责吧?"

"不,这还远远不够。我们可以把弗林送进监狱很长一段时间,还有那名陪审员,但我们需要有金钱交易的证据。至少你拍到了他们在一起的照片了吧?"

"当然拍到了。如果这是贿赂行为,而且看上去确实像,我可以申请搜查令监控她的银行账户。"

科恩接着说:"弗林太狡猾了,不会留下电子转账记录。两人肯定是现金交易,这样也就无法追踪到他。如果我们能找到那笔现金,那可能就够了,因为桑迪无法解释那笔钱是从哪里来的。是的,那可能就足够定罪了。你需要继续盯着弗林,监视他。他迟早会把钱给她……"

他停顿了一下。

30 秒后,汤姆问:"您没事吧?"

"没事,我在思考。弗林要想让审判无效,需要两名陪审员投无罪票。我们现在可以先静观其变。如果他只收买了这一名陪审员,那么对审判结果暂时不会有直接影响。但是我们无法确定他何时会付钱给这名陪审员。他可能会等到判决出来之后,甚至可能几个月后再支付。这样处理就很聪明。"

科恩没说出口的是,这恰恰是他会采取的方式。

"她会等那么久吗?她能信任他吗?"

"这对他们双方来说都更安全。我想,如果他不给她钱,她随时可以去报警揭发他。我记得她作为陪审员的资料,相比于弗林,她失去的东西要少得多。"

"那我们接下来怎么做?"

"你继续盯着弗林,剩下的交给我来处理。48小时内,弗林会被重新关进县看守所,并且再也出不来。里面有很多坏家伙,囚犯之间经常互相捅刀子……"

00:45

牧师

牧师用戴在手上的戒指轻轻敲击着方向盘,同时注视着格鲁伯教授领着弗朗西斯·爱德华兹走出家门。格鲁伯解锁了停在房子门口的汽车,待两人上车后,驾车离去。他们要去见一些志同道合的人,特别是一个名叫布莱恩·丹维尔的人。牧师通常不会与丹维尔这类人打交道,但这类人自有其用途。他们人其实很单纯,智力低下,且有着异乎寻常的恐惧心理。昨天,在牧师的建议下,布莱恩组织了一场在法院大楼外的抗议活动。布莱恩不仅极易受人影响,他还与同样头脑简单的年轻男子加里·斯特劳德是朋友,后者曾与斯凯拉·爱德华兹交往。布莱恩对于变革的恐惧,尤其是对黑人等群体的恐惧,导致他对枪支产生了不健康的兴趣。

种族主义武装美国民众的程度远超美国步枪协会所能想象的极限。

牧师无所畏惧。有时他想到,像布莱恩这样的人,出门买个甜甜圈都要随身携带手枪,甚至有时候还挂着一支步枪时,他会暗自发笑。

这类人都是小人物,是头脑简单的人。对于这些人,只需灌输足够的仇恨和恐惧,就能让他们扣动扳机。令他失望的是,弗朗西斯并未如他预想的那样容易操控。那天早晨他们进行了一次交谈——弗朗西斯惊恐地给他打了电话。

"我整个上午都在呕吐。"他说。

"是不是吃了什么不干净的东西?"牧师问。

"你明知道不是!我一直在想那件事。你杀了那个律师,而且我们一起把那个女人抬上了车。那个你杀掉的女人——"

牧师打断了他的话,"你是说那个一直在为杀害你女儿的凶手脱罪而奔走的腐败律师及其助手吗?"

弗朗西斯沉默了一会儿;牧师听着他平复呼吸。

"这并不意味着我应该——"

"不,你确实应该。过去几个月你难道什么都没学到吗?弗朗西斯,这是一场战争,你必须选择立场。当体制对我们不利时,这就不再仅仅是关于法律和秩序的问题了。我们必须全面对抗,表明我们的立场。你的女儿已经成了这场斗争的牺牲品,如果这都不能激起你的斗志,那我真的不知道还有什么能让你行动起来。但事实上,你别无选择。从你看着我杀死那个律师,抓住贝蒂·马奎尔的脚并帮我一起把她搬到车上的那一刻起,你就已加入了进来——你成了一名战士。只要是为了正义,就不是犯罪。我们正在建立一个更好的世界……"

牧师与他交谈了1个小时,一方面是为了让弗朗西斯冷静下来,另一方面也是让他明确知道,现在他已经是一名共犯。如果他向当局透露实情,他也会坐牢,那么到时候谁来照顾埃丝特呢?谈话结束后,牧师确信弗朗西斯不会向任何人透露那天晚上的事情。

但他同时也深信不疑,如果没有巨大的压力,弗朗西斯将无法实现他的最终目标。

清算的日子只剩下两天了。

这就是牧师来到弗朗西斯家门外的原因。他知道,唯一能够说服弗朗西斯、促使他彻底把握自己命运的人,就是他的妻子埃丝特。牧师坐在车内，凝视着弗朗西斯的住宅，客厅窗户透出微弱的灯光。他会再等几分钟才进去。因为他不想显得像是故意支开弗朗西斯好私下与她交谈，那样会让埃丝特起疑心，而且他与埃丝特的关系并不融洽。他知道，她在他身上感觉到了某种黑暗的东西——有些人就是拥有这样的直觉。

他拿起手边的信使包，下车后走向房子，在接近房子时将包带挎在肩上。门铃发出悦耳的响声，屋内客厅的窗帘似乎动了一下。前门打开了一小条缝，埃丝特向外张望。她穿着一件粉色毛巾质地的睡袍，脚踩玫瑰色的棉拖鞋。

"他不在家。"她说。

"哦，我还以为我可以接上他。"牧师回答。

"不，你的朋友已经把他接走了。"

牧师拍了一下自己的额头，微笑着说道："今天真是忙昏头了，很抱歉打扰到你了。告诉我，最近还好吗？"

"杀害我女儿的凶手明天就要受审了，你觉得我会是什么心情？"

牧师收起了温暖的笑容，脸上换上了庄重的表情，说道："是的，我知道，我现在无法想象你正在经历什么样的痛苦。今天下午我已经和地方检察官谈过这次审判了。"

最后一句话使得埃丝特退后一步，再次上下打量起牧师。她知道，考虑到牧师的工作性质，他可能与地方检察官有着密切的关系，这是显而易见的。然而，这个事实之前似乎并未引起她的注意。

"如果你愿意，我现在就可以告诉你一些最新的情况。有时候，当你了解审判程序以及每天会发生什么的时候，审判就不会那么令人感到恐惧了。过一会儿我可以去找弗朗西斯谈谈，我不介意这样做。"他说。

门被拉开得更大了一些，但埃丝特没有说话，她仍在思考。此时此刻，审判是她生命中最重要的事情。这是她能为女儿做的最后一件事，她希望那个杀害她女儿的人付出代价，她想知道关于审判的一切。

埃丝特的想法与任何一个悲痛欲绝的母亲一样，牧师深知这一点。

"好吧，如果你能告诉我地方检察官说了些什么，那真的太好了。你想进来坐一会儿吗？"

"当然。"牧师回答道。

埃丝特领着他进了屋，来到了小厨房里。她背对着料理台站立，双臂交叉抱在胸前，避免与牧师的目光接触。

"好吧，明天会发生什么呢？他会改变他的认罪态度吗？我在一些类似案件的新闻报道中读到过这种情况，为了避免死刑，他们会认罪，这样一来就不需要进行审判了。我倒是希望这样，我只是不知道我们还能承受多少。"

"这种情况有可能发生。但我还没收到任何关于迪布瓦打算这么做的消息，所以我不会寄希望于此。科恩先生想要判他死刑，并且往往能成功。你会有什么感受呢？我是说，如果迪布瓦被判死刑的话。"

她耸了耸肩，摇摇头，说："我不知道。一开始，我确实希望他死，我知道这一点。但现在我不知道他的死能带来什么，我不清楚自己对此有何感觉。也许他罪有应得，但我又不确定自己是否想经历这一切。"

"我知道这很难，这场审判会进展得相当迅速。科恩先生是那种喜欢快速解决问题的检察官，你知道，这是为了受害人家属着想。有些律师会让审判拖上好几个星期，但在他那儿就很快；毕竟这不是一个复杂的案子。"

"我对此很高兴。"

牧师抓住餐厅坐椅的椅背，问道："介意我坐下吗？"

她摇了摇头；他拉出椅子坐了下来。

"我一直想找你谈谈，埃丝特。我知道你并不赞同我的某些观点，但我向你保证，我没有冒犯的意思。在这个县里，我已经见识了太多的苦难。像弗朗西斯这样的人需要站出来，表明态度：这种暴力行为将不会被容忍。"

她的表情发生了变化，摇了摇头，环顾厨房四周，最终在糖罐后面找到了一包骆驼牌香烟。她从炉子旁边的火柴盒里抽出一根火柴，点燃了香烟，对着天花板吐出一口烟雾，却未置一词。

"弗朗西斯是个好人。嘿，你们都是好人。我见过很多次这样的情况，白人们不愿保护自己免受那些企图施加伤害的人的侵害。"

一阵嘲讽的笑声变成了咳嗽，埃丝特捂住嘴，清了清嗓子，然后说："你是说黑人是威胁吗？我才不会相信你那些种族主义的鬼话。弗朗西斯饱受痛苦，他现在的思维混乱不堪，我不希望你或者你的伙伴们在他的脑袋里塞满仇恨。他难道还不够痛苦吗？"

"你俩都——"

"等等，等一下。这就是你来此的目的吗？你是借着我女儿的谋杀案审判作为借口，来尝试说服我接受你的思维方式吗？"

"这不是关于你，我们需要弗朗西斯，这是事实。像他这样的人对我们非常重要。不过既然你提到了，是的，我来这里的确是为了找你。我们需要你帮助弗朗西斯明白，他必须和我们站在一起，成为这项事业的一部分。"

"你不应该带着你那套理论来到这里。你永远不可能说服我相信你的这套胡言乱语对我的家人有益。"

牧师站起身来。

埃丝特又猛吸了一口烟，抬起头，伸长脖子，侧着嘴巴吐出一缕烟雾。

"我来这里，是因为我们需要你帮我们引导弗朗西斯，达到我们希望他到达的地方。我从未说过要试图说服你，我知道你是无法被说服的。弗朗西斯只需要轻推一下，只需要一些促使他下定决心的因素，而你的帮助将是无价的……"

话音未落，牧师的右拳迅速挥出，直击向上，猛烈地打在了埃丝特左侧的脖子上，这一击结结实实，发出了一声响亮的拍击声。她的嘴张开，手指痉挛般抓向自己的脖子，膝盖瞬间软了下来。这一拳虽未重到能直接击碎她的气管,但已造成她喉咙抽搐。她开始咳嗽、恐慌,并且跪在地上挣扎着拼命吸入空气。

牧师从他的信使包里取出一副皮手套,快速戴上,接着又从包里抽出一根绳子,绳子的一端已经编成了一个套索。他绕到埃丝特身后,将绳套套在她的头上,并紧紧勒住她的喉咙部位。

他把左膝顶在她的肩胛骨之间,迫使她完全趴在地上,然后用力拉紧绳索。她的喉咙完全闭合起来,他看着她的脖子变得鲜红,开始发出一种声音——那是当一个人试图呼吸却无法让空气进入气管时所发出的声音。那噪音介乎窒息和深吞之间,令人毛骨悚然。

她用手指疯狂地抓挠着喉咙,牧师则咬紧牙关,用力拉扯绳索。他想要那种声音停止,因为听着太不舒服了。为了盖过那种声音,他背诵起了主祷文——主祷文一直都是他的慰藉,他曾无数次诵念。小时候,在后院黑暗闷热的小屋里,他汗流浃背,几乎因高温而失去意识,主祷文的语句总能让他感觉好受些。

待他背诵完毕,埃丝特的挣扎停止了,声音消失,身体变得瘫软无力。牧师感觉到跪在地上的左膝湿漉漉的,于是放松了手中的绳索。他站起来,发现左膝处湿了一片——原来埃丝特已失禁了。

他绕过她,搂住她的腰部将她抱起,让她侧身躺在地上。然后,抓住她的一只手臂,双膝跪地,用力将她扛到肩膀上,小心翼翼地踏入走廊。在楼梯脚下放下她后,他拿起绳子的一端走上楼梯,将绳子绕过栏杆,穿过一根立柱,开始慢慢收紧绳索。

接着,他开始拉动绳索。这是对他力量的一次考验,而他轻而易举地完成了。随着他双手交替拉拽绳索,埃丝特的身体被吊离地面约1米的高度。之后,他将绳索系紧,然后走下楼梯。

头顶上方埃丝特的尸体轻轻左右摆动时,栏杆发出了吱呀作响的声音。她的脖子可怕地肿胀扭曲,脸庞和眼睛充满了血液。牧师从厨房取回他的信使包,迅速离开了房子。

他已经通知了格鲁伯,送弗朗西斯回家后要留在那里。他需要在警察到来时安抚弗朗西斯的情绪，确保他不会做出诸如把枪放进嘴里之类的傻事。

看到妻子上吊自杀的场景，正是弗朗西斯所需要的。他最后的意志将会被全部抛开，他会成为一个没有生活目标的男人，一个除了追随家人走向墓地外别无选择的男人。

完美。牧师心想。

00:46

艾迪

我坐在鸡油菌旅馆的床上，听着布洛赫说话。她一边说着话，一边摆弄着她从旅行箱里拿出来的警用无线电接收器。凯特一边听，一边看我从法恩斯沃思那里拿到的照片。哈利则闭着眼睛躺在床上。

"你在大流士·罗宾逊'无罪运动'中遇到的那位女士叫什么名字？"我问。

"简？不，她没有告诉任何人糖果店的谈话，我给她打电话核实过了。"布洛赫说。

"那就是糖果店的那位女士，多萝西·梅杰斯了。"哈利在床上说。

"不，我也查过她了。"布洛赫说。

"好吧，有人向科恩透露我们有办法让洛马克斯倒戈。这个房间里的人不可能泄露，所以只能是多萝西或简。"我说。

"我觉得是那封信。"凯特说。

布洛赫点头表示赞同。

凯特在主街上的电器店买了一台打印机，并将其连接到她的笔记本电脑上，这让布洛赫得以打印洛马克斯已故妻子写给他的信件。

"我认为这样一封信会改变一个人。"凯特说，"想想看，洛马克斯深爱着他的妻子，她最终还是没能战胜癌症；他多年如一日地照顾她，然后她在去世后给他留下了一颗重磅炸弹。这完全说得通。"

"有可能。"说着，我再次快速浏览了那封信。我知道那封信中有一些重要的东西，但我还不清楚具体是什么。

"好吧，所以我们假设他改变了主意。他告诉科恩自己要揭发他？承认一切并把科恩拉下水？为什么他要告诉他呢？"

"我认为洛马克斯低估了地方检察官愿意采取行动的决心。"凯特说。

我们又深入讨论了一会儿，然后陷入了沉默，因为布洛赫找到了桑维尔县警长办公室的无线电频率。由于她擅自闯入洛马克斯的房子并对案发现场进行了查看，所以还没有上报洛马克斯的死亡事件。报警太过冒险，但她对尚未通知官方感到愧疚。她相信警局里总会有人出于尊重打电话去探望洛马克斯，哪怕只是去表达哀悼之情。若是真能发生这种情况，她希望能立刻了解到。

我坐在哈利旁边的床上，用拳头抵住下巴，眯着眼睛盯着凯特拍摄的里安·霍格手上戒指的照片。哈利在我身边打着鼾，而凯特则在房间里来回踱步。

布洛赫一边监听着警用无线电接收器，一边试图听清我和凯特低声讨论霍格手中戒指照片的内容。

"星星上方可能有字母，我的意思是，我觉得那里有什么，但就是看不清楚。"我说道。

凯特从我手中接过手机，调整了一下角度，说："我们需要一张更清晰的照片，让我看看你们从法恩斯沃思那里得到的照片。"

"我还没看过那些照片呢。"布洛赫说。

凯特点点头，对布洛赫说，会马上让她看那些照片。目前，凯特正一手拿着法恩斯沃思的尸检照片，一手拿着手机进行对比。

"我看不出来。"凯特说。

"让我看看吧。"布洛赫说。

布洛赫首先仔细查看了霍格戒指的照片，接着查看了尸检照片。我注意到，她刚一看到尸检照片，额头上的皮肤就紧绷了起来。

"怎么了？"我问。

"你弄错了，艾迪，"布洛赫说，"斯凯拉·爱德华额头上压痕形成的字母并不是'F'和'C'。那个所谓的'C'只是一个不完整的凹陷。星星上方的字母实际上是'F''O'和'P'。"

凯特惊讶得张大了嘴巴。

"你是怎么知道的？"我问。

"因为我现在知道了杀手所戴的那枚戒指的确切信息。我们都猜错了，五角星跟神秘学无关，五角星象征的是执法机构，五角星代表警徽。FOP成员不使用会员卡，而是佩戴戒指以示身份。"

"FOP是什么？"凯特问。

"警察兄弟会①，"我说，"这是一个游说团体和会员组织，代表全国范围内的警察。所以杀害斯凯拉·爱德华兹的人是一名警察。"

"或者曾经是一名警察，"布洛赫补充道，"这样一来，我们就面临一个不同的问题了。这枚戒指并非独一无二，可能有数千个在市面上流通。"

没有人说话。原本我们希望戒指能指引我们找到凶手，现在它却只给我们提供了嫌疑人，而且是一大批。大家都在思考，一时陷入了沉默。但这种沉默很快就被打破：布洛赫的警用无线电接收器中传来了接线员急促的声音。

"所有可用单位请注意，需协助处理一起疑似自杀案件……"

布洛赫边听边点头。这是关于洛马克斯的通知电话，她想了解他们会如何定性此案，以及是否会对他的死亡产生怀疑。

"……地址为桃树大道491号……"

布洛赫皱起了眉头，说："那不是洛马克斯的地址，那是……"

---

① 英文全称为 Fraternal Order of Police。

"斯凯拉·爱德华兹的地址。"凯特说。

就在布洛赫快步冲出门的一刹那,我说:"等等,我也一起去。"

大约45分钟的时间里,我和布洛赫看着弗朗西斯·爱德华兹在一辆桑维尔县警长巡逻车后排哭泣。接线员曾提到这是一起疑似自杀案件,所以很容易就能推测出,自杀的人是弗朗西斯的妻子。在弗朗西斯身旁坐着一位穿着粗花呢夹克、身材圆润的男人,他的手搭在弗朗西斯的肩膀上,低声安慰着他,试图让他平静下来。弗朗西斯是个身材魁梧的男人,他的啜泣令整辆车都在颤动。

正当一名法医走出屋子时,一辆捷豹停在了房子外面。科恩从车里出来,走到法医面前,两人在屋前草坪上开始了对话。

"这是我们介入的机会。"我说。

我们下了SUV,走向科恩和法医普里斯小姐。

"我们能进去看一下吗?"我问道。

科恩庞大的身躯转向了我。我能看到他的眼角有着细微的皱纹,看起来像是缺乏睡眠而导致的。

"你想干什么,弗林?"科恩问道,"这是另一起案子,跟你代理的客户没有任何关系。"

"这就是你的错误所在,迪布瓦并没有杀害斯凯拉·爱德华兹,杀人者另有其人。就在迪布瓦即将受审的前夕,斯凯拉的母亲选择了自杀,这实在让人起疑。或许是因为埃丝特·爱德华兹无法承受杀害亲生女儿之后又嫁祸无辜之人的罪恶感。"我说道。

科恩往后退了一步,眼周的细纹因愤怒而加深。

"你该不会是在暗示埃丝特·爱德华兹杀害了自己的女儿吧?"他质问道。

"这是辩方的观点。"我说道,"现在,你最好让我们进屋收集证据来支持这一论点。如果不允许,我将不得不叫醒法官,申请法庭命令,以便我能进入现场调查。"

"这简直是……"科恩没能表达完他的愤慨。但从他的表情可以看出，他脑海中似乎有了新的想法。愤怒的皱纹消失了，他紧闭嘴唇，嘴角却微妙地上扬，都快要笑出来了，尽管他竭力抑制着笑容。

"不需要叫醒法官，"他说，"你们直接进去吧。我会通知警官允许你们勘查现场。"

"谢谢。"说完，我便朝着前门走去。我听到科恩大声指示门口的副手让我们进去查看，但必须确保有人陪同。

等我们远离科恩的听力范围时，布洛赫说："你真的打算把这个作为辩护策略吗？"

"指控受害者的母亲是凶手几乎是我们能做的最糟糕的事情，特别是如果情况看起来是母亲因无法承受失去孩子的痛苦而选择结束自己的生命。这会让陪审团对我们产生疏离感。事实上，陪审团会因为我们提出这样的指控而永远痛恨我们。这是个极其糟糕的主意，科恩知道这一点。这就是他让我们进去调查的原因，否则他不会这么做。法庭诉讼的第一原则就是让你的对手犯错误，然后将其揭露。科恩认为，通过让我们沿着这个理论深究到底，他就能在智谋上占了上风。"

布洛赫说："对一个律师来说，你挺聪明的。"

我们走近时，守在房子外面的副手让到一边，并示意他的一位同事跟着我们进去，以确保我们不会破坏现场。

一踏进前门，恐怖的景象便映入我的眼帘。难怪弗朗西斯·爱德华兹会在巡逻车后座精神崩溃。

埃丝特面朝着前门悬挂着，一名犯罪现场摄影师仍在拍摄照片，这就解释了为何他们还未将她放下。从她的面部特征判断，死因符合勒毙。她的眼睛像两个黑 8 台球，舌头肿胀并从张开的嘴中耷拉出来。她身穿一件敞开着的粉色浴袍。浴袍下是一套同样为粉色的丝绸睡衣，一片暗色污渍覆盖在她的腹部和裆部。随着我们走近，我闻到了那股气味——她的膀胱已经排空。

现场没有其他破坏或搏斗迹象，一切看起来都像是一场典型的自杀。但显然，事实并非如此。

布洛赫向我投来一个眼神。她很擅长用眼神交流，这一点对她而言很幸运，因为她并不喜欢说话。而且在某些时候，比如现在有警察在我们身后，前方又有犯罪现场摄影师在工作，公开讨论并不明智。但我看懂了她的表情。

她也注意到了一个细节。通常人死后不久，随着肌肉放松，膀胱和肠道的内容物会在某个时间点自行排出体外。然而，埃丝特身上的尿液痕迹是在裆部和腹部的一片湿迹，而不是顺着腿流下的暗色污痕，而且她身体下方的地毯相当干燥，这意味着，她在吊上去之前就已失禁。

我注视着布洛赫走过埃丝特身边，进了客厅。我走上楼去，小心翼翼地不去触碰扶手。

到达楼梯顶端后，我向右转，仔细检查了那根绳子。那是一个厚实的绳结，围绕着楼梯第一层走廊边缘的栏杆和支柱环环相扣，反复打结。

我起身观察扶手，在绳索接触的地方发现一处锯痕。我检查了从扶手下垂到粗大绳结之间约15厘米的绳子，上面粘有白色油漆碎屑。接着，我拍下了扶手上的缺口、油漆碎片以及地毯的照片。

我已经看够了证据，走下楼；布洛赫在我下来的时候抬头看着我。她再次向我投来一个眼神，这次微微点了点头。

我们离开了现场，一言不发。

科恩已经不在这里了。我们上了车，发动引擎，谁都没说话就驾车离开了。

"厨房地板上有一个湿烟蒂，散发着强烈的尿味。"布洛赫说。

"我猜你会发现类似的情况，她身下的地毯是干的；楼上的扶手处有一个被绳子磨出的缺口，绳结旁边的绳子上还有油漆碎屑。"

布洛赫点点头。

"是谁杀了她？"我问。

"和杀害她女儿的是同一个人。"

"你为什么这么说?"

"能把埃丝特拖上楼,并且在用一只手固定住她的同时绑紧绳结,需要非常有力气,这一点与杀害斯凯拉时所使用的力度相符。真正的问题是,他为什么要杀害埃丝特?又为什么偏偏是今晚?"

第六天

00:47

艾迪

凌晨两点半,我仍清醒着,思绪翻涌,而哈利在我旁边的床上鼾声如雷。

很多时候,我在庭审前一天晚上都不睡觉。反正我本来就睡眠不多,但想到明天早上走进法庭时手里几乎没有足够的证据,陪审团和整个小镇都对安迪持有偏见,这种恐惧就像一块巨石压在我的心头。我起床穿好衣服,下楼来到帕特里西亚和安迪的房间。我在门外听到里面有说话声,所以在敲门前我就知道他们已经醒了。

帕特里西亚开了门,然后回到安迪旁边的床沿坐下。房间一角亮着一盏孤灯。

帕特里西亚搂住了儿子,还是那种惯有的拥抱方式:安迪前后摇晃着身体,轻轻拍着母亲那只仿佛长在他肩膀上的手。

我在对面的椅子上坐了下来。

"做噩梦了吗?"我问道。

帕特里西亚轻柔地说:"他害怕。我一直告诉他,没什么可害怕的。他没做过,神会让大家看清这一点。"

我没有告诉她,在亚拉巴马州,神通常不会出现,在这里的刑事法庭上出现更是罕见。

"我一直在考虑这个案子,其中还有很多我们不知道的事,跟我多讲讲斯凯拉吧。"我对安迪说。

"她对我非常好。刚开始在酒吧工作的时候,我对一切都不是很熟悉，不知道点餐系统是怎么工作的，不懂怎么装洗碗机，也不会操作收银机……是斯凯拉帮助了我。里安不怎么跟我说话，反倒是斯凯拉教会了我做这份工作。她总是谈论着大学毕业后要做什么，向往着在西雅图一家公司从事研究工作。无论心情如何，她总是面带微笑。"

"她有时会不开心吗？"

"很少。她以前常和男朋友加里闹矛盾，我总能看出他们在闹矛盾，因为她生气的时候会用两个拇指在手机上打字。"

"斯凯拉用的是什么手机？她被发现时，手机并不在她身边。"

"我想是一部苹果手机，背面是粉红色的，镶嵌着拼出她名字首字母的小宝石。"

"他们经常闹矛盾吗？"

"只是拌嘴而已。他并不暴力，主要是关于政治观点的争执。你知道，加里是总统的铁杆支持者。"

"斯凯拉不是吗？"

"你可以这么说。她看透了他的真实面目，对加里被这一切迷惑感到非常生气。加里不喜欢我。有时候我会陪斯凯拉走一段路，直到接她的车出现。如果是加里来接她，他会给我一个凶狠的眼神。"

"加里戴戒指吗？"

他想了一会儿，回答说："我想他不戴。"

"你认为谁最有可能杀害了斯凯拉？"

"说实话，我还是很震惊，我不知道谁能对她做出那样的事。她是最善良的人，我实在是想不通。"

"安迪，我知道这很可怕，但我需要你勇敢一点。在某个阶段，你可能得在陪审团面前说出真相：你没有杀害斯凯拉，而且是被迫签署了这份供词。"

我打开文件，翻到了包含安迪供词的那一页。

"他们说只要我签字，一切都会没事。如果我不签，我母亲就会受到伤害，对我的伤害会更大。我签字的时候，头晕眼花。记得洛马克斯用警棍打我，有一棍打在我头上，我肯定当时就失去知觉了。我醒来时，他们逼迫我招供，我……我当时根本不能正常思考。我不想签字，我知道我不应该签，但是我真的很害怕。"

安迪轻声说着，语气平稳而充满信念。他的眼睛在房间半明半暗的光线中显得格外明亮，但满含恐惧。

我想要告诉安迪一切都会好起来的，告诉他哈利、凯特和我会为他赢得这场官司，告诉他这场噩梦很快就会结束，他可以继续读书，上大学，遇到喜欢的女孩，努力学习，让母亲骄傲，享受他应得的丰富而有意义的生活。

但我做不到。虽然总有希望存在，但在距离他庭审开始仅剩 8 个小时的此刻，我无法给予他任何安慰。这不是因为制度，虽然制度本身就对他不利——问题在于那些警察、地方检察官、带有严重偏见的法官和陪审团。我可以克服其中一两个难题——

但我无法同时应对所有这些问题。

至少这次不行。

00:48

艾迪

我们在早上 8 点 30 分之前抵达了法院，外面没有抗议者，我想那些手持 AR-15 步枪、挥舞着邦联旗帜的家伙们大概中午过后才会起床。安迪、帕特里西亚、哈利和凯特依次走进法庭，在指定的位置上坐了下来。

我则留在走廊外，双手插兜，来回踱步。

科恩将首先向陪审团陈述案情，随后由我进行回应。前一天我草拟了一个大致的发言提纲，但效果并不理想。我在空荡荡的走廊上来回走动，脚步声在石砖地板上回荡。有时候，活动一下有助于我厘清思绪。

但是今天早上这种方法不管用。

我寄希望于布洛赫能找到一些线索。加油站的监控录像仍没有下落，至少我认为如此。布洛赫并没有否定我们这个猜想，她只是点了点头，说自己会去看看能否找到。

我没有询问她打算去哪里寻找。

有一点可以肯定的是，她不可能在短时间内找到足以让我在对陪审团的开场陈述中提出有力观点的证据。

科恩要想取得有罪判决，需要十二名陪审员中有十人同意。而在纽约，需要全体陪审员一致同意才能定罪。在以前的职业生涯中，我只需要争取到一名陪审员；而现在，我需要争取两名。而且一旦搞砸，我的委托人将会遭受极其痛苦的死刑。

通常情况下，我会有个初步的观点或理论，在庭审开始时可以向陪审团介绍。开场陈述并不应该包含论点，只需预示将向陪审团展示证据的情况即可。但在这件案子中，我还没有形成任何理论，至少不是完整的理论，甚至可以说远远不是成形的理论。在法庭外徘徊的时候，我发现自己几乎没有什么实质性的内容可以向陪审团讲述。

某人杀害了斯凯拉·爱德华兹，但我们还不知道凶手是谁。

忽略安迪皮肤样本出现在受害者指甲下的法医学证据，以及他背部相对应的刮伤痕迹；忽略目击证人的证词——斯凯拉失踪当晚与安迪发生了争吵；忽略安迪向警长所做的供词，以及他向狱友做出的第二份供词。

有太多需要陪审团忽视的东西了。

根本不可能。即便面对一个开放思维、公正无私的陪审团，要撼动这些证据都极其困难。

我需要其他的东西,其他能够震撼那十二位陪审员灵魂的重要证据。

在我来回踱步的过程中,人群逐渐安静有序地涌入了我身后的法庭。现在,走廊里一片寂静。我看了看手表。

时间差不多了。

这个案子没有给我提供任何有利线索。

我决定此时能采取的最好的做法是专注于其他方面,而不是关注指向安迪的那些不利证据。

我甚至打算在人群中大喊"着火了"。

有时候,处理不利于被告证据的最佳方法就是不去处理。

陪审团成员已在席上就座,身后拥挤的旁听席也逐渐安静下来。这时,科恩起身准备发表开场陈述。辩护席挤满了人,但每个人都不可或缺。哈利和凯特分坐在安迪两侧,我坐在凯特旁边。帕特里西亚坐在楼上旁听席的第一排,正好位于安迪身后,几乎可以直接俯身触摸到他。在这场庭审结束前,安迪需要她把手放在他的肩膀上给予支持。

科恩慢慢站起身,等待着观众席上从阵阵低语渐渐转变为恭敬的静默。

他的表现堪称优秀,极具权威。这里是他的主场,而我们是闯入者。

"各位陪审团的女士们、先生们,首先我想对你们为本县以及斯凯拉·爱德华兹家庭做出的服务表示感谢。"科恩一边说,一边挥手指向检方桌后方的旁听席,"看,在那儿,在我的助理检察官温菲尔德先生后面的第一排。"那里坐着一位面庞浮肿且已泪流满面的红发男子,大概50多岁——是弗朗西斯·爱德华兹。法庭内除了辩护桌后方那一排,即帕特里西亚所坐的那一排之外,已没有多余的座位。而在弗朗西斯身边,还有一个空位。那是唯一一个空出来的位置。

"斯凯拉·爱德华兹遭到了被告迪布瓦先生残忍的谋杀。她遇害当晚，男友本打算向她求婚。然而，她却被被告安迪·迪布瓦残酷地从亲人身边夺走了生命。斯凯拉的父亲弗朗西斯先生来到了这里，想要见证那个对其女儿施暴并扼死，随后将其埋葬的人接受正义的裁决。本法庭上发生的一切都无法缓解他的悲痛，他将在余生中背负着这份痛苦。你们应该注意到了，斯凯拉的母亲并未出席。她无法承受失去孩子的打击，而且很不幸，在不到 24 小时前，她选择结束自己的生命。"

部分陪审员点点头，显然他们已经听说了这个消息，毕竟这是一个小镇。而其他陪审员则发出了明显的惊呼声。

"弗朗西斯今天在这里，是为了他的妻子，也是为了他的女儿。身为陪审员的你们，可以通过判定安迪·迪布瓦谋杀了斯凯拉，赋予他带着这份悲伤走下去的尊严与高贵。这就是正义，是帮助家庭抵御痛苦的盾牌。但这个盾牌不是我赠予他的，我无法给予弗朗西斯正义。相信我，如果能让他获得片刻安宁，我愿意做任何事情。但我办不到，我没有那样的权力。"

他停顿了一下，目光停留在弗朗西斯·爱德华兹那张满是悲痛的脸庞上；陪审团跟着他的目光看向弗朗西斯。他一直注视着弗朗西斯，同时陪审团的视线也聚焦在弗朗西斯身上。他使弗朗西斯成了整个法庭的焦点，他想让陪审团也感受到那份痛苦，通过弗朗西斯的悲痛让陪审团感到不安。这是人性的一部分——人们天生愿意帮助陷入困境的人。他正利用我们善良的本能，将其扭曲以服务于他自己的目的。

科恩的表现并非纯粹的戏剧表演，如果只看表面，我相信他说的每一个字。然而基于所知道的信息，我能透过那层面具看到真相——没有什么比利用父母的痛苦达到个人目的更为卑鄙的了。他对弗朗西斯和其亡妻并无真正的关心，很可能对斯凯拉也并无关爱之意。他只想赢，即使需要通过活剥那些人的皮来实现胜利，他也会毫不犹豫。

"只有你们，陪审团的女士们、先生们，拥有帮助这位父亲的力量。要做到这一点，你们必须认真听取本案中的所有证据。"

终于,在完成了情感诱导之后,他转而开始讨论具体的证据。

"被告安迪·迪布瓦承认自己犯下了此罪行,而且承认了两次。一次是对他的狱友约翰·劳森,还有一次是对执法部门。没错,他明确向桑维尔县警局承认了自己的罪行,你们后面会有机会阅读供词。现在看来,他改变了主意,试图取消那份供词,但他的请求已被法官驳回。你们将有机会阅读这份供词,并判断他在坦白时所说的话是否属实。来自纽约市的高级律师团队将会试图说服你们,供词是通过胁迫和暴力得到的。你们得自己判断这一说法的真实性。

"除去被告本人对自己杀人行为的全面坦白,还有哪些其他证据指向他是这起恶劣罪行的实施者呢?还有很多。在斯凯拉·爱德华兹遇害当晚,他是最后一个被目击与她在一起的人。此外,受害者的指甲下发现了他的血迹,而且在他的背上有一个划痕,与受害者在拼命挣扎摆脱他控制时抓挠他皮肤的情况相吻合。"

其中一名陪审员,身穿米色开襟羊毛衫,内搭米色衬衫,露出厌恶和困惑的表情,微微噘起嘴唇,米黄色的脸朝我的方向转了过来。她似乎很难理解,为何还要举行这场审判。无疑,这一切的结局都已经注定了——毕竟,老天爷,这家伙都已经招供了。

她并不是唯一一个在陪审席上向我投来好奇和讨厌目光的人,一名穿着格子衬衫的大块头男士也看向我。他那失望的表情,就像在看上门推销员和保险销售员一样——在他看来,我们所有人只不过是在浪费他的时间。

"我希望你们在聆听辩方陈述的同时,记住我刚才所说的每一句话。但更重要的是,请时刻牢记斯凯拉的父亲弗朗西斯,不要让自己被毫无根据的辩护论点分散注意力。弗林先生及其纽约知名律所的同事们将会辩称,可能是埃丝特·爱德华兹杀害了自己的孩子,然后因无法忍受罪恶感而于昨晚自尽。他居然试图将责任推到受害者已故母亲的身上——而且是在这个可怜的女人尚未入土为安之时。此外,他还要当着这位女士悲痛欲绝的丈夫的面进行。对此种论点,请给予其应得的蔑视。"

全场的陪审员都在看着我们,每一个人都在看。

哈利靠过来低声说:"陪审团恨不得送我们和安迪一起上路。"

"女士们、先生们,"科恩继续说道,"正义掌握在你们的手中。你们可以给弗朗西斯·爱德华兹公正——通过将被告送入执行室,通过聆听证据,而不是听信被告那些'高级'律师的言辞。"

科恩稍作停顿,眼神扫过整个陪审团。他的眉毛下方是两条狭小的黑色缝隙,但我确信他的眼睛会捕捉到每一张面孔。让沉默积聚足够长的时间后,他转向法官,微微点头,然后一瘸一拐地回到了自己的座位。

钱德勒法官将目光转向我时,他脸上的表情从对科恩的尊重和钦佩转变为惊讶和沮丧,就像是突然发现自己的鞋底沾上了脏东西。

"弗林先生,你是否想要现在进行开场陈述呢?"

这句话听起来更像是威胁而非邀请。

我站起来说:"是的,法官大人,但我能先休息 5 分钟吗?"

"抓紧时间。"法官说。

我们暂时休庭了几分钟。在这期间,我径直走向男洗手间,进入隔间并锁上门,解开西装外套,抓住衬衫的胸前口袋用力扯,直到一侧撕裂,露出了下面约 2.5 厘米的肌肤;然后我扣上外套,解开衬衫最上面的纽扣并将领带松开。

我准备好了。

00:49

艾迪

"各位陪审团成员,我叫艾迪·弗林,一名来自纽约的律师。科恩先生在开场陈述中提到我来自纽约的部分是真实的,但他告诉你们的很多内容并不真实。这里举个例子——我们并不主张,也从未主张过埃丝特·爱德华兹杀害了自己的女儿,他知道我们从未提出这样的指控。在这个法庭上,没有一份文件,没有一张纸片,曾暗示我们会提出这样的论点。如果我在这一点上撒谎,法官会告诉大家。"

我稍作停顿,转身看向法官。我所说的完全准确——有些被告会通过强制性透露规则或其他申请暗示自己的辩护策略。钱德勒法官紧咬牙关,他很想反驳我,但当然,他不能这样做。我利用了法官,成功在检察官与事实之间打入了楔子。

我转身面向陪审团。

"诸位看到了吗?科恩先生说我们将提出那样的指控,这不过是个令人震惊的谎言,他应该为利用弗朗西斯·爱德华兹妻子的自杀事件来博取陪审团同情的行为向弗朗西斯道歉。"

此时,我特意避开陪审团和法官的视线,向科恩眨眼示意。

他落入了我昨晚设下的陷阱。他那原本苍白如死人的脸庞,此刻稍微泛起了红晕。这一招显然戳中了他的痛处,至少现在陪审团心中已经产生了科恩可能误导他们的念头。如果他们不信任科恩,那么安迪或许就有胜诉的机会。

我还没结束对科恩的反击,于是我再次将注意力转向陪审团。

"我确实是来自纽约市的律师,这一点没错,但我绝非什么光鲜亮丽的人物。我成长于布鲁克林,父亲从未有过稳定的工作,而母亲一生都在餐厅做服务员。科恩先生在他的演讲中省略了一个事实,那就是他同样来自纽约,不同的是,他在上西区一栋价值3000万美金的公寓里长大,其父是华尔街有权势的人物,他在一所私立学院获得了法律学位,而我则是在夜校拿到的法学学位。看看科恩先生,身上的西装真不错,手工剪裁的意大利棉毛呢,里面搭着一件华丽的丝绸衬衫。我的西装也是意大利产的——每年冬天我都会从新泽西的大莫莫仓库买两套。不过质量嘛,就不一样了。"说完,我敞开外套,让陪审团看到我衬衫胸部口袋上的那个小破洞。

"这房间里只有一个光鲜亮丽的纽约律师,但那个人肯定不是我。"

令我惊讶的是,我听到了旁听席上传来几声笑声,甚至看到一两位陪审员露出了微笑。

进展顺利。我已经让陪审团更多地关注科恩,而非安迪。

接下来,情况即将急转直下。

而这正是我所期待的。

"但此案无关我个人,甚至无关斯凯拉·爱德华兹,而且与安迪·迪布瓦也绝对无关。此案关乎的是桑维尔县的地方检察官、兰德尔·科恩先生——"

我预料到他会反对,但科恩迅速站立并高声提出异议的速度还是让我感到惊讶。

"反对有效。弗林先生,不允许在这个法庭上对本县的地方检察官进行个人攻击,明白吗?"钱德勒法官皱着鼻子,薄唇紧抿,露出黄斑斑的牙齿。他快速瞥了一眼陪审团,然后将怒气集中在我身上。他希望陪审团站在他那一边——而法官本应做的,是引导陪审团独立作出公平公正的裁决。

他试图让我闭嘴,这是我意料之中的。现在,我打算全力迎难而上,直接而清晰地向法官阐明,并确保陪审团能够听到每一个字。

"法官大人,我有权为即将呈现的证据设定背景环境。检方对辩方开场陈述提出反对意见是非常不寻常的,顺便说一句,这并不是科恩先生职业生涯中唯一的不寻常之处。在本谋杀案中,我们将揭示,安迪·迪布瓦是被地方检察官和已故警长柯尔特·洛马克斯陷害的。而且我们将揭示,科恩先生有着现代史上最高的死刑定罪率,他将司法公正当作武器,随意处决他想要处决的人,只为满足其个人私欲。他是这个县里的一大邪恶势力,而且他正在要求陪审团成为同谋。我认为陪审团有必要听到这些,如果您试图阻止我在死刑辩护中提及警方和检方的腐败行为,那么您也同样是问题的一部分。请您尽管告诉我,我不能提出这样的论点,我保证会在您来得及从地方检察官的屁股里拔出脑袋之前,让您和您的裁决在上诉法官面前慢慢煎熬。"

法院楼下的拘留室干净得一尘不染,绝对要比县里的监狱强多了。这里的光线也更充足,没有那种到处弥漫的人体排泄物的臭味。这种情况总是相似的:法院的拘留室之所以最干净,是因为一旦臭味蔓延开来,只要有一位法官闻到尿骚味,清洁队就会在 1 小时内忙碌起来,制造出一堆肥皂泡。

我对陪审团发表的巧妙演说并没有得到钱德勒法官的好评。他悄悄指示法庭安保人员,而我在辩护桌前当场就被逮捕并带走。

我认为我在法庭上的爆粗口已经越界了,而且一般来说,我从不在法庭上这样做,但这次我情绪非常激动。我在拘留室待了大约 2 个小时,这段时间足以让我冷静下来。

作为辩护策略而言,这个开局其实不算差。

我经历过更糟糕的。

在监狱牢房里,除了思考以外,没什么可做的。我脑海中充满了各种思绪,其中一件一直萦绕在我心头的事是关于洛马克斯的。我已经读过他妻子的信件,越来越坚信洛马克斯有颗改变的心。我想象着他良心发现,没有继续选择保持沉默,而是对着科恩发泄了自己的不满,而这可能导致了他的终结——他原本可能寻求的救赎都被剥夺了。人是会变的,在到达终点之前,路上总会出现意想不到的转折——山重水复疑无路,柳暗花明又一村。亚历山大·伯林就经历了这样的转折,派我来这里拯救安迪·迪布瓦。然而,科恩已经"病入膏肓",严重得无法做出这种改变。他是例外,是那百分之二的人。这些人要么天生性格扭曲,要么在早年生活中发生了畸变,以至于连转折的到来都无法察觉,更别提去感受到选择转折的必要了。

我听到蓝钢门上的锁被插入钥匙的声音。

凯特走了进来,在涂漆混凝土长凳上坐下,一言不发,等待着身后的门关上。

咣当一声,门猛地关上,连我牙齿的填充物都在震动。

"怎么样？"我问道。

她将一根手指贴在嘴唇上，等待着。几秒钟后，我们听见靴子远去的微弱声音。守卫回到岗位上，对未能偷听到我们的对话很失望。这间囚室里没有摄像头或麦克风，因为没有任何藏匿这些设备的地方。

"情况不妙。今天的庭审结束后，钱德勒法官将主持一场听证会，来决定如何处置你。按照规定，他根本不应该审理你的这个案子，但我也不想把事情做得太绝，不像你。"她说。

"我知道，抱歉。我只是担心无法从钱德勒法官那里得到我们需要的反应。我想我确实是做得有些过了。"

"只是有点儿？"凯特问。

"那么，撇开这个不说，其余的部分还好吗？"

"其余一切都很好，今天由我接手。"

"你的陈述准备好了吗？"

"万事俱备。"

我们在人群密集的剧院里大喊着火了。而且，这确实是一场真实的火灾，这一点毋庸置疑。这是一种简单的欺骗手段，无论科恩说什么，或者将何种证据呈现给众人看，都不重要。如果我们能让大家相信这座建筑真的着火了，对于那个该死的剧本，他们一个字也不会听。

"对于挑战法医普里斯小姐，你感觉如何？"

她望向天花板，鼓起脸颊，说："我觉得这次的压力非常大。"

由于法医法恩斯沃思不愿意出庭做证，我们将无法使用他的尸检报告。我和凯特计划通过迂回方式将其引入法庭，但这无疑是有风险的，而且很可能不会成功。如果这个计划失败，安迪一定会被定罪。这种做法可能会给我们带来一线生机，但所有重任都落在了凯特身上。

"你知道，我们可以申请休庭至明天，"我说，"如果你不想这样做的话，我能理解。这对你来说要求确实很——"

"我可以的。"她说。

"我知道你可以。你只需要忘记这是一桩死刑案，我认为那种责任感会让一些律师心理压力过大。别让它影响到你,保持轻松愉快的心态就好。"

"我是新泽西人,我可不懂什么叫轻松愉快。"她说。

"好吧。那你打算怎么对付普里斯小姐呢?"

凯特将手指轻轻按在唇边思考了一会儿,然后说:"我想我会把她那瘦巴巴的屁股塞进该死的墙里,让她见识一下什么是真正的狠角色。"

00:50

凯特

凯特等到法庭恢复平静后才行动,但她其实无须等待太久。首次在法庭上为案子发言之前,她感到了那种熟悉的、胃里翻江倒海般的紧张感觉。没关系,这是正常的。如果感到平静,她反而会担忧。她需要紧张的能量,并将这种能量在她的内心转化为烈火,向对手猛烈喷发。

她站起来,准备就绪。

陪审团已在他们的房间内花了大约 1 个小时,讨论刚刚听到和看到的内容,而此时,凯特和科恩正在与法官就艾迪的命运进行辩论。陪审团这段时间的独处非常有用。艾迪曾告诉他们地方检察官和法官腐败,结果因此被捕。现在,陪审团成员并没有考虑 DNA 证据,也没有考虑安迪背上的抓痕,以及目击者声称的、在斯凯拉失踪前看见安迪和她在一起的情况。

陪审团成员们正在谈论艾迪,还有科恩和法官。凯特明白,她必须让陪审团继续关注这个话题。

"各位陪审团成员,我将尽量简明扼要。被告方认为他是被构陷为此案的罪犯的,而且针对他的证据是伪造的。他是急于快速结案的执法部门的一个容易下手的目标，也是地方检察官为了确保定罪而选择的一个容易下手的目标。我们希望，你们不要将他也视为执行死刑时一个容易下手的目标。我们将证明，检方试图使用的证据存在重大问题。我们只有一个请求，那就是请你们保持开放的心态。科恩先生今天作为一个纪录保持者站在你们面前，这个纪录就是——在美国历史上，他是将犯人送进死牢最多的人。"

凯特停顿了一下，试图揣测陪审团的情绪。一些人显得漠不关心，已经双臂交叉，心门紧闭。少数人看向科恩，然后又回头看着凯特。

"我不认为桑维尔县比美国其他任何地方都更危险，我觉得你们也不会这样认为。那么，为什么这个县被判死刑的人数比其他任何地方都要多呢？统计数据显示，在科恩先生担任地方检察官之前，情况并非如此。扪心自问，你们是否乐意成为美国的'死刑之都'？因为今天安迪·迪布瓦正在为自己的生命而战，而科恩先生则希望你们夺走他的生命。这不仅仅关于斯凯拉·爱德华兹的谋杀一案。我们的观点是，杀害斯凯拉的真凶仍逍遥法外，而一个无辜的人正坐在你们面前。以一桩谋杀案来报复另一桩，这是行不通的。"

其中一名男陪审员挺直了腰板，将目光转向科恩，并注视着他。他看上去很不舒服，仿佛座位下刚刚燃起一团炽热的火焰。凯特立刻记起了他的名字——泰勒·艾弗里。

她还有更多要说的话，但看到至少部分陪审员已经开始对这个问题进行思考了，这就足够了。所以，她感谢了陪审团并坐了下来。

"科恩先生，您想传唤您的第一位证人吗？"钱德勒法官问。

"是的，尊敬的法官大人，检方将传唤县法医菲奥娜·普里斯小姐出庭做证。"

一位身材高挑的女士从旁听席起身，穿过摆动门，经过原告和被告的桌子，站到了证人席入口处。凯特注意到她的一切都犀利无比——她身穿一件材质精良的黑外套，内搭一套黑色丝绸套装，深红色的嘴唇犹如未经雕琢的红宝石镶嵌在她白皙如汉白玉的脸颊上。她要么化了极淡的粉底，要么皮肤本身就毫无血色，如同初雪般苍白。她的头发短而卷曲，随着头部的动作，每一缕头发都随之弹跳起来。凯特不喜欢她那双大而圆的眼睛中流露出来的神情，她眼中几乎没有色彩，呈现淡淡的灰色，夹杂着一丝蓝色，宛如死尸般，鲜红色的血管在其间蜿蜒。更让凯特惊讶的是那双眼睛竟然还能转动，仿佛某种已死之物被赋予了新的生命。

菲奥娜·普里斯是个冷若冰霜的女人，从事着与死者打交道的冰冷工作。凯特觉得，没有什么比死后让普里斯小姐成为自己最后的守护者更糟糕的事了。

书记员主持了宣誓仪式。

普里斯小姐把《圣经》交还给书记员时，就像还了一块烫手的煤块。从她眼角收缩的线条和紧抿的血色嘴唇可以看出，她明显对捧着这本书感到不悦——那双唇此刻看起来更像是两片肝脏切片。

凯特不禁打了个寒战，在法律便笺上写下了普里斯的名字。她准备针对这位证人进行质询。

科恩迅速确认了如下问题：普里斯是桑维尔县的法医，并且曾对受害者的尸体进行了解剖和检查。

对于这些问题，普里斯简单但权威地给出了肯定的回答："是。"

人群一片寂静。科恩机械地抛出了常规问题，而普里斯则用她那越来越像冰块裂开的声音大声回答"是"。凯特感觉到手臂上起了鸡皮疙瘩，她放下手中的笔，摩擦着手臂。即使仅仅是待在普里斯小姐身边，也让她的肌肤感到冰冷。

哈利靠过来，悄悄对凯特说："对于第一个问题，你可以问问普里斯小姐，她对《101斑点狗》[①]了解多少。"

凯特用手掩住了笑容。

[①] 即著名的迪士尼动画电影《101忠狗》，讲述了101只大麦町犬（斑点狗）被绑架的故事。这里哈利的意思是，普里斯小姐就像阿尼塔的那位绑架斑点狗试图制作黑白斑点大衣的邪恶女上司克鲁拉·德维尔。

再次看向普里斯时,那种被震慑的感觉稍微减轻了一些,她的自信正在回归。有时候,一旦把怪物变得荒谬可笑,它们就会失去原有的震慑力。哈利向她点了点头,他已经给了她所需要的东西。

她望向证人席,见科恩的助手温菲尔德正在展示一幅真人大小的照片,照片中的受害者躺在地上一个大坑旁边,脸上沾着鲜血,在暗色的泥土斑点下格外醒目。那血似乎在发光,几乎与她红色指甲油的颜色相呼应。这幅照片很大,几乎等比例还原了现场。凯特注视着温菲尔德布置展示架,并注意到他手指上戴着一枚硕大的金戒指。由于距离较远,凯特看不清戒指上的图案——但肯定有什么东西刻在上面。温菲尔德是个大块头,非常强壮,那可能是一枚冠军戒指,或者是某种纪念性戒指。

哈利轻轻拍了拍她的手背,指向自己的手指,然后朝温菲尔德的方向做了个手势——他也注意到了那枚戒指。哈利站起来,穿过过道,询问温菲尔德是否需要帮忙,这位助理检察官拒绝了他的帮助。哈利回到座位后,在自己的法律便笺上做了一个记录——

"那是一枚 FOP 戒指,温菲尔德以前一定是个警察。"

凯特并不惊讶,她至少见过两个人佩戴这种戒指。可能还有更多人戴,只是她之前没有留意到,现在她会特别留意这一点。

在温菲尔德成功将照片稳固地立在展示架上之后,普里斯得到了法官的许可,走向照片。她从外套口袋里拿出一根伸缩指示棒,熟练地将其打开。她指向受害者的手臂,开始讲解。

"我会按照我发现的顺序逐一说明这些伤痕,科恩先生。您可以看到她前臂上的瘀青,在这里、这里和这里。"她一边说着,一边用伸缩棒逐一指出那些受伤部位。

"这些痕迹表明,死者曾用双臂抵挡攻击,也就是说她进行了反抗。如果您观察她的左手,会发现小指和中指肿胀变形。小指在近端指间关节处脱臼,并伴有近节指骨颈部骨折;中指在掌指关节处脱臼,且远节指骨和中间指骨均有骨折;她的头部和面部也有一些瘀伤和擦伤。但这些伤害都不是致命的。"

凯特记下普里斯给出的回答后抬起头，看见哈利陷入了沉思。他看起来像是有什么话要说，但不管要说什么，他现在选择暂时保留。

"那么，死因是什么？"科恩问道。

"绞杀。从眼球及面部出现的出血点、喉咙周围的瘀伤痕迹以及喉结前端的舌骨骨折来看，这一点非常明显。"

"普里斯小姐，你能根据你所见的伤势，总结一下它们是如何发生的吗？"

凯特本想立即起身反对，但还是决定暂且放过这一点。她需要在钱德勒法官那里留有一些余地，法官朝她瞥了一眼，似乎正期待她的反对意见。她摇了摇头。钱德勒法官扬起了眉毛，嘴角掠过一丝短暂的笑容，随后又将注意力转向了证人。

"这位年轻女子遭到袭击，受到严重殴打，最终被勒死。她尝试抵抗攻击者，进行了反击，但是攻击者太过强大，最终把她制服了。"

"谢谢你，"科恩说，"没有别的问题了。"

在科恩还没来得及一瘸一拐回到座位前，凯特迅速站了起来，以此确保自己的第一个问题能够响彻整间法庭，将矛头直指地方检察官。

"普里斯小姐，作为法医，您参与了县内每一起凶杀案件和可疑死亡案件的调查工作，对吗？"

"正确。"

科恩走到了检方桌前，但并没有坐下。相反，他弯下腰，伸出食指轻触桌面，仿佛要以此为支点随时跳起来提出反对意见。

"两天前，您对科迪·沃伦和伊丽莎白·贝蒂·马奎尔两人的遗体进行了检验，请问这两起案件中的死因分别是什么？"

科恩像一把弹簧刀瞬间弹开般挺直了腰板，锁定姿态。他短暂地与普里斯对视了一下，然后转向法官。

"我反对，法官大人，这个问题与此案无关！"

凯特想要迅速抛出这个问题，赶在科恩还没来得及坐回办公桌并整理好思绪之前。虽然他已经表达了反对意见，但由于措辞笨拙，这就给了凯特机会。

在钱德勒法官作出裁决之前，凯特直接向检方发起了猛烈攻势。

"法官大人，一位在法院执业并备受尊敬的律师惨遭杀害，这理应得到地方检察官最基本的理解和尊重。科迪·沃伦和贝蒂·马奎尔都是这个社区的一员，科恩先生不应因其对受害者的敌意而丧失对从事法律职业的同行应有的尊重。"

钱德勒法官伸出手掌，试图在作出任何决定前缓和局面。凯特不可能找到证据证明科恩讨厌科迪·沃伦，也没有任何证人可以证实这一点，更没有任何方式将这样的陈述呈现在陪审团面前。然而，刚才她却巧妙地做到了这一点。

"法官大人，我的反对意见……我的意思是，我并无对他人的不敬之意——"科恩开始解释。

但钱德勒法官打断了他的话："我看大家的情绪都有些紧张，法庭接受你并无不尊重之意。"

凯特没有理会法官，而是将注意力集中在陪审团那里。农夫泰勒·艾弗里和其他几个人并未看着法官，他们正盯着科恩，而凯特觉得他们的眼神中并无丝毫钦佩之意，反而充满了疑问。

凯特抛出了一个折中方案。

"法官大人，我理解对方反对的基础，但我可以用两个问题解释这个情况，然后继续。"

"我觉得这个提议听起来合乎情理，但我必须问一下，就已故的沃伦先生和马奎尔女士而言，他们的死因与本案有何关系？"法官问道。

"陪审团很快就会弄清这一点，"凯特回答道，"这是一起涉及死刑的重大谋杀案，我请求法庭给予一定的灵活度。"

钱德勒法官靠在他的皮椅上，抬起下巴望向天花板，左右摇摆着椅子，权衡着他的决定。凯特咽了口唾沫，静静地站立着，双手紧握在身前。她需要下一步按她的想法进行。在案件进程中，有时整个案情就像站在薄薄的刀刃上，此刻正是这样的关键时刻。

"我允许你问两个问题，但之后必须回归正题。"钱德勒法官说。

凯特点点头，转向了证人。

"科迪·沃伦和贝蒂·马奎尔的确定死因是什么？"

"他们都被一把小口径手枪射中头部身亡。"

"关于两人的最后一个问题，在沃伦先生和马奎尔女士去世时，他们都在为本案的被告安迪·迪布瓦提供辩护，对吗？"

"对的。"普里斯小姐回答道。

"谢谢你的诚实，请稍等一下。"

凯特点点头，转身开始在辩护台上翻找一些文件。她已经提前写好了接下来的一系列问题，并熟记于心，甚至还在旅馆镜子前练习。她其实并不需要查看笔记，现在这么做只是在争取时间——让陪审团有时间去思考普里斯刚才给出的答案，让他们在心中建立起科恩憎恨科迪·沃伦、沃伦和贝蒂二人遇害以及他们代理安迪·迪布瓦案件之间的关系。不是所有陪审员都能立刻看出其中的联系，但至少有些人会开始产生疑问。凯特尽可能拖延时间，翻动桌上的纸页，虽然感觉过去了几分钟，实际上却不到半分钟，但这已经足够。当凯特转过身来时，泰勒·艾弗里正摸着下巴，眼神有些游离，显然正在思考。

"普里斯小姐，在您对斯凯拉·爱德华兹所做的尸检报告中，并未详细提到受害者头部和面部存在瘀伤和擦伤的情况，对吗？"

"在我看来，这些似乎无关紧要。但我确实笼统提到，发现了几处瘀伤和擦伤。"普里斯回应道。

"也就是说，您注意到了瘀伤和擦伤的存在，但在报告中并没有详细描述其具体位置和外观。"

"是的，这些显然不是造成死亡的原因。"

凯特喉咙发干，嘴巴也一样。她舔了舔嘴唇，思考着如何提出下一个问题。她不知道普里斯将会怎样回答，这样就充满了风险，但她还是决定继续追问下去。

"受害者额头上的擦伤是否存在某种特定的形状或模式,能提供某种启发,让您推测可能是由什么造成的?"

这个问题已然抛出,普里斯对此思索了一会儿。凯特完全不知道接下来会发生什么,她手上并没有能够反驳普里斯的证据,因此是受制于这个回答的,无论这个回答是什么。等待答案的同时,她从证人席后退了几步,确保能看到检方的桌子。她注意到温菲尔德从手指上扭动着摘下那枚金戒指,放进了口袋里。

普里斯皱起了眉头,她的视线不自在地落在哈利身上。凯特向前靠近辩护台。哈利手中握着一沓文件,正举起文件给凯特看。凯特接过文件,随后哈利递给她由法内斯沃思医生拍摄的斯凯拉·爱德华兹额头瘀伤的照片集。凯特并未试图隐藏这些照片,而是故意让普里斯看到她手里的这些照片。她低声向哈利说了句"谢谢"。

"法官大人,或许证人需要短暂休息一下。"科恩插话说。

"我只剩下几个问题了。只要普里斯小姐愿意坦诚回答,几分钟后她就自由了。"凯特回应道。

凯特毫不怀疑科恩曾指示普里斯在报告中省略关于瘀伤的内容,然后还告诉她不要在证人席上提及此事,因为辩方的专家证人不会出庭做证。科恩把普里斯置于了一个两难的境地。而现在,面对手持专家报告、正在询问那些擦伤情况的辩护律师,普里斯感到极度不安。

凯特嘴角微微扬起一抹微笑。普里斯瞪大了双眼,凯特此举是在告诉她,自己掌握着一手皇家同花顺,如果普里斯还想试图虚张声势,那么将会输得很惨。

"普里斯小姐?您似乎遇到了困难。请告诉我,地方检察官办公室是否为您今天的出庭做证进行了充分的准备?"凯特问道,低头瞥了一眼手中的照片,然后重新看向证人。

一层薄汗浮现在普里斯的上唇。她看向检方席,回答说:"我和地方检察官以及他的助理汤姆·温菲尔德讨论过我的报告内容。"

"那么您应该不会忘记尸检结果中有关瘀伤的细节。瘀伤实际上有某种特定的形状，对吧？"

"在我的印象里，的确可能存在某种模式。"普里斯回答道。

"您的意思是瘀伤确实呈现出一种模式？"凯特确认道。

普里斯犹豫了一下，咽了口唾沫，然后点了点头。

"为了记录在案，我们需要您明确地说一声'是'。"凯特强调。

普里斯看向科恩，发现他正紧紧盯着她。凯特捕捉到了这个眼神，疑惑那究竟是失望还是隐忍的恨意。此刻的普里斯正处于进退两难之地，她既不想被揭穿为骗子，又不喜欢凯特引导的方向。于是，普里斯避开了科恩的目光，看向陪审团说："是。"

"皮肤有一定的弹性，对吧？"

"对。"

"如果皮肤的某些部位受到强力击打，那么有可能会在皮肤上留下与接触面相似的印记，对吧？"

"理论上是可能的，不过再次强调，这些与本案的死因并无直接关系。"普里斯试图稳住阵脚。

凯特没有理会普里斯的努力，继续追问下去。

"受害者的额头上有一排星形的瘀伤，不规则排列，每处长度不足2.5厘米，是这样吗？"凯特边说边从面前的一沓文件中抽出一页，好像即将用来展示。

"我不确定是不是星形，但确实类似。"

"如果袭击者戴了戒指，这种形状的瘀伤是否可能是因为拳头击打造成的？"

"有可能。"

凯特迈步上前，先将一页纸递给法官，然后又交给检方一份。

"尊敬的法官大人，鉴于证人已经承认了瘀伤的模式，我希望将以下内容作为辩方展示物提交。这是一份网页打印件，该网页销售特定类型的戒指，我想请教专家对这款戒指的看法。"

钱德勒法官瞥了一眼网页打印件，但并未仔细查看。他显得有些无聊，似乎还未意识到是怎么回事。

凯特和艾迪此前就已经谋划好了这一策略。科恩并不会对此提出异议，他不想引起人们对尸检报告中专家遗漏内容的关注。专家已经说了遗漏内容与死因无关，而科恩越是为此争执不休、大惊小怪，陪审团就越可能觉得它重要。没错，他会坐在那里保持沉默，什么也不说。事实上他也确实这么做了。

法官接受了这份证据。

"普里斯女士，这个网站上出售的戒指中央有一颗星星图案，根据所列出的尺寸，它与受害者额头上印记的大小和形状完全吻合，对吧？"凯特继续推进自己的论点。

凯特把打印出的网页图片递给了普里斯，以便她能更仔细地查看。

"我不能肯定地说两者是否一致。"

"但它们看起来一模一样，形状相同，并且尺寸也一致。难道你不这样认为吗？"

"我不确定，我需要亲自检查那枚戒指才能给出意见。"普里斯回答。

在不知不觉间，普里斯为自己留下了辩驳的空间，而凯特敏锐地抓住这个机会进一步推动她的案情进展。

"这些是警察兄弟会的戒指，非常常见，经常佩戴在现在及以前的执法人员手上。你是说在此之前，你从未见过类似这样的戒指吗？"

"是的，我之前没见过。"普里斯确认道。

"奇怪，我以为你在和助理检察官温菲尔德讨论尸检报告时，会在他手上看到这样的戒指呢。"

普里斯想要作出回应，但话语卡在了喉咙里。法庭瞬间安静下来。

"我想我没有看到他戴过那样的戒指。"普里斯回答道。

"也许他把它摘下来放进了口袋里，就像刚才那样？"

温菲尔德向后靠在座椅上，用手梳理头发，抹去了脸上的汗水。

钱德勒法官介入进来，他受够这些了。他像请求别人帮助解决孩子间的争吵一样，对着检察官说了句话，语气带有贬低意味，且漫不经心，完全没有意识到，他刚刚无意间帮辩护方赢得了第一轮交锋。

"温菲尔德先生，被告律师似乎认为你口袋里有一枚戒指。你能打消她的这个想法吗？"

温菲尔德站起身来，左手明显在颤抖。在法官面前撒谎就如同玩一把装有三颗子弹的俄罗斯轮盘，结果无非两个。所以，最安全的选择就是不撒谎。你可以解释其他任何事情，但谎言很难掩盖。

"不，法官大人，我无法打消她的这个想法。"温菲尔德说。

"请原谅，你无法什么？"法官问。

"我无法打消她认为我口袋里有戒指的想法，法官大人。我口袋里确实装着我的 FOP 戒指。"温菲尔德回答道。

听到这话，钱德勒法官脸色变得几乎和科恩一样苍白。他朝地方检察官挥了挥手，像是在道歉。

"普里斯小姐，"凯特乘胜追击，"我推测您在报告中故意忽略受害者额头上的瘀伤，因为这不符合地方检察官设想的案情。这些瘀伤很可能就是由这类戒指造成的，而与助理检察官及本县大多数执法人员不同的是，被告并未拥有此类戒指。我说得对吗？"

"不，这不正确。"

"我没有更多问题了。"凯特说完，坐回到了哈利身边。这时安迪侧身低声对她说："谢谢你，布鲁克斯小姐。谢谢你为我抗争。"

凯特看向陪审团，他们首次显露出动摇的神色。

这是一个好迹象，因为接下来的情况可能再也不会比现在更好了。

00:51

布洛赫

在法庭的最后一排的某个边缘座位上,布洛赫聆听着凯特对县法医的猛烈攻击。

她一直在关注法医的证词,有几个令她困惑的疑点现在显得更加重要。斯凯拉遭受的伤害确实非同寻常,这些伤害通过言语被清晰地阐述出来,在布洛赫脑海中变得更加突出。普里斯做完证返回旁听席时,人群开始窃窃私语。庭审出现了自然而又短暂的间隙,趁着法官和律师们都保持沉默,听众们得以低声交谈片刻。布洛赫扫视着人群。

就在这时,她注意到了一个情况。

首先,弗朗西斯·爱德华兹从第一排站了起来,径直走向通道。他牙齿紧咬,竭力克制着满腔怒火。凯特对普里斯的交互诘问对弗朗西斯而言无疑十分痛苦,尤其是在他详细听取了女儿遭受的所有伤害之后。

弗朗西斯走向门口时,一个矮胖男子见状也从座位上站了起来。他穿着同样的粗花呢夹克,正是前一天晚上在警长巡逻车后座安慰弗朗西斯的那个人。

这名男子并未对弗朗西斯说什么,只是伸出一只胳膊搂住他,领着他离开了法庭。

两人经过布洛赫身边离开法庭时,布洛赫转头向旁边的女士询问了时间。已经4点多了。

布洛赫等到两人走出法庭关上门后,数到五,才起身离开。

在走廊里,布洛赫瞥见他们走出前门并向左拐走向停车场,便尾随其后,但保持着一段距离。她在出口处停留了一会儿,倾听动静。车门关闭的声音传来,紧接着是一阵V8引擎发出的沙哑轰鸣——这是她的信号。布洛赫转身离开法院大楼,向停车场方向走去,看到了两名男子坐在一辆红色皮卡车的驾驶室前座。这辆车很新,而且看起来价格不菲。

布洛赫来到自己的SUV前,发动了车辆,但是那辆皮卡车还没有启动,她掏出手机拨通了一个电话。就在不久前,她还是一名警察,而且距她最后一次为执法部门提供咨询工作,也没有过去多久。工作主要是为警务人员进行培训,包括非致命自卫技巧和高级驾驶技术。电话很快接通,她报上了自己的名字,然后报出了皮卡车的车牌号,要求查询相关信息,随即结束了通话。

不到一分钟,她的手机响了起来,一个女性声音说道:"车主是泽维尔·格鲁伯,查找相关档案需要一点时间,但他没有犯罪前科……"接着提供了泽维尔·格鲁伯的家庭住址,说完便挂断了电话。对他们双方来说,避免寒暄、只讲事实是最简洁也是最安全的。

布洛赫在手机搜索引擎上输入了这个名字,找到了她刚才见到的那个男人的照片。他就是泽维尔·格鲁伯教授——亚拉巴马大学化学系主任。布洛赫快速浏览搜索结果的其余部分,发现了一份新闻稿,内容显示格鲁伯目前正处于长期停职状态,等待纪律听证会的结果。原来他在一次政治集会上发表的演讲中,包含了白人至上主义的暗示。

几分钟后,另一辆较为老旧的蓝色皮卡车驶入停车场,停在了格鲁伯的卡车旁边。蓝色皮卡车的司机将头探出窗外,与格鲁伯交谈了几句,然后又驾车离开了停车场。格鲁伯开车跟在后面,弗朗西斯则坐在副驾驶座上。

布洛赫等到两辆车都驶出停车场后,才开始跟踪他们。她并不担心会跟丢。那辆蓝色皮卡车的车厢上方,一面邦联旗在旗杆上飘扬,她不可能错过这辆目标车辆。他们没有开太远,很快就停在了镇上的一条街道上。下车后,他们走向一家名为"巴克斯特保险服务公司"的店铺旁边的一扇门。看上去,这家店铺早已关门歇业。布洛赫猜测,这扇门可能是通往保险经纪公司楼上楼层的独立入口,也许是公寓。她清楚地看到了蓝色皮卡车驾驶员的脸庞,认出他是几天前见过的布莱恩·丹维尔——他的驾驶证上写着这个名字。他并未穿着防弹背心，也没有肩扛步枪，但布洛赫注意到他腰间挂着一把克拉克手枪。格鲁伯带着一个笨重的黑色手提箱，他们三人一起走进了屋内。

不到一分钟，布洛赫看到天窗亮起了一盏灯。附近没有合适的有利位置可以窥视那个楼层内部，因此她只好耐心守候。在监视前门的同时，她拨了一个电话——布洛赫仍在等待自己的联系人查找关于格鲁伯的档案信息，也就是警方或其他执法机构持有的任何警方记录或相关文件。尽管他们已经告诉她，格鲁伯没有犯罪前科，但肯定有一些文件存在，只是他们一时难以找到。布洛赫愈发焦急，正准备再次呼叫联系人时，对方主动打了过来。

"是有文件，但我没有权限访问。"电话那头的声音说完就挂断了。

根据格鲁伯因涉嫌持有白人至上主义观点而被大学停职，以及他与布莱恩·丹维尔交往的情况判断，布洛赫推测，格鲁伯可能已被列入某个监控名单。现在做一个美国人，面临的这个时代真是奇怪，她想。在"9·11"事件后，美国面临的最大威胁一度来自海外恐怖分子。但现在情况发生了变化，联邦调查局、国土安全部以及其他情报和执法机构都认识到，当前对美国的最大威胁，来自国内的白人至上主义恐怖组织。而且这些组织日益发展壮大，资金充裕。

布洛赫回想起在科迪·沃伦颈部发现的匕首以及上面的标志——白色山茶花。这个念头使她喉头发痒，胃部纠结成一团。布洛赫不喜欢情感涌动的感觉，在她看来，情感与冷静的理性思考及事实真相难以和谐共存，而这正是她工作的基石。有时，无论多么努力抑制，情感总会束缚她的思绪。从小布洛赫就对情绪抱有警惕之心。她大多时候无法理解情绪——情绪复杂且难以控制，似乎永远派不上用场。尽管她对家人、最好的朋友凯特，以及偶尔对约会的朋友会展现出关爱之情，但布洛赫更倾向于与他人保持一定的距离，在物理层面和心理层面建立屏障。她不握手，当然也不拥抱别人，同时很少说话。

然而，时不时地，她所有的习惯、屏障及批判性的思维方式，会被情感洪流所淹没。自从她与凯特重逢，并加入律师事务所成为一名调查员以来，这种情况发生的次数越来越多。她喜欢艾迪和哈利，允许他们走进自己的生活，而这也导致了更多深度情感体验的发生。

阁楼窗户里的灯光骤然熄灭，不到一分钟，格鲁伯、丹维尔和爱德华兹三人回到了街上。布洛赫听到一阵嘎吱声，看向方向盘，发现它在自己紧握之下已经弯曲。每当遇到一群种族主义者时，她的第一反应总是强烈的厌恶，继而是愤怒。她感到下颌疼痛，这才意识到自己正在用力咬紧牙关。她快速地呼出几口气，耸了耸肩膀，扭动脖子放松肌肉。充斥大脑的仇恨情绪阻碍了思考，而这是她不能允许的。

当大脑中占主导地位的分析部分开始运作时，她注意到，格鲁伯手里没箱子了。原来弗朗西斯·爱德华兹拿走了箱子，并在上车时将其放到了格鲁伯车辆的脚部空间里。随后，格鲁伯驾车带着弗朗西斯离开了。丹维尔等了一会儿，也离开了，他的皮卡在加速疾驰而去时，涡轮增压器排出的尾气清晰可见。

布洛赫下了车，朝他们刚离开的大门走去。门上有两把锁，其中一把是"死栓"。虽然她有能力打开这扇门，但并不想让人知道她曾经进去过。因此，她走到街区尽头，边走边数着沿街的建筑，然后左转找到了一条可以到达建筑物后方的小巷。她继续边走边数，最终停在一扇与建筑同样古老的双开式钢门前。门上的锁已经生锈失效了，两扇门之间的把手相距25厘米，并由一根钢链和挂锁固定在一起。这扇门本应是一扇防火门，从外面用链子锁住是非法的，但鉴于门锁已卡死，这可能是现在唯一能到达该建筑后部的方法。

尽管这把挂锁看起来与固定它的钢链一样新，不过还是有多种方法可以破坏锁或链条，但她并不需要那样做。她只需要钥匙扣多功能工具中的剪刀、一个易拉罐和一点吐沫。

布洛赫在附近的大垃圾铁箱里找到了一个胡椒博士饮料罐，从易拉罐上剪下了一条10厘米长、2.5厘米宽的铝片，然后在铝片中心剪出了一个"U"形开口。她将铝片两端折叠起来制作出一个翘片，将翘片穿过挂锁的横杆并紧紧拉紧。她在锁栓底部涂上一点吐沫，接着将 U 形部分沿着横杆向下推入锁壳内，置于横杆与锁槽之间。横杆瞬间弹开。她解开链条，穿过门进入了一个有顶小巷，它通向涂成黑色的铁质楼梯——那是底层的火灾逃生梯。在那楼梯顶端，她发现一扇窗户，虽然关着，但没有上锁。戴上一副乳胶手套后，她从外面将窗户推开。

室内的空间并非公寓，这里曾经是一间办公室，但现在显然被赋予了新的用途。在一组文件柜上方挂着的一面旗帜上，绣着与科迪·沃伦身上找到的刀柄上相同的花饰图案。她开始逐一拉开文件柜抽屉。第一个抽屉空无一物，第二个抽屉塞满了传单，每一张传单口号的背景上都有同样的花朵符号，口号部分则如下：

　　拯救第二修正案
　　拯救你们的孩子
　　拯救白人种族
　　加入白色山茶花
　　进军蒙哥马利

接下来的抽屉里装满了电池和电线，再下面一层则是一个装满手机和充电线的盒子，最后的文件柜里则有序地堆叠着一排排装在套筒里的文件夹。她抽出第一个文件夹打开，发现里面包含了一份关于一家总部位于莫比尔的民权组织的备忘录。这份文件列出了该组织的员工的个人信息，包括姓名、家庭住址、社交媒体账号、电话号码及其家庭成员的姓名和地址。接下来的一份文件是关于蒙哥马利市的一家律师事务所的，同样列出了该事务所员工及其所有个人信息。布洛赫快速浏览了这些文件，其中包含了当地企业员工、立法机构成员、警察、法官以及民主党等政治人士的名字。接着，一份文件让她不禁发抖。这份文件的封面上有一个简单的标题——犹太人。打开后，里面是一系列关于普通男女如邮政工人、办公室职员和小企业主的备忘录，详尽记载了他们的所有个人信息，有的甚至还附有照片。

其他文件上还有诸如"黑人""西班牙裔""同性恋者"等标签。

最后一个文件并没有标记名称。打开后，她看到里面有一份本地教堂名单，在名单之后，则是一系列新闻文章打印件。这些文章讲述的是同一类事件：在以非洲裔美国人为主的福音教堂引爆炸弹未遂的案件。

布洛赫猛地用力关上了柜门，以至于整个柜子都摇晃起来。她气喘吁吁，拳头紧握，眼睛瞪得圆圆的。

只剩下最后一个抽屉了。打开后，里面并没有文件，只有一卷耐用图纸。布洛赫将其取出并展开，映入眼帘的是一幅房屋平面图，房子很大，样式老旧，大门入口带有四根立柱。这房子既可以作为住宅，又兼具办公空间的功能。图纸上有着线条图和注释，用小字写着"芬利大道""3号出口""2号咽喉点"以及"临时羁押区域"等。

布洛赫将图纸上标注的街道名称输入手机地图，立即得到了亚拉巴马州蒙哥马利市的鸟瞰图。图纸中标注的集结地点靠近州际公路，据此推测，那座建筑物应该就在附近。经过仔细比对地图上的地标几分钟后，她找到了。

布洛赫从窗户爬出，沿进来的原路小心翼翼地离开，并确保在离去后将窗户锁好。随后她进了自己的车，疾速驶回法院，全然不顾交通信号灯，用力踩下油门。

她需要把艾迪从牢房弄出来，并确保自己一直和安迪及其母亲在一起。这群人组织严密，相互勾连，并且已经制定了详细的计划。

布洛赫依据手头的线索作出大胆猜测：他们正在策划一场全面袭击。至于具体目的，尚不得而知。这可能是暗杀行动，可能是绑架行动，抑或两者兼有。图纸中的那座建筑物正是该州的权力中心。

州长官邸。

00:52

艾迪

当法警带我再次返回法庭时,法庭内已经没几个人了,只有哈利、凯特和钱德勒法官还在,科恩检察官和他的助手温菲尔德都已经离开了。我的手铐已经被解开,我第二次站在凯特身边,由她作为我的代理律师。我一分钟也等不了了——我迫切想知道我们今天进展如何。

"跟普里斯的交锋怎么样了?"

"不错,我们成功将戒指这一证据纳入考量范围了。"哈利回答说。

凯特俯身在我耳边低声说:"艾迪,我恐怕得开始向你收费了。"

"放心吧,这是我最后一次麻烦你了。"

钱德勒法官清了清嗓子,这时凯特准备开口说话。但法官挥手示意她暂停,然后说:"你对本庭表现出的不敬需付出代价,现对你处以1000美金罚款,或十天监禁。你能支付这笔罚款吗,弗林?"

"现金还是刷卡,法官大人?"我回应道。

"我觉得你还真喜欢待在里面啊。"哈利说。

"在那里我确实想通了很多事情,"我说着,走出法庭走向停车场,同时穿上外套,"虽然还不确定,但我对地方检察官提供的物证有了一个新的推断思路。安迪和帕特里西亚呢?"

"布洛赫已经把安迪和帕特里西亚带回了旅馆,"凯特说,"她跟踪了法庭上的一个人,现在需要你立刻给她打电话,她好给你解释一下情况。她说我们面临的形势极为严峻,希望你能够召唤'骑兵'。"

"据我所知,我们好像还没有骑兵可以调遣。"我接过哈利递过来的手机说道。手机一开机,我就看到了布洛赫发来的短信。

打给我,立刻。

驱车返回旅馆的路上，我拨通了布洛赫的电话；她在电话中向我详述了其跟踪目标及发现的线索。等车停在旅馆外面，我爬楼梯前往安迪的房间时，她还在持续汇报情况。

"这是一个迫在眉睫的威胁，我们必须联系联邦调查局。"她说。

"我们已经在房间外面了，你到走廊来，我们在这里详谈。"我回应道。

门开了，布洛赫走出来，随手又关上了门。我们一起站在闷热潮湿的走廊里，墙壁上的冷凝水一直在往下流，如同建筑物在流汗一般。我们尽量压低声音，就像苍白的壁灯发出的无法触及地面的微弱光线一样。

"你需要打电话给联邦探员。"布洛赫说。

"我打算联系亚历山大·伯林，如果他决定让联邦调查局介入，那就太好了。我们现在能应对的战斗有限，首要任务是帮助安迪脱罪。只要他能摆脱指控，我们就有可能扳倒科恩。我来这里，不是为了对付纳粹分子。"我说。

"是白人至上主义者。"布洛赫纠正道。

"一回事。我不希望任何人受到伤害，尤其是不能让这些浑蛋伤到人，但如果他们的直接目标是州长，至少这样一来会暂时转移一部分对安迪的压力。我们现在要做的，就是确保他和他母亲安全度过这段时间。在这之后，无论是联邦调查局、国土安全部、烟酒枪炮及爆炸物管理局、三角洲特种部队，还是他妈的复仇者联盟，都可以去彻底摧毁那个据点，我才不在乎呢。我们现在不想打太多的仗。这些人可能杀害了科迪和贝蒂，可以肯定的是，我希望他们付出代价，但我们不能现在就与他们正面交锋。弗朗西斯·爱德华兹失去了女儿和妻子，正处于极度痛苦之中，很容易理解，为什么他会跟这些人扯上关系，而且我认为他随时都有可能崩溃。前些天抗议活动上的丹维尔，他只是在找借口开枪伤人。至于另一个叫格鲁伯的人，那位大学教授，我不知道……"

我突然想到了什么，一声咔嚓声仿佛在我的脑海中炸响，一切联系了起来。

"你说格鲁伯是某大学化学系的主任……"

"亚拉巴马大学……"布洛赫回答道，我看到她的表情发生了变化，额头上的皮肤紧绷起来，眼睛闪烁着光芒，仿佛刚刚在远方瞥见了一颗指引方向的北极星。

"斯凯拉·爱德华兹是化学专业的学生……"她沉吟道。

"他很可能认识她。"哈利补充道。

"但他也认识斯凯拉的父亲，"凯特指出，"可能早在斯凯拉上大学之前，他就通过这个仇恨团体认识了弗朗西斯·爱德华兹，至今已经很多年了。"

"不太可能，"哈利反驳道，"安迪从未说过斯凯拉父亲的坏话，而且弗朗西斯偶尔还会开车送安迪回家。我不认为这类团体中的人会让自己的女儿和像安迪这样的朋友交往，这种情况通常不会发生。"

"所以你认为弗朗西斯是在斯凯拉遇害后才加入这个团体的？"我问道。

哈利点头表示赞同，又揉搓着下巴说："确实说得通。一个处于如此巨大痛苦之中的男人，无法承受丧女之痛。完全符合那种愤怒又迷失的灵魂被仇恨团体招募的情况，他们可能主动接触了他。"

"那他妻子又是怎么回事呢？"凯特问，"你说她的死因看上去像是谋杀，你觉得是他杀了她吗？"

"我觉得不是，"我说，"我在警长巡逻车后面观察过他，他完全沉浸在悲痛之中，无法自控地哭泣，声音震动了整辆车。在我看来，那并不是装的，他没有杀死他的妻子。"

"那究竟是谁干的？为什么要杀了她？为什么要杀害斯凯拉？"凯特问。

哈利和我都摇了摇头。斯凯拉遭到杀害，可能仅仅因为她是一个美丽年轻的女性，不幸落入了恶魔的视线之中。这种情况确实会发生，有时凶手并无明确动机,也没有合理的原因。人性中存在着恶,当然,有些人对此表示异议。有很多理由可能导致一个人杀害另一个人——复仇、毒品、酒精、精神疾病,甚至金钱。有时候,这些理由都无法涵盖全部。有时人们杀人,仅仅是因为他们享受这种行为。如果这不是恶,那我真的不知道什么是恶了。

布洛赫盯着对面的墙壁,思绪飘向千里之外。她接近了某个真相,接近了缺失的那个关键环节,能够解释这一系列可怕事件的真相已经近在咫尺。夜空中那颗指引方向的星星,几乎就在眼前了。

"我会守在这里监视旅馆入口。"布洛赫说。

"几个小时后我过来换你。"哈利说。

"我希望今晚所有人都能睡一会儿,"我说,"我们能进展到这一步确实做得很好,但是明天科恩将会握有更多的优势。在任何刑事审判中,最具说服力的两种证据就是 DNA 证据和被告的供词。只要有其中一项,科恩就有足够的理由定罪。我已经想好如何挑战 DNA 证据了;对于供词部分,我仍在努力寻找突破。别以为我们已经赢了这个案子,一秒也不要这么想。明天我们可能会遭遇重大挫折,一旦发生那样的事情,安迪就完了。布洛赫,我需要你明天一大早去做件事。如果事情按照我预想的方向发展,那我们就还有一线生机。"

凯特打算继续工作一会儿,然后再休息。我下楼来到旅馆外,看着布洛赫在大厅找了个座位坐下,她仍在专注思考。我深吸一口热乎乎、带点甜味的空气,然后拨通了伯林的电话。

他听起来很生气。

"你打算什么时候告诉我埃丝特·爱德华兹死了这件事?"

"我现在正忙于一场死刑谋杀案的辩护工作,没时间细说。你怎么知道埃丝特的事?"

"我为美国多个情报机构工作,艾迪。"

"今天下午布洛赫发现了一个白人至上主义恐怖团伙,你知道吗?"

他沉默了一下,说:"把所有的事情都告诉我。"

00:53

科恩

将近午夜时分，兰德尔·科恩行驶至杜克大街上的杂货店后方，停在了警局巡逻车后面。他下车打开后备厢，取出一个鼓鼓囊囊的棕色皮质健身包。路过巡逻车时，他敲了敲车窗，朝里面的副警长伦纳德点了点头。

科恩走向杂货店旁边的一扇门，门上有三个门铃按钮。他按下了2号公寓的按钮，然后等待回应。他环顾四周街道，人行道上空无一人。几百米外停了几辆汽车，但没有任何动静。他再次按响了门铃，这次，对讲机里传来了一个声音。

"你好？"

"警察，开门。"科恩说。

听到门解锁的声音后，科恩推开了门。面前是一条狭窄短小的走廊，通往一段楼梯。他走上楼梯，看到另一条走廊和三扇门。右边有两扇门，分别是位于杂货店上方的两间公寓，左边则有一扇门。他向左走去，敲响了2号公寓的门。

桑迪·博耶特小心翼翼地打开了门，但只开了一条缝，门上的安全链并未解除。她向外看着科恩。

"警察就在外面。先看看窗外，然后回来把门打开。博耶特小姐，你惹上大麻烦了。"科恩说。

她没有关门，而是让门保持着半开的状态，安全链仍然挂着。科恩听见桑迪在公寓地板上轻声走动的声音，接着是百叶窗快速闭合时的哗啦声。更多的窸窣声传来，赤脚匆忙移动的声音，仿佛她在迅速整理些什么。不久，她回来了，安全链被解开，门完全打开。

"你想干什么？"桑迪问道。

科恩走进屋内，说道："我来看看能否帮你避免坐牢，桑迪。"

她穿着米妮图案的睡衣,头发凌乱,显然刚从床上起来,公寓角落里的一盏台灯发出微弱的光。这是一个单间公寓,一角摆放着一张床,另一角则是洗漱池和便携式炊具。从这个起居室通往一处地方,科恩猜测那是储藏室改造而成的浴室和淋浴间。屋子中间有一张矮桌,两侧各有一把扶手椅,一把是破旧的皮质椅子,底部有撕裂痕迹;另一把是绿色织物材质,扶手和坐垫因长期使用而褪色。

"你最好坐下。"科恩说着,自己坐在了那把皮质扶手椅上。

桑迪仍旧站着,双臂交叉抱在胸前,说:"这他妈的是怎么回事?我没做过任何错事。"

科恩将皮质健身包放在桌子上,拉开拉链,打开皮包,露出一沓沓捆得紧紧的 50 美金纸币。

"现在很晚了,你明天早上还要出庭。桑迪,我们直截了当地说吧。我知道你一直在和艾迪·弗林做交易,他提出收买你在迪布瓦案陪审团上的投票权,我不能让他得逞。除了他打算怎么给你钱这一点,其他事情我都知道。我想他不想引起怀疑,所以会在判决结果出来六个月后把这笔钱汇给你,对吗?"

桑迪没有说话,但科恩注意到她脖子上的血管凸起,周围的皮肤泛起了红晕。

"这是聪明的做法,弗林确实很聪明。你的保障就是如果他不付钱给你,你就揭发他,而且当然,他的损失更大。我想,他是这样跟你保证的,对吧?"

"不是。"桑迪本想进一步辩解,但犹豫片刻后改变了主意。

她微微侧头,紧紧地抿住了嘴唇。科恩猜测,她正在等待事情的下一步发展。

"我可等不了那么久来揭露弗林。这是你的出路——在庭审结束时,你要投有罪票。别以为你能隐瞒投票结果,判决后我可以要求核查陪审团成员的投票,你的投票会被记录下来。一旦迪布瓦被定罪,我会逮捕弗林。到时候你要提供一份证词,证明他用这笔钱贿赂了你。"科恩指着那个健身包说。

"5万美金,足够买你的一票了。你将成为一名与地方检察官办公室合作的证人,作为回报,你不会面临任何刑事指控。你可以全身而退,桑迪。如果你拒绝,我现在就会让你被捕。你会被判十五年,也许是二十年有期徒刑。我不会给你太多时间来作决定,因为你只有一个选择。我的提议5秒钟后就会随我一同离开,然后,警察会上来逮捕你。请你作出正确的选择。"

他开始默数,桑迪紧张地呼出一口气,用手梳理了一下头发,然后用双手捂住了脸。

"3秒了。"科恩说。

桑迪抱住自己的双臂,点点头说:"你要因为我没做过的事情逮捕我?我确实和弗林谈过话。大约一周前我把车卖给了他,他想知道,我为什么没有告诉法官之前见过他。情况就是这样。"

"二十年监禁,桑迪。好好想想,这是你最后的机会。你同意做证,正式声明弗林贿赂了你,否则你的生活就完了。"

桑迪垂下头,点点头说:"我不想进监狱,我会照办的。"

科恩的嘴角扬起一抹微笑。

"聪明的女孩,别让我失望。现在,副警长伦纳德会进来拍下这笔钱的照片,只是为了证明你收到了这笔钱,你可以把它当作保险。还有,别想着告诉弗林。如果我不能把他送进监狱,那就只能是你了。"

00:54

牧师

"是不是所有人都到了?"格鲁伯问。

"除了弗朗西斯以外,都到了。"牧师答道。

"这天气真要把人热死了。"格鲁伯一边说着,一边用手帕擦拭额头上的汗水,然后小心翼翼地跨过一根倒下的树干。他手中握着一把小型手电筒,光线微弱。他正尽力跟随丹维尔的踪迹穿越树林。身材魁梧的丹维尔正走在前面带路,牧师则紧跟在格鲁伯身后。

"我们为什么要跑到这么远的地方集合?"格鲁伯问。

"因为明天是第七天,清算的日子就要来临了。所有的准备工作都已经做好,我不想冒任何被人看到我们在一起的风险。这个时候,没有人会来到这里,没有猎人,也没有渔民。我们需要回顾一遍所有的计划,确保已经准备充分了。"牧师回答。

前方出现了一片空地,当他们穿过树林时,地面开始上升,一直延伸至看起来像是陡岸的地方。

"卢萨哈奇河过去常常穿过这部分森林。"牧师说。

格鲁伯没有作声,他对土地本身并不感兴趣,这一点牧师始终未能理解。格鲁伯是一个科学主义者,他喜欢数字、化学、反应,这些都是基于证据可预测的事物。他的本性使他尝试运用科学思维去探讨一些较为阴暗的社会理论,诸如优生学、人口控制,最终不可避免地涉足了他所称的"激进种族理论"。然而在牧师看来,这一切并不激进。对他来说,道理显而易见,且两千年来一直如此:白种人明显优越且处于主导地位,不应该与其他种族混血融合,将其稀释,《圣经》中也有类似的表述。在牧师眼中,美国废除奴隶制的那一天就是一个错误。《圣经》并没有禁止奴隶制,也没有提到它是罪恶的,他认为奴隶制是自然法则的一部分。

"看那里。"牧师说着,用手电筒照亮河岸上的一块地方。

一小丛白色的花在茂密的草丛中顽强生长,竭尽全力要比周围的绿叶高出一头。

"白色山茶花,"牧师说,"你们看见了吗?杂草试图遏制它们。我们不能允许同样的事情发生在我们身上。先生们,我们必须强大起来,向着阳光伸展。"

"还要走很远吗？我没看到其他人。"格鲁伯说。

"他们在另一边。"丹维尔站在河岸高处，用手电筒照着下面的河沟。

"我们很快就会全员到齐。"牧师说。

白色山茶花组织共有七名成员——包括牧师在内。

布莱恩·丹维尔是个偏执狂兼狂热分子，相信罗斯威尔[①]有外星人，认为民主党政府有一个庞大的阴谋，其背后势力在一家比萨店后方运营恋童癖网络；还认为纳粹至少在某些事情上是对的——只是他们采取的方式不对。丹维尔之后是格鲁伯，再往后是另外三人。理查德·巴恩斯是一位富有的花生农场主，他热爱枪支，钟爱南方邦联旗，多年来从未雇用过任何非洲裔美国人。接下来是一对兄弟，一个是医生，另一个是律师。瑞德兄弟在莫比尔长大，从小衣食无忧。他们的父亲凭借艰苦的努力，在莫比尔警察局一路晋升到高级职位，尽管他明确公开持有种族歧视观点。有其父必有其子，兄弟俩富裕且有影响力，秘密资助了这项事业。

牧师看着格鲁伯爬上河岸高处，越过山脊向下望去。

"哦，我的天哪，"格鲁伯惊呼，"发生了什么事？"

牧师低头看向河沟中，只见理查德·巴恩斯、科恩·瑞德和赛斯·瑞德三人的尸体躺在那里，他们均因胸部和头部中弹身亡。

格鲁伯很聪明，这点毫无疑问。他善于编造谎言，能围绕自己的观点构建令人信服的论述，甚至懂得制造引爆装置，但他总是反应不够敏捷。

直到丹维尔拔出手中的沙漠之鹰手枪时，格鲁伯才意识到，当白色山茶花组织成员失去利用价值时，他们会遭遇怎样的命运。他举起双手投降，跪倒在地，但在他能够乞求活命之前，手枪在丹维尔手中震颤着开火了。

[①] 罗斯威尔市位于新墨西哥州，1947年发生过所谓的飞碟坠毁事件。这件事后来成了阴谋论的重要素材，很多人把它作为政府掩盖真相、秘密研究外星人的证据。

丹维尔将格鲁伯的尸体踢下河岸，又瞄准补射了两枪。之后他紧紧握住滚烫的手枪，凝视着下方的尸体问："等你不再需要我时，也会像对待他们那样杀掉我吗？"

牧师摇摇头，找到了他先前放在河岸边的鹤嘴锄。

"你不必担心，布莱恩，他们和你我不同。我们知道必须做的事情，也有决心去做。格鲁伯能够制造炸弹，却没有勇气引爆。你有没有想过，为什么那些装置在教堂里没有爆炸？"

"你是说他故意搞砸了那些装置？"

"正是这个意思。他明白流血牺牲的必要性，并鼓励和协助实施，却不愿意亲自下手。"

"可是他给弗朗西斯的那个箱子怎么办？"

"那没事。我自己检查过了，可以正常工作。为别人制造东西，他没有问题。在他看来，这样就可以免去责任。正如我说的，我们才是真正的骑士。我们知道革命诞生于鲜血之中，其他人则软弱无力。而在我们的队伍中，决不能有任何弱点。现在，拿起那边的铲子，帮我一把。"牧师说。

丹维尔点点头，将手枪放回枪套。牧师将鹤嘴锄宽大的平端插入河岸高处松散的泥土中，用力撬动把手，使得一堆土壤滑落覆盖在下方的尸体上。丹维尔弯腰去拿铲子，又突然停下，绕到另一边再次弯腰——这次把牧师放在了视线之内。

"我告诉过你不用担心，布莱恩。那么，明天的一切都准备好了吗？"牧师问道，继续撬动土块覆盖河岸边缘的尸体。

"一切都准备好了。"布莱恩答道。

"你知道自己该做什么吗？"

"我很清楚。我也安排了一些人手，他们都已整装待发，只需等待我的信号。"

"长久以来，我一直梦想着这一天的到来——清算的日子。明天我们将开放地狱，夺回我们的国家。"

第七天

00:55

布洛赫

早晨 9 点刚过，布洛赫开着 SUV 驶进了镇边一处条形购物中心[①]的停车场。这是一片与众不同的店铺聚集地，包括一家自助洗衣店、一家餐厅和一家录像带租赁店。布洛赫记不清自己上次见到录像带租赁店是什么时候的事了，但在巴克斯敦发现这样一家店并不让她感到意外。这个地方仿佛还停留在 20 世纪 80 年代，甚至有些居民认为这里还停留在 19 世纪 80 年代。

她此次出行是为了完成艾迪交给的任务。艾迪有个直觉，确切地说是一个理论，布洛赫认为他可能真的发现了些什么，这次行动就是试金石。

购物中心对面便是县政府大楼，也就是该县的立法机构所在地。布洛赫穿过街道，在经过县政府大楼停车场入口处的监控摄像头时低下了头——她不希望自己的车牌号出现在那些摄像头里，以免给科恩检察官留下任何线索。

停车场内停着几十辆汽车，毕竟每一个官僚机构都需要人员维持其运转。县政府大楼的入口是由两扇光滑的松木双开门构成的，一扇开着，另一扇则紧紧关闭。进入大楼后，布洛赫发现一块固定在墙上的塑料公告板，上面列出了内部各个部门的信息。公告板上的小标牌

[①] 一栋或一组长而低矮的建筑物，通常只有一层，内部容纳了多个相邻的零售店或服务机构。

指示着通往不同楼层和办公室的方向,她要找的办公室位于一楼,编号是502。布洛赫按照指示牌找到了那个房间,房间不大,有一个配备了六个座位的等候区和两个服务窗口。此时没有人排队等候,于是她径直走向第一个窗口。窗口后面并没有工作人员,但透过防弹玻璃,布洛赫可以看到窗边办公桌旁坐着一名女士。她咳嗽了一声,试图引起那位女士的注意,但未能成功。一块标志显示,要按铃才行。布洛赫环顾四周,却没有找到铃铛。接着,在第二个窗口,她发现了铃铛,狠狠地拍了一下,然后耐心等待。

坐在办公桌后的是一位女士,头发高高盘起,穿着手工编织的羊毛开衫和白色丝绸衬衫。她不满地咂了咂嘴,然后缓缓起身走向服务窗口。由于鞋子太紧,她脚上的赘肉溢出了那双鞋跟高2.5厘米的高跟鞋。此外,她的脖子上挂着一副眼镜,被系在一根金链上。她走过来时,布洛赫闻到了混杂在香水中的陈汗味。

"请问有什么可以帮您的?"女士的语气让布洛赫觉得这位女士最不愿意做的事情就是帮助别人。

"您好,我想查看一下柯尔特·洛马克斯的死亡证明。"布洛赫礼貌地微笑着说。

柜台后的女士戴上眼镜,上下打量了布洛赫一番,仿佛不喜欢她所看到的,又将眼镜滑到鼻尖下方。

"您是?"她问道。

"我是客户。"布洛赫回答。

"您是逝者的亲属吗?"

"据我所知,在这个县,查看死亡证明不需要是亲属关系。唯一需要的信息,是逝者的出生日期和姓名。"

这名女士鲜红的嘴唇紧抿成一个小红球,凹陷进脸颊。她从窗口缝隙推出一张表格,并说:"复印费是12.95美金。"

布洛赫拿出13美金放在柜台上,连同填好的表格一起推送过去。

女士读了填写好的表格,问道:"这是你的真名吗?"

"据我所知,你没权利问我的姓名。"

她又吸了吸嘴唇,然后消失在了后台。几分钟后,她再次出现,手里拿着零钱和一份文件。她将文件和零钱一起从窗口缝隙推了出来。

"还有别的需要吗,莫尔斯小姐?"

"有,稍等一下。"布洛赫说。她阅读了死亡证明,上面注明死因为自杀性枪伤。布洛赫查看了配偶栏,上面写着——露西·安妮·洛马克斯(已故),但没有注明出生日期。

"我还想查看柯尔特·洛马克斯和露西·安妮·洛马克斯的结婚证。还有,请叫我米妮就好。"布洛赫补充道。

那位女士似乎要把唇膏都吸掉一般,但她还是弯腰取出了另一张表格,然后将其滑给布洛赫。

"还是 12.95 美金。"

布洛赫填好了表格,交了现金。那位女士再次消失,5 分钟后带着科恩和露西的结婚证复印件回来。布洛赫浏览结婚证,找到了露西·洛马克斯的出生日期。随后,她请求提供一份查看露西·安妮·洛马克斯死亡证明的申请表,填完表格并支付了费用。柜台后面的女士翻了个白眼,吸了吸脸颊,然后去取死亡证明。

回来时,那位女士问:"还有别的需要吗?"

布洛赫读完死亡证明,微笑着回答:"没了,就这些。"

00:56

科恩

尽管科恩正在忙于一场谋杀案审判,但来自代理警长希普利前往蓝龟酒馆共进早餐的邀请,可无法轻易拒绝。约的时间是七点半,但科恩直到将近 8 点才抵达。这样做,他既能快速喝杯咖啡,又能确保在审判重新开始前有 1 个小时的准备时间。

领班带着科恩来到餐桌前,他才发现,这绝不是一次单纯的用餐——圆形的餐桌几乎坐满了人。希普利旁边坐着的是州长帕切特,紧接着是副警长伦纳德,然后是里安·霍格和科恩的助理检察官汤姆·温菲尔德。见科恩过来,这些人纷纷向他问候早安。科恩看向温菲尔德左侧的位置,这样他自己的左侧位置就是希普利。所有人都在享用培根煎蛋,配着蓝龟酒馆的招牌粗玉米粉。餐桌中央放着一盘饼干,只剩了几块。

科恩慢慢坐下,特意花时间伸开了他的右腿。那天他需要用到疼痛作为一种支撑,因此特意将吊袜带紧了一扣。那天早上,他的腿部伤口流血严重,因而额外缠上了更多的绷带和纱布来止血。即便如此,在驱车过来的路上,他还是发现深灰色裤腿上沾染了一处血迹。大多数人可能都不会注意到,而且他根本没有时间回家换衣服。

餐桌周围的人显然都没有注意到这一点,他们早已重新开始了各自的交谈,除了希普利和帕切特。

"很高兴见到您,州长,不过我以为您会在化工厂会议结束后直接回蒙哥马利市呢。"科恩说。

"我本来是这么打算的,"帕切特回应道,"然后接到了我们新任警长的一个电话,他可真是个出色的官员。"

希普利清了清喉咙,转向科恩说:"我们得到确切消息:一个极端主义团体据称正在策划对州长官邸进行全面袭击,目的是劫持州长,并杀死楼内的所有人。"

"你们的情报有多可靠?"科恩问道。

"百分之百准确!"希普利回答说。

"他说得没错,"帕切特证实道,"在我接到希普利电话的 4 小时后,我的安全顾问接到了联邦调查局的来电,告知他们也通过自己的渠道得知了这个消息。这是真的,千真万确。"

科恩在心里快速地琢磨了一下,一个代理警长是如何在联邦调查局之前了解到针对知名公众人物的恐怖袭击计划的?他惊讶地问:"天哪,你们知道是谁在幕后策划吗?"

希普利正准备开口,却被州长打断了。"当然,背后肯定是激进左翼分子,很可能是在反法西斯行动内部的一个准军事小组。你知道,这个国家正面临威胁,我们必须准备好迎战这个敌人。"州长说。

"州长,您放心,我们一定会准备好。"希普利保证道。

科恩再一次注意到,希普利的棕色虹膜颜色很深,看起来近乎黑色。蜡烛台上的烛光被困在他那双眸子里,仿佛那黑暗深邃的目光企图捕捉住火焰——并将其淹没在一片漆黑之中。

"我相信这里对我来说非常安全,有我们的新警长在,更是如此。"帕切特说,"这里是我的故乡,而且,我们现在有这场正在进行的审判,几天后还要举行我们前任警长的葬礼。所以目前来看,我应该留在这里。"

"嗯,我很高兴您能在这里多享受一会儿我们的款待,现在确实是危险时期。"科恩说。

"可不是嘛,"帕切特回应道,"你知道吗,总统怀疑民主党明年会试图操纵选举以获得胜利。"

多年前,科恩的父亲曾与现任总统有过交集,他认为总统是个傻瓜,就像纽约其他人一样。

"总统说过很多话,但我并不担心他。我们需要担心的是你——"然而,科恩没能说完这句话。

"不会再有问题了,"希普利说,"我的手下将确保州长的安全,不惜一切代价。"

"不惜一切代价"这句话让科恩感到一丝不安。他不禁好奇,希普利是否会欢迎有人对州长发动攻击,好以此作为借口来施展他更为严酷的手段。

"所以,审判进展如何?"帕切特问。

"目前只是初期,但我知道,我们在这一案件中赢得了陪审团的支持。"科恩答道。

"绝对没错,"温菲尔德插话说,"科恩先生火力全开,我们的撒手锏今天都在这儿了。在座的霍格先生将出庭做证,这也是他今天在这儿的原因。我们还有两位证人表示迪布瓦已经认罪——他的狱友劳森将会做证,以及副警长伦纳德将证实迪布瓦与已故警长洛马克斯——上天保佑他的灵魂得到安息——签署的认罪书。今天将是扭转局势的关键一天——迪布瓦要彻底完蛋了。"

尽管温菲尔德觉得自己是在帮腔,但科恩听到他使用的"扭转局势"这个词时,还是忍不住皱了皱眉。他知道,帕切特会抓住这个词不放。

"扭转局势?这么说之前的情况并不是很好?"帕切特问道。

"确实比我最初预想的更具挑战性,但没关系,我喜欢挑战。"科恩回答。

"陪审团今天将会听到这些认罪供词,到那时一切都将尘埃落定。"伦纳德补充说。

"没错,"希普利附和道,"陪审团很难理解,为什么有人会承认自己并未犯下的罪行。面对陪审团,这一点无论如何都无法绕过去,而且他不止承认了一次,而是两次。"

科恩给自己倒了一杯咖啡,仔细打量着希普利。他前臂上的青筋在肌肉衬托下格外明显,手指上戴着一枚厚重的金戒指,细窄的眼睛背后闪烁着狡猾的智慧之光。

"我什么时候出庭做证?"霍格问道。

"大概今天晚些时候,但不用担心,你的证词会简短有力。"温菲尔德回答说。

"我只是想尽快结束这一切。早知道就不应该雇用迪布瓦。"霍格懊悔地表示。

"很多人都会犯同样的错误,"希普利说,"早晚你会意识到,他们这类人都是一个德行。"

伦纳德点了点头,但其他人并未搭话。科恩对人类生命普遍抱有一种异样的厌恶感,他告诉自己,受害者是什么肤色其实无关紧要。他们都会尖叫,都会死去。然而,南方权威阶层的种族歧视却是无处不在,他在职业生涯中不断目睹这一点。但这是他第一次在公开场合,听到有人如此直言不讳地谈论这个问题。这不是两个密谋者之间的窃窃私语,而是公然摆在明面上。在那句话之后的沉默并不尴尬,相反,在如今这个时代,将这种言论公之于众反而显得自然得多。

"给这个浑蛋判刑就行了,没问题吧,兰德尔?"帕切特打破了沉默。

"请放心,我们很快就会让他坐上'黄妈妈'电椅的。"科恩回答。

他又花了几分钟时间喝完咖啡,留下温菲尔德、霍格、希普利、伦纳德和帕切特继续享用早餐。当女服务员给他拿来公文包时,他想到牧师如今是多么容易隐藏在众人视线之内,没有人会怀疑这张桌子上的某个人其实是个多次杀人的凶手。

科恩掌握了监控录像资料,这让他在对付牧师时有了筹码,像这样的一个人可能会非常有用。总有一天,他会变得更像一个威胁而非资产,当那一天到来时,科恩会像杀死洛马克斯那样杀掉他。

00:57

艾迪

布洛赫在法院门口拿着死亡证明等着我们。不必看那些文件我就知道,我们在本次审判中终于迎来了第一个好运时刻。我的推测是对的,但这并不意味着前方的道路会变得轻松。我们还没有一锤定音的证据,而是抓到了一个机会,仅此而已。

而且有时候,这样的机会也会失之交臂。

布洛赫抬头看向第一排座位，向帕特里西亚挥手示意。

"他们现在怎么样了？"布洛赫问道。

"紧张得要命，已经好几天没睡好了。"

我们一起走向辩护席。帕特里西亚弯着腰，手臂穿过前排座椅的扶手，紧紧握住安迪的手。他在旅馆至少吃得好一些了，但那套西装衬衫看起来仍然大得能装下三个安迪。帕特里西亚再次穿上了她最好的裙子，那是一件午夜蓝色的连衣裙，面料上点缀着白色和黄色的小斑点。她的头发扎了起来，手上戴着她口中的"星期日手套"——那是一双老式皮革手套，是母亲送给她去教堂时佩戴的。想必这是一份她年轻时收到的礼物，因为如今这副手套看上去特别紧绷。

"今天会很艰难。"安迪说。

布洛赫只是对着他微笑了一下，这是我第一次看到她在克制自己。她本想说些乐观鼓励的话，但她明白今天我们要攀登一座高山，手中却只有一根细弱的绳索。于是，她只是咬住嘴唇，轻轻拍了拍帕特里西亚的肩膀。我看到凯特一直在观察她，并从这无声的交流中获得了些许慰藉。她比我们任何人都更了解布洛赫，我们只知道，布洛赫唯一一次与人有肢体接触，是因为她摔伤了胳膊或者腿。此刻布洛赫的手放在帕特里西亚的肩上，这一幕意义重大。在这个冷峻的法庭里，奇迹屈指可数，而这一举动就像是一个微小的奇迹。

上天知道我们现在需要一个奇迹。

布洛赫瞥了一眼检方背后的座位，问道："弗朗西斯今天没来法庭吗？"

"没有，"哈利回答说，"还没看见他。你想开车去找找他吗？"

布洛赫点点头，就在法官走进法庭的那一刻离开了。接着是陪审团入场，然后庭审开始了。我知道，这一天将会成为我在法庭上度过的最为艰难的日子之一。

"检方传唤约翰·劳森出庭做证。"科恩宣布道。

这是当天上午法庭上的第一句话。科恩站得更加挺拔，也更显高了。他的肩膀不再耷拉着，表情专注地凝视着陪审团，或许他已经适应了庭审的节奏。无论你是谁，无论你参与过多少次审判，每次审判的第一天总是充满紧张气氛。你需要一段时间才能找准自己的定位，了解陪审团的状态，审视证据，并找出一条合适的路。

科恩已经找到了他的路。他的助理检察官温菲尔德则一脸沉思，弯腰趴在检方桌子上。

一名身着紧身棕色西装的男子从法庭后排走了出来。他蓄着一条细长锐利的胡须，沿着下颌线蜿蜒而上，一分为二跨过上唇，如果不是知道那是真的，我肯定会发誓说那是用马克笔画在他脸上的。一道疤痕横切过他的左眉，将其一分为二，仿佛是一种刻意的时尚装饰。他身上那套西装看起来价格不菲，但我能看出来他已经很久没穿过了。衣袖肿大，胸部和大腿部位的布料则拉扯得紧紧的，仿佛这套衣服缩水了，或者更有可能——劳森本人又长个儿了。他之所以许久未穿这套西装，是因为他刚从狱中出来，在里面除了举重、阅读之外，没有太多其他事情可做。

对了，在里面还可以思考怎么他妈的出来。

他左手拿起《圣经》，如同对待圣迹般亲吻了书皮，然后高举《圣经》宣誓。法官允许他坐下。

科恩开口问道："劳森先生，您目前的住址是哪里？"

"我现在住宾夕法尼亚。"劳森回答说。他的口音很特别，虽带有南方腔调，但并非那种悠长的拖腔。他语速飞快，嘴唇几乎不动，因此话音含混不清，听起来像是"我现宅宾夕法你呀"。法庭速记员停止了打字，转头低声向书记员说明情况，书记员随后与法官进行了沟通。

"劳森先生，能否请您稍微慢点说话，并且说得更清楚一些？我们的法庭速记员有点听不懂您的口音。"法官钱德勒说。

速记员用嘴型对法官表示感谢。

我看着那位速记员，她的手指在键盘上快速移动，这让我有了个主意。

"您的意思是您目前仍在服刑，对吗？"科恩问。

"没错。"劳森这次放慢了语速，且格外注意发音，以便速记员和法庭能听清楚。

"您是在这所监狱里服完了全部刑期吗？"

"不是，在那之前我在县监狱待过一阵子。我和被告，就是那儿的安迪，共用一个牢房。"劳森一边说，一边指向了安迪。

"您和被告共处一室有多长时间呢？"

"大概几个星期吧，具体多久我也记不太清了。"

"你和被告在里面熟悉起来了吗？"

"当然了，我们是狱友。你知道吗？在一个那么小的空间里，两人挤在同一张上下铺。一天24小时有23个小时都在关押状态，你不得不和同寝的人处好关系，否则你会疯掉的。"

"这样说来，是否可以认为你和被告成了朋友？"

劳森用手擦了擦嘴巴，然后用食指和拇指沿着胡子轮廓线摩挲，从嘴角一路划至下巴。

"不能说是朋友，确切来说，自从他告诉我他杀了那个女孩后，我们就不再是朋友了。"

"劳森先生，请慢慢讲，详细告诉陪审团被告到底跟你说了什么。"

他叹了口气，闭上眼睛，然后说："那天晚上我们在牢房里，已经是深夜了，我听见他在下面哭泣。他睡下铺，我睡上铺。我听见他在下面哭，因为他以前从没进过监狱。我告诉他别哭了，哭也没用，只需要坚持熬过去。他说他活该待在这里，他不该杀害那个女孩。"

说完这段话后，劳森环顾了一下法庭。先是看向陪审团成员，然后望向科恩。

"您有没有问他指的是哪个女孩？"

"我知道他说的就是在卡车驿站被杀害的那个女孩。"

"对于被告的这番陈述，您当时做了什么样的回应呢？"

"我只是告诉他现在唯一能做的就是坦白，把所有事情都告诉警察。他说他不能那么做，因为那样他们会把他送上电椅。"

法庭速记员发出了一声叹息，更像是因沮丧而发出的大声抱怨——劳森讲话的速度对她来说还是太快了。

"谢谢您，劳森先生。最后一个问题，我办公室的人或任何人是否给过您承诺，作为您今天在法庭上做证的回报？"

"没有，兄弟。我只是来这里说出事实真相的，你能理解吗？"

"谢谢。"

钱德勒法官看着我，扬起眉毛，仿佛在询问我怎么有胆量质询证人。凯特低声对哈利说了些什么，然后他们都转过身去轻声对安迪说着什么。安迪摇着脑袋，比最近任何时候都显得焦躁不安。当有人站在法庭上撒谎诬蔑你时，静静地坐着听实属不易。

我站起来，绕过辩护桌，来到了法庭中央的位置。劳森歪着头，与我对视。他看上去扬扬得意，仿佛认定我无法撼动他分毫。

"劳森先生，您上次穿上这套西装是什么时候的事呢？"我问道。

他的眉毛拧在一起，嘴唇紧抿并向两边下撇，头部突然往后仰。他看起来有些困惑，好像我刚刚问他秘鲁的首都是哪里一样。

"嗯，我不知道，可能是六年前吧？"

"你最后一次穿这套西装很可能就是在你的判决听证会上，我说得对吗？"

"没错。"

"那么，您已经服刑六年了。您当时被判的是什么罪名？"

"贩毒。"劳森回答。

"你从事毒品交易？"

"是的，但我从来没杀过人。"他说。

"我没有说您杀人了。您还剩下多少年刑期？"

"大约不到八年。"

"您已经在州立监狱服刑六年，然后出于某种原因，您被转移到了县监狱待了两周，对吗？"

"没错。"他回答道，声音中透露出一丝烦躁，回答的速度也在加快。

"直接被转移到了安迪·迪布瓦所在的牢房里？"

"是的。"

"然后您在那里待了两周？"

"差不多吧。"

"您刚才做证说被告向您承认了谋杀罪行，那您是什么时候将其告诉执法部门的？"

"我告诉警卫我想见警长。"

"您是什么时候告诉警卫的？"

"不知道，大概是第二天早上吧。"

"您是什么时候和警长谈话的？"

"就在那天。"

"那您是什么时候又被送回州立监狱的？"

"几天后。"

"为什么要被送回去？"

"我不知道，他们让我去哪儿我就去哪儿。"

"您今天在这里提供的证词并没有进行任何交易是吗？"

劳森向前倾身，对着麦克风大声且清晰地说："没有。"

"您没有与地方检察官口头达成任何减刑以换取证词的协议，对吗？"

"没有。"

"并且您也没有签署任何表明您将在提供证词后获得减刑的书面协议，对吗？"

"没有。"

这是一个老生常谈的故事：狱中告密者为了达成协议以缩短刑期，会不惜编造任何谎言。但检察官最不愿意看到的，就是陪审团认为告密者在撒谎。地方检察官希望陪审团相信证词不是通过收买或贿赂而来,而是不加任何修饰的事实,除此之外别无他物。

然而,问题在于:这完全是一派胡言。

世界上根本不存在诚实的囚犯告密者,以后也不会有。

"为了让陪审团明确这一事实,再问一遍,您是否在说,您并没有为了今天的证词而做出任何缩短刑期的交易?"

"没有,我没有做交易。"他几乎是耀武扬威地说。

"为什么没有呢?"我追问道。

"什么?"

"你为什么不达成个协议?"

他环视了一下房间,和科恩交换了一下眼神。他不知道该说什么。

"没有就是没有,仅此而已。"他最终回答。

"达成协议并没有什么不对,这种事情经常发生。一个囚犯如果掌握了一些有助于当局的信息,表现出合作意愿,地方检察官就会为他与假释委员会达成协议。假释委员会希望囚犯在释放前能够充分改过自新,协助当局解决其他犯罪是囚犯走上改过之路的良好证据。所以我再问一遍,您为什么没有达成协议呢?"

"我已经告诉你了,我不知道。我只是想说出真相,仅此而已。那女孩被杀了,我想帮助警察抓住这个家伙。"劳森快速说道。此时速记员正皱着眉头,疯狂敲击着手中的键盘。

我朝证人迈近了一小步。他显得有些慌乱,忘记了保持回答的缓慢和稳定。我需要进一步施加压力。

"如果你不愿意,我不会要求你透露任何敏感或机密信息,但我很想知道,当你告诉你的律师你没有达成协议时,他是怎么说的?"

我离劳森又近了一步。我希望他感觉我正在步步紧逼,没有给他留下丝毫退缩的空间。

"我没跟我的律师提过这事。"他回答说。

我正准备再向前进一步,却突然感觉有些困惑,于是停了下来摇摇头。

"等一下，我知道如果没有达成协议，对起诉方而言更有利。如果告密者只是为了让自己早日出狱才做证，那么他们在陪审团面前的可信度就不高。有时检察官不希望陪审团知道存在协议，这样他们的证词会显得更可信。你知道这种情况通常是怎么运作的，对吧？"

劳森吞咽了一下口水，回答说："我明白。"

"你看到那边随着我说话打字的女士了吗？"

他紧绷下巴看向那边，然后说："看到了。"

"她是法庭速记员，负责记录下这个法庭里说过的每一个字。如果对这个房间里所说的一切有任何争议，她的记录将一锤定音。你的证词已经被记录在案。你明白这一点吗？"

"我明白。"

"那么，假设六个月后你出现在假释委员会面前，他们说他们对你与地方检察官达成的协议毫不知情。你在记录在案的情况下，在宣誓之后告诉这位法官和陪审团，你没有和别人达成任何协议。你的律师也不知道有关协议的事情，而且你也没有任何书面文件。如果科恩先生在假释委员会面前说没有交易呢？你觉得假释委员会会选择相信你，而不是科恩先生吗？"

尽管天花板上的吊扇使得法庭内凉爽宜人，却阻止不了劳森额头上的肥硕汗珠冒出。汗珠滚入他的眼睛，顺着脸颊，渗入胡须中。他的眼睛眯成了一条线，目光紧盯着科恩。

"劳森先生，我是一名辩护律师，我知道与地方检察官较量是什么感觉，所以，只是出于对你个人利益的考虑，我再次问你：地方检察官是否为了换取你今天的证词，向你提供了某种协议？"

两名陪审员往前倾身，等待着答案。

劳森舔了舔嘴唇，擦去了脸上的汗水。

"为了记录起见，劳森先生，请正式回答这个问题。"我说。

"他说他会替我在假释委员会那里美言几句。"

刚才向前倾身聆听的两位陪审员，艾弗里和另一位陪审员，转头看向了科恩。我顺着他们的目光望去，看到科恩正面带微笑，轻轻摇头。

"这么说，他确实和你达成了协议？"

"对，没错。"

"我明白了，所以当你在法庭上否认有任何协议时，其实你在撒谎？"

"不是的，我只是口误了。"

"澄清一下，你向陪审团撒谎，否认了与地方检察官达成协议的事实，但你坚称安迪·迪布瓦承认杀害斯凯拉·爱德华兹时却没撒谎，是这样吗？"

"差不多是这样。"

"当你因贩毒指控被捕并入狱时，你选择了认罪还是不认罪？"

"不认罪。"

"但是你最后被判有罪了？"

"是的。"

"你在原审中对陪审团撒了谎，今天又在这个陪审团面前撒谎，否认与检察官达成了协议，现在你却期望这个陪审团相信，你说的安迪·迪布瓦承认了谋杀的说法？"

"简直是胡扯，伙计。我还能够得到提前假释的协议吗？"他环顾四周，问道。

我转向陪审团，举起双手说："我对这位证人的提问到此结束。"

科恩站起来，准备对证人进行反质询，力求挽回一些对他不利的影响。

"劳森先生，请让我向陪审团和法庭记录澄清一点，我们并没有与你达成提前释放以换取证词的协议，对吧？"

劳森向前倾身，手指直指科恩，嘴唇紧抿，露出一副龇牙咧嘴的表情。他正要与检察官激烈交锋时，法官适时插话了。

"我认为这位证人的可信度不高。如果他暗示地方检察官通过诱导虚假证词误导法庭，那么我们可以忽视这位证人的陈述。"

科恩察觉到钱德勒法官正在给他抛出一根救生索。他立刻抓住这个机会，于是钱德勒法官下令将劳森带离证人席，然而这并未让劳森闭嘴。

"我们之间有协议！"在两名监狱警卫护送他离开证人席的过程中，劳森大声喊道。

法官确实帮了科恩一把，但我感觉他对此并不满意。这是第一次，科恩遭到了之前钱德勒法官只对我一个人投来的那种目光。要么是因为法官不喜欢科恩处理案件时的马虎态度，要么是因为他认为地方检察官科恩的做法已经触碰到了他的道德底线。

科恩的案子正面临分崩离析的局面。他坐下来，看着桌上的笔记。我注意到他正紧紧地捏住自己的右大腿，他的裤子上开始出现一片红色的污渍，就在他用力掐住的肌肤部位。

科恩松开手说："检方传唤巴克斯顿先生出庭做证。"

巴克斯顿是发现斯凯拉尸体的卡车司机，他并非关键证人，所以我曾怀疑科恩是否会传唤他。

凯特靠过来低声说："科恩现在处境艰难，他正在传唤一位相对简单的证人。巴克斯顿的证词不会有太多争议，这是科恩试图找回节奏的表现，我们必须针对巴克斯顿采取行动。"

"不，"我说，"我们要在巴克斯顿的证词中埋下问题的伏笔，稍后再解答这些问题。如果科恩表现得有些挣扎，我们就应该确保他继续保持这种状态，给他制造更多烦恼。"

凯特点点头，说："那我就负责对付巴克斯顿。"

00:58

凯特

凯特注视着泰德·巴克斯顿走上证人席。他身穿白色衬衫和棕色裤子，系着蓝色领带，看起来四十几岁，块头很大，一头未掺杂一丝灰白的棕色头发整齐地梳向一边。他刮净了胡须。走过凯特身边时，她闻到了一股肥皂和鞋油混合的气味。为了今天的庭审，巴克斯顿特意穿上了他最体面的衣服。

巴克斯顿宣誓完毕，科恩显得有些尴尬地站起身来询问证人。开口之前，他刻意在桌上放了一本厚厚的法规书，试图在站立时遮挡住血液污渍，不让陪审团看见。凯特也注意到了这一点，并好奇科恩是如何弄伤自己的。看他腿部开始流血时，手中并没有拿着任何东西，因此她推测可能是旧伤，不过更像是他有意促使伤口出血，仿佛在惩罚自己。

一些有权势的男性确实会有这样的倾向。在代理多起性骚扰诉讼案件的过程中，凯特从受害者口中听到了各种各样的故事。大多数情况下，故事都是同一个模式——一个不懂得注意自己言行举止的男人。就是这样，这就是故事的核心，其余的只是细节。但其中的一些细节总是在不同的故事中反复出现，有权势的男性常常幻想自己受到伤害或者感到无助。

凯特推测检察官或许是有意伤害自己。

"巴克斯顿先生，您的职业是什么？"

"我是一名卡车司机。"

"今年5月14日晚上，您在哪里？"

"我当时正在联合公路的一个卡车驿站休息。"

"具体是指什么呢？"

"我当时在驾驶室里打着盹儿。那天我已经开了很长时间的车，需要休息一下。我觉得省下住宿费，直接在驾驶室里睡觉会比较划算。"

凯特对巴克斯顿颇有好感。他说话实实在在，没有废话，看上去就是那种只愿意说出事实，而不做任何掩饰的人。

"那天晚上有什么事情发生吗？"

"什么都没有发生。"

"第二天你做了什么？"

"我已经把货物送到了化工厂。我家就在这里，但是我家附近的那条街太窄，不适合卡车通行，所以我把卡车停在了卡车驿站，步行回家。当天和孩子们待在一起，傍晚时妻子开车把我送到卡车驿站，给卡车加满油后，再去接下一趟运输任务。"

巴克斯顿犹豫了一下，咽了口唾沫，似乎是出于紧张或是情绪化记忆的影响，随后他再次开口，声音微微颤抖，眼睛突然湿润了。

"当时我在卡车旁，看到停车场外的高草丛中有东西在晃动。我走过去查看，就在……"

"请继续说下去，巴克斯顿先生。"

"就在那时，我发现了一群乌龟，围成一圈。起初，我分辨不出它们在咀嚼什么。当我走近仔细看时，才发现那是一双脚。脚底朝上对着我，在月光下呈现出蓝色。"

"然后您做了什么呢？"

"我打电话报了警，"巴克斯顿说，"我听说爱德华兹家的女儿失踪了，所以毫不犹豫地打了电话。"

"谢谢。"科恩说完，坐回了自己的位置。

陪审团对泰德·巴克斯顿的印象很好，攻击他并不明智。凯特知道，把他变成辩方证人会是更好的策略。

"巴克斯顿先生，您是什么时候到达卡车驿站的呢？"凯特问道。

"差不多是那天晚上的十点半。"

"您一直都在卡车里吗？"

"基本上是的。我在驾驶室里放了午餐盒。哦，我可能去了一次加油站里的洗手间，就在我刚到那儿的时候。就是这样。"

"你在驾驶室里听到霍格酒吧传来的音乐了吗？"

"当然。吃完东西后，我躺下休息，那音乐让我醒了一会儿。"

"你是睡眠很浅的人吗？"

"并不是特别浅。"

"但是那音乐足以让你无法入睡？"

"对。"

凯特瞥了一眼陪审团，然后将注意力重新集中在证人身上。她越来越擅长运用微妙的身体语言技巧了，这么做，是在以她独特的方式向陪审团传递如下信息——这一点很重要，请记住。现在，请注意接下来的内容。

"那天晚上你都没听到年轻女子尖叫或呼救的声音吗？"

他摇了摇头。"没有，绝对没有。如果有那样的声音，我肯定会跑出去帮忙的，我有个年纪相仿的女儿。"

"在你发现她之前，那天晚上你没有见到受害者对吗？"

"没有。"

"那天晚上，你有没有看到被告？"

"没有，我不记得有。"

"巴克斯顿先生，检方的论点是，斯凯拉·爱德华兹大约在午夜时分与被告一起离开了霍格酒吧，并且两人当时发生了争吵。据检方所述，被告殴打了受害者，多次击打她的脸部，受害者在抵抗过程中用右手的指甲划伤了被告的背部，而且在搏斗过程中，受害者的左手有两根手指脱臼并骨折。随后，她被勒死，并在当晚或次日的某个时间点，被埋在了你发现她的地方。你明白检方的指控内容吗？"

"我想是的。"巴克斯顿说。

"但是你没有听到任何尖叫，或其他在搏斗中可能会发出的声音，对吗，巴克斯顿先生？"

"我没有听到。"

"谢谢你，巴克斯顿先生，暂时没有更多问题了。"

科恩没有对巴克斯顿重新进行询问，任由他离开证人席。钱德勒法官目送巴克斯顿沿着过道走出法庭后面的门，随后宣布休庭。凯特注意到，法官从座位上起身时，表情中透露出担忧和疑虑，这些情绪似乎都指向了检察官。凯特不愿过于乐观，但从目前的情况来看，钱德勒法官似乎开始倾向于认为，安迪·迪布瓦可能是无辜的。为了避免分散注意力，她暂时把这个想法搁置一边，并记下了接下来检方还需要传唤的证人名单。

第一个是 DNA 专家谢丽尔·班伯里，她认为安迪的 DNA 与斯凯拉·爱德华兹指甲下的物质相匹配。接着是副警长伦纳德，他将证明安迪的供词，并证实他背部的抓痕。此外还有霍格酒吧的老板里安·霍格，以及最后出场的斯凯拉的父亲弗朗西斯·爱德华兹，他将极大地触动陪审团的情感。

尽管无法确定证人的出庭顺序，但凯特猜测科恩会把弗朗西斯·爱德华兹留到最后。毕竟，他现在甚至不在法庭内。

"下一个出庭的证人会是谁？"凯特问。

艾迪摇了摇头说："我不知道。科恩现在一团糟，他可能会采取任何行动。在这个案件中，我们还没有经历完所有的意外情况。"

00:59

艾迪

我们离拯救安迪的生命很近了，而我知道，科恩在陷入绝境时最为危险，这类男人往往如此——他们陶醉于职务带来的权力。当你掌握着生杀大权，不受任何制约和监督，无需向任何人负责时，很容易变成恶魔。科恩拥有财富，接受过一流的教育，本应在曼哈顿一间占地 2000 多平方米的办公室里的大理石办公桌后面代表小国行事。然而，他却在亚拉巴马州的一个小镇上担任检察官，年薪只有 10 万美金。但这对他而言并非失败，是他主动选择了这份工作。当他接受这份工作时，就已经是个恶魔了，因为吸引他的，是那份权力。

短暂的休庭期间，科恩换了一套西装。他现在穿着一套深蓝色细条纹的厚实西装,显然是为了遮掩大腿上的血迹。那要么是一个无法愈合的伤口,要么是他不允许愈合的伤口。有些男人不仅从制造痛苦中获取快感,还享受疼痛本身。如果我能一记直拳狠狠揍他一顿,他可能就不会感到那么愉快了,至少不像我那么愉快。

法官和陪审团纷纷入场,科恩抛出了下一个证人。

"传唤谢丽尔·班伯里医生。"他说。

一位身穿柠檬色外套和黑色裤子的女士走上前来,她看起来快60岁了,也可能60岁出头。一头深褐色的头发有些稀疏,从脸上往后梳去,束成马尾辫。她的面部略显憔悴,就像脑后有一个夹子,将脸部的皮肤紧紧拉向头骨表面。但她绿色眼睛周围的苍白光泽和手上的老年斑,才真正暴露了她的年龄。

她宣誓后,温柔地看着科恩,并在被询问时,提供了作为专家证人的资格证明。这看起来像是经过精心练习的套路,他们以前应该曾多次进行过这样的配合。这种熟悉感让我不禁好奇,这位"好医生"究竟帮科恩送过多少人上了绞刑架。

这个想法使我打了个寒战。

背上的汗水正在变干,让我感到一阵凉意。对此我很庆幸,因为我需要对这位证人保持高度警觉。她身经百战,班伯里医生将会是一个难缠的对手。

"你收到了两份材料以供检查和比对,是这样吗?"科恩问道。

"是的,正如我在报告中详细描述的那样,这两份材料分别是指甲剪片和DNA拭子样本。"

"现在,我知道你的报告中有很多科学细节,但你能否用通俗易懂的语言,向陪审团解释一下你的发现结果?"

"当然可以。首先,我检查了指甲内侧的物质并取样。其中有一些是血液和皮肤碎屑,非常微小。我对这些微小的物质进行了检验,并成功提取出了DNA图谱。"

"什么是DNA图谱呢?"

"这就像一个人的遗传密码。每个人都是不同的，每个人都有自己的独特密码。"

"对于来自被告的 DNA 拭子样本，你是怎么处理的？"

"我从拭子中提取了 DNA，并识别出了标记物——即有助于我们确定遗传密码的 DNA 图谱。接着，我将指甲下发现的血液和皮肤样本中的 DNA 标记物，与被告的 DNA 拭子进行了比对。"

班伯里医生在回答后停顿了一下，喝了一口水，为陪审团营造出一种期待感。她确实很擅长这一点。

"我的对比结果显示，这些 DNA 在科学上完全吻合。"

"完全吻合。"

"是的，科学上完全吻合。"

"为了确保陪审团明白，请问受害者指甲下的血迹和皮肤碎屑来源于被告吗？"

"根据科学所能提供的信息，答案是肯定的。"

"那么这种匹配的可能性是多少？"

"我们有超过百分之九十九的把握。"

"谢谢。"科恩满意地坐下，尖尖的脸上显露出得意的表情。我知道他为何如此开心：陪审团正全神贯注地聆听班伯里的每一句话。她的证词非常有力，科学告诉他们，受害者与安迪发生过搏斗，她在挣扎中抓伤了安迪的背部，从而将他的 DNA 留在了自己的指甲下。

游戏结束。

我感到有人将手搭在我的手臂上，是哈利，拉我说句悄悄话。

"她很厉害，确保在你开始反击之前让她无处可逃。只要有丝毫闪失，安迪就会被判死刑。"

他说得没错，一切都取决于这一刻。如果我们不能扭转这个证人的证词，一切就都结束了。起身进行交互询问之前，我最后看了眼安迪和他母亲。她的手臂穿过隔离观众席与辩护桌的栏杆；安迪为了避免法官看见，转动了椅子，并握着她的手。

帕特里西亚了解自己的儿子。无论科恩声称掌握了什么证据——她都相信自己的儿子不是杀人犯。然而,如果不能拯救他,这一切都不再重要。

我已经对此进行了思考,并认为自己找到了一个狭窄的突破口——关键在于安迪。他告诉过我,警察曾将他打到失去意识。我相信他的话。过去几天我们发现的证据在我的脑海中逐渐拼凑出一幅画面,各个片段正在慢慢联系起来。

现在是时候将其拼在一起了。

我深吸了一口气,敲定了第一个点。

"班伯里医生,我这么说对不对,你从县警局那里收到了两份样本用于分析?"

"是的,两份检材,分别是指甲剪片和来自被告人的 DNA 拭子。"

"这些检材是如何提供给你的呢?"

"已故警长亲自送到了县实验室。当我接手保管时,在收据上签了名。"

"你在这个县担任 DNA 专家多久了?"

"至今已有十五年了。"

"长期以来,你与执法机构一直保持着良好的合作关系,对吗?"

"可以这么说,没错。"

"你首先检查了哪一份样本?"

"受害者的指甲剪片。"

"你检查的是指甲下的物质,对吗?"

"是的,我了解到,被告背部有一些可能是指甲抓痕的擦伤痕迹,所以我测试了受害者的指甲下是否有他的皮肤碎屑、血液或 DNA。"

"我明白了。在那些指甲上除了遗传物质外,还有其他物质,是这样吗?"

"是的,有一些化学化合物。我了解到受害人在亚拉巴马大学本科阶段学习化学,想着她可能接触过各种各样的物质。"

"您能否读出在受害人的指甲剪片中发现的并非遗传物质的材料清单?"

班伯里看向法官,问道:"我可以参考我的报告吗?"

"可以。这是做证,不是记忆力测试。"钱德勒法官回答说。

随后,班伯里从黄色夹克口袋里取出一副细框阅读眼镜,架在鼻梁上,然后打开手中的塑料文件夹里的报告。她翻阅了几页,找到了相关段落并开始朗读。

"我检查了标记为 CL12 的密封证物袋内的指甲,发现血液、皮肤、泥沙以及粉末残留物。粉末残留物含有抗胆碱能颗粒(4份)、舍曲林颗粒(1份)、硫酸盐吗啡颗粒(4份)以及吩噻嗪类颗粒(很可能是普鲁氯嗪颗粒)(1份)。"

"舍曲林是一种药物,对吧,医生?一种抗焦虑药,通常被称为左洛复?"

"是的,你说得没错。"

"您发现的另外三种化合物,我们逐一来看一下。抗胆碱能也是一种药物,对吧?被用于苯海拉明[①]中,作为一种肌肉松弛剂,有助于缓解胃痉挛?"

"是的。"

"硫酸吗啡能以药片形式服用,用于缓解疼痛对吧?"

"是的。"

"最后一种物质——普鲁氯嗪是一种止吐药,能帮助控制恶心感,对吗?"

"我想是的,但我不是药剂师。"

"受害者也不是。她正在学习化学,而不是药理学。在指甲下发现这样的物质组合相当不寻常,你不觉得吗?"

---

① 抗组胺药。对中枢神经有较强的抑制作用,适用皮肤黏膜的过敏性疾病,如荨麻疹、枯草热、过敏性鼻炎等。还可用于预防晕船、晕车、晕飞机等晕动病。思睡、口干为其主要不良反应。

"在我以往的经验中,在指甲下确实会发现许多不寻常的东西。"班伯里医生回答。

我需要更严谨地发问,钉牢更多的关键点。

"让我换种方式提问。你在之前检验过的任何其他指甲剪片样本中,是否发现过这种特定的物质组合?"

班伯里医生微微点了点头,她清楚我们正在进行一场言语的较量,而这一点暂时算是我得分,尽管她并不明白我的意图何在——除了凯特、哈利和布洛赫以外,没有人知道。

"没有。"班伯里医生说,"我在指甲剪片样本中未曾发现过这种特定物质组合,但重申一下,每一份样本都有其独有的特征。"

医生以为她抵挡住了另一轮攻击,而这正是我希望她产生的想法。

"那么,在这些指甲剪片下发现的物质,确实能为我们提供至关重要的证据,对吗?"

现在她变得更加警惕,但不得不认同这一事实。

"是的,这些物质可以讲述背后的故事。比如,是谁在某人的背部留下了抓痕。"

班伯里医生试图利用每一个机会进行反击。我暂时忽略这一点,因为我正在关注更宏大的局面,但我记住了她的回答。我要将这个信息整理好,然后以其人之道还治其人之身。

"请明确一下,你检测的是指甲上发现的物质,而不是指甲本身对吧?"

"没错,我们无须检验指甲本身的 DNA。指甲的来源很清晰,且已经通过警长提供的证据链得到了确凿的证明。另外,从人类指甲中提取 DNA 的过程要复杂得多。"

现在是时候扣紧扳机了。

"本案的被告坚决否认与受害者发生过任何形式的冲突,他不记得自己被挠伤,也不知道那些抓痕是如何出现在皮肤上的。"

"他会这么说也是意料之中,不是吗?在我看来,事实已经很明确了。"

"班伯里医生,我想向您展示一张受害者的照片,这是检方提供的2号照片。"

书记员从她身后的办公桌后取出一张放大的照片,画面中受害者躺在霍格酒吧后面的泥土地上。

"首先,我要感谢检方将这张照片放大,这对辩方非常有帮助。班伯里医生,请您仔细看看受害者的指甲。"

班伯里取下阅读眼镜,转身看向照片。

"受害者的指甲上涂有鲜红色的指甲油。班伯里医生,在您对受害者剪下的指甲进行检验时,并没有提到除了遗传物质外还发现了指甲油成分。"

班伯里咽了口唾沫,回答道:"是的。"

"那些指甲剪片现在在哪里?"

"在我的实验室里。"

"班伯里医生,在回答前请仔细回忆确认一下,您在当时检验的指甲剪片上并没有发现指甲油残留的痕迹,对吗?"

她犹豫着,看着照片,眯起眼睛仔细观察起来,专注地看着受害者的指甲。

"在剪取指甲时,指甲油可能已经剥落了。"她说。

"等一下,我们回看一下。所以你确认,你检验过的那些指甲剪片上并没有指甲油?"

"是的,但就像我刚才说的,指甲油可能已经剥落了。"

"我明白这有可能发生,但所有指甲油完全剥落?没有留下任何痕迹?"

"这是可能的。"她回答道。

我俯身从辩护桌上拿起三份复印好的文件,分别给检方和法官一份。

"尊敬的法官,鉴于这位证人的回答,我们现在希望将这份文件作为证据提交法庭。"我说。

"这与本案无关。"科恩反对道。

"尊敬的法官，这份文件的相关性将会由这位证人来证实。"

钱德勒法官仔细查看了那份文件，不急不躁、一字一句地读完了整页内容。

"我目前没看出这份文件与案情有何关系，而且可能陪审团也会这么认为，但我允许提问，毕竟这是一起死刑谋杀案。"钱德勒法官说。他试图淡化这份文件的重要性，让陪审团觉得文件并不重要，或许这样他们就不会太关注了。

我将文件交给证人，并请她阅读。起初，她对为何我要给她看这份文件感到困惑，但读到页面底部时，她的表情发生了变化：眼睛睁得大大的，嘴唇微张，立刻看向了科恩。对于这个问题，他无能为力。

"班伯里医生，在您之前提到洛马克斯警长时，您说了一句——上天保佑他的灵魂得到安息。我想您和已故的警长是好朋友吧？"

"由于各自的工作岗位关系，我们相互认识，并随着时间推移建立了一定的默契。"

我试图逐步引出问题，不想表现得太明显。但她并没有顺着我的引导回答，所以我不得不直接发问。

"在您看来，他是个诚实的人吗？"

"是的，他是一个好人。"

正中下怀。

"他的妻子也是这么认为的。"我说着，伸出一只手。凯特递给我三张照片复印件，我分别交给了法官、科恩和证人。

"我希望这张照片能够作为证据提交法庭。"

"尊敬的法官，弗林先生提出的'法庭将这张照片作为证据'的要求合理吗？"科恩问道。

钱德勒法官看着那张照片，似乎在手中权衡了一下。他抬头看向天花板，再看看科恩，接着又看向照片。这位法官已经在任多年，比科恩和警长的时间都要长。我之前可能判断有误，但现在察觉到了法官态度的微妙变化。他与洛马克斯相识已久，在科恩来到这个镇子之前就已熟识。此刻，法官内心似乎有些触动。

"这张照片是真实的吗？"法官问道。

"是的，尊敬的法官。如果有任何疑问，我相信原版照片仍在县警局，所以如有对照片真实性的争议，可以由此溯源。"我说道。

"我接受这份证据。"法官宣布。

"尊敬的法官，这太荒谬了——"科恩刚要抗议，但未能说完。

"不，科恩先生，这并不荒谬。我已经作出了裁决，你应该尊重。"法官直视着科恩难以置信的脸庞说道。

我看向凯特和哈利，他们看起来就像法官刚才从袍子里变出了一只活兔子一样惊讶。整个法庭发生了某种变化——温度有了波动。像钱德勒这样的战舰是不会像刚才那样急转弯的，我猜测他在照片中看到了触动他个人情感的内容，仿佛有个钟在法官心中敲响了。我甚至不知道他心中还会有钟。

我递给了证人一张照片复印件。

"这是一封信的照片，是由警长柯尔特·洛马克斯的已故妻子露西·洛马克斯所写，这可能是他生前读的最后的文字。此后不久他的尸体被发现，官方认为他自杀了。我给你一些时间读这封信，但显然他的妻子认为他是一个好人，只是被人带入了歧途。"

班伯里医生读了那封信。

"我一直对洛马克斯警长评价很高。"她说。

"你应该知道，警长的妻子露西·洛马克斯在去世之前，长期患有癌症。"

"我知道这个情况。"

"你手中的文件是露西·洛马克斯的死亡证明。根据本县的习惯和惯例，在这份文件底部，列出了她去世时已知的医学状况，以及当时给她开具的处方药物清单。你看到了吗？"

"我看到了。"

"就在本周露西·洛马克斯去世时，医生给她开具了苯海拉明、左洛复、硫酸吗啡和普鲁氯嗪这几种药物。而这恰好与你所检验的指甲剪片下发现的物质组合完全一致，对吗？"

班伯里医生点了点头。

"为了记录在案，请您用明确的'是'或'否'来回答这个问题。"

"是，完全一致。"

"你还会在这封她留给丈夫的信件中看到，她感谢他在自己生病期间的照顾。我引用一下：'我喜欢并感激你在我生病期间对我无微不至的照顾。你帮我揉脚、洗澡、洗头发，甚至在我咽不下药的时候，还把药片磨碎混入酸奶中让我服下。'你所检验的指甲剪片并非来自受害者，对吗，班伯里医生？实际上，你检验的是警长洛马克斯的指甲剪片。被告人在牢房中被击打昏迷后，警长用自己的手指接触到了被告人的皮肤。这才是合乎逻辑的结论，不是吗？"

她红着脸说："我只对我所做的测试做证，样本不是由我采集的。"

"之前你提到，指甲下的物质可以讲述背后的故事，比如是谁抓伤了某人的后背。现在很明显，在本案中究竟是谁造成了抓伤，而那个人并不是受害者，对吗？"

班伯里医生低头看向地板，随后把头发往后一甩，让头发从肩头滑落，就像是在摆脱一个她不愿面对的结论。

"我对所收到的样本进行了检验，并基于警长提供的信息得出了结论。"

"对于警长洛马克斯来说，这已经太晚了。但对于你，班伯里医生而言，也许还来得及。我再次问你，你现在是否认为你分析过的指甲剪片来自受害者？还是它们可能实际上来自警长本人？"

班伯里医生看向钱德勒法官。他正透过眼镜框的边缘，严肃地盯着她，拳头紧握在下巴下方。

"鉴于今天我了解的信息，这些指甲剪片可能并非来自受害者，而是来自警长。"班伯里医生说。

法庭中的声音十分重要。即使本应保持安静，也总会有人窃窃私语、咳嗽、低语和轻叹，如此连绵不休。那时候，法庭里唯一的声响来自陪审团成员，有些彼此交换着眼神，有些惊讶得屏住了呼吸，还有一些人在低声咒骂——这就是我期待的反应。也许压在我心头的两吨重担减轻了那么一点点。自从伯林走进我的办公室告诉我关于安迪·迪布瓦的事情以来，这是我第一次感到肺部畅快地吸满了空气。

洛马克斯的死源于他试图自我救赎，对此我深信不疑，法官也注意到了这一点。他可能还记得信中描述的那个年轻警长——露西写给丈夫信中提到的那个年轻人：他一心向善，随身携带幸运符，渴望有所作为。也许，钱德勒法官在那封信中也看到了自己年轻时的影子。

女性有一种直截了当戳穿阴谋的能力，就像热钢刀切樱桃馅饼一样干净利落。

我告诉法官，已无更多问题要问证人。我不想破坏当前的局面，我已经得到了比预期更多的成果，再继续下去只会走向下坡路。

我曾考虑请求法官指示陪审团，基于警方和检方的行为不当而撤销此案。但我知道单凭目前还不够，还未得到足够的证据支持。于是我决定把这些内容留到向陪审团发表结案陈词时再说。

"尊敬的法官大人，我们请求休庭，以便准备明天我们的最后几位证人出庭做证。"科恩说。

法庭结束了当天的审理。看到科恩收拾文件时投来的目光，我不禁感到一阵寒意。他遭受了一系列沉重打击，准备反击了。他的眼神转向了安迪，这时，一抹微笑在他的嘴角若隐若现。

有事即将发生。

而且是坏事。

科恩手里握有某种撒手锏，一种秘密武器，他正准备使用它。

00:60

布洛赫

布洛赫坐在空调关闭、车窗开了 2.5 厘米缝隙的 SUV 里，密切关注着前一天她闯入的大楼门口停下的车。

她在市区和周边驱车转悠了几个小时，始终没有发现弗朗西斯·爱德华兹的身影。他的车没有停在车道上，而且当天她都没有见到那辆车。在徒劳地兜圈子之后，她决定守在白色山茶花举行会议的办公楼外面。

她在那里坐了 45 分钟，在烈日下汗流浃背，一直注视着街道。附近没有一辆昨天见过的车——没有悬挂邦联旗的皮卡车，也没有停在那栋大楼附近的车辆。正午阳光下的小镇静得出奇，几乎平静如水。然而，空气中弥漫着一股布洛赫挥之不去的恶意。像这样的美国小镇都有另一面——黑暗面，浸透了血腥的历史和仇恨。

她打开一瓶在加油站购买的冰镇矿泉水，一口气喝掉了半瓶。把瓶子重新放入杯架时，她眼角的余光捕捉到了什么——一个 5 秒钟前她可能错过了的事情。

办公室的门开了。一名男子走出来，又随手把门关上。他头戴一顶巴拿马帽，身穿浅灰色西装，肩上斜挎着一个邮差包。帽子遮住了他的脸部，使他的面容隐藏在阴影之中。这个人不是丹维尔或弗朗西斯·爱德华兹，也不是格鲁伯。布洛赫以前从未在这栋建筑中见过他。

他并没有在街上停留太久。一辆黑色 SUV 停在路边，他随即进入副驾驶座位。布洛赫转动钥匙启动引擎，紧跟在 SUV 后面，保持着一定的距离。由于 SUV 车窗贴了深色贴膜，很难看清车内情况，但她估计里面只有司机和戴着巴拿马帽的乘客，后排没有人。

这辆 SUV 穿梭在镇子里，然后驶向人口更为密集的地区——主要是白人聚居的郊区。布洛赫曾走访过巴克斯敦的各个角落，吉姆·克劳法①遗留下来的痕迹依然清晰可见。非洲裔美国人、拉丁裔以及她看到的少数亚裔家庭，都住在镇子另一边破旧的住宅区里；而在主街以西的大型现代住宅区里，这些少数族裔的身影十分罕见。

当SUV左转驶入桃树大道并在前方减速停下，停在了491号房屋前时，一股电流般的悸动感让她后颈的汗毛竖立起来。

那是弗朗西斯·爱德华兹的房子。

布洛赫从手套箱里取出相机，对准SUV拍摄下了车牌照片。一会儿有了空，她会查查这个车牌信息。接着，她调整了相机的变焦功能，准备仔细看看从副驾驶座下车的人是谁。

00:61

牧师

牧师解开西装外套的扣子，摘下帽子放在其中一个文件柜顶上。办公室里没有通风设备，但他不想打开窗户，以免引起街道上的注意。他从文件柜中挑选出所需的文件，合上柜门，然后找到州长官邸的平面图，和文件一起放入包中。

他花了一会儿时间环顾四周。

他的愿景就是在这个房间诞生的，未来发生的伟大事业，全都始于在此进行的秘密对话。而现在，有两个男人将要实现他的梦想。他付出的所有努力，都将归结于今天即将发生的事上。

他将包挎在肩上，拿了帽子重新戴上。酷热的太阳无情地炙烤着大地，仿佛要将人行道晒裂。这让他想起了那些困在箱子里的日子：

---

① 泛指1876年至1965年间在美国南部以及边境各州实施的一系列法律和规定，这些法律规定强制实行种族隔离政策，主要针对非洲裔美国人，但也包括其他有色人种。这些法律规定旨在建立并维护白人至上主义的社会结构。

太阳如同炽热的神祇,剥去黑漆木箱子上的油漆,在黑暗中煎烤着他,而他则恳求父亲放他出去。

"祈祷吧,孩子。祈求宽恕,神会让你得到解脱。"这是他父亲对他求助时唯一的回应。

于是,牧师祈祷着,祈祷父亲能像母亲那样死去,给自己带来一些安宁。

最终,这位牧师的父亲确实去世了,而且经历了一个痛苦的死亡过程。那是牧师上大学后的第一个暑假,他在家里。全额奖学金虽然让他免于负债,但生活费并不充裕。农场收到过几次收购报价,但牧师的父亲拒绝出售——声称宁愿死在自家的土地上,也不愿将其交给陌生人。

警方发现牧师的父亲时,他倒在了屋后的劈柴墩旁边。说是劈柴墩,其实不过是一个宽大平整的橡树桩,树桩顶部满是斧头砍完柴火后留下的斑驳伤痕。牧师的父亲侧躺在木墩旁,左脚几乎被切断。警长推测,老人是失足滑倒,不慎用斧头砍到了自己的脚踝,导致失血过多而丧命。

牧师心里清楚,警长的推测并非实情,是他用斧头砍伤了父亲的脚部,而父亲挣扎了好几个小时才死去。本来他可以更快地结束那场痛苦,只需一斧头砍在脖子或头上即可。然而,牧师却用一根细铁丝缠绕住父亲受伤的脚,并将铁丝的另一端钉在木桩上。这样一来,尽管父亲可以爬向屋内拨打电话求救,甚至可以爬到前廊大喊救命,但他必须承受失去一只脚的痛苦去做这一切。

但他父亲没有那么做,而是大声哀求儿子放过他。

"求求你,放了我!"父亲哭喊着。

"祈祷吧,父亲。祈求宽恕吧。"牧师看着父亲死去,给出了这样的回应。

那天天气炎热,正如今天——安息日。

这一天,神的天使们将会释放战火降临这片土地,召唤人们武装

323

起来投入他认为将是圣战的第一场战斗。祈祷并不能拯救任何人,唯有行动方可。

踏上阳光普照的街头时,牧师四处张望,用手中的帽子遮挡刺眼的阳光。他看到远处有一辆深色 SUV,但距离太远,看不清车内是否有人。他看了一下手表,继续等待。很快,一辆黑色 SUV 驶了过来,他上了车。丹维尔踩下油门加速行驶,牧师则系上安全带,同时检查了下侧视镜。

那辆深色 SUV 跟在他乘坐的车后,驶上了街道。

"那辆车在跟踪我们吗?"丹维尔问道。

"可能吧。"牧师回答。

"你想让我甩掉它吗?"

"不,没有必要。我觉得我们应该让它跟着,这样做可能会有用。"牧师说。

他们驾车穿越城镇,驶入了中产阶级白人居住的郊区,在桃树大道上拐弯,停在了弗朗西斯·爱德华兹的住址前。

"今晚在我发出信号后,你知道该怎么做吗?"牧师问道,将从办公室取出的文件递给丹维尔。

"我想我知道。我的手下已经做好了准备,我已经让他们高度戒备。他们都穿着战术装备,手持武器,枪支已装入卡车,只待我一声令下。"

"很好。再核查一下这些文件,确保没有任何差错。先从犹太人开始,然后按顺序进行。"

接着,牧师将背包的背带套过头顶,调整了一下帽子,下了车。他走上小径,用钥匙打开了弗朗西斯家的前门,进去并将门紧紧地关上,然后戴上了一副手套。

他从包里拿出一台笔记本电脑,放在客厅的咖啡桌上,打开并启动。然后他又从包里取出一张州长官邸的平面图和一个塑料文件夹,将这两样东西放在了沙发上。

他走向后门,瞥了一眼厨房的地板,仿佛仍然能听到埃丝特窒息致死时发出的声音。门锁上插着一把钥匙,他转动钥匙,但在打开门之前,他看到一个人影跃过后院的围栏,迅速消失在高草丛中。

他立刻蹲伏在地板上,然后躺倒在地,抽出枪,瞄准了门上半部分的窗户。

一旦有头出现在窗户里,他就立即开枪射击。

00:62

布洛赫

她拉近镜头,拍了几张照片,但由于帽子遮挡,男子的脸部依然笼罩在阴影中。那人一进入屋内,布洛赫便迅速转动方向盘,调转车头,将车开到了街区尽头。她拿着手机,拨通了联系人的电话,报出了车牌号码,要求对方尽快查找结果并通过短信反馈,随后挂断了电话。

一架直升机从头顶飞过,这是她今天看到的第二架直升机。

房屋背后是一排树木,位于这一片住宅区和相邻区域之间。布洛赫穿过树林,直到找到爱德华兹家后院的围栏。围栏高约1.5米,相当坚固。她助跑几步,跳过围栏,进入后院。草坪已经有一段时间没有修剪了,院子零星摆放着几条长凳,还有一个工具棚,后门处则有一块铺砖区域,配有户外家具。她尽量保持低姿态,悄无声息地接近后门。她猜测,这扇门应该通往厨房。透过客厅窗户,她并未发现有人的迹象。

她弯腰来到后门前。

右手紧握麦琪手枪。

左手举过头顶,伸向门把手。

她停住了，心想是不是该冒险透过门上方的玻璃窥视一下内部情况。

否则，她将进入未知境地。那个戴巴拿马帽的男子或许携带着武器。她会很快，就瞥一眼。

对于警察来说，这是一种标准的破门而入的程序。如果你有办法快速透过窗户看一眼，获得室内人员的分布情况——那比黄金还珍贵。

她的心跳明显加快了节奏，尽管呼吸并未变得急促，但体内奔涌的肾上腺素还是令她的肺部更努力地工作着。得益于训练有素，她手中的枪并未抖动。她稍作停顿，暂时闭上眼睛，调整自己的呼吸。

她感到了恐惧，而这完全正常。每一位警察在破门而入前都会感到害怕，无一例外。恐惧让他们保持警惕，但同时也可能导致错误。人们无法消除这种恐惧，唯一能做的就是将其控制。布洛赫曾在执行任务时遭到过枪击，虽然是打在了防弹背心上，但她永远也不会忘记那次经历，这就是她携带大威力手枪并知道如何使用的原因。凭借训练和本能，她在任何情况下都能比其他人提前大概 1 秒做出反应，这就足够发射一次麦琪手枪的子弹。她再也不想处于一颗子弹不足以解决问题的境地，再也不想。

尤其是今天，她的凯夫拉[①]合成纤维防弹背心正安全地存放在鸡油菌旅馆的行李箱里。

在看一眼之前，她轻轻拉动了后门把手。门动了，说明没锁。她不必砸破玻璃或是踢开门，而是可以直接悄悄溜进去，这可能会让她在屋内男子意识到她的存在之前，多争取几秒钟的时间。而每一秒都至关重要。

布洛赫稳住脚步，膝盖用力，慢慢站起来，往门内看去。

[①] 是一种高性能的合成纤维，由美国杜邦公司开发并注册为商标，属于芳纶纤维的一种。

00:63

牧师

他看着后门的把手转动。

此时此刻，门外确实有人。

没有时间等对方从窗口探出头来了。

他朝着门把手右侧连开两枪，门把手上方的玻璃窗上出现了一道细微裂纹。他聆听着，听见门外地板上传来身体的撞击声，接着一阵呻吟声，随后恢复了寂静。牧师起身快速跑向房屋前门，猛地冲出门外，又迅速关上门，钻进 SUV，还没来得及告诉丹维尔全力加速，轮胎就已经开始冒烟了。

"发生了什么事？"丹维尔问道。

"后院有人，被我解决了。我们现在离目标如此之近，我不能让任何事情阻碍我们。"

牧师低头看了看手表。

"他们找到尸体需要时间。如果那个人还活着，救护车和警察大约需要 10 分钟才能到达现场。再过半小时左右才能发布针对弗朗西斯的全城通缉令。但现在一切都晚了，他已经上路了。"

"天啊，我们的时间真是掐得够紧的。"丹维尔说。

"听着，现在局势太紧张了。我们不能冒任何失误的风险，特别是在眼下这个关键时刻。我知道我们原计划让里安·霍格出庭做证，但现在地方检察官只能另寻他人了。你把我放下后，处理掉里安。用抛弃式手机给他发短信，让他在酒吧等你。因为今天他本应出庭做证，所以酒吧今天已经关门了。告诉他一直保持关门状态，直到你到那里……"

"然后按照计划行事？"

"对，制造一点混乱，拿走收银机里所有的东西，伪装成抢劫案。"

"明白了。"

牧师摘下帽子，随手扔在了后座上。

那是一顶棒球帽。

00:64

布洛赫

她挪动身体，让背部远离房屋侧面，接着脚尖点地旋转，让自己正好面对房门。这样能够最大程度地观察室内情况，而且一旦发现有人，她就能立刻俯身趴下并从地上开枪射击。

她再次伸手握住门把手，却又停了下来。

从这个正对房门的角度，她注意到木门上有两个弹孔，弹孔正上方的窗户玻璃也出现了裂痕。在埃丝特·爱德华兹遇害后，她进入房屋检查厨房时，后门并无损伤。这意味着，窗户是最近弄坏的。她扫视了一下地板，看见了一些木屑碎片。

这是刚刚发生的事情，可能就在几小时前，甚至几分钟前。

这时，她的手机收到了一条短信。

您查询的车牌号属于国土安全部。

布洛赫打开门，看到厨房里的男子摘下巴拿马帽说："我正在想你什么时候会进来呢。"

布洛赫迈步踏入房间，同时仍用麦琪指着这名男子。

然后她认出了对方，心中释然，长长地舒了一口气，肩膀放松下来，随之放低了手中的枪。

"伯林先生，"布洛赫说，"我没认出你来，因为你没穿那件——"

"外套？是的，如今那件衣服有点像我的标志性服装了。"

"艾迪说你会向联邦调查局提供最新信息，我们没想到你会来这里。"

"现在事情已经到了我不得不介入的地步，布洛赫小姐。我猜你是从白色山茶花组织使用的那个办公室跟过来的吧？"

"是的，我——"

"我一直盯着这座房子。看到一个戴着棒球帽的男人从前门进去，我就绕到了后门。他从厨房地板上朝我开了两枪，一枪打在我身上，幸好被防弹背心挡住了；另一枪差点就打到我的脑袋。刚才，他从前门逃出去了。我搜查了一下这个地方，然后回到了他们的办公室。过来这边，看看这个。"

布洛赫跟随伯林走进了客厅，看到一台打开的笔记本电脑和摆放在咖啡桌上的州长官邸平面图。这时前门打开，布洛赫立刻伸手去摸武器，但伯林举起一只手示意她放松。一位金发男子走了进来，他身穿黑色西装，搭配白色衬衫和黑色领带，戴着墨镜，面无表情。

"这是安德森先生，"伯林介绍道，"国土安全部的，也是我的司机。"

安德森点了点头。

布洛赫同样点头回应，然后将注意力转移到了那些平面图上。

"这些东西是你从他们办公室里拿来的吗？"她问道。

"不，是那个戴棒球帽的男人留在这里的，所以我才返回办公室查看了一下。他们已经清空了那个地方，但是留下了这些东西和这台笔记本电脑。你看……"

伯林用手指划过触摸板，笔记本电脑亮了起来。布洛赫凑近一看，屏幕上显示的是一个聊天论坛界面。她快速浏览了一下论坛标题和一些评论，发现这是一个极左翼组织的聊天室，讨论的主题包括有计划的抗议活动、对极右翼团体的攻击以及如何为反法西斯行动提供帮助等内容。

"这是什么?"她问道。

"这是故意放在这里的,布洛赫小姐,目的是让人误以为弗朗西斯·爱德华兹受到了共产主义激进分子的影响。"

"激进分子?为什么?"

她刚提出这个问题,答案就已经浮现在脑海中。她拿出手机,拨通了艾迪的电话。

"艾迪,我和伯林在弗朗西斯·爱德华兹的家中。"她说,并告诉他伯林的遭遇以及他发现的内容。艾迪总是反应敏捷,她无须详加解释。

"我们在本案中一直在问自己错误的问题,"他说,"我们一直在疑惑为什么有人会针对斯凯拉·爱德华兹。天哪,原来斯凯拉并不是真正的目标,真正的目标是弗朗西斯。但是,为什么?为什么是他?"

"因为他的工作。"布洛赫说。

"卡车司机?"艾迪问。

"不,"布洛赫说,"他不是自由职业式司机,也不是货运公司的员工,他在索兰特化学公司工作。"

电话那头陷入了沉默。

伯林向布洛赫做了个手势,要求与艾迪通话。

"是我,"伯林说,"我已经联系了索兰特化学公司。弗朗西斯在休息了几个月后,今天去上班了,现在外出送货去了。我问他们现在卡车在哪里,他们说他已经关闭了追踪装置。我不希望发布全城通缉令,因为我不知道当地执法机构中哪些人值得信任,至少现在还不知道。我已经通知了州长办公室,他们已经处于高度戒备状态。我还联系了联邦调查局和国土安全部,他们正在用直升机寻找那辆卡车。"

艾迪说了些什么,但布洛赫听不清。实际上,她也不需要听,那正是她也会问的问题。

卡车上装的是什么?

"丙烯①。"伯林说。

布洛赫咒骂了一声，闭上了眼睛。如果满载丙烯的储罐发生破裂，会导致 BLEVE（沸腾液态膨胀蒸汽爆炸，即蒸汽爆炸②），全球每隔几年就会发生一次此类事故。大多数人都不了解这类事故，而且这类事故很少成为新闻焦点，但像格鲁伯这样的化学教授肯定知道——丙烯储罐的蒸汽爆炸足以摧毁一个街区。

在曼哈顿。

伯林把电话放在耳边，但说话的时候看着布洛赫，好像在和他们俩说话。

"爱德华兹被激进化了，但不是被极'左'分子激进化了，他是被白色山茶花这个组织骗了。他们盯上他，给他灌输思想，然后有计划地毁掉他的生活。一个怀恨在心、拥有动机且已无所牵挂的男人极其危险，我毫不怀疑弗朗西斯会引爆炸弹自杀。现在唯一的问题在于，他会带上谁和他一起同归于尽。"

00:65

哈利

哈利·福特把喝空的波旁威士忌酒杯放在吧台上，示意再来一杯。艾迪出去买三明治和瓶装水了，要么是他不着急，要么是巴克斯敦的"好心人"一如既往地不太配合，总之现在仍然没有他的影子。这会儿在鸡油菌旅馆服务的是一个年轻小伙子，看上去可能还不够合法饮酒的年纪，但他似乎乐在其中。给哈利续上波旁威士忌时，他脸上流露

---

① 是一种简单的烯烃化合物，一种易燃气体，化学式为 C_3H_6，在适当的条件下能够爆炸。
② 指液体在封闭容器中受热，蒸汽压力迅速增加，导致容器破裂并引发爆炸的现象。

出一种表情,这种表情通常出现在周日早上8点参加弥撒时坐在前排的教徒脸上,因为他们内心深处坚信,自己就是要比身后其余的教众更优秀。

"再来一杯你就连续喝了六杯波旁威士忌了。"吧台小哥说。

哈利审视着这个年轻人,问道:"你多大了?"

"年龄大到足够给你倒酒了。"吧台小哥答道。

"说得没错,只要你不断倒酒,我们俩就能相处得非常融洽。"哈利说。

"你打算喝多少杯呢?"

"能喝多少是多少,小子。怎么了?"

"没事,喝得太醉不好,你明白吧?"

哈利靠在吧凳上往后仰了仰,仿佛离吧台小哥远一点就能改善现状。

"你是第一个告诉我不要喝醉的调酒师。我很遗憾地告诉你,小子,也许你不太适合这个行业。"

吧台小哥倒满了波旁威士忌,将酒杯滑向哈利,然后继续用抹布擦拭一只啤酒杯。

鸡油菌旅馆内的小酒吧有一张圆桌,就在哈利身后,桌子后面是一扇双开门,通往接待处。双开门旁边的墙壁上嵌有一扇玻璃窗,所以吧台小哥总能透过那个窗户看到接待员的情况。哈利左边的墙上挂满了旧时好莱坞明星的照片——法兰克·辛纳屈[1]、迪恩·马丁[2]、碧姬·芭铎[3]、奥黛丽·赫本[4]等。哈利注意到,墙上没有小萨米·戴维斯的照片。他右边的窗户则朝向街道。

哈利密切关注的就是这扇窗户。窗户开着,所以有任何人进入旅

---

[1] 美国著名歌手、演员及电影制片人,20世纪最具影响力的艺人之一。
[2] 美国著名歌手、演员,20世纪中期最受欢迎的娱乐人物之一。
[3] 法国女演员、歌手和动物权利活动家。以性感的形象和在20世纪50年代至60年代的电影作品中扮演的角色而闻名于世,被认为是当时最具标志性的性感符号之一。
[4] 英国著名女演员、舞者和人道主义者。20世纪最具有影响力和魅力的女演员之一,以优雅、才华和慈善工作而闻名于世。代表作《罗马假日》。

馆或在窗外停车，他都能听见动静。酒吧里没有播放电视或音乐，就像一个机场休息室，只是没那么有气氛。

突然，一辆半挂货车停在了旅馆外面，引擎在停车时轰鸣着，空气制动器尖叫着。他伸长脖子，看清了驾驶员的脸。

外面很黑，但从仪表盘照出的灯光中，哈利辨认出了一张熟悉的脸庞。

弗朗西斯·爱德华兹。

他的脸比平常更加红润，汗水使头发紧贴在额头上。他气喘吁吁，手里握着一部手机。手机屏幕亮了起来，他对着屏幕敲了几下，看了看旅馆，又看向屏幕，继续敲击。接着，他将手机举到耳边。

哈利听到了电话铃声，他转动吧台椅，喝了一口波旁威士忌。前台接待员接起电话时，铃声停止了。虽然哈利听不清接待员说出的具体内容，但他猜想，她应该是用那种冷淡得如同行尸走肉般的语气说出了酒店行业的标准电话问候语。

她的表情变了，朝旅馆大门望去。

接待员的肤色比哈利见过的任何人都要深，她有着一张核桃颜色一般的脸庞，而且看起来皮肤也像核桃一样坚硬。但就在那时，哈利发誓，他看到她的脸色变得苍白了。她猛地挂断电话，左右张望，双手摊开向上，自言自语。

透过窗户，哈利看到弗朗西斯放下手机，向前倾身，以便更好地查看旅馆正面。

"她到底在干什么？"酒保问。

此时，酒保已经停止了擦拭酒杯的动作，正从哈利的肩膀上方，透过玻璃窗朝接待处望去。随着他一脸不可思议的表情，哈利看到接待员正朝酒保挥手，她的手臂做出邀请的动作，然后在空中胡乱挥舞，好像在拼命尝试指挥一架飞机降落。

"不好意思。"酒保说着，猛地推开吧台门，走出了酒吧。接待员拉住酒保，径直带他出了前门。

弗朗西斯看着他们离去，然后鼓起了脸颊，把头靠在了背后的靠垫上。接着，他又从口袋里掏出一部手机。不同于他之前拿着的智能手机，这是一部旧款手机，可能是一部诺基亚，屏幕很小。

哈利的手机响了，是艾迪打来的。

"马上叫上凯特、安迪和帕特里西亚离开旅馆，我现在离你们只有几个街区远。"

"发生什么事了？"哈利问道。

"他们的目标是弗朗西斯·爱德华兹。他们杀害了他的女儿和妻子，以此彻底摧毁他，之后又给他树立了一个敌人。他现在正驾驶着一辆载满丙烯的大卡车，足以炸毁半个城镇。我不想让他有任何目标，所以我们必须——"

"现在他就在这栋楼外面，就在卡车上。"哈利说。

"什么？！赶紧找到凯特和我们的客户，马上离开！"艾迪惊愕地说。

"你需要打电话给凯特，她在房间里。"哈利回复。

"哈利，不论你有什么打算，都先别管了。找凯特和——"

哈利挂断了电话。

他低下头，思索了一会儿，想到了挂在椅背上的夹克，以及夹克内袋里的柯尔特 1911 手枪。

生活中确实有一些决定命运的时刻。某种程度上，一个人的一生可以由他在某一心跳的瞬间作出的决定来定义，哈利已经经历过不少这样的时刻。15 岁时，他在美国陆军申请表上谎报了年龄；听取夜校导师的建议，决定攻读由军队资助的法律学位；还有那次，他在目睹一名年轻骗子①凭借口才成功逃脱制造车祸的罪名后，邀请他共进午餐。

哈利饮尽杯中酒，起身走到吧台后面。他顺手拿起一瓶波旁威士

---

① 这里说的是弗林。

忌，用同一只手捏住两个杯子，然后离开了休息室，穿过空荡荡的大堂走到街上。他没有拿走夹克，手枪仍然留在口袋里。弗朗西斯似乎并未注意到哈利，他正全神贯注地盯着那部小小的黑色手机。哈利没有说话，径直打开卡车副驾驶座的车门，坐了进去。

"你他妈在干吗？"弗朗西斯问。

他脸上泪水与汗水交织在一起，双眼通红湿润。在那部小手机屏幕上，哈利看到了电话号码。那是一部带有按键的老式手机，有一个绿色的按键符号可以拨打电话，一个红色的按键符号可以挂断电话，弗朗西斯的拇指正按在拨号键上。哈利知道，卡车某个地方还有一部抛弃式手机，一旦接到电话，它就会作为一个触发机制，形成一个电路引发爆炸，威力足以破坏油箱并点燃其中的液体。

哈利关上车门，将一个杯子放在腿上，开始往另一个杯子里倒波旁威士忌，至少倒了双倍分量。他将半满的杯子放在仪表盘上，又把酒倒入另一个杯子。然后他把这个装满威士忌的杯子放在仪表盘中央。

"想一起喝一杯吗？"哈利问道。

"你就是那些该死的纽约律师之一，来这里帮那个杀害我女儿的家伙脱罪，我不跟你们这种人喝酒。"

"随你便。"哈利说着，一口饮尽杯中酒。

"你根本不知道在发生什么，"弗朗西斯说，"也许你跟我一起在这里是件好事。"

"我知道这整辆卡车现在其实是个炸弹。"哈利瞥了一眼脚下，他和弗朗西斯之间的空间有一个大公文包，里面很可能装着炸药，单独引爆的话不足以造成重大破坏，但如果炸裂油箱并点燃其中的液体，造成的损害哈利想都不敢想。

"我知道，你只要按下呼叫按钮就能引爆我们脚下的装置。我也知道，我把一把枪留在了酒吧，就在我的外套里，一把柯尔特1911，那是我以前服役时的配枪。今晚我作出了一个选择。我知道你在做什么，我本可以从旅馆休息室直接向你开枪，但我没有那么做。我带着一瓶酒过来，并且不打算独自把它喝完。"

从弗朗西斯的表情来看，他一时不知该如何回应。

哈利又倒了一杯酒，说道："你知道吗，我能看出，你现在真的很痛苦。对于你女儿和妻子的遭遇，我深感痛惜。根据我对你女儿的了解，她是个特别的人，一个好人，这样的品质绝非偶然而来。我认为你也是个好人，你的妻子也是个好人。痛苦、悲伤、不公——这些都能改变一个人。"

弗朗西斯艰难地呼吸着，说："整个体制都在与我们作对，与我们白人作对。我以前太盲目，没看清这一点。"

"你知道这不是事实。那些把这种想法植入你脑海的人，那些给你提供案件信息、给你手机的人，他们并不在乎你。他们依靠仇恨生存，那是他们仅有的东西。我不相信斯凯拉成长的过程中，你家里会有仇恨的存在。人们并非天生就互相仇恨，仇恨是被教导出来的，是后天习得的。你没有把这些糟粕教给你的女儿。她和安迪是朋友，肤色对她来说并不重要，对你来说应该也不重要。"

"重要的是他杀了她，而你却在帮他。"他反驳道。

哈利又给自己倒了一杯酒，说："你那天出席了法庭审判，我相信地方检察官、报纸和电视台的新闻报道一直在向你更新情况。现在你了解到，在斯凯拉遇害当晚有许多问题，对于这些问题，检方无法给出答案。斯凯拉并非死在停车场，如果是的话，肯定会有人听到挣扎的声响。而且，是洛马克斯刮伤了安迪的背部。他们是通过洛马克斯的指甲检测出了安迪的血迹，而非斯凯拉的——"

弗朗西斯打断了哈利的话："洛马克斯知道迪布瓦是有罪的，他只是在确保迪布瓦无法逍遥法外。"

哈利垂下头："洛马克斯看到了一个容易解决的案件，他不在乎能否找出杀害斯凯拉的真正凶手，只关心能否成功给他想定罪的人定罪。洛马克斯也有自己的烦恼，他的妻子，以及每日给他吹耳边风的毒瘤人物，他也承受着自己的痛苦。你知道，处在痛苦中的人通常有两种做法：一种是确保别人不再遭受自己所受的那种痛苦，另一种是希望每个人都感受相同的痛苦。你知道，这两种选项中只有一个有未来。如果你给别人带来痛苦，那你将永远成为痛苦的囚徒。你知道这个道理，这也是你到现在还未离开这辆卡车的原因。你可以选择离开，从远处遥控引爆装置，但你却选择待在这里，你希望一切就此终结。难道你不渴望知道发生在斯凯拉身上的事情的真相吗？"

弗朗西斯凝视着仪表盘上的波旁威士忌酒杯，持续了几秒钟，然后看向手中的手机。

"我为什么要相信你？"他眼中闪烁着泪光，拇指按在了呼叫按钮上，问道。

"我想，当你听到真相的时候，你会知道的。那天晚上发生的很多事情都说不通，很多事情并不符合起诉方的陈述。斯凯拉脸上的印记来自一名警察的戒指。这不是律师用来狡辩的说法，那些印记真实存在，就在她的皮肤上。"

弗朗西斯的呼吸变得更加急促，他紧紧闭上眼睛，用力砸了一下方向盘。

"这全是胡扯，你在骗我！"他用两只手紧握着手机说。

"也许我是，也许我不是，这取决于你自己判断。如果不是认为你值得拯救，我现在就不会在这儿，我本可以从酒吧的窗户向你头部开枪。现在，要么你拿起那杯酒跟我一起喝一杯，然后我会告诉你，你女儿到底发生了什么；要么你按下那个按钮。选择权在你手中。"

00:66

艾迪

一辆大型 SUV 驶到我身边，后窗摇下，是布洛赫。

"上车。"她说。

车辆停下，我跑向另一边，迅速上了车。副驾驶座位上坐着伯林，而驾驶座上是一个我不认识的男子。

"哈利打算尽力劝服那个家伙，我知道。"我说。

"他为什么要这么做？"伯林问。

"因为他老了，有点愚蠢，而且他相信人性。"

随着SUV驶离主街，轮胎因高速转弯发出抗议般的声音，车身向左倾斜。我紧紧抓住后座扶手，左肩撞到了布洛赫，而头则快速转向窗外，寻找那辆卡车。

其实不需要刻意去找。

"在前面。"前排座位上的伯林说，"慢下来，开过去，让我们仔细瞧瞧。"

驾驶座上的男子加大刹车力度，车子减速，带着我们缓缓驶过了那辆卡车。此刻的哈利正坐在驾驶室里，一边与弗朗西斯交谈，一边为自己倒酒。

"停车。"布洛赫说。

伯林挥手示意司机继续前行。

"停下！爱德华兹在驾驶室里，哈利跟他在一起。"她说着，用力拉动门锁。但是车门没有打开，所有的车门都被锁定，只能通过驾驶员控制台进行操作。

"让我下车。"布洛赫说。

我也抓住门锁，用力拉拽，但没有任何反应。

"等等。安德森，调转车头。我们回去，然后让车横过来，这样我就能看清那辆卡车驾驶室里的情况。"伯林说。

驾驶员（我猜他就叫安德森）迅速转动方向盘。我们再次驾车经过了那辆卡车，大概又向前行驶了91米，然后他把SUV横在了街对面，挡住了任何可能靠近卡车的车辆。

安德森从一件黑色西装外套中掏出手枪。

"这里不适合射击，"伯林说，"你可能会击穿油箱。"

"绕到侧面接近他，让我下车。"布洛赫坚定地说。

她的声音异常高亢，情绪激动，这是布洛赫陷入恐慌的状态。

"冷静下来，布洛赫，"伯林说，"这里确实不适合射击。就算你从侧面包抄并瞄准其头部开了两枪，子弹也可能反弹。你可能会误伤哈利，或者子弹从爱德华兹的颅骨内部弹射出去，穿透驾驶室并击穿油箱。"

"让我下车，我会先把爱德华兹从驾驶室里弄出来，然后再解决他。"她说。

我的位置可以很清楚地看到驾驶室内的场景。哈利手里拿着一杯波旁威士忌，弗朗西斯·爱德华兹则拿着一部手机。哈利的嘴唇在动，爱德华兹在听。

"哈利正在试图说服他，我们必须给他一个机会。"我说。

"让我下车，我会解决掉爱德华兹。我们浪费了太多时间。"布洛赫说。

伯林的声音响彻车内："不行！他会看到你过去，然后炸翻整个小镇。"

布洛赫发出一声怒吼，狠狠地捶打着座椅后背。

伯林是对的，我们现在什么都做不了，至少现在不行。如果我们以任何方式吓到爱德华兹，那就一切都完了。

我能尝到嘴里有胆汁的味道，想要呕吐。我不敢看，但又无法将视线从驾驶室移开。哈利还在说话，他看上去很放松。一瓶波旁威士忌出现在视线中，哈利重新填满了自己的酒杯，然后抿了一口。驾驶室仪表板上还有一个玻璃杯，位于哈利和爱德华兹之间。那个玻璃杯里也有波旁威士忌，却始终无人碰触。

我咽了口唾沫，听着心跳撞击胸膛的声音。

"我就不应该离开他。"布洛赫说。

弗朗西斯·爱德华兹手里紧紧握着一部老式抛弃式手机，用完即丢的那种,很可能是引爆器。他眼神狂乱,身体在驾驶室内前后轻轻摇晃着,一手紧握手机,一手擦拭着眼泪,然后又专注地盯着那部手机。

哈利仍在不断地与他交谈。

突然,爱德华兹仰起头,嘴巴大张。我听到了微弱的尖叫,那是一声来自他喉咙深处的悲鸣。我想说话,却发不出任何声音,仿佛失去了呼吸。我挣扎着发出了一声低吼,终于挤出了几个字。

"我们必须做点什么!他要按下引爆器了!"

00:67

凯特

凯特突然醒过来。她伏在梳妆台上,头枕在前臂上,身前堆满了各种文件。她依然穿着那套衣服。

手机响了起来。

她接起电话,是艾迪打来的。

"喂?"凯特说,声音中还带着睡意。

"旅馆外面停着一辆装有炸弹的卡车。去找安迪和帕特里西亚,现在立刻从后门离开,远离建筑物。不要从前门出来!如果看到哈利,就抓住他一起走;如果没有碰到他,就先逃出去!"

凯特还没来得及消化这些信息,更不用说回应了,艾迪就挂断了电话。凯特环顾房间四周,她的案件文件和笔记散落在床铺和书桌上。她需要这些资料,安迪的案子取决于此。她强迫自己保持冷静,站起来试着深吸一口气,但没能奏效。她感到胸口憋闷,胃部绞痛,恐慌情绪逐渐占据心头。

她没有收拾文件,而是立刻跑下一楼,开始疯狂敲打安迪和帕特里西亚的房门。安迪几乎是立刻就打开了门,他当时正和母亲在一起看电视。

凯特一开始语无伦次,用手扶着门框稳住身形后,才开口说道:"我们现在必须马上离开这里,这里不安全。"

安迪返回房间,开始快速打包行李,凯特把门开着。

"我们没有时间了,必须现在就走。立刻!马上!"凯特催促道。

帕特里西亚试图从床上起来,但将重心移到肿胀的脚踝上时,她痛苦地叫了出来。这一点,就像每一天那样,对帕特里西亚·迪布瓦的身体造成了不小的影响。安迪把她扶了起来。帕特里西亚穿着浴袍和拖鞋,而安迪则是穿着运动裤和T恤。

安迪扶着帕特里西亚走,一只手抓着她的手臂,支撑着她虚弱的一侧,另一只手则搂着她以保持平衡。

每走一步,帕特里西亚都会变得更强壮一些,脚踝也渐渐适应了承重。他们离开了房间,凯特松开手中的门任其关上,领着他们沿着走廊走向楼梯。鸡油菌旅馆中没有其他住客。他们在楼上,这里没有电梯,他们以最快的速度走下楼梯。帕特里西亚一手抓着扶手,安迪跟在她受伤的那一侧。

很快他们到达了地面层。酒吧、休息室和前台都空无一人,前门大开着,凯特能听到一台大型发动机在空转。

艾迪告诉她不要从前门离开。

她环顾四周,并没有看到除了前门之外的其他出口标志。

"趁现在还来得及,我们得从前门出去。"帕特里西亚说。

"不,我们不能走那条路。"凯特喘着粗气说。这并不是因为刚才的小跑,而是因为她正处于恐慌边缘。恐慌正在剥夺她的力量,使她无法清晰思考。

凯特紧闭双眼,咒骂了一声,然后用力将指甲抠进掌心。她需要某种刺激,某种震动,需要一道强烈的闪光来唤醒自己,驱散这股逐渐占据身心、蒙蔽一切的紧张能量。

这招奏效了。

"厨房。"凯特说。

鸡油菌旅馆每天只供应一顿饭——早餐,客人可以在煎饼和鸡蛋或者鸡蛋和煎饼之间选择。他们两样都吃过。周四则是华夫饼配培根,在休息室供应。

凯特沿着走廊走到一扇挂着"员工专用"标志的门前,试着扭动门把手。门应声而开,现出一间小厨房。墙上贴着的白色瓷砖被油脂熏得泛黄;不锈钢平台对面是一台烤架,烤架旁边则是一扇防火门。

"快过来。"她说。

安迪和帕特里西亚跟着凯特走进厨房,绕过不锈钢平台。凯特看到防火门上的横杆已被破坏,她只好用力推门,用肩膀顶门,一番努力后终于将门向外打开。凯特为安迪和帕特里西亚扶着门。

他们走出厨房后,凯特也跟了出来,防火门在她身后砰地关上。

安迪和帕特里西亚站在那里,一动不动。

"我们需要离开这座建筑。这……"

凯特走到母子俩身边,声音逐渐变弱。他们身处旅馆后部的一个储藏区,这片区域的面积仅比旅馆内一间卧室稍大,破旧的休息椅、一张旧床垫以及各种纸板箱,它们沿着墙一字排开。整个区域被3米高的铁丝网围栏圈了起来。

围栏上有一扇门,由铝条和铁丝网制成;门框的一部分金属条上穿着一个门闩,上面还挂着挂锁。

"我们出不去。"帕特里西亚喘着粗气说。体力消耗是原因之一,但同时她也很害怕。

挂锁并不新,但看上去既坚固又安全。凯特四处寻找重物,任何可以用来砸开锁的东西。在一堆垃圾袋后面有一个生锈的老式煤气罐,但她估计自己搬不动。旁边还有一个旧油漆罐,但不够重。

此时身处围栏门口的她们离建筑物大约有3.7米远,显然并未脱离危险范围。如果真的发生爆炸,他们绝对不安全,甚至极为危险。

安迪从凯特身边跑过，翻过围栏，跳到了另一边。围栏外是一条巷子，那里堆着更多的垃圾和旧纸箱。

"安迪，快走，离开这里。我们会没事的，但你需要赶快走，我们不能让你出事。"凯特说。

"快走，宝贝，离开这里。"帕特里西亚说，月光下她的脸上闪着泪光。

安迪看着凯特，又看看母亲，转身跑进了巷子。

凯特呼出一口气，搂住帕特里西亚的肩膀，回头看向旅馆。那是一座老旧的木制建筑，一旦爆炸，它会像一堆火柴一样瞬间倒塌。

围栏太高，凯特爬不过去。就算能翻过去，她也不打算丢下帕特里西亚。

"走吧，你也走。"帕特里西亚说。

"我不会丢下你的。"凯特回答。

她听到巷子里有动静，是脚步声。有人在黑暗中靠近她们，速度非常快。

凯特轻轻抓住帕特里西亚的肩膀，两人缓缓退离围栏。可能是白色山茶花的人来了，确保无人能活着逃离旅馆。

身影越来越近，凯特战栗着深吸了一口气，带着自己的泪水呼出。是安迪，他扛着一根粗大的钢管走了过来。他把钢管扔到地上，将其塞进门下，用力一推。门纹丝不动。于是安迪开始借助腿部和背部的力量，用肩扛起钢管的另一端，反复向上顶门。

门上的铝条发出吱吱声，开始弯曲；门轴上的铁锈纷纷剥落。

安迪一边努力，一边发出怒吼，双腿用力蹬地，每次都试图把钢管顶得更高一些。

但门依旧固若金汤。

00:68

哈利

　　哈利闭上眼睛,听着弗朗西斯·爱德华兹的哭喊,那声音听起来似曾相识。人类可以发出一种源自内心深处的声音,那是他们的一部分,哈利认为那可能来自灵魂。那是失去孩子的父母才会发出的声音,其中充满了痛苦和悲伤,还有某种无须解释的深刻情感。

　　弗朗西斯将头靠在方向盘上,痛哭起来。他的肩膀随着抽泣起伏,泪水夺眶而出。

　　"现在你知道真相了。"哈利收起手机说。他刚刚给弗朗西斯看了绳子上油漆碎片的照片,证明埃丝特是先被勒死,再被吊到半空中的。

　　"他们正在挑起战争。他们对斯凯拉遗体所做的事情,对这帮人而言意义重大。他们非常重视象征和旗帜,因为这样就无须考虑真正的意识形态。如果所有人都穿着同样的制服、打着同样的旗号,仇恨就会变得更容易。他们曾试图炸毁附近的一些教堂,但未能成功,之后他们变得聪明了。杀害无辜并不能推进他们的事业,他们想要的是合法性,让人们聚集到他们身边。你们工厂开出来的卡车本身就是现成的灾难,他们只需要有人愿意牺牲。格鲁伯教过斯凯拉,所以这就是他们的切入点——通过你。斯凯拉死后,他会伸出援手帮助你和你的家人,然后毒害你的思想,并夺走你活下去的所有理由。"

　　"他们确实做到了,我完全相信了他们的鬼话。天哪,我可怜的女儿和老婆。"

　　"笔记本电脑和那些计划让你看起来像是他们的敌人。你会被描绘成一个疯狂的共产主义左翼分子,他们会以此为借口招募镇上的每一个蠢货。他们甚至已经印好了游行用的传单。"

　　弗朗西斯的哭泣声渐弱,他用一只手擦了擦脸,另一只手仍然紧紧握着手机。他靠回座位,喘了口气。

"你现在准备好喝那杯酒了吗?"哈利问。

他鼓起腮帮子吹了口气,再次擦了擦脸,然后身体前倾,拿起酒杯。

"你在这酒里放了什么东西吗?让我昏倒的那种?"

"我不需要那样做。你自己喝得够多的话,自然会醉倒。"

弗朗西斯仰头一饮而尽,摇摇头,喘了口气。

"你不是个会喝酒的人,"哈利说,"我可以教你。"

"不用了,谢谢。"弗朗西斯回答。此刻,他的脸上显露出一种彻底被失去与痛苦击败的表情。

"谢谢你,谢谢你告诉我。"弗朗西斯说。

哈利看着弗朗西斯的胸膛又开始快速起伏,气息进进出出——恐慌的情绪正在积聚。

"我也知道一些事情,"他说,"我不在乎他们事后怎么说我。我不能再这样活下去了,我不想这样活下去了。所以帮我个忙,下车离开吧。我给你5分钟的时间。"

哈利缓缓伸出一只手,放在弗朗西斯厚实的肩膀上。

"你不想这么做。"哈利说。

弗朗西斯摇摇头。"不,我想。我必须这么做。"

他的拇指再次覆盖住通话键,然后轻轻地按在上面。弗朗西斯擦了擦脸,盯着手机。

"你应该下车,离开这里。"弗朗西斯说。

"我哪儿都不去,"哈利说,"车里还有一瓶没付钱的波旁威士忌,除了你,没人陪我喝。"

"我不想继续……"弗朗西斯开口道,然后咬住了下唇,喘息着,汗水从嘴唇上飞溅出来。

他发出一声闷哼,痛苦地呻吟着,然后艰难地说出接下来的话。

"我不想继续活在一个没有女儿和老婆的世界里。"他说,"这种痛苦是无法逾越的。现在的痛苦无比巨大,每一分钟、每一秒钟都在你眼前晃悠。但情况不会一直如此。痛苦会一直在那里，只是你不会再每天都注意到了。"

哈利安静地听着这个大男人哭泣，又给他倒了一杯酒。

弗朗西斯开始点头，慢慢恢复过来。他又喝了一口，稳住了呼吸，但他显然不习惯喝波旁威士忌。

"我觉得我要吐了。"弗朗西斯说。他一手拿着电话，一手拉开了车门。

00:69

艾迪

尝到嘴里有血腥味，这让我心里猛地一惊，接着我才意识到自己咬破了嘴唇，疼痛感在我发现之后才袭来。起初我以为爱德华兹要按下按钮，但他却拿起仪表盘上的玻璃杯，喝了一口，然后和哈利说话。

现在看来，他又开始激动起来，陷入了恐慌。

他手里还拿着手机。为什么他不放下？

我听到警笛声，转头看去，看到两辆警长巡逻车从 SUV 旁边挤了过去。希普利在车经过时，将头探出车窗向我们喊道："退后！"

车辆在我们前方大约 9 米处横成一道屏障。伦纳德和其他两名副警长下车，利用车辆作为掩护，迅速拔出手枪对准那辆卡车。希普利则打开巡逻车的后备厢，取出一把装有瞄准镜的半自动步枪。

"别开火。"伯林边说边走向他们，高举着手中的证件。他与希普利交谈着，但我听不清他们的对话内容。

随后，卡车的驾驶座车门打开了。

希普利把伯林推开，将步枪枪管猛地搁在警车顶上，瞄准了目标。

00:70

哈利

哈利紧紧抓住弗朗西斯的胳膊，后者转身时，一只脚已跨出卡车。
"把手机给我。"哈利说。

弗朗西斯低下头，看着手中的小设备，似乎难以相信这么小的东西竟能引发那么大的危害。

哈利目睹了当地警察的到来，可能是联邦调查局和化工厂的人通风报信。伯林正在与希普利争吵。

弗朗西斯将手机放在仪表板上。哈利拿起手机，朝警察挥了挥。

"你最好待在车里，直到他们来带你走。"哈利说着，就见希普利用步枪推开伯林，指向卡车。"他们没开枪可能是因为担心击中卡车，所以，待在这儿。"

"谢谢你。"弗朗西斯说，"谢谢你告诉我斯凯拉和埃丝特的遭遇。"

四位副警长的武器都瞄准了卡车。弗朗西斯双脚落地时，哈利感到一阵紧张。他也看到了那些人，而且知道，弗朗西斯已经作了决定。卡车门为他挡住了上半身，瞄准他的步枪打不到。

"弗朗西斯，回车里吧，求你了。"哈利说。

弗朗西斯摇了摇头。

"是谁对你做出这种事的？是谁让你卷入这一切的？"哈利急切地想让他继续说话。

弗朗西斯紧抓胸口，向旁边迈出一步。

"他自称是牧师……"弗朗西斯说道，然而他接下来的话都被淹没在噪音中了。

哈利用手掌捂住耳朵，转过脸去。他无法直视。空气中沸腾的紧张气氛突然被枪声割裂，即使闭上眼睛，哈利也无法逃避周围发生的一切。他的大脑将声音与画面对应起来，使他仿佛看到子弹穿透弗朗西斯的胸膛和面颊,绽放出血色的玫瑰。枪声停止后,哈利仍捂着耳朵,以免听到自己的尖叫。

随后,驾驶室的门被打开,哈利不得不面对现实。伯林将哈利从卡车上拽下来,布洛赫立刻抓住他,紧紧抱住。

"我还好。"哈利说。

艾迪挂断了电话,不到一分钟,凯特就从鸡油菌旅馆的前门冲出来,得到了布洛赫的一个拥抱。凯特惊讶地瞪大眼睛,抱住她的朋友。

艾迪绕过半挂车,走向哈利,拍了拍他的手臂。

"这是干什么?"哈利问。

"干什么?你差一点就把自己玩死了。别再把自己置于可能丧命的境地,那是我的工作。"艾迪回答。

他们对视了一会儿,放松的心情逐渐变成悲痛。

"他是故意走进那片枪林弹雨的,"哈利说,"他也是受害者。"

艾迪点头,但并未说什么,至少现在没有说。他越过哈利,看向正与驾驶 SUV 的安德森低声交谈的伯林。无论他们在讨论什么,哈利都不想知道。伯林是个危险人物,从外表看,安德森也是。哈利低头看向左手,它在颤抖,而此刻,他只想让它停止颤抖。

"告诉伯林我们需要谈谈,"哈利说,"凯特和布洛赫也一起。我问过弗朗西斯是什么人指使他这么做的,不仅仅是格鲁伯,他说了一个名字,我想那应该是白色山茶花老大的外号。他们假装有基督教背景,聚在一起时会讲道,他称其为牧师,但还没来得及告诉我他的真名。我们必须找到这个人。我夹克里有一把柯尔特手枪,正手痒想用用。"

00:71

泰勒·艾弗里

泰勒·艾弗里无法入睡。

他坐在门廊上,手中拿着一杯茶,四周环绕着亚拉巴马州夜晚的声音。现在已经过了午夜,他感到疲惫不堪。半小时前,他打盹时,那本《杀死一只知更鸟》从手中滑落,泛黄的书页在门廊的木板上召唤着他。

曾经,这本书能给他带来慰藉,但现在却毫无帮助。这本书里的故事不再是关于陌生人和陌生地方的故事,而是此时此地的故事,而他就是其中的一名陪审员。他知道该怎么做。针对迪布瓦这个孩子的案件证据如马屎一般臭不可闻,他对此再熟悉不过。你不必是律师,就算是农民也能嗅到它的味道。

他还没看到汽车,就先听到了引擎的轰鸣声。汽车转弯停下时,灯光扫过农舍的侧墙。引擎熄火,车门打开又合上。

他没有听见科恩的脚步声,此人行动起来就像黑暗的一部分。他走上门廊,修长的手指中捏着文件。

"晚上好。"科恩说。

泰勒点头,但没有起身与科恩握手。

科恩递过文件,泰勒接过。一瞬间,两人的手指轻轻碰触,他立刻感受到对方冰冷的触感。

"这是土地强制购买申请书,包括你的农场。"科恩说。

泰勒匆匆翻阅文件。麦克斯开发公司想要6000亩土地,出价却只有土地实际价值的一半。

最后一页留有签名处。

"麦克斯开发公司想要你的农场,艾弗里先生,我会确保他们拿不到。"科恩说。

"谢谢。"泰勒说,"但这很奇怪。"

"奇怪?"

"我现在正好在这个陪审团里,他们却选择现在提交投标和申请。"泰勒解释道。

科恩倾身向前,双手搭在泰勒椅子的扶手上,两人的脸相距很近。

"我是麦克斯开发公司的股东,"科恩说,"我曾劝说董事会这是一项好的投资,并且县政府会接受我们的申请,我可以随时终止这一切。你给那个案子作出有罪判决,所有问题都会消失。你将安宁度日,土地得到保护。但不要有任何幻想,如果你与我对抗,一个月内你就会流落街头。"

科恩挺直身子,泰勒再次闻到某种气息,一股不祥、腐朽的气息。他不是在胡说八道。

他看着检察官一言不发地离开。这里无须再做任何说服工作,泰勒相信他的话,他说的是实话。泰勒清楚,如果违抗他将会发生什么,如果顺从又会怎样。

他喝了一口茶,低头看着门廊上的书。

这是一个自己必须作出的选择,一个他从未想过的选择。原则是有代价的,虽然泰勒愿意为此付出代价,但并不想因为自己做了正确的事,让家人失去家园。如果做正确的事会伤害到家人,那么那真的是正确的做法吗?

揉搓着额头,他认定别无选择。

他认识此案的其他陪审员,他们都是他的社区成员,显然他们都会听他的。他可以让每个陪审员都投有罪票,对此他毫不怀疑。

科恩找对了人。如果泰勒投下有罪票,没有陪审员会投相反的票。

泰勒拿起书,走下门廊台阶,来到垃圾桶旁,将书扔到里面的垃圾袋里,然后盖上了盖子。

那只是一本书,而这才是现实生活。

他抬头望着儿子卧室的窗户,灯还亮着,他的孩子正在楼上阅读。

艾弗里咒骂一声,掀开垃圾桶盖,取回了那本书。

00:72

艾迪

凯特对副警长伦纳德做了充分的准备。科恩在那天上午 10 点传唤他出庭时,她就准备好了。凯特伸展了一下背部,把笔记本翻到新一页,准备记录下伦纳德证词中的每一个字。他将做证称,洛马克斯警长忠实地记录下了安迪的供述。

然而,伦纳德正面临着一火车的问题。显而易见,在看到法医鉴定报告之前,洛马克斯就已经通过对安迪施加暴力取得了这份供述。在那份签字确认的供述中,安迪写道:

> 到午夜 12 点工作结束,我跟着同事斯凯拉·爱德华兹走进停车场。我了解斯凯拉,我们在一起工作了一段时间。她很漂亮,我喜欢她。我想亲斯凯拉,但她把我推开了。我抓住她,用力压住。她挣扎着,我让她保持安静。我不是故意要伤害她的。后来她不再挣扎了,我则更用力地压住她。事情结束之后,我感觉很糟糕。停车场那边有一片沼泽地,我把她带过去埋了,这样就没人能找到她了。

法医表示斯凯拉·爱德华兹的尸体有晒伤的痕迹。如果安迪声称他在午夜杀害了她,并将其埋葬,那么她就不可能被晒伤。否则,安迪的供述就是胡扯。

凯特准备充分,已经列出了一些问题,打算用它们戳穿伦纳德的谎言。天哪,她已经迫不及待想看到伦纳德站上证人席的样子了。

哈利看上去有些疲惫，布洛赫也是如此。昨晚他们几乎没怎么睡，但凯特早已习惯了通宵工作。我换上了新的西装和领带，鸡油菌旅馆的管理人员还为我提供了新鲜的咖啡。我不禁好奇，如果他们知道哈利擅自拿走了一瓶波旁威士忌，还会不会如此热情款待。

我想应该不会。

帕特里西亚和安迪已经精疲力竭——两人都一夜未眠，安迪穿着那身宽大的西装，显得身材更加瘦削。他们像往常一样牵着手，只是这次，他们的手在颤抖。我不确定，是安迪还是帕特里西亚的手在抖。

科恩站起来对法官发言。他扣好西装外套的纽扣，下巴高昂，背脊挺直，就像一个已经胜券在握的人，仿佛我们所做的一切对他来说都无关紧要。我看到他的证人伦纳德，在科恩和温菲尔德背后的前排座位上坐立不安，展现出即将出庭做证的兴奋。副警长伦纳德梳理了头发，修剪了胡子，还穿了一件不会紧绷在肚子上的宽松衬衫，否则，他的肚子会把衣服撑得仿佛里面藏着个即将破腹而出的外星生物[①]。

"法官大人，"科恩说，"检方传唤副警长……"

但他并未说完这句话。没有人打断他，只是他的声音随着视线被吸引到陪审团席位上而渐渐减弱。

我也望过去，看到一名陪审员站了起来。

"法官大人，我有话要说。"那名陪审员说。他是泰勒·艾弗里，我们寄予厚望的冷静理性的人之一。

"哦，有什么问题吗？"法官问。

"是这样的，先生，"艾弗里说，他伸手从牛仔裤的臀部口袋里抽出一些折叠的文件，开始将其整理平顺，"这个问题我深思熟虑了很久——我不习惯在公开场合发言，也不太清楚该如何表达——"

"艾弗里先生，陪审团成员无权发表声明。我想在事态进一步发展前阻止您，您明白吗？"

---

① 指的是异形。

"我就不能说点什么吗？"

"不能，陪审员在法庭上不得发言。如果有疑问，陪审团可以通过书面形式提出问题，写下来递给我。"

艾弗里从衬衫口袋里取出一支笔，在纸上匆匆写下些什么，然后试图将其交给法警。法警看着这位陪审员，又看了看法官。最终钱德勒法官表示可以，他将阅读写下来的内容。

法警将纸张递给法官。

"法官大人，这太不寻常了。"科恩说。

他看上去不再那么自信，而我完全不知道发生了什么。钱德勒法官并未理会科恩的发言，至少一开始没有理会。他匆匆阅读了纸条，然后放在桌上，转向泰勒·艾弗里，两人的眼神交流中似乎传递着某种信息。一种似曾相识的感觉。

"科恩先生，你是对的，这确实非常不寻常。"钱德勒法官说，"我收到了这位陪审员的一个问题。他问——为什么科恩先生威胁说，如果我不说服其他陪审员在本案中投有罪票，就要夺走我的土地？"

在法庭上工作多年，我见识过很多场面，但从未见过这样的情况。旁听席上的人们发出一声集体惊呼。

科恩微笑着挥了下手，仿佛在驱赶一个荒谬的暗示。法官的注意力从科恩身上转移到艾弗里身上，然后又回到地方检察官那里。

"这简直是无稽之谈，他有什么证据吗？"

"除了信誉，我没有其他证据，"艾弗里说，"我在说实话，而说实话是正确的事情。"

钱德勒法官点了点头。我感觉他相信艾弗里，但没有证据，这就是一个农民与地方检察官之间的口舌之争。而这种争论，就像一只断翅鸟一样，永远不会飞起来。

"法官大人，"科恩说，"伦纳德副警长刚刚向我透露了一件事。之前我没有提出，是因为我刚刚得知此事，想先核实一下。现在看来，我应当根据这一信息采取行动。我请求法庭宣布审判无效，并请法警将弗林先生逮捕。"

这是科恩的备用计划。

他之所以自信满满,是以为买通了陪审团,然而艾弗里先生拒绝了。在我眼里,科恩很少遭到拒绝。这场公开而耻辱的失败其实酝酿已久。人们的忍耐是有限度的,总有一天,会有人站出来。

艾弗里看起来非常不安,甚至可以说是害怕。而且,他完全有理由感到害怕。然而,他还是站了出来。不是为了自己,而是为了安迪。

科恩逼迫陪审团作出有罪裁决的计划失败后,他打算暂停整个审判,并且要对我动手。

"法官大人,本案中唯一对陪审团进行干预的人是弗林先生。与陪审员艾弗里先生提出的毫无根据的指控不同,我有证据,而且还有一个目击证人——被弗林先生贿赂的那位陪审员。"

钱德勒法官的表情仿佛一列货运火车刚刚在他的法庭里隆隆驶过。

"科恩先生,这是一个严重的刑事指控。是哪位陪审员?"

"陪审员桑迪·博耶特。"科恩说。

钱德勒法官转向陪审团。他朝桑迪大喊时,她低着头。

"博耶特小姐,站起来!你对此有何解释?你是否接受了贿赂以换取在本案中的投票?"

桑迪站起来,抬起头看着我,然后转向法官,眼眶里的泪水在打转。她咽了口唾沫,想尽量争取时间,以找到合适的措辞。

"怎么样?是真的吗?你被贿赂了吗?"法官喊道。

"是的,法官大人。"桑迪说。

"法警,逮捕弗林。"钱德勒法官吼道。

00:73

艾迪

两名法警朝我走来。

"法官大人,能否给我一点时间,我觉得这里存在误会。"我说。

"在哪个方面可能存在误会?"钱德勒法官问。

"法官大人,"科恩打断道,从口袋里拿出一个信封并打开,"我这里有弗林先生与这位陪审员在城外一家餐馆交谈的照片,这些照片由我的助理检察官温菲尔德拍摄。为了彻底消除对该情况的任何疑虑,这里还有一张皮包的照片,这个皮包装满了现金——金额高达5万美金,就放在这名陪审员的公寓里。这张照片是伦纳德副警长拍摄的。"

书记员将照片递给钱德勒法官,后者逐一查看。

凯特递给我一部手机。我把手机交给书记员,告诉她说法官应该看看这些照片和视频。法官从她手中接过手机,开始用手指滑动屏幕。他盯着手机看的时候,我听到手机扬声器中传来模糊的声音。

"这是什么意思?"他问。

"法官大人,请询问陪审员。"我说。

"我可以确切地告诉您发生了什么。"桑迪说,"科恩先生私下找到我,说想讨论这次审判,他说我们可以互相帮助。我当时很害怕,不知道该怎么办,于是就把这件事告诉了弗林先生。他说我应该保护自己,如果有人给我钱,一定要小心。他的调查员给了我一套米妮睡衣,其中一个纽扣上装有一个小型摄像头。调查员还拍下了您手机上那张照片,照片显示科恩先生手里拿着那个皮包走进了我的公寓,伦纳德副警长也参与了此事。法官大人,我并不想要钱,我只是想履行我的职责。我录下了与科恩先生在公寓里的对话,并给弗林先生看了。他说我应该无视一切,给出诚实的裁决就好了,还说如果有人问起,我应该告诉法庭,并同意做证指证科恩先生。"

钱德勒法官仔细研究了我交给他的照片。照片一清二楚，是布洛赫亲自拍摄的。照片中，科恩站在桑迪公寓外面，手里提着装满现金的皮包，而那段视频更是完美。视频中，科恩在桑迪的公寓里发表演说，为我设下圈套。在凯特处理离婚案件时，布洛赫的米妮睡衣摄像头为她们提供了远超所需的确凿证据。

我们成功反转了局势。

"科恩先生——"钱德勒法官开口，但此时地方检察官已乱了阵脚。

"法官大人，我的助手汤姆·温菲尔德会证实我的说法。"

在科恩身旁，温菲尔德站起来向法庭陈述："法官大人，恐怕我不知道科恩先生在说什么，这是我第一次听说这件事。"

科恩的嘴巴张开着，看起来像是被人刺了一刀。温菲尔德没有出现在桑迪公寓的视频中，他当时与科恩保持着距离，因为他知道接下来会发生什么。

"法官大人，我……"科恩的话卡在了喉咙里。

桑迪的表现堪称完美——我们诱使科恩陷害我。我几乎对他感到同情。

"科恩先生，我不想再听你说任何话了。法警，逮捕科恩先生和伦纳德副警长。"

科恩拼命往后退缩，但最终还是屈服了。伦纳德起初试图反抗法警，但一记肘击让他丧失了抵抗能力。

"在你们离开之前，科恩先生，"钱德勒法官说，"我想让你们听听这个。由于检方明显的不当行为，我裁定撤销对安迪·迪布瓦的指控。迪布瓦先生，你现在自由了，可以离开了。而且，请带上我的歉意离开。你遭受了一场不公平的审判，对此我深感抱歉。"

法警护送戴着手铐的科恩穿过法庭，走向通往囚室的侧门。他一瘸一拐地走着，从我身边经过时，我看到了他真实的面孔。

他那薄薄的嘴唇因愤怒而扭曲，双眼怒火中烧。我又一次闻到了他的气味,一股腐肉的恶臭。

我厌恶地转过身,与凯特和哈利一起看着安迪和帕特里西亚深情相拥,那是一个仿佛会持续一生的拥抱。

00:74

布洛赫

安德森先生将车停在了卡拉巴萨斯路 224 号门外,那是一座破旧的灰泥房子,墙皮剥落,窗框腐烂。草坪杂乱无章,长草丛中散落着的孩子们的玩具因风吹日晒而褪色,似乎很久没有被用过了。如果有一幅描绘夫妻离婚后丈夫得到房子、妻子得到孩子的海报,那上面的图案就会是眼前这座房子的样子。

当地的广播电台都在报道昨晚弗朗西斯·爱德华兹实施的爆炸未遂事件。新闻证实他在现场被击毙,当地执法部门正在展开调查。此外还有一则重大新闻,但被爆炸未遂案的消息掩盖了。昨晚,霍格酒吧遭到抢劫,店主里安·霍格被凶手枪杀。据说,目击者看到凶手离开酒吧时携带着一支自动武器。

可能是一支 AR-15 步枪。

对伯林和布洛赫来说,这看上去像是牧师在清理门户。格鲁伯教授被他母亲报告失踪,已有两天不见踪影。

伯林带头走上碎石小径,来到前门。他站在门左侧,安德森在右侧,布洛赫则在两人后面。伯林敲了敲门。

布莱恩·丹维尔显然一直在观察他们走向房子,因为他立即喊道:"你们正在非法闯入私人领地。我持有武器,将不惜使用武力来保护自己和财产。立刻离开!"

"他听起来不太友善。"伯林说,然后大声回应道:"丹维尔先生,这是国土安全部。请放下所有武器，走出房子。"

一阵寂静。

"你们是入侵者！离开我的房子。我数到三就开枪。"

"丹维尔先生，最好你我之间能有个对话。我很希望如此，你并没有被捕。"

"一！"丹维尔喊道。

"回答我的问题，我们就会离开。我们不在乎你杀了霍格和其他人，告诉我们想知道的，你就自由了。"

丹维尔要么是忘了"一"之后该数什么，要么是不想再说话了，因为一股自动武器的火力瞬间撕裂了前门。他们三人全都趴在了地上。

伯林向安德森点头示意。

安德森没有说话。他爬到前门右侧的一扇侧窗前，迅速朝里面瞥了一眼，然后又缩回地面，摇摇头。

布洛赫爬到前门左侧的窗户前，快速抬起脑袋，然后又低下。她立刻明白安德森所面临的问题——房屋的布局使得正面强攻十分危险：一条宽阔的走廊，右侧是开放式客厅，左侧是餐厅，这意味着丹维尔可以站在楼梯底部，用火力覆盖整个前部区域。

他身穿防弹背心，保护着胸部，手臂和腿部也穿了防弹衣。此外，他还戴着一个全防护战斗头盔。

他们听到了狗叫声，是一只大狗。

前门上挂着一块"小心恶犬"的警示牌，房子侧面围着一道2米高的围栏，绕到后面很困难。而且恶狗会为丹维尔提供预警，从而消除其突然从侧面受袭的危险性，使得这一选项变得不可行。

安德森从他所在的侧窗探出身子，快速开了四枪。四枪连发，只用了不到1.5秒的时间，然后又缩回屋内。

一阵自动武器的枪声朝着安德森的方向响起，布洛赫则查看了她所在侧的窗户。

在布洛赫眼中，沉默寡言的安德森并不是会失手的那种人。她从他握枪的方式看出，他知道自己在做什么，那把枪射出的子弹一定能击中目标。

安德森开枪还击。布洛赫从窗户看着，只见一发子弹从丹维尔的头盔上弹了出去。其余的子弹可能都击中了目标，但无济于事。丹维尔的防弹装备太好了。

布洛赫拿出手机，选择拍照模式，之后将手机放在窗户角落，底部靠在窗台上，调整角度以便能在屏幕上看到丹维尔。她只需要几秒钟，只需要手机拍到的那一点点情况。布洛赫单膝跪地，拔出手枪。

她看着手机，又通过窗户扫视，确定自己瞄准位置与丹维尔站立位置的关系。

麦琪在她手中显得很重。她已经一周没去靶场练习了，现在自己能感觉到这一点。她之所以特意选择这把枪，正是因为这把枪威力极大，只需朝目标开一枪。现在，布洛赫估计她需要三发子弹。

一发用于校准。

一发用于调整。

一发用于击中目标。

她扣动扳机，一团篮球大小的火焰从马格南手枪的枪管喷出。安德森和伯林都惊讶地转头看向她。枪声震耳欲聋，布洛赫只能从余光中注意到伯林和安德森。她盯着手机屏幕。屏幕显示，丹维尔身后1米的空中弥漫着尘土、木屑和地毯纤维，房子的木镶板上有一个洞，丹维尔左腿右侧30厘米的楼梯上也有一个洞。

校准完成。

布洛赫调整瞄准的方向，再次扣动扳机。

墙上的洞更低了，但与第一个洞接近，且偏左一些。

丹维尔尖叫起来。

她只用了两枪。

布洛赫看向手机屏幕：丹维尔仰面倒在地上，突击步枪躺在他旁边的地板上。她听到玻璃破碎的声音，然后安德森压在了丹维尔身上。

布洛赫收回手机，跟着伯林从安德森打破的窗户进入房内。

走廊上，丹维尔仰面躺着，痛苦地尖叫着。他用右脚踢着地板，鞋跟深深扎入地板，双臂疯狂挥舞着。

他的左脚在 3 米之外的客厅里，靴子还在脚上。

门口摆着一排突击步枪，还有两个装满弹药的包。看到安德森踢开丹维尔的武器，并从他腰间枪套取下一把手枪后，布洛赫收起了自己的枪。血已经开始渗入地板，安德森找来一根窗帘绳，绑在丹维尔左小腿上，紧紧系牢。

伯林站在丹维尔旁边，居高临下。

"我们可以在 2 分钟或 20 分钟内叫来医疗援助，你自己选吧。我不认为你撑得了 20 分钟，丹维尔先生。即使绑了止血带，能撑过 5 分钟也算你走运，这里有几个大动脉在出血。你没多少时间了，所以告诉我谁是牧师，你或许还能活下来。"

"这是非法的！这是政府背后深层势力的阴谋！"丹维尔哭喊道。

"这不是非法的，因为我说它不是非法的。你带着这么多枪要去哪里，丹维尔先生？我看到那个包上有个名单。那是目标吗？"伯林问。

"去你妈的。"丹维尔说。

"安德森先生，剪断止血带，丹维尔先生不愿配合——"

"别！"他尖叫起来。

安德森弯下腰，打开一把细长的刀片，刀尖抵在窗帘绳上，这是在阻止他大量出血的唯一的东西。

"这是你最后的机会，丹维尔先生。谁是牧师？"

"如果我告诉你，他会杀了我的。"丹维尔咬紧牙关说。

"如果你不说，安德森先生也会杀了你。你自己判断哪个是更迫在眉睫的威胁。"

"我什么也不会告诉你们，我才不管你们是谁。"

伯林转身走向前门，边走边说："丹维尔先生太蠢，活不下去了。安德森先生，请帮帮他吧。"

布洛赫转过身,跟着伯林走出前门,刚一出门就听到了警笛声。
"我们去法院吧。"伯林说。
安德森关上前门,用遥控钥匙解锁车辆。走向汽车时,他将窗帘绳扔进长草丛中。

00:75

艾迪

"我觉得你喜欢这里。"伯林说。
"你和哈利一直这么说。"我回答。
此时,我们正沿着楼梯前往巴克斯敦法院的拘留所,离法庭的法警用手铐押送科恩到这儿,大约过了1个小时。凯特和哈利带安迪和帕特里西亚回旅馆躲避法院里的人群和记者。自从爆炸未遂的消息传出后,蜂拥而至的联邦调查局人员在镇上及周边设置了多个检查站。
伯林带头走下石阶,沉默的安德森跟在他身后。我紧随安德森,布洛赫则紧跟在我身后。
"丹维尔说了什么吗?"我问。
"什么也没说。如果我有足够的时间和一些私密空间,情况可能会有所不同。"
"这话我听着不妙。"我说。
当值的狱警是个大块头,看上去好像刚吞下了一个稍小点的人。
"又来了,弗林先生?"
"这个地方百来不厌,"我说,"我们要见科恩,如果可以的话。"
"你是他的律师?"他问。
"看情况,他得先雇我。让我们进去。"
狱警收走了布洛赫和安德森的武器,又对我们进行了简单的搜身,然后带我们沿着熟悉的走廊进去，打开了牢房门。那天，科恩是那间牢房唯一的囚犯，值班的只有一位警官。

"你们谈完通知我。"他说着，把我们和科恩锁在了牢房里。

科恩坐在长凳上，双肘搁在膝盖上，双手抱头。他起来时，我看到他大腿周围有一圈血迹。

"科恩先生，我叫亚历山大·伯林，这位是安德森先生，我想你已经认识弗林先生和布洛赫小姐了。"

"伯林先生，你到底是什么人？"科恩问。

"嗯，今天我假装是国土安全部的人，因为车子是他们借给我们的。我在政府中具体担任什么职务不劳您费心，您需要费心的是我此行的目的。"伯林腋下夹着一台平板。他将其取出，轻触屏幕，文档随之激活，然后递给科恩。科恩开始阅读。

"这上面说我若承认检方的不当行为，将服刑五年。恐怕我不能签这个字，我没有做错任何事。而且我不认识你，你有什么权力让我签字？"

伯林拨通了手机上保存的一个号码，不知道是谁接起了电话。伯林说："告诉这个人，我有权让他签字。"然后把手机递给科恩。

"电话里的人是谁？"科恩问。

"司法部长。"伯林说。

科恩瞪大眼睛："亚拉巴马州司法部长在你的快速拨号里？"

"不，"伯林说，"这是美国司法部长。"

科恩将手机贴在耳边聆听。1分钟后，他把手机还给伯林。

"很抱歉，我必须确认您有权让我签字。"

"我理解，你应该考虑一下。"

"我已经考虑过了。我告诉过你，我没有做错任何事。"

"嗯，这么跟你说吧，上次竞选地方检察官时输给你的那个人正准备再次参选，我已经安排了一些有影响力且富有的支持者确保他赢得这次选举，你甚至无法再次参选。现在来说好消息，他支持死刑；

坏消息是，温菲尔德先生很可能为了换取豁免而与我合作，这意味着你将因欺诈、妨碍司法公正，甚至可能因谋杀柯尔特·洛马克斯而被定罪。"

伯林让最后一句话悬在空中。

"在致命一枪响起后，有目击者看见你开车离开了现场。"

"什么目击者？"科恩问。

"这位目击者。"伯林指着布洛赫说。

布洛赫朝科恩挥手致意。

"你不会以为我带布洛赫小姐和她的律师来这里，只是为了好看吧？"

"我觉得这不可能。"但科恩的脸色似乎变得更加苍白了。他的喉结在上下滚动，他正在盘算杀害一名警长要受到多重的惩罚。

"科恩先生，您不需要我明说。想象一下新的地方检察官接管您的办公室，五年后将您送上霍尔曼监狱的'黄妈妈'电椅。"

科恩有很多特质。毫无疑问，他是懦夫，但并不愚蠢。我看到他挺直了身子，他还有最后一张牌可打。

"我绝不会承认在职期间有任何不当行为，那些定罪是我赢得的。那些人是在我眼皮底下被执行死刑的，我对自己的记录感到自豪。我不会承认任何可能损害我遗产的事，但我有东西可以提供。我掌握可以揭示杀害了斯凯拉·爱德华兹的真凶的身份信息，他是一个小规模白人至上主义团体的头目，他们称他为牧师。我知道他的真名，我有能在法庭上证明这一切的证据。"

伯林看着我。这是他的计划，但他知道我关心的是几十名死囚，那些人因为科恩的欺诈和谎言而被关押于此，等待被执行死刑。

"你有什么证据？"伯林问。

"我有一段视频，是某个加油站的监控录像，可以证明牧师与斯凯拉·爱德华兹的谋杀案有关。"

小小的混凝土牢房仿佛瞬间失尽了空气。

"你想用它换什么?"伯林问。

"完全豁免权。我们现在起草豁免协议,并请法官见证。我不信任你,伯林先生,我信任钱德勒法官,这样一切就正式了。然后我会把牧师交给你,你给我自由。"

我正要开口,但伯林已经作出了决定。

"同意。"他说。

伯林花了一个半小时修改协议,并请钱德勒法官来到拘留所见证。他没有对我说话,也没有和科恩、布洛赫说话,只与伯林交谈了几句,并用数字笔签署了豁免协议——在科恩的名字下方签上了自己的名字。

钱德勒法官离开牢房时转向我说:"你和布鲁克斯小姐都是好律师,尽管你们的做法看起来有些离经叛道。"

"我就当是在夸我了。"

牢门在他身后关上。

我们都陷入了沉默,然后伯林开始催促科恩。

"那段录像现在在哪里?"伯林问。

"视频被保存在一个U盘中,放在我的公文包里,外面的警官把我的包放在我的财物袋里。"

布洛赫敲响牢门,请求狱警把科恩的物品拿给我们。伯林平板电脑配套的键盘上有U盘插口,他插入U盘,我们一起观看了录像。

"所以我什么时候可以走?"科恩问。

他在试图将安迪·迪布瓦定罪的同时,就掌握了这段录像,我知道这一点。不仅如此,他还试图判他死刑。我再也无法直视科恩,径直离开了牢房,布洛赫和伯林也跟了出来。

"嘿,我们刚才可是约定好了。"科恩说。

"是的。你提供可以识别牧师的信息,以换取你的自由。"伯林说着,看向安德森。

伯林关上牢门,留下安德森和科恩单独在一起。走的时候他说:

"约定就是约定。安德森先生,放他走。"

布洛赫无法直视伯林。那一刻,我不知道为什么,但布洛赫脸上的表情阴沉得足以让我有所察觉。那时,我甚至怀疑,科恩将以被装入尸袋的形式离开那间牢房。

"你们会抓住这个人吗?"我问。

"当然。"伯林说,"等安德森先生办完事,我们就去警长办公室一趟。"

00:76

牧师

巴克斯敦飞速掠过牧师的车窗,司机正以每小时 60 公里的速度疾驰,但他们不会被警察拦下。

至少在州长的座驾里不会。

此外,警长希普利正坐在牧师旁边的后座乘客位。当然,他并不知道他是牧师,他称自己为州长帕切特。希普利被要求出席新闻发布会,充当形象代表,同时提供额外的保护。帕切特为之奋斗的一切即将收获回报,他看了看手表,快 4 点了。

新闻发布会 6 点开始,在蒙哥马利。

虽然有足够的时间赶到那里,但州长还是想早点到场。他穿着一套最好的西装,这是他在莫比尔市一位裁缝那里定制的纯海军蓝西装。这套西装非常适合他,面料在炎热天气中也能透气。白色衬衫配淡蓝色领带,与西装相得益彰,翻领上一朵鲜花为整体造型画龙点睛。

一朵白色山茶花。

弗朗西斯·爱德华兹没引爆卡车其实无关紧要,他仍然威胁了整个小镇,他仍然是个恐怖分子。现在,他成了那种能带来最大政治利益的恐怖分子——一个死去的恐怖分子。他让亚拉巴马州的民众感受到了对神的敬畏,而这正是帕切特需要他做的。

车辆在联合公路上减速。

"我们为什么减速了?"帕切特问。

"看上去是联邦调查局在前面进行车辆检查。"司机说。

帕切特转向希普利,问道:"感觉如何?"

"什么意思?"

"你知道我什么意思。成为阻止巴克斯敦被火球吞噬的英雄,感觉如何?"

希普利紧张地笑了:"感觉还不错。"

"我认为这确保了你能成为我们的新警长。"帕切特说。

"可能也就几个月的时间吧。我是说,我得先赢得选举才能坐上这个位置。"

"别担心。我知道科恩帮过洛马克斯,现在地方检察官处境艰难,我们需要所有能争取到的好人。我几乎可以保证,没有人会在选举中反对你,至少不会真的反对你。我们可能会安排一个对手,只是为了做做样子,然后在选举前几天让他们撤回候选资格,这样看起来更公平。等到了新闻发布会的时候,我要你微笑,站在我旁边,但不要试图回答媒体的任何问题,那是我的工作。明白了吗?"

"明白了。"

帕切特看向窗外,发现他们几乎未前进多少,实际上车流已经接近停滞。他用手指转动着FOP的戒指,这是他在紧张时养成的习惯。

"嘿,怎么还没打开警笛?"他问道。

司机答道:"当然,州长。"随后他启动了州长SUV上的警笛和灯光,接着驶出车道,超了前方一排停滞的车辆。

"好了,给我1分钟。我想再把演讲稿过一遍。"

帕切特把演讲稿放在膝上。这是他一生中最重要的演讲,他已经反复修改多次。现在,这个稿子堪称完美。6点时,他将在电视直播中发表演讲,所以他不想有任何哪怕是最微小的差错。他戴上眼镜,开始读起来。

  1961年5月21日,亚拉巴马州州长约翰·帕特森①在WSB-TV②新闻上发表了讲话,以此回应那些为制造民权抗争和暴力事件而特意进入亚拉巴马州的外地煽动者,其中便包括马丁·路德·金牧师和约翰·刘易斯③。刘易斯是所谓的"自由乘车者④"中的一员。他们的成员有男有女,有黑人也有白人,他们利用了最高法院的一项裁决,该裁决禁止州际交通中的种族隔离。在亚拉巴马州仍然遵守吉姆·克劳法的时代,这些人一同前往蒙哥马利,唯一目的就是挑起我们这个和平城市的暴力冲突,但他们遭到了抵抗。帕特森州长出现在电视上,公开谴责马丁·路德·金牧师和煽动麻烦的所谓"自由乘车者"。

  正如各位所知,昨晚有一位煽动者企图摧毁巴克斯敦,名叫弗朗西斯·爱德华兹。据执法部门告知,他还有进一步的计划,包括对州长官邸进行全面袭击。多亏了当地警长英勇的努力,才在爱德华兹实施计划之前将其制止。要是这个计划成功,可能摧毁无数的家园、商业设施,并造成数百乃至数千人的死亡。爱德华兹是与极左翼组织"反法西斯行动"有关联的激进分子。这是一个致力于破坏我国的恐怖组织。

---

① 1959年至1963年间担任亚拉巴马州州长。1961年5月,当"自由乘车者"到达亚拉巴马州时,约翰·帕特森下令州警护送自由乘车者的巴士,以防止暴力事件的发生。尽管他的初衷是为了维护秩序,但是他的行动也被一些人视为对抗民权活动的一种方式。
② ABC(美国广播公司)的附属电视台。
③ 美国政治家和社会活动家,以在民权运动中的领导地位和长期担任国会议员而闻名。
④ 是美国民权活动家发起的"自由乘车运动"的参与者。是指美国的民权活动家们从1961年开始的乘坐跨州巴士前往种族隔离现象严重的美国南部,以检验美国最高法院就跨州通行时禁止种族隔离制度相关判决的落实情况。

我曾经做过五年的警察,深知我们的执法人员承受的压力。鉴于这些团体构成的前所未有的威胁,我从1961年约翰·帕特森那天的行动中汲取了力量。今晚,我宣布将在桑维尔县实行军事管制。除了国民警卫队会支持我们的执法人员外,我还招募了一支小型战术民兵队伍。他们是普通的男女——我们伟大之州的公民——他们将破门而入,把我们中间的煽动者和叛徒连根拔起,并以武力对付他们。他们是亚拉巴马的天使,他们会保护我们的家园,他们就像是加百列天使本人一样。

请放心,作为你们的州长,我将采取一切必要措施,确保我们州的安全,确保我们的州再次伟大。

车辆减速,帕切特从演讲稿上抬起头来。

"他们在检查站这里拦车检查。"司机说。

一排车辆和穿着印有 FBI 标志作战背心的男子挡住了道路,这些人正在检查每一辆车。司机在一名特工挥手示意停车后减速停下。

特工还没来得及说什么,两名男子便已走向轿车。其中一人身材高大,穿着深色西装、白色衬衫;另一人则矮小许多,他打开前排乘客门,摘下巴拿马帽,钻进车内。

"我是国土安全部的亚历山大·伯林。下午好,州长。"他说。

"发生什么事了?"帕切特问。

"我们收到高度可信的暗杀威胁的情报,所以我们将从这里开始护送您,我的同事安德森先生将开车送您去蒙哥马利。"

驾驶座的门打开,穿深色西装的男子等待着,帕切特的司机困惑地下了车。安德森上了车,关上门,握住方向盘。前方的路障被清理干净——FBI 车辆分开,以让州长的车顺利通过。

"真的没必要……"帕切特开口说,但又停了下来。他不能淡化威胁的存在,他仰赖于此。

"我的司机很好，而且我有警长保驾护航，不需要——"

"您需要。"伯林看着后座说。希普利警长坐在他后面，帕切特则坐在安德森后面。

"警长，您还好吗？"伯林问。

希普利咬紧牙关，说："伯林先生，您在这里没有权力。"

名叫伯林的男人花了点时间环顾四周，看到他们正行驶在一条空旷的高速公路上，周围没有其他车辆。车流仍被控制在 FBI 检查站，他们接下来半小时都不会放行任何车辆，正如伯林所指示的那样。

他挪动座位，面对希普利说："据我所知，我们已跨过郡界线。有一点很明确，那就是你在这里没有权力。现在，把你的配枪交给我，慢慢来。"

帕切特看到伯林的手从座椅背后伸过来，手里握着一把枪，顿时感到脊背如冰。

"你不是认真的吧。"希普利说。

"威胁可能来自任何人，希普利，甚至你都可能是刺客。现在把武器交出来。"

希普利的肩膀垂下，似乎对联邦执法机构的官僚作风感到愤怒，也对自己在这场与伯林的较量中落败感到不满。他从枪套中抽出配枪，交给伯林。伯林接过枪，指向希普利，一枪打爆了他的脑袋，子弹穿透了后窗。

"我的天！"帕切特惊呼。

"冷静点，帕切特。"伯林收起自己的枪，用希普利的枪瞄准帕切特。这时，伯林意识到一件事，他在副驾驶座位上的坐姿不对，他正以一种膝盖抬高、背对挡风玻璃、面向后座的姿势坐在那里。而从这个角度，他看到了什么东西。

伯林用空着的手在座位与中央扶手之间的缝隙中摸索，掏出了一部粉色苹果手机。

这是斯凯拉·爱德华兹的手机，帕切特在殴打并勒死她后，在她的衣物和钱包中都没有找到这部手机。

"你差点就逃过去了,对吧?"伯林说,"我只是想让你知道,丹维尔已经死了,你暗杀名单上的人暂时安全了。接下来会发生这样的事:我们去巴克斯敦警长办公室,取走在弗朗西斯·爱德华兹家中找到的证据。你或其他任何人都不能利用他的谋杀案来为自己的事业铺路,媒体会报道他的死亡是一场由悲痛引发精神崩溃而导致的悲剧,仅此而已,不会有政治层面的解读。至于希普利,情况就不同了。FBI会在他家中发现大量白人至上主义纪念品,还有一个目标名单,你也在那份名单上。大约3分钟后,这辆车就会开过卢萨哈奇桥,坠入河中。不用担心自己会被淹死,因为那时候你已经死了。被希普利,一个白人至上主义者杀害。你会成为民权烈士,州长。这种感觉如何?"

帕切特向前猛扑,双手抓向伯林的脸。

枪声响起,接连响起第二声、第三声。

接着,一片寂静,世界陷入黑暗。

00:77

艾迪

第二天早上

我和哈利走进主街上的小餐馆时,里面几乎没什么人。我们一进去,柜台后面的大个子格斯就注意到了我们。

格斯对我们没有敌意,但也没有欢迎之意。他几乎不敢朝我们这边看,从他脸上的表情来看,这并不是对我们有什么恶意。当地媒体报道了钱德勒法官驳回对安迪·迪布瓦的指控。钱德勒法官无疑是个一流的浑蛋,但他向安迪道歉这件事对改变社区里的想法起了很大的作用。

人们不再认为安迪是杀人犯,但像格斯这样的男人不会道歉。他因羞愧而痛苦不堪,这对他来说难以忍受。

我们在靠窗的一张四人桌旁坐下。

我向女服务员点了煎饼和咖啡,哈利也一样。

"我开始喜欢上这个小镇了。"哈利说。

"你想搬来这里?请便。你是时候退休了。"

"我还不打算退休,至少现在不。这个小镇还有很多事要做,但我想他们自己能解决。"

门上方的铃铛响起,布洛赫和凯特走进来,加入了我们。一位看起来很眼熟的女服务员端着一壶咖啡和四个杯子走过来。桑迪倒完咖啡,问布洛赫和凯特想来点什么。

"我们之前提到的那些费用拿到了吗?"我问。

"拿到了,谢谢。这对我意义重大。"桑迪说。

伯林授权了我50万美金用于安迪的保释,并额外给了桑迪5万。

报纸上充斥着审判的新闻,州长被警长希普利杀害,以及兰德尔·科恩的自杀事件——他被发现在牢房中死去。惩教部门发表声明称,科恩身上藏有一条皮质背带,被发现时,该物品紧紧勒住他的喉咙。他在昨天下午的某个时间自缢身亡。

我很清楚是在什么时间。

对于伯林为安迪保释批准的50万美金,我们实际上只提取了12万5000美金,并在伪装成全额支付后将其存入了保释办公室。

账户里还剩下37万5000美金,昨晚我已经安排好了转账,布洛赫做了安排。这笔钱捐给了一家为死刑犯上诉提供资金的慈善机构,一位名叫简的善良女人是该机构的副主席,他们名单上的第一个案件是大流士·罗宾逊的死后上诉案。

我们默默地吃完饭后,离开了餐厅。咖啡和煎饼简直太棒了。

我们又开车去了法院,见到了安迪和帕特里西亚,她俩看上去都很紧张。

"我以为这个案子结束了,艾迪。"帕特里西亚说。

"是的,只是有些文书工作要处理。"我说。

我们走进法院办公室,哈利和保释办公室的办事员谈了谈,然后手里拿着两张纸条回来了。

"保释办事员说她接到了银行的电话。"哈利说,"似乎她存入50万美金的保释金时,他们只清点出12万5000美金。"

"好奇怪。保释办公室一定是弄错了,白白损失了30多万美金。"凯特说。

"我就是这么跟她说的,"哈利说着,挥舞着其中一张纸条,"因为我们有一张50万的收据。"

"没错。"布洛赫说。

"另一张是什么?"我问。

"她的电话号码——她喜欢我。她已经和法官谈过了,并将我对失踪款项的看法告诉了他。我告诉她,已故地方检察官兰德尔·科恩有足够的钱来贿赂陪审员,所以他很可能从法院办公室的保险柜里拿走了安迪的保释金。法官决定将那37万5000美金一笔勾销,认为可能是科恩偷走了那些钱。"

"我们去银行吧。"我说。

我们再次驱车前往银行,停车后走了进去。

我和帕特里西亚、安迪一起走到柜员面前,说:"这两位善良的人想开一个以迪布瓦为名的联名账户。"

柜员记下了他们的信息,其间帕特里西亚一直疑惑地看着我,她不知道在发生什么事情。

"开设账户需要一定的存款。"柜员说。

哈利把收据给我,我给了柜员。

"这是法院的命令,要求从法院资金中转移50万美金至安迪·迪布瓦名下。这是他的保释金,现在退还给他。这笔金额应该足够了。"

从银行出去的路上,安迪不得不搀扶着帕特里西亚。并不是因为她走路一瘸一拐,而是因为她在柜员面前晕倒了。

等我们回到车上时,她已经感觉好多了。

在飞往肯尼迪机场的飞机上,我想起了过去几天发生的一切。我们曾经千钧一发,但又幸运地有惊无险。伯林可能会抱怨那50万美金保释金没有退还,但他可以巧妙地在账目上掩盖这一损失。毕竟,他很擅长隐藏东西。

在我们动身前往机场之前,凯特已经确保代理地方检察官温菲尔德撤销了对加油站店员达米安·格林的毒品指控。她还联系了泰勒·艾弗里,介绍了一位房地产律师给他,确保他能保住农场。

泰勒·艾弗里。

我们在法庭上使用的所有技巧其实并不重要,我们只是讲出了真相。而安迪得以获得自由,多亏了泰勒·艾弗里。他聆听了事实,并勇敢地站出来发声。他为他人发声,因为这是正确的事情。无关政治,也不是为了金钱。

他做了正确的事,无论可能付出什么样的代价。

如果有一天他需要我,我也会在。

为他发声。

作者注

2018年1月至2020年8月间,美国共有57人被执行死刑。

其中有5人死于电椅。

同期,有10名死囚被宣告无罪。

在美国仍保留死刑的州,该刑罚仅适用于最严重的犯罪。在这些案件中,是否寻求死刑完全由地方检察官自行决定。大多数检察官只会在最骇人听闻的案件中寻求死刑判决,但也有一些检察官只要有机会就寻求死刑判决。在创作这部小说的过程中,我偶然发现了公平惩罚项目发布的一份报告《美国五大致命检察官:过度热心的性格如何推动死刑》的研究成果,该研究发现,仅5名检察官要对440起死刑判决负责,约占美国全部死囚总数的15%。这些地方检察官对死刑如此痴迷,以至于有时会违背他们宣誓维护的正义原则,仅仅是为了将某人送入死囚牢房。

撰写本书时,联邦调查局和国土安全部都将白人至上恐怖组织视为对美国国家安全的最大威胁。

白色山茶花是一个真实存在的团体,他们在1867年至1870年间犯下了一系列暴行。约翰·帕特森州长宣布亚拉巴马州蒙哥马利市进入军管状态时,他确实将自由乘车者和马丁·路德·金牧师视为暴力事件的根源。三K党和普通白人市民用锤子和管子殴打参加运动的年轻的黑人和白人男女时,蒙哥马利的警察在袖手旁观。伟大的民权活动家、最早抗议南方种族隔离的13名自由乘车者之一、众议员约

翰·刘易斯在 2019 年 12 月表示:

当你看到不正确、不正义、不平等的事物时,你有道德义务说出来。

1961 年 5 月 21 日,约翰·帕特森州长在 WSB-TV 新闻上宣布实施军管令时,胸前佩戴了一朵白花。